DOUG MAGEE

SCHÖNE FERIEN

aufbau taschenbuch

Doug Magee war Fotograf, Journalist, Drehbuchautor und Regisseur. Er lebt mit seiner Frau und seinen zwei Kindern in Spanish Harlem. »Schöne Ferien« ist sein erster Roman.

Als Lena ihre Tochter in einen Bus einsteigen sieht, glaubt sie, dass Sarah in ein harmloses Sommercamp fährt. Doch wenig später fährt ein weiterer Bus vor – eine freundliche Frau, die sich ausweisen kann, möchte Sarah abholen. Bald stellt sich heraus, dass ein skrupelloser Entführer noch drei weitere Kinder in seine Gewalt gebracht hat, um mit ihnen in der Wildnis zu verschwinden. Lena macht sich bittere Vorwürfe – und dann findet eine Suchmannschaft die erste Leiche.

DOUG MAGEE

SCHÖNE FERIEN

Thriller

Aus dem Amerikanischen
von Ursula Walther

atb aufbau taschenbuch

Die Originalausgabe unter dem Titel »Never Wave Goodbye«
erschien 2010 bei Simon & Schuster, London

ISBN 978-3-7466-2831-8

Aufbau Taschenbuch ist eine Marke der Aufbau Verlag GmbH & Co. KG

1. Auflage 2012

Die deutsche Erstausgabe erschien 2010 bei Rütten & Loening,
einer Marke der Aufbau Verlag GmbH & Co. KG

Umschlaggestaltung morgen, Kai Dieterich,
unter Verwendung eines Motivs von Christine Glade/getty-images
und © Witold Leonowicz/iStockphoto
Druck und Bindung CPI – Moravia Books, Pohořelice
Printed in Czech Republic

www.aufbau-verlag.de

Die »Hoffnung« ist ein Federding –
Das in der Seele hockt –
Und Lieder ohne Worte singt –
Sich niemals unterbricht –

Im Sturm – klingt es am schönsten –
Und der muss heftig toben –
Den kleinen Vogel zu beschämen
Der vielen warm gegeben …

Emily Dickinson
(Übersetzt von Gunhild Kübler)

Wahrheit ist nicht das Ergebnis von Bemühungen, nicht das Ende der Straße. Sie ist hier und jetzt, in der Sehnsucht und der Suche nach ihr. Du siehst sie nicht, weil du sie zu weit weg von dir suchst – außerhalb deines innersten Seins.

Sri Nisargadatta Maharaj

KAPITEL 1

Es war kein alltägliches Ereignis, nichts Normales oder Gewohntes, das ihr schon in Fleisch und Blut übergegangen wäre. Diese Entschuldigung konnte sie nicht anführen. Tatsächlich war es ein einmaliges Vorkommnis. Und dennoch hatte sie sich diese Momente so oft vorgestellt und geprobt, so viele mögliche Probleme und Problemlösungen durchgespielt, dass es ihr, als sie Sarah in den Van des Sommercamps setzte und ihre einzige Tochter zum ersten Mal in ihrem jungen Leben wegschickte, vorkam, als hätte sie das schon oft getan.

Wäre David dabei gewesen, hätte vielleicht einer von ihnen Zweifel angemeldet und gesagt: »Moment mal …« Doch so war es nicht. Lena musste allein alles organisieren, Ängste beschwichtigen, Sarah in den Kleinbus setzen und Lebwohl sagen. Als David eine Stunde zuvor aus dem Schlafzimmer gekommen war, hatte er verkündet, dass er die Abfahrt verpassen würde; er habe eben einen Anruf auf dem Handy erhalten und müsse für ein paar Stunden ins Büro.

»Es hat sich etwas ergeben, sie brauchen mich.«

Lena bezweifelte, dass er die Wahrheit sagte. Wenn David dienstlich angerufen wurde, dann über das Festnetz. Außerdem war heute Samstag, und David hatte sich offiziell für zwei Wochen Urlaub abgemeldet. Und sein Job war eigentlich nicht so wichtig, dass er deswegen ein bedeutsames Ereignis wie Sarahs Abfahrt zu ihrem ersten Ferienlager versäumen müsste. Lena war drauf und dran, Fragen nach dem

Anruf zu stellen, als ihr auffiel, dass er ihrem Blick auswich; sie überlegte, ob ihm die ganze Situation über den Kopf gewachsen war, ob er sich vor dem Abschied fürchtete, möglicherweise auch vor der Zeit, die er ohne Sarah allein mit ihr verbringen musste. Sie ließ ihm die Lüge durchgehen.

David fand Sarah in ihrem Zimmer, und er machte ihr klar, dass er wegmusste. Er war froh zu sehen, dass ihr das nichts ausmachte und sie ihn ohne Aufforderung umarmte.

»Du kannst von dort aus mailen, oder?«, fragte er, während er seine Tochter in den Armen hielt.

»Ich glaube schon, aber wohl nur einmal in der Woche. Linda sagt, der Computer dort ist beschissen. Zumindest war es letztes Jahr so.«

»Dann mach dir fleißig Notizen, damit du uns alles erzählen kannst, wenn du wieder zurück bist.«

David küsste seine neunjährige Tochter auf die Stirn und lächelte sie an. Plötzlich bestürmte ihn das Gefühl, dass etwas fehlte, dass Dinge unausgesprochen und unerledigt waren. Dieses wunderbare Wesen, das sich in kürzester Zeit zu einem jungen Mädchen mit strahlenden Augen entwickelt hatte, würde zum ersten Mal ganz allein in die Welt hinausfahren. Waren da nicht Ermahnungen fällig? Sollte er ihr nicht zu verstehen geben, dass er sie liebte? Ihr Worte mit auf den Weg geben, die sie in den zwei Wochen, die sie von zu Hause weg war, nicht vergessen würde? Aber der Ausdruck in Sarahs Gesicht hielt ihn davon ab. Ihm war bewusst, dass jede Warnung wie »Pass auf die Schlangen auf« mit einem genervten Stöhnen quittiert werden würde.

Er zog sich zurück, winkte zum Abschied, und Sarah winkte auch. Dann drehte er sich um und verließ das Zimmer. Lena arbeitete sich im Esszimmer durch eine Checkliste. Seit sie entschieden hatte, David nicht wegen des Anrufs aus seinem Büro zur Rede zu stellen, bereitete sie sich auf einen frostigen Abschied von ihm vor – darin waren sie in der letzten Zeit richtig gut geworden. David enttäuschte sie auch dieses Mal nicht. Er war schon fast an der Haustür, ehe er etwas sagte.

Er hielt sein Handy hoch. »Falls es Probleme gibt – du erreichst mich auf dem Handy. Vielleicht sitze ich nicht an meinem Schreibtisch.«

»Gut«, antwortete Lena und hätte gern noch eine Spitze hinzugefügt wie: »Natürlich sitzt du nicht an deinem Schreibtisch.« Aber sie sah ihn mit dem üblichen Halb-Lächeln an.

Lena warf einen Blick auf die alte Standuhr im Wohnzimmer und stellte fest, dass sie ihrem Zeitplan ein wenig hinterherhinkte. Der Bus sollte um neun hier sein. Die Leute vom Camp hatten angekündigt, dass sie Sarah als Erste abholten und dann die Runde machten, deshalb wollte Lena spätestens um zehn vor neun mit allem fertig sein. Es war fünf vor halb neun, als sie die Liste aus der Hand legte und in Sarahs Zimmer ging.

Sarah saß an ihrem Computer und sah sich ein Video in Briefmarkengröße an. Sie hatte Kleidung und ein paar Bücher auf dem Bett zurechtgelegt. Ohne etwas zu sagen, sammelte Lena die Sachen ein, ging damit in ihr Schlafzimmer und begann, Sarahs Koffer zu packen. Wie David fragte sie sich, ob sie ihrer Tochter vor der Abfahrt noch kluge Ratschläge geben sollte, aber große Mutter-Tochter-Gespräche gehörten eigentlich nicht zu ihrer Beziehung. Lena beschloss, den Abschied möglichst zurückhaltend zu gestalten.

Sarah erschien in der Tür. Sie wirkte ein wenig verloren, vielleicht sogar verängstigt.

»Was ist los, Schätzchen?« Lena packte weiter, um nicht allzu besorgt zu erscheinen.

»Mir ist gerade etwas eingefallen. Das Erste, was sie mit Neuankömmlingen machen, ist ein Schwimmtest. Linda meinte, dass es echt kalt ist und dass man zum Schluss auf dem Wasser treiben muss.«

»Du bist eine gute Schwimmerin.«

»Nein, das bin ich nicht. Und ich kann mich nicht aufs Wasser legen. Dazu muss man fett sein.«

Lena lachte und ging zu ihr. »Glaub einem Profi, das ist nicht nötig. Und ich kann mich auf dem Wasser treiben lassen. Findest du, dass ich fett bin?«

»Nein.«

»Es muss etwas mit der Knochendichte zu tun haben. Wenn jemand feste Knochen hat, dann fällt es ihm schwer, sich auf dem Wasser zu halten. Wahrscheinlich hast du dieselbe Knochendichte wie dein Dad und ich, also dürftest du keinerlei Probleme haben, dich treiben zu lassen.«

»Danke für den Vortrag.«

»Keine Ursache. Bist du so weit? Welche Schuhe willst du anziehen?«

»Diese«, sagte Sarah und deutete auf die nagelneuen Turnschuhe, die sie bereits anhatte. »Und ich weiß, was du sagen wirst. ›Sie sind neu. Du machst sie dir nur schmutzig.‹ Stimmt's?«

»Na ja. Das stimmt – findest du nicht?«

»Aber ich will sie nur im Van tragen und sofort, wenn wir angekommen sind, die Fußballschuhe anziehen.«

Lena entschied, sich nicht noch einmal auf eine Diskussion über die Schuhe einzulassen. Sarah, eine sehr gute Fußballerin, war hin- und hergerissen gewesen zwischen einem Fußballcamp, das ihr Trainer empfohlen hatte, und dem Camp Rondo, einem normalen Ferienlager ohne Fußballprogramm in den Catskills, das Sarahs Freundin Linda im letzten Jahr schon besucht hatte. Dass sie sich letzten Endes fürs Camp Rondo entschieden hatte, bereitete ihr lange Gewissensbisse, und sie schwor sich, dass sie im Camp die ganze Zeit ihre Fußballschuhe tragen würde. Lena hatte versucht, ihr klarzumachen, dass diese Schuhe unpraktisch und beim Wandern gefährlich sein könnten. Doch mittlerweile versuchte sie schon gar nicht mehr, diese Schlacht zu gewinnen.

Sarah drehte sich um und ging. Da sich Sarah so elegant bewegte, hatte Lena gehofft, sie würde bei den Ballettstunden bleiben, statt zum Fußball zu wechseln. Während andere Mädchen im Ballettröckchen unbeholfen und linkisch wirkten, hatte Sarah den Eindruck erweckt, als würde der Raum um sie herum schweben, als sie die ersten Tanzschritte einübte. Lena, die sich selbst überhaupt nicht als graziös ansah, trauerte um die verpasste Gelegenheit, als Sarah ihr eröffnete, dass sie keine Lust mehr hatte auf Miss Threadgills »blöde« Tanzschule, und David ihr den Rücken stärkte. Lena hätte es schön gefunden, wenn sie Sarah in Ballettkurse, nicht in ein Fußballcamp oder ins Camp Rondo hätte schicken können. Aber Lena gehörte nicht zu den Müttern, die eigene unerfüllte Wünsche oder Ambitionen auf ihre Kinder projizierten.

»Sie sind da«, rief Sarah aus dem Wohnzimmer.

Lena ging zum Fenster und sah den blauen Kleinbus mit dem Logo von Camp Rondo, der in die Einfahrt gebogen war.

Lena rief Sarah zu: »Sag ihnen, dass wir …« Sie hielt inne, als ihre Tochter wieder ins Schlafzimmer kam.

»Nein, Mom. Du sagst es ihnen.« Sarah sah aus, als hätte sie in den letzten Minuten jede Menge Selbstbewusstsein verloren. Lena legte ihr besänftigend die Hand auf die Schulter, ehe sie das Schlafzimmer verließ.

»Mach den Reißverschluss des Koffers zu und …« Sie lief

zur Haustür, öffnete sie und stellte sich auf die kleine Veranda. Ein junger Mann mit Lockenkopf – vermutlich ein Collegestudent – hatte die Fahrertür geöffnet und stieg aus. Lena winkte ihm.

»Hi! Wir sind gleich so weit.«

Der Mann winkte zurück, und Lena ging wieder ins Haus. Sarah schleppte ihren Koffer ins Wohnzimmer – ein gutes Zeichen, dachte Lena. Sie schaute auf die Standuhr; es war erst zwanzig vor neun. Wenigstens sind sie pünktlich, sagte sie sich, während sie zum Tisch im Esszimmer ging und ihre Checkliste in die Hand nahm.

Die nächsten Minuten beschäftigte sie sich nur mit diesem Papier; Kissen, Handtücher, Schlafsack, Dopp-Kit. (Was ist ein Dopp-Kit? – Oh, Dad nennt es so. Es ist der Beutel, in dem du deine Zahnbürste, die Seife und solche Sachen aufbewahrst), Basecap, Sonnenschutzmittel, Mückenspray, Taschenlampe, Postkarten mit vorgeschriebenen Adressen, Sommerlektüre – all das stopfte sie in den neuen Matchsack. Immer wieder spähte Lena aus dem Fenster; der Collegestudent lehnte an der Motorhaube – wie es schien, scherte er sich keinen Deut um sie.

Dann wurde es Zeit, den Koffer und den Matchsack nach draußen zu bringen. Lena schnappte sich den schwereren Koffer, doch ehe sie Sarah bitten konnte, den Matchsack zu nehmen, sah sie, dass das Kinn ihrer Tochter bebte und Tränen in ihren Augen standen. Lena drückte sie kurz an sich.

»Alles wird gut, Schätzchen. Linda ist bei dir. Und es sind ja nur zwei Wochen.«

»Ich wünschte, ich hätte mich fürs Fußballcamp entschieden«, brachte Sarah trotz der unterdrückten Tränen heraus. Dennoch nahm sie den Matchsack und ging voraus.

Der Collegestudent grinste Sarah breit an, hielt ihr die

Hand hin und stellte sich als »J.D.« vor. Er trug ein, wie Lena fand, etwas zu enges Polohemd mit den Camp-Logo. Er nahm den Matchsack und ging zum Heck des Van. Lena folgte ihm und stellte zufrieden fest, dass der Kleinbus innen makellos sauber war. Sobald der Koffer verstaut und die Hecktür geschlossen war, streckte Lena J.D. die Hand hin.

»Ich bin Lena, Sarahs Mutter.«

»Hi. J.D. Schön, Sie kennenzulernen. Ich möchte Sie bitten, noch ein paar Papiere zu unterschreiben.«

Sie gingen zur Fahrertür, und Sarah drückte sich an Lena. J.D. nahm ein Klemmbrett vom Vordersitz und reichte es Lena zusammen mit einem Stift.

»Sie müssen ganz unten auf der ersten, der dritten und der letzten Seite unterschreiben.«

Lena überflog den Text und merkte, dass es die üblichen Verzichts- und Zustimmungsformulare waren.

»Ich wusste nicht, dass ich heute meinen Anwalt brauche.«

J.D. lachte. Er merkte, dass sich Sarah etwas abseits hielt, und ging zu ihr.

»War das ein Fußball, den ich in deinem Matchsack ertastet habe?«

»Ja.«

»Spielst du Fußball?«

»Ja.«

»Nun, dann wirst du in Rondo sicher öfter aufs Tor schießen.«

»Wie kommt's? Dort gibt's doch keinen Fußball.« Sarah war verwirrt, aber auch erwartungsvoll. J.D. zögerte ein wenig, dann grinste er, als wollte er ihr ein Geheimnis verraten.

»Ich weiß, in der Broschüre steht nichts darüber, aber sie haben im letzten Herbst unten am See ein Stück Land gerodet und beschlossen, einen Fußballplatz daraus zu machen.«

Sarah schaute Lena an, die noch las und unterschrieb.

»Mom, hast du das gehört?«

»Das ist großartig«, antwortete sie und reichte das Klemmbrett an J.D. zurück. Als sie sah, wie sehr sich Sarah über die Neuigkeit freute, hätte sie sich am liebsten bei J.D. dafür bedankt, dass er die Sprache darauf gebracht hatte.

J.D. öffnete die Seitentür, Sarah sprang hinein. Lena half ihr, den Sicherheitsgurt anzulegen, und nutzte die Gelegenheit für eine letzte Umarmung.

»Ich liebe dich, Schätzchen. Wir sehen uns in zwei Wochen wieder.«

»Ich liebe dich auch, Mom.«

Lena glaubte, wieder Tränen zu sehen; sie richtete sich auf, und J.D. schob rasch die Tür zu. Er streckte die Hand aus, und sein Blick auf Lena sagte: »Es wird ihr gut gehen.«

»War nett, Sie kennengelernt zu haben, Mrs. Pyle.«

»Danke. Ich wünsche Ihnen schöne Ferien. Möchten Sie, dass ich die Rostenkowskis anrufe und ihnen Bescheid sage, dass Sie etwas früher kommen?«

J.D. schüttelte nach einem Blick auf seine Uhr den Kopf. »Nein, ich werde pünktlich zu ihnen kommen. Aber wir warten auch, wenn's sein muss.«

Er lächelte, ehe er in den Van stieg. Diesmal entdeckte Lena auf einem seiner Schneidezähne etwas, was sie für einen Nikotinfleck hielt. Es störte sie, wenn junge Leute rauchten. Doch das war nur ein kleiner Minuspunkt, ansonsten schien J.D. ein anständiger Junge zu sein. Sie legte sich schon einen Satz für die spätere Unterhaltung mit David zurecht. »Sarah ist in guten Händen.«

Als der Kleinbus zurücksetzte, spiegelte sich das Licht in

den Wagenfenstern, so dass Lena ihre Tochter nicht deutlich sehen konnte. Kurz darauf bog der Van auf die Straße ein und fuhr davon. Für einen kurzen Moment verspürte Lena den Drang hinterherzulaufen. Warum? Darauf wusste sie keine Antwort. Sie hatte sich gut auf diesen Augenblick vorbereitet; zudem war der Abschied reibungslos verlaufen. Aber jetzt war Sarah außer Sicht und verschwand – wenigstens kam es Lena so vor – im Nirgendwo. Mit tränennassen Augen beobachtete Lena, wie die ursprüngliche Ruhe in die Westchester Street zurückkehrte, nachdem der Van um die Ecke gebogen war. Sie wischte sich über die Augen und schalt sich selbst für diese Gefühlsduselei. Betrachte es nüchtern, ermahnte sie sich. Sei stolz auf Sarah. Sie war ohne jedes Theater zu einem Fremden in den Wagen gestiegen.

Bei einem Kaffee überlegte Lena die nächste Viertelstunde, ob sie und David miteinander auskommen würden. Dass er sich in letzter Minute gedrückt hatte, war nicht gerade geeignet, das Vertrauen zwischen ihnen zu stärken. Noch war eine Trennung oder Scheidung kein Thema zwischen ihnen gewesen, allerdings redeten sie in letzter Zeit sowieso nicht viel miteinander. In den Jahren, in denen sie sich noch bemüht hatten, ein Geschwisterchen für Sarah zustande zu bringen, war ihr Umgang sehr herzlich und liebevoll gewesen. Doch nachdem sie beschlossen hatten, sich nicht auf die »technischen Methoden« einzulassen – wie Lena die künstliche Befruchtung nannte –, hatte sich etwas in ihrer Beziehung verändert.

Lena würde die kommenden vierzehn Tage so angehen wie ein Problem in ihrer onkologischen Praxis; ihre Ehe hatte so etwas wie ein Krebsgeschwür, etwas Krankhaftes, und sie mussten die Symptome beschreiben und die Ursache finden, um eine Heilung einleiten zu können. Diese Metapher würde sie nie wirklich benutzen, aber ihre Gedanken gingen in eine ähnliche Richtung. Die Symptome: sporadischer, freudloser Sex, Vermeidung gemeinsamer Unternehmungen, wenige Gespräche, es sei denn, es ging um Sarah. Ursache: Davids Unzufriedenheit im Job …

Diese Ursache stand für sie fest. Als sie sich kennenlernten, hatte David einen Job als Investmentbanker in der Stadt gehabt und ihn gehasst. Nach ihrem Umzug nach Pelham war sein Hass nur noch größer geworden, weil er täglich pendeln musste. Schließlich bekam er eine gut bezahlte Stellung in der Marketingabteilung der örtlichen Niederlassung von Dell. Schon nach der ersten Woche hatte er sich richtig eingearbeitet und wurde im folgenden Jahr zweimal befördert, dennoch sehnte er sich nach mehr. Lena hatte ihn ermutigt, sich nach einem neuen Job umzusehen, er unternahm jedoch nichts. Diese Anstellung lasse ihm Zeit für Sarah, meinte er, die Bezahlung und die Sozialleistungen seien großartig und er habe keine Lust, wieder zu pendeln. Lena glaubte, dass ihr die kommenden zwei Wochen Gelegenheit bieten würden, noch einmal mit ihm über eine Kündigung und die Suche nach einer kreativeren Anstellung zu reden.

Das Geld brauchten sie nicht unbedingt. Lena unterhielt seit fünf Jahren eine gutgehende Praxis am Mount Sinai Hospital und hatte zusammen mit ihren Partnern einen sehr lukrativen Vertrag mit der Klinik geschlossen – das alles bot ihnen ein gewisses finanzielles Polster. David könnte sich ein oder zwei Jahre ganz freinehmen. Lena wollte, dass er glücklich war. Das könnte die richtige Therapie für das Krebsgeschwür in ihrer Ehe sein.

Sie war in Gedanken versunken, als die Türglocke schellte. Sie wusste nicht, wer das sein konnte. Der Postbote, der eine Unterschrift brauchte, eine Gartenbaufirma, die um neue

Kunden warb …? Hoffentlich war es nicht Janet Rostenkowski. Janet war die Mutter von Sarahs Freundin Linda, eine nette, aber strohdumme Frau, mit der sich Lena zwangsläufig wegen der beiden Mädchen hatte anfreunden müssen. Janet und ihr Mann lehrten an der Pelham Highschool und konnten sich über kaum etwas anderes als über Kinder und die Vorkommnisse an ihrer Schule unterhalten. Und über Geldsorgen. Lena fürchtete Lindas Besuche zu einem Kaffee und einem kleinen Plausch. Die Abreise ihrer Töchter könnte einen willkommenen Anlass für einen Kaffeeklatsch bieten.

Aber nicht Janet Rostenkowski stand vor der Tür, sondern eine junge Frau mit durchtrainierter Figur, einer zarten, sonnengebräunten Haut, strahlenden Augen und schönen blond gesträhnten Haaren. Sie lächelte.

»Hi. Ist Sarah fertig?«

Lena schaute von der jungen Frau zur Einfahrt. Da stand ein Van – ein ganz anderer als der vom Camp Rondo; er war grün, statt blau, und die Automarke passte auch nicht, aber das Camp-Rondo-Logo an der Seite stimmte. Für eine Sekunde war Lena verwirrt, doch sie fing sich rasch wieder.

»Äh, nein. Sie wurde bereits abgeholt.«

Lena registrierte, dass die Frau ein ähnliches Poloshirt wie J.D. trug und ein Walkie-Talkie in der Hand hielt. Sie bemühte sich zu lächeln.

»Hmm – wer hat sie abgeholt?«

»Ein Mann, der sich J.D. genannt hat. Ich nehme an, dass er im Camp arbeitet. Er fuhr auch einen Van mit diesem Logo.«

Ein wenig verwirrt hob die junge Frau das Funkgerät an den Mund, warf einen Blick zurück auf den Van und sprach mit dem Fahrer, den Lena durch die Windschutzscheibe erkennen konnte.

»War irgendjemand anderes für die Abholung von Sarah Pyle eingeteilt?«

»Nein«, krächzte es aus dem Walkie-Talkie.

»Kennst du einen J.D. aus dem Camp?«, fragte die junge Frau.

»Nein. Warum?«

»Na ja, Sarahs Mutter sagt, ein J.D. mit einem Wagen vom Camp wäre hier gewesen, um Sarah abzuholen.«

Diesmal ertönte keine Antwort aus dem Funkgerät. Stattdessen öffnete sich die Fahrertür, und ein älterer Mann mit leicht ergrautem Haar und wettergegerbter Haut ging auf das Haus zu. Lena würde diese Sekunden, seine Schritte, die zusammengezogenen Augenbrauen nie vergessen. Plötzlich war es, als würden der Welt ein paar Teile fehlen. Lenas geordnetes Leben geriet aus den Fugen. Der Mann kam auf sie zu. Lenas Herz pochte wild. Das ist ein Traum, dachte sie.

Mit einem Mal konnte man nichts und niemandem mehr trauen. Stand sie wirklich mit diesen Leuten vor ihrer Haustür? Hatte sie Sarah tatsächlich erst vor einer halben Stunde den Sicherheitsgurt angelegt? War David irgendwo unterwegs, oder hielt er sich im Haus auf? Wer war sie?

Der Mann hatte sie erreicht und gab sich alle Mühe, nicht verstört, sondern so zu wirken, als hätte er alles im Griff. Er stellte ganz ruhig Fragen, und Lena beantwortete sie, so gut sie konnte. Doch eine schreckliche, dröhnende Stimme in ihrem Kopf übertönte ihre Unterhaltung. Sie konnte nicht dagegen ankämpfen. Der Mann redete. Sie selbst redete. Die Augen des blonden Mädchens wurden immer größer.

Wo, um alles in der Welt, war Sarah?

KAPITEL 2

Lena klammerte sich so lange, wie es irgend ging, an die Überzeugung, dass es sich um einen Irrtum handeln musste. Allerdings vermochten die beiden Fremden in ihrem Haus den Irrtum nicht aufzuklären. J.D. arbeitete nicht in dem Camp. J.D. hatte sie hinters Licht geführt. J.D. hatte Sarah mitgenommen, und sie fuhren offensichtlich nicht zu dem Camp.

David ging nicht an sein Handy. In Lenas Kopf schwirrten die Worte herum, die sie ihm sagen wollte, sobald er sich meldete. Als sich jedoch seine Mailbox einschaltete, wusste sie nicht, wie sie anfangen sollte. Die Situation in ihrem Haus war nach wie vor verwirrend, die Stimmen klangen, als kämen sie von weit her.

»David, es gibt ein Problem mit Sarah, mit dem Camp. Ruf mich zurück.«

Sie überlegte, ob sie seine Büronummer wählen sollte. Wieso nahm er das Gespräch auf seinem Mobiltelefon nicht entgegen? Saß er in einem Funkloch? War sein Akku leer?

Sie hockte im Schlafzimmer und telefonierte mit ihrem Handy. Der grauhaarige Mann und die junge Frau benutzten den Festnetzapparat, um »die Sache aufzuklären«. Lena ging zurück in die Küche, weil sie wissen wollte, was sie herausbekommen hatten, allerdings konnte sie kaum hoffen, dass sie diesen Wirrwarr schnell ordnen konnten. Die langen Gesichter der beiden bestätigten ihren Verdacht. Sie machten einen ratlosen Eindruck. Die junge Frau war kurz davor, in

Tränen auszubrechen. Der grauhaarige Mann hielt das Telefon ans Ohr, ohne etwas zu sagen – offenbar wartete er, mit jemandem verbunden zu werden. Schließlich gab er einen missmutigen Ton von sich und legte auf.

»Sie sind alle am Haupttor, um die Neuankömmlinge zu begrüßen und den Papierkram zu erledigen.«

»Gibt es keine telefonische Verbindung mit dem Haupttor? Hat denn niemand ein Mobiltelefon?«, fragte Lena.

»Im Camp haben wir keinen Empfang.«

Lena atmete tief durch und straffte die Schultern. »Wir müssen die Polizei alarmieren. Entschuldigung – wie war noch mal Ihr Name?«

»Ich bin Winston, und das ist Kerry«, antwortete der Grauhaarige. »Warten wir noch, bevor wir die Polizei anrufen. Das Ganze könnte schlicht ein Missverständnis sein.«

»Was für ein Missverständnis? Sie sagten, dass Sie keinen J.D. kennen und dass es keinen zweiten Van gibt.«

»Das Camp ist groß. Und Sie sagten, der Wagen sei nagelneu gewesen. Vielleicht hat man noch einen angeschafft, ohne uns etwas davon zu sagen, und dann die Dienstpläne durcheinandergebracht. Ich war letzte Woche auf einem Kanu-Ausflug. Vielleicht habe ich eine falsche Information bekommen. Ich möchte nicht gern zur Polizei rennen, wenn sich dann doch herausstellt, dass es nur ein Irrtum war.«

»Und was, wenn man meine Tochter entführt hat?« Lena sprach diese Worte zum ersten Mal laut aus.

»Ich kann nicht glauben …«, begann Winston und wurde vom Klingeln des Telefons unterbrochen. Lena nickte ihm zu, und er nahm den Anruf entgegen. »Hallo? … Ich bin's, Rick. Hast du die Nachricht bekommen? … Nein, sie sagt, er hatte ein Camp-Logo auf der Seitentür, und der Kerl hatte Formulare bei sich, auf denen auch unser Logo abgedruckt war. Verzichts- und Zustimmungserklärungen – anscheinend genau solche, wie wir sie verwenden … Ja. Sie steht hier neben mir.« Er hielt Lena den Hörer hin. »Er möchte mit Ihnen sprechen.«

Lena nahm das Telefon. »Hallo. Ich bin Lena Pyle. Wer spricht dort?«

»Ich bin Rick Carlone, Mrs. Pyle. Das Ganze tut mir sehr leid. Können Sie den Mann beschreiben, der Sarah abgeholt hat?«

»Er sah aus wie ein Collegestudent. Ungefähr eins achtzig groß, lockiges Haar, ein wenig übergewichtig, und er trug dasselbe Shirt wie Winston und Kerry. Und … er hatte Nikotinflecken auf einem Schneidezahn.«

»Wir stellen hier keine Raucher ein.«

»Woher sollte ich das wissen?«, gab Lena zurück; sie fühlte, dass sie allmählich die Beherrschung verlor. Das Bild von dem davonfahrenden Kleinbus stand ihr vor Augen.

»Nein, das konnten Sie nicht wissen. Tut mir leid«, antwortete Carlone verlegen.

Lena bedrängte ihn. »Besteht die Chance, dass dieser Kerl irgendetwas mit dem Camp zu tun hat? Gab es eine Verwechslung?«

Schweigen. Es schien, als müsse Carlone über die Frage nachdenken. »Nein.«

»Dann müssen wir die Polizei einschalten.«

»Ja. Aber könnten Sie meine Fahrer gehen lassen? Sie müssen noch andere Kinder abholen. Geben Sie der Polizei meine Nummer; die können mich jederzeit anrufen, falls sie Informationen brauchen.«

»Falls? An wen sonst sollten sie sich wenden, wenn sie mehr erfahren wollen?«

»Ja, klar. Entschuldigung. Aber meine Fahrer wissen nichts.«

»Okay.« Lena hörte sich Carlones weitschweifige Entschuldigungen an, dann reichte sie das Telefon an Winston weiter. Er nahm Anweisungen entgegen und wechselte einen vielsagenden Blick mit Kerry.

Als Winston auflegte, ergriff Kerry das Wort. »Ich könnte doch bei Mrs. Pyle bleiben, oder?«

Winston stimmte ihr zu, aber Lena wäre in dieser Situation lieber allein geblieben, statt sich noch um eine Cheerleaderin kümmern zu müssen. »Danke, aber mein Mann wird jede Minute hier sein. Fahren Sie mit …« Sie hatte wieder den Namen des Grauhaarigen vergessen.

»Winston«, half er ihr weiter. »Sind Sie sicher?«

»Ja. Er muss gleich hier sein.«

»Sollen wir warten, bis Sie mit der Polizei telefoniert haben?«

Lena überlegte noch, ob das eine gute Idee war, als das Telefon erneut klingelte. Winston griff instinktiv nach dem Hörer, reichte ihn jedoch gleich an Lena weiter. Lena brachte eine mattes »Hallo« heraus.

Es war Janet Rostenkowski, und wie üblich fiel sie mit der Tür ins Haus. »Hi, Lena. Sarah wollte, dass ich dich anrufe. Sie hat ihren Pulli vergessen und sich einen von Linda ausgeliehen. Sie wollte nicht, dass du ihren zu Hause siehst und dir Sorgen machst, dass sie frieren könnte …«

»Sie war da? In dem Van?«, fragte Lena entsetzt.

»Ja. Sie sind auf dem Weg – zwei glückliche Mädchen. Ich …«

»Ein blauer Van? Ein junger Mann namens J.D.?«

»Ich habe ihn nicht nach seinem Namen gefragt. Phil hat mit ihm gesprochen. Warum?«

»Er kommt nicht von dem Camp. Die richtigen Fahrer sind gerade hier bei mir.«

In der Leitung surrte und knackte es, als würde Janet mit dem Handy in der Hand herumlaufen. »Ich verstehe das nicht. Was sagst du da?«

»Der Kerl, der Linda und Sarah abgeholt hat, kam nicht vom Camp. Sie kennen ihn gar nicht.«

»Aber der Van war von dem Camp. Er hatte das Logo auf der Seite.«

»Ich weiß. Er muss es selbst draufgeklebt haben. Und die Formulare! Musstet ihr auch Formulare unterschreiben?«

Janet antwortete nicht, und Lena hörte, wie sie mit Phil sprach.

Phil übernahm das Telefon. »Lena – ich bin's, Phil. Was ist los?«

»Ich glaube, die Mädchen wurden gekidnappt.«

»Gekidnappt? Von wem?«

»Dem jungen Kerl, der sie abgeholt hat. Er nannte sich J.D., stimmt's?«

»Ja, aber – äh – ich kannte ihn. Vom letzten Jahr«, stammelte Phil.

»Du kennst ihn?«

»Wenn ich genauer darüber nachdenke, dann sagte *er*, dass er mich schon im letzten Jahr getroffen habe. Er meinte, er sei damals zum ersten Mal im Camp gewesen. Ich habe mich nicht wirklich an ihn erinnert.«

»Die echten Fahrer sind jetzt hier bei mir.«

»Scheiße.« Dieses Wort war ganz untypisch für den zugeknöpften Phil. »Ich habe unterschrieben … diese Formulare waren dieselben wie im letzten Jahr.«

»Wann sind sie abgefahren?«

»Ich weiß nicht. Ich war im Garten … Janet, wann sind sie losgefahren?«

Lena hörte Janet im Hintergrund. Sie schien zu weinen.

»Janet meint, vor vielleicht einer halben Stunde«, sagte Phil in den Hörer.

»Ich rufe die Polizei.«

»Ja. Die echten Fahrer sind noch bei dir?«

»Ja.«

»Sollten sie noch andere Kinder abholen?«

»Ich glaube schon.« Lena wurde sich plötzlich bewusst, dass sie die anderen Eltern warnen sollte. Sie wandte sich an Winston. »Sollten Sie außer Sarah und Linda noch andere Kinder abholen?«

»Ja. Ich habe die Liste draußen im Auto.«

»Wie viele sind es noch?«

»Noch drei, glaube ich.«

»Holen Sie diese Liste!«, rief Lena. Sie hätte sich in den Hintern treten können, weil sie nicht früher an die anderen Eltern gedacht hatte. Hatte J.D. nicht gesagt, dass er noch andere Kinder einsammeln würde? Kerry stürmte hinaus.

Lena sagte: »Phil, ich lege jetzt auf und rufe die Polizei an. Dann sagen wir den anderen Eltern Bescheid. Oder vielleicht mache ich das zuerst.«

»Ist David zu Hause?«

»Nein, er ist, äh, im Büro.«

»Hör zu, wir kommen zu dir.«

»Ihr müsst nicht …«

»Wir sind gleich da.« Damit unterbrach er die Verbindung.

Lena legte ebenfalls auf. Sie hatte ganz vergessen, dass Winston noch in der Küche war. Als sie sich umdrehte und ihn mit seiner düsteren Miene da stehen sah, erschrak sie. Verdammt, was ging hier vor?

KAPITEL 3

Noch zwei weitere Familien waren von demselben Blitz getroffen worden wie die Pyles und die Rostenkowskis. Die eine hieß Walker und lebte in einer der vornehmeren Gegenden in Larchmont. Die Mutter war zur Arbeit gegangen, nachdem sie ihren Sohn Franklin in J.D.s Kleinbus gesetzt hatte. Winston, der die Anrufe tätigte, während sich Lena mit der Polizei in Verbindung setzte, erreichte die Mutter in der First Presbyterian Church, wo sie als Pastorin tätig war. Die vierte Familie mit dem Namen Williams lebte in White Plains. Ihr Sohn Tommy war der Letzte, der in den Van gestiegen war. Als der Vater Mike, ein Bauunternehmer, dessen Lastwagen überall im Westchester County zu sehen waren, hörte, was passiert war, schickte er innerhalb weniger Minuten all seine Leute auf die Suche nach dem blauen Bus.

Lena war ins Schlafzimmer gegangen, um mit der Polizei zu telefonieren. Sie wurde mit mehreren Dienststellen verbunden, ehe sie einen Captain an den Apparat bekam, der sich der Sache annahm.

Lena erzählte die Geschichte zum dritten Mal. »Der Mann gab vor, ein Mitarbeiter des Camps zu sein. Die Leute vom Ferienlager sollten meine Tochter abholen, und der Entführer behauptete, er sei der offizielle Fahrer des Camps. Er hat mir Papiere gegeben, die ich unterschreiben musste.«

»Und Sie sagen, er ist gar kein Mitarbeiter des Camps?«

»Richtig. Etwa eine halbe Stunde später kam der echte Fahrer mit einer Kollegin hier an. Sie sind immer noch hier.«

Wie aufs Stichwort erschien Winston an der Schlafzimmertür und hielt zwei Finger hoch.

»Und Sie wissen nichts über den anderen, den ersten Fahrer?«

»Nein. Und es geht auch nicht nur um meine Tochter. Der Mann hat noch die Freundin meiner Tochter und zwei andere Kinder von zu Hause abgeholt.«

Winston nickte.

Der Captain räusperte sich. »Wohnen diese Leute auch in Pelham?«

»Ich weiß es nicht. Das müssen Sie den Fahrer fragen.«

Lena reichte das Telefon an Winston weiter und hörte zu, als er detailliertere Angaben über die betroffenen Familien machte. Dann schwieg Winston eine Weile, nickte und unterbrach die Verbindung.

Lena hätte gern noch mal mit dem Captain gesprochen. »Was? Was hat er gesagt?«

»Wir müssen den Vorfall dem Westchester County Sheriff melden. Der Captain sagt, die seien dafür zuständig, weil die anderen Familien ihren Wohnsitz in anderen Bezirken haben.«

»Du lieber Himmel, kann er den Fall nicht selbst an sie weitergeben?«

Winston sah sie verständnislos an, und Lena hielt es für Zeitverschwendung, herauszubekommen, wieso die Polizei nicht im Büro des Sheriffs anrufen konnte. Sie nahm den Hörer, blätterte kurz in dem Buch mit den Notrufnummern, wählte die Nummer des Sheriffs und musste sich wieder von einem Apparat zum anderen verbinden lassen.

Der erste Streifenwagen hielt etwa zehn Minuten später in der Einfahrt, und der Officer, der zur Tür kam, war einigermaßen gut über die Vorkommnisse informiert. Er war ein Mann in den Vierzigern mit leichtem Bierbauch und großer

Nase. Sein Namensschild wies ihn als »Norman« aus. Als Lena anfing, ihm Einzelheiten zu erzählen, entdeckte sie Argwohn in seinen Augen, als wäre die Geschichte nicht rund genug. Während sie redete, merkte sie selbst, dass das Ganze ziemlich unwahrscheinlich klang. Der Entführer musste die Sache von langer Hand geplant haben. Zum Glück war sie nicht die Einzige, die sich von ihm hatte täuschen lassen. Der größte Bauunternehmer im County hatte auch seinen Sohn zu diesem Betrüger ins Auto gesetzt.

Officer Norman hatte sich Winston zugewandt, um ihn zu befragen, als sein Funkgerät knisterte. Lena, die in die Küche gegangen war, konnte das Krächzen nicht verstehen und kehrte ins Wohnzimmer zurück, weil sie keine Neuigkeit verpassen wollte.

Nachdem Norman den Funkspruch bestätigt hatte, drehte er sich zu Lena um. »Sie haben den Van gefunden.«

»Mit den Kindern?«

»Nein. Er war leer bis auf einige Sachen der Kinder. Sie überprüfen gerade die Zulassung.«

»Wo steht der Van?«

»In einer Sackgasse in White Plains. Sie müssen den Wechsel geplant und vorbereitet haben. Der Van war wohl zu auffällig.« Es schien, als hätte sich Normans Argwohn gelegt. Er stellte Fragen nach möglichen Verdächtigen, nach Personen, die von dem geplanten Campaufenthalt und dem Abholservice wussten. Lena konnte nichts darüber sagen, und Winston schlug vor, die Leute im Camp danach zu fragen. Norman meinte, jemand vom Büro des Sheriffs sei bereits unterwegs dorthin.

Jemand klopfte an die Haustür. Die Rostenkowskis kamen herein, ohne abzuwarten, dass Lena ihnen öffnete. Janet sah grauenvoll aus. Sie war ohnehin eine reizlose Frau, deren

Äußeres normalerweise von Make-up profitierte, aber heute, da sie geweint hatte und ungeschminkt war, stand ihr der Schreck deutlich ins Gesicht geschrieben.

Phil, der das Haus hinter Janet betrat, war wütend und erweckte den Eindruck, als wollte er auf jemanden oder etwas einschlagen. Er war groß und hager mit hervorquellenden Augen und einem Adamsapfel, der auf- und abhüpfte, wenn er sprach. Lena hatte ihn selten mit etwas anderem als einem billigen Sportsakko gesehen, doch heute trug er ein kurzärmeliges blaues Hemd.

Janet lief zu Lena, ohne auf die anderen Anwesenden zu achten. »Es ist unsere Schuld. Wir haben das Camp empfohlen. Es tut mir so leid.«

Lena und alle anderen sahen sofort, dass sie ein bisschen Theater spielte. Linda hatte im letzten Jahr eine großartige Zeit in dem Camp verbracht, und Lena und David waren beeindruckt, wie sehr sie der Aufenthalt zum Positiven verändert hatte. Sarah hatte ganz allein die Entscheidung getroffen, ins Camp Rondo und nicht in das Fußballcamp zu fahren. Lena schloss Janet in die Arme – es war die erste aufrichtige Umarmung der beiden Frauen.

»Nein. Niemand hat schuld … Du weißt, dass noch zwei andere Familien betroffen sind?«

»Was?«, jaulte Phil auf und schaute von Lena zu Norman und Winston.

Sie brachten die Rostenkowskis auf den neuesten Stand. Plötzlich fiel Lena wieder ein, dass David noch nicht aufgetaucht war. Solange sie mit den Anrufen mit der Polizei beschäftigt gewesen war, hatte sie ihn nicht vermisst, aber jetzt, als sie die Rostenkowskis ansah, spürte sie schmerzlich seine Abwesenheit. Wo war er?

Dieser Frage folgte ein so vernichtender Gedanke, dass

sie sich hinsetzen musste. Wie oft hatte sie schon gehört, dass die Polizei fast immer die Eltern zuerst verdächtigte, wenn Kindern etwas zustieß? Als sie ihr Klinikpraktikum absolviert hatte, musste sie einen Jungen mit mehreren Stichwunden behandeln. Zu guter Letzt hatte sich herausgestellt, dass er Opfer eines Zornausbruchs seines Vaters geworden war. Was würde die Polizei über sie und David denken? Fiel der Verdacht zuerst auf sie? Lena wusste, dass das lächerlich war. Man entführte nicht das eigene Kind. Aber wo steckte David? Und wieso hatte er heute Morgen unter einem so fadenscheinigen Vorwand das Haus verlassen? Weshalb hatte er noch nicht zurückgerufen?

Eine Frage von Norman drang in Lenas Bewusstsein und ließ sie wieder auf das Gespräch der Menschen um sie aufmerksam werden.

»Und wo ist Ihr Mann, Mrs. Pyle? Sind Sie nicht verheiratet? Lebt er auch hier im Haus?«

»Ja. O ja. Er ist … in seinem Büro.«

»War er hier, als der Kleinbus ankam?«

»Nein. Er wurde früh am Morgen angerufen und in sein Büro gebeten.« Lena spürte Janets Blick, erwiderte ihn jedoch nicht.

»Und haben Sie Ihren Mann angerufen? Weiß er Bescheid?«

»Ja.«

Lena hielt es für das Beste, in diesem Punkt möglichst unbekümmert zu erscheinen. Mit David mochte etwas nicht stimmen, doch das hatte nichts mit der Entführung zu tun. Es würde die Polizei nur von ihren eigentlichen Ermittlungen ablenken, wenn sie jetzt das Augenmerk auf David lenkte. Sie sah zu Janet und Phil. Ihnen konnte sie nichts vormachen. Sie durchschauten Lenas Täuschung. Vielleicht tat das Norman auch. Lena wurde immer ärgerlich, wenn die

Menschen in Büchern oder Filmen nicht die Wahrheit sagten und andere deckten, und jetzt handelte sie ähnlich.

Norman wurde wieder angefunkt und sagte: »Die Detectives sind hier.« Er deutete mit dem Kinn zur Einfahrt. Ein unmarkiertes Polizeiauto war aufgetaucht, aus dem ein untersetzter älterer Mann und eine kleine, zarte Frau um die dreißig stiegen. »Das ist Auggie Martin. Sie sind in guten Händen.«

Martin und die Frau waren noch nicht im Haus, als das Telefon klingelte. Lena war im Begriff, in die Küche zu gehen, doch Norman hob die Hand, um sie zurückzuhalten. Er sprach mit Martin: »Auggie, möchten Sie, dass sie den Anruf entgegennimmt?«

Martin gesellte sich zu ihnen, begrüßte Lena mit einem Nicken und fragte: »Fühlen Sie sich gut genug? Sind Sie bereit, falls es die Entführer sind?«

Lena war nicht bereit, bemühte sich aber, sich nichts anmerken zu lassen. »Ja, aber … muss ich was Spezielles beachten?«

»Hören Sie zu, lassen Sie sich auf nichts ein, versuchen Sie, das Gespräch in die Länge zu ziehen – wir haben Ihre Leitung bereits angezapft und können die Anrufe zurückverfolgen. Haben Sie das verstanden?«

Lena nickte und nahm den Anruf nach dem vierten Klingeln entgegen, kurz bevor sich der Anrufbeantworter einschaltete. Es war David.

»Hi. Was ist los? Tut mir leid, dass ich mich nicht früher gemeldet habe. Ich habe mein Handy auf dem Schreibtisch liegengelassen.«

»Warte einen Moment.« Lena drehte sich um und verkündete: »Es ist David.« Die anderen wandten sich ab, und Lena fragte leise: »Wo bist du?«

»In der Firma. Was ist los?«

»Du musst nach Hause kommen. Sarah wurde entführt. Der Fahrer, der sie hier abgeholt hat, war ein Betrüger. Er hat auch noch Linda und zwei andere Kinder gekidnappt.« Lena drehte sich um, um zu sehen, ob ihr die anderen zuhörten. Norman sah sie durchdringend an – seine Antennen waren auf Empfang eingestellt.

»Wovon redest du?«

»Komm einfach nach Hause. Ich werde dir alles erklären ... Die Polizei ist hier.«

»Entführt? Wie ...?«

»Ja, David.«

David sagte nichts, legte aber auch nicht auf. Dieses Schweigen war Lena nicht fremd. Es war ein Schweigen, das von einem Schock und der Unfähigkeit, eine Information zu begreifen, ausgelöst wurde. Wenn sie einem Patienten gegenüber das Wort »Metastasen« äußerte und erklärte, war die Wirkung in etwa dieselbe. Sie ließ ihm auch Zeit, das Gehörte zu verdauen.

»Ich bin gleich daheim«, erklärte David endlich.

Sie beendeten das Telefonat, und Lena ging zurück ins Wohnzimmer. Janet und Phil steckten mit Martin und der jungen Frau die Köpfe zusammen. Martin sah, dass Lena auf sie zukam, und ging ihr entgegen. Über seine Schulter hinweg erblickte sie vor dem Fenster den ersten Wagen, der vermutlich einem Journalisten gehörte. Sie starrte immer noch auf das Auto, als Martin ihr die Hand hinhielt: »Dr. Pyle, ich bin Detective Martin.«

Lena ergriff seine Hand und fragte sich, woher er wusste, dass sie einen Doktortitel hatte. Er lächelte und hielt ihre Hand ein wenig länger als nötig. Von weitem, als er zum Haus gegangen war, hatte er übergewichtig gewirkt – ein ergrauter Cop mit rotem Gesicht. Aber jetzt im Licht, das von der Küche in sein Gesicht schien, leuchteten die sanften blauen Augen, und Lena hatte das Gefühl, ihn zu kennen und schon lange mit ihm befreundet zu sein.

»Ich möchte Ihnen meine Partnerin Detective Salerno vorstellen.« Die junge Frau stellte sich an Martins Seite und gab Lena ebenfalls die Hand. Sie schien ein wenig nervös zu sein, doch das beruhigende Lächeln, mit dem sie Lena ansah, war echt.

»Bitte nennen Sie mich Denise. Es tut mir leid, dass Ihnen das passiert ist.«

»Danke.« Lena wusste, dass das eine Formalität war, aber die Wortwahl tröstete sie. Es war ihr passiert. Sie hatte nichts weiter getan, als ihre Tochter in ein Ferienlager zu schicken. Alles war so verlaufen, wie sie es erwartet hatte. Sie hatte sich sogar den Kleinbus genauer angesehen und Sarah mit dem Sicherheitsgurt geholfen. Sie wehrte die Attacke der Schuldgefühle ab wie lästige Mücken.

Martin wandte sich um und sprach die Rostenkowskis und Lena gleichzeitig an.

»Setzen wir uns und fangen wir an.« Zu Lena sagte er: »Ist Ihr Mann auf dem Weg hierher?«

»Ja.«

»Möchten Sie, dass wir auf ihn warten?«

»Ja, das wäre nett. Er ist im Büro – das ist nur zehn Minuten entfernt.« Kaum waren diese Worte ausgesprochen, fiel Lena ein, dass sie keine Ahnung hatte, wo David wirklich war und wie lange er nach Hause brauchen würde.

»Natürlich warten wir«, erwiderte Martin. »Ich wünschte, ich würde auch nur zehn Minuten von meiner Arbeitsstelle entfernt wohnen.« Er schwieg, und Lena fragte sich, ob man von ihr eine Antwort erwartete, doch dann fügte er hinzu: »Sie haben nicht einen Kaffee für uns?«

»O ja, Entschuldigung.«

»Machen Sie sich keine Umstände. Wir können jemanden losschicken und uns Kaffee holen lassen.«

»Nein, das ist gar kein Problem.«

Lena ging in die Küche, und Janet lief ihr nach, um ihr zu helfen, wie sie sagte. Janet schien ihre Fassung wiedererlangt zu haben. Ihr Gesicht war nicht mehr so sehr gerötet und fleckig. Als Lena den alten Kaffeesatz in den Abfalleimer warf, sagte sie mit gedämpfter Stimme: »Was machen wir mit der Presse?«

Lena wusste, dass Menschen unter Stress seltsame Dinge taten, um sich von der eigentlichen Ursache des Stresses abzulenken. Wer scherte sich um die Presse? Ihre Kinder waren verschwunden! Sie sollten sich Gedanken machen, was sie deswegen unternehmen konnten.

»Ich weiß nicht. Überlassen wir das der Polizei.«

»Aber man sieht immer die Eltern. Ich würde kein Wort herausbringen vor den Kameras.«

»Das brauchst du auch nicht.« Lena wurde ärgerlich.

»Aber ich bin die Mutter.«

Lena hatte Janet schon immer für egozentrisch gehalten, für jemanden, der sich einbildete, sie allein hätte Probleme, von denen andere lang und breit erfahren sollten. Vor fünf Jahren war Janet unverschuldet in einen schweren Autounfall verwickelt gewesen. Sie hatte mehrere Knochenbrüche davongetragen und beinahe ein Jahr im Krankenhaus verbracht. Lena hatte sie vor dem Unfall nicht gekannt, deshalb wusste sie auch nicht, wie sehr er Janet verändert hatte. Nur eines war sicher: Der Unfall beherrschte ihr Leben. Sie erwähnte ihn oft, und beinahe genauso oft sprach sie von ihren Geldsorgen, die aus den horrenden Arztrechnungen resultierten, die sie immer noch abbezahlten.

Lena musste plötzlich an das andere Kind der Rostenkowskis denken, das bereits die Junior Highschool besuchte.

»Wo ist Paul?«, erkundigte sich Lena.

»Zu Hause. Er soll morgen nach Montana fahren. Die Großeltern von seinem Freund leben dort auf einer Ranch. Wir dachten, es wäre gut für ihn, wenn er den Westen kennenlernt. Und wir dachten, wir könnten zwei Wochen für uns haben.«

Lena hatte keine Lust, sich zu unterhalten. Sie wollte nur zwei Dinge: dass David endlich nach Hause kam und dass sie dem Detective mit den sanften blauen Augen zuhören konnte.

In ihrer Vorstellung hatte sie ihn bereits mit magischen Kräften ausgestattet, die ihm halfen, Sarah zu finden und zurückzuholen. Sie bat Janet, die Tassen ins Wohnzimmer zu bringen, und sah zu, wie Kaffee in die Kanne tropfte, während sie darauf wartete, Davids Stimme zu hören.

Als der Kaffee ganz durchgelaufen war, hatte sich David immer noch nicht blicken lassen. Phil und Janet konnten ihre Fragen nach den anderen Familien nicht mehr zurückhalten. Martin beantwortete sie, so gut er konnte, trank seinen Kaffee und nahm stillschweigend das Zepter in die Hand.

»Warum fangen wir nicht an?«, schlug Lena schließlich vor. »David wird offenbar aufgehalten.«

Martin stellte seine Tasse ab und erhob sich. »Also – augenscheinlich haben wir alle keine Erfahrung mit solchen Dingen. Um Ihnen die Wahrheit zu sagen: Ich bin vierundzwanzig Jahre Polizist und habe nie in einem Entführungsfall ermittelt. Ich werde mich mit erfahrenen Leuten in Verbindung setzen, trotzdem möchte ich Ihnen von vornherein reinen Wein einschenken.«

Lena war beeindruckt. Martins Geständnis stärkte ihr Vertrauen in seine Kompetenz.

Martin schlug einen Block auf und blätterte in seinen Notizen. »Sie wissen, dass man den Wagen gefunden hat. Ich sage ›man‹, weil nicht wir diesen Erfolg zu verbuchen haben, möglicherweise wissen Sie bereits, dass ein anderes Opfer dieses Verbrechens Mike Williams ist. Man sieht überall die roten Fahrzeuge mit der weißen Aufschrift. Williams hat, sobald ihm klar wurde, was passiert war, seine Leute losgeschickt, und einer seiner Trupps hat den Van gefunden. Sehr kluge Vorgehensweise. Ich bezweifle, dass wir so schnell fündig geworden wären.«

»Trotzdem war es nicht schnell genug.« Alle sahen Phil an, der vor sich hin starrte.

»Natürlich. Alle Kinder hatten einen Koffer und einen Matchsack bei sich. Ich schätze, das hat die Camp-Leitung so verlangt, oder?« Die Eltern nickten. »Nun, die Koffer waren noch im Van – geöffnet, und es sah aus, als hätte man einige Kleidungsstücke herausgenommen. Wir werden das noch genauer überprüfen. Aber da waren nur zwei Matchsäcke. Wir vermuten, dass sie das Wichtigste für alle in zwei Matchsäcke gestopft haben.«

Janet fing an zu schniefen. Lena fragte sich, wie viel Gewalt J.D. hatte anwenden müssen, um Sarah dazu zu bringen, ihre Kleider aus dem Koffer zu nehmen und in einen Matchsack zu stopfen. Lena ahnte, dass sich ihre Tochter gegen einen solche Anweisung aufgelehnt haben könnte. Musste J.D. sie packen, um sie zu zwingen?

»Wir glauben, dass der Mann, der die Kinder abgeholt hat, mit einem Komplizen zusammenarbeitet, der in White Plains auf ihn gewartet hat. Wir haben keine Ahnung, wie der andere Wagen, falls es einen gibt, aussieht. Unsere Jungs sind unterwegs und hören sich um, ob es irgendwelche Augenzeugen gibt.«

»Wo genau wurde der Van gefunden?« Lena stellte die Frage, ohne vorher nachzudenken.

»Abseits der Route 287 – an der ersten Ausfahrt von White Plains liegt ein Industriegebiet, dahinter gibt es einen Feldweg, eine Sackgasse, die auf dem Gelände endet, das im nächsten Jahr bebaut werden soll. Die Stelle ist weder von der Straße aus noch von den Gebäuden im Park zu sehen.«

Lena bekam die Antwort kaum mit. Sie hatte die Frage nur gestellt, um Martin reden zu hören. Er kannte sich aus und würde alles in die Wege leiten.

»Okay, jetzt …« Er verstummte, als die Haustür aufging.

David war überrascht, so viele Menschen in seinem Wohnzimmer zu sehen. Lena sprang auf und lief zu ihm.

»Tut mir leid. Ich … es war viel Verkehr.« Er legte den Arm um Lenas Schultern, als Martin auf ihn zukam.

»Mr. Pyle, ich bin Detective Martin.« David nahm den Arm von Lenas Schultern und gab Martin die Hand. »Und das ist Detective …« Er sah sich um. Detective Salerno war in der Küche am Telefon. »Okay. Meine Partnerin heißt Denise Salerno. Wenn es Ihnen nichts ausmacht, fahre ich einfach fort, und wir setzen Sie anschließend ins Bild.«

»Natürlich. Ich kann das Ganze einfach nicht glauben. Dieser Kerl biegt in die Einfahrt, und ihr gebt ihm die Kinder mit?«, sagte er und sah dabei die Rostenkowskis an. Lena wusste trotzdem, dass sie das eigentliche Objekt seiner Anschuldigung war. Plötzlich wurde es totenstill im Raum. Lena musste sich mächtig zusammennehmen, um ihn nicht anzuschreien und ihn zu fragen, wo er gewesen war, warum er ihr nicht geholfen hatte, J.D. als Schwindler zu entlarven.

Martins wohltönende Stimme durchbrach das Schweigen.

»Ich glaube nicht, dass wir irgendjemandem in diesem Raum die Schuld in die Schuhe schieben können, Mr. Pyle. Wie es aussieht, hatten Sie es mit einem echt kranken Typen zu tun. Niemand hat etwas falsch gemacht. Wir sollten uns lieber auf die Suche nach Ihren Kindern konzentrieren, okay?«

Lena starrte David unverwandt an, wollte einen Blickkontakt erzwingen und eine Verbindung zu ihm herstellen. Bitte, David, dachte Lena, meine Erwartungen haben mich blind gemacht. Ich habe Sarah losgelassen wie einen Ballon, den ich vergessen habe, an meinem Handgelenk festzubinden.

David bemühte sich angestrengt, Lenas Blick auszuweichen.

KAPITEL 4

J.D. sprach nicht viel auf der Fahrt von den Pyles zu den Rostenkowskis. Er tätigte einen Anruf mit dem Handy, während er fuhr, und Sarah wusste, dass das verboten war. Aber es war nur ein kurzes Telefonat, und J.D. brummte nur ein »Ja«, ehe er wieder auflegte. Sarah sah seinen Lockenkopf über der Nackenstütze und nur gelegentlich sein Gesicht im Rückspiegel.

»Hast du es bequem da hinten?«, erkundigte er sich, als sie sich Lindas Haus näherten. Sarah nickte und bejahte die Frage.

Sarah freute sich, Linda zu sehen, auch wenn Linda wegen irgendetwas sauer zu sein schien. Sarah blieb im Wagen, als J.D. ausstieg und Mr. Rostenkowski mit Lindas Gepäck half. Dann kam Mrs. Rostenkowski mit einem Pulli für Linda in der Hand aus dem Haus, und Linda drehte sich um und rief ihrer Mutter etwas zu.

J.D. schob die Seitentür auf, und Linda stieg ein. Für Linda war der Abschied von den Eltern nicht so schlimm wie für Sarah. Sie war ein kleines, dunkelhaariges Persönchen, das sich oft über Kleinigkeiten aufregte. Doch sie und Sarah waren sich in den wichtigen Dingen einig – die Hausaufgaben machten beiden nichts aus, sie hatten keine Lust, sich im Beisein von Jungs albern aufzuführen, und sie liebten Fußball. Linda war auch eine sehr gute Spielerin.

Plötzlich war Linda, die sich oft mit ihrer Mutter stritt, wütend. Noch ehe Sarah etwas zu ihr sagen konnte, kam

Mrs. Rostenkowski an die Wagentür und hielt ihrer Tochter den Pulli hin.

»Nimm das, Linda. Sofort.«

»Ich brauche ihn nicht! Ich habe einen Wollpullover und ein Sweatshirt dabei, und dort oben ist es nicht so kalt.«

»Das weiß man nie. Nimm ihn!«

Mr. Rostenkowski stellte sich neben seine Frau und nahm ihr den Pulli aus der Hand.

»Ich stecke ihn in deinen Koffer«, sagte er zu Linda und ging zum Heck.

Mrs. Rostenkowski sah Sarah hilfesuchend an. »Ich wette, du hast auch einen Pulli und ein Sweatshirt dabei, Sarah.«

Sarah sah ihren Pulli vor sich – er lag auf der Kommode in ihrem Zimmer. In der Hektik hatte Lena ihn übersehen. Sarah schüttelte den Kopf. »Nein. Den habe ich vergessen.«

»Siehst du«, sagte Linda und setzte sich neben die Freundin.

»Ich sehe gar nichts«, schoss Janet zurück. »Ich hole ihr einen von deinen.«

Sie lief zum Haus, und Phil trottete ihr nach, blieb auf halbem Wege stehen, weil er nicht wusste, welche Stellung er in dem Streit beziehen sollte.

Linda kochte vor Zorn. »Das macht sie immer. Sag ihr, dass du keinen Pulli willst.«

»Das kann ich nicht. Eigentlich sollte ich auch einen mitnehmen.«

Plötzlich war J.D. da, streckte seinen Kopf ins Wageninnere und flüsterte verschwörerisch: »Das ist doch keine große Sache. Du musst ihn ja nicht anziehen, wenn du nicht willst. Hi, Linda. Ich bin J.D.«

»Hi. Aber es ist so dämlich.«

»Wir hatten letzte Woche einen kleinen Kälteeinbruch.

Und es hat auch geregnet. Was willst du tun, wenn dein Sweatshirt nass wird?«

Linda stieß einen Seufzer aus und sah J.D. an. »Sie sind neu.«

»Ja, ich bin zum ersten Mal dabei. Für dich ist es schon das zweite Mal, nicht wahr?«

»Ja.«

»Dann kannst du mir ja sagen, wie ich fahren muss.« Das klang immerhin so ernst, dass Linda ihn böse anfunkelte, bis er breit grinste. Dann kam Mrs. Rostenkowski mit einem zweiten Pulli aus dem Haus und übergab ihn Mr. Rostenkowski, und beide gingen zum Van. J.D. nahm das Klemmbrett vom Beifahrersitz und machte Mrs. Rostenkowski Platz.

»Haben wir die Postkarten in deinen Koffer getan?«

»Ja, das habe ich gemacht.«

»Gut. Schreib uns dieses Jahr wenigstens einmal, ja?«

Linda nickte. Sie hörte der Stimme ihrer Mutter an, dass die gleich in Tränen ausbrechen würde, und wollte diese Peinlichkeit vor Sarah vermeiden. »Ich komme schon klar, Mom.«

»Ich weiß.« Mrs. Rostenkowski beugte sich weit in den Wagen und gab Linda einen Kuss auf die Wange, dann trat sie zurück. Sie hatte Tränen in den Augen.

J.D. und Mr. Rostenkowski erledigten den Schreibkram, und J.D. fragte: »Alles bereit? Können wir losfahren?«

Mrs. Rostenkowski sah ihn nicht an und sagte nichts, deshalb ergriff Linda das Wort: »Ja.«

J.D. schob die Tür zu. Linda, die sich ein wenig für ihre Mutter schämte, schwieg eine Weile. Sarah fiel auf, dass Mr. Rostenkowski ein Stück weiter weg auf dem Rasen stand. Immer sind es die Mütter, die Lebwohl sagen, dachte Sarah. Die Väter gehen zur Arbeit oder halten sich abseits.

KAPITEL 5

Für einen Detective, der zum ersten Mal mit einer Entführung zu tun hat, ist Martin bemerkenswert ruhig, dachte Lena, während sie seinen Ratschlägen lauschte, wie sie sich bei einem Anruf von den Kidnappern verhalten sollten.

»Wie ich Mrs. Pyle vorhin geraten habe: Machen Sie keine Zugeständnisse. Sagen Sie, dass Sie Zeit zum Nachdenken brauchen. Wer immer mit Ihnen spricht, wird Sie bedrängen, sofort in alle Forderungen einzuwilligen; vielleicht droht man auch, Ihren Kindern etwas anzutun. Denken Sie immer daran, dass die Kinder für den Entführer nur von Wert sind, solange sie leben. Er wird ihnen nichts antun, bis er sein Geld bekommt.«

Lena gefiel es, dass er von einem bestimmten Entführer sprach. Die Vorstellung von dem Van, der ins Nichts fuhr, machte sie wahnsinnig. Sie sehnte einen Anruf von den Kidnappern herbei.

Detective Salerno beendete ihr Telefongespräch in der Küche und kam ins Wohnzimmer. Martin sah ihr an, dass sie Neuigkeiten hatte, und fragte: »Was ist?«

»Der Kleinbus wurde vor zwei Tagen von einem Autohändler in Clifton, New Jersey, gestohlen. Ich habe mit dem Police Department dort gesprochen. Jemand hat sich Zugang zum Büro verschafft und die Schlüssel an sich genommen. Und selbstverständlich hat der Täter keinerlei Fingerspuren hinterlassen, dafür hat man ein paar Haare gefunden.«

Martin nickte und wandte sich an die Eltern. »Darüber

sollten wir kein Wort verlauten lassen, ja? Wir wollen nicht, dass die Verbrecher erfahren, was wir wissen.«

»Glauben Sie, es handelt sich um einen Verbrecherring, oder so was?«, fragte Phil.

»Das ist unwahrscheinlich. Meistens handelt es sich um Wirrköpfe, die denken, dass sie Kohle machen können, wenn sie sich ein Kind schnappen – das ist der einfache Teil, aber dann haben sie keine Ahnung, was sie machen sollen. Deshalb ist der Anruf so wichtig. Sie mögen klingen, als hätten sie alles im Griff, aber möglicherweise tappen sie im Dunkeln.«

David drehte sich zu Lena um. Sie fühlte seinen Blick und erwiderte ihn. Er schien eine Wandlung durchgemacht zu haben, als hätte die Wirkung des Schocks nachgelassen, als hätte er die Informationen verdaut und würde sich jetzt auf dieselbe Art wie sie alle mit den Einzelheiten befassen.

Martin spähte aus dem Fenster auf die stetig wachsende Pressemeute. »Wie's aussieht, rücken die Truppen an. Dies ist Westchester, wohin die Leute übersiedeln, weil ihre Kinder in Sicherheit aufwachsen sollen. Eine große Story. Rechnen Sie damit, dass Politiker herkommen und ihre Gesichter in eine Kamera halten.« Er wandte sich erneut an die Rostenkowskis. »Ich werde Sie durch die Menge da draußen zu Ihrem Wagen begleiten. Sie sollten zu Hause sein und auf den Anruf warten.«

Lena spürte, wie ihr Herz noch schwerer wurde. Martin war ihre Rettungsleine, und jetzt wollte er sie allein lassen. Janet erhob sich und drehte sich noch einmal zu Lena um.

»Es tut mir so leid, Lena.«

»Es ist gut, dass die Mädchen zusammen sind«, hörte sich Lena sagen, ohne zu wissen, was sie damit meinte. Was konnte an dieser ganzen Sache gut sein?

Alle außer David und Lena verließen den Raum. Officer Norman verabschiedete sich mit Handschlag von Lena: »Es tut mir leid, dass Ihnen das passiert ist, Ma'am«, sagte er ruhig. Seine Augen aber drückten viele andere Dinge aus und riefen ihr ins Gedächtnis, dass sie nicht ganz ehrlich zu ihm gewesen war. Lena bedankte sich und verdrängte die Erinnerung an seinen Blick. Von jetzt an würde sie immer die Wahrheit sagen.

Die Tür fiel zu, und David und Lena waren allein.

»Es gab sicherlich Hinweise, oder?«, platzte David heraus.

»Hinweise?«

»Dinge, die dir, uns, Janet, Phil und den anderen hätten auffallen können.«

»Nein.«

»Nein?«

»Nein, David. Lieber Himmel, alles war genauso, wie wir es erwartet hatten.«

»Ich beschuldige dich nicht.«

»O doch, das tust du. Und du wäschst deine Hände in Unschuld.«

»Nein, aber ich wette, dass es irgendwelche Anzeichen gab – du musst nur ein wenig nachdenken, dann fällt dir bestimmt etwas ein.«

»Der Mann, der Sarah abgeholt hat, hatte einen Nikotinfleck auf dem Schneidezahn.«

»Nun …«

»Oh, um Himmels willen, David! Er war freundlich und aufmerksam. Ihm ist aufgefallen, dass Sarah einen Fußball im Matchsack hatte, und er fragte sie danach, er …«

»Was?«

»Er hat ihr gesagt, dass sie begeistert über das Fußball-Programm sein würde.«

»In Rondo gibt es kein Fußball-Programm.«

»Ich weiß. Das hat ihm Sarah auch gesagt. Und er meinte, dass das in diesem Jahr neu sei.«

»Sehen wir uns die Broschüre noch mal an. Vielleicht haben wir ja übersehen, dass Fußball ...«

»Nein!«, fiel ihm Lena scharf ins Wort. »Was soll das jetzt noch bringen? Hätte ich vielleicht schreien sollen: ›Ah, es gibt gar kein Fußball-Programm! Sie sind ein Betrüger. Vermutlich sind Sie nur hier, um meine Tochter zu entführen.‹«

Tränen quollen ihr aus den Augen, aber sie schluchzte nicht. Sie wollte eine Grenze ziehen und sagen, dass sie sich weigerte, die Schuld auf sich zu nehmen. Martin hatte recht gehabt. Niemand trug die Schuld. Lena wandte sich zum Fenster.

Der Anblick der Presse-Vans und der Trubel auf der Straße führten ihr eine Wahrheit vor Augen. Als sie sich vorgestellt hatte, mit David allein zu sein, während Sarah im Ferienlager war, hatte sie gehofft, einige Schwachpunkte in ihrer Ehe ansprechen zu können, an denen sie arbeiten mussten. Aber jetzt hatte sich diese Sache in ihr Leben gedrängt, eine riesengroße Sache, die von außen kam – etwas durch und durch Schmerzhaftes. Und David konnte ihr dabei gewiss nicht helfen. In ihrer Ausbildung hatte sie gelernt, ein Problem einzugrenzen, eine Möglichkeit nach der anderen auszuschließen und sich dann intensiv mit der Ursache der Krankheit auseinanderzusetzen. Aber hier gab es keine Symptome und keine Untersuchungsergebnisse.

David sagte etwas, das sie nicht verstand, und als sie sich zu ihm drehte, klingelte das Telefon. Sie erstarrten beide.

»Hol Martin«, sagte Lena und ging, ohne zu überlegen, davon aus, dass sie den Anruf entgegennehmen würde.

»Hol du ihn. Ich gehe ans Telefon.«

Aber Lena war schon auf dem Weg. Sie dachte nicht darüber nach, wer abheben und wer nach draußen gehen sollte – ihre Gedanken waren ganz bei Sarah. In ihrer Vorstellung war es nicht ein Anruf des Kidnappers – obwohl sie mit ihm sprechen musste –, sondern eine Verbindung zu Sarah. Sie konnte sich einige Antworten holen und mit jemandem sprechen, der gerade bei ihrer Tochter war. Sie fasste nach dem Hörer, als David klar wurde, dass es keinen Sinn hatte, sich zu streiten, wer ans Telefon gehen sollte, und er durch die Haustür ins Freie stürmte.

»Hallo?«

Statt der Stimme eines Fremden antwortete ihr eine, die ihr absolut vertraut war, eine männliche, sonore, liebevolle Stimme. »Hallo, Liebes. Ich habe mich in der Zeit vertan und wollte zum Abschied noch mal mit meiner Sarahbell sprechen. Habe ich sie verpasst?«

Überwältigt ließ Lena ihren Tränen freien Lauf. Ihr Vater, der an die Störgeräusche bei internationalen Telefonaten gewöhnt war, hörte die Schluchzer, glaubte jedoch, das läge an der schlechten Verbindung.

»Dad, Sarah wurde entführt.«

Allein das auszusprechen brachte sie noch mehr zum Weinen.

Die Haustür ging auf, und Martin, gefolgt von David, kam ins Haus. Martin, der dachte, sie würde mit dem Entführer sprechen, erschrak, als er die Tränen sah, dennoch näherte er sich behutsam und flüsterte: »Sind sie das?«

Lena brachte kein Wort heraus. Sie winkte David heran und drückte ihm den Hörer in die Hand. Er schaute von Martin zu Lena, bis Lena schließlich ein Wort herausbrachte: »Dad.«

David atmete erleichtert auf, doch gleich darauf wurde

ihm bewusst, dass er jetzt mit seinem Schwiegervater sprechen musste. »Richard, ich bin's – David.«

»David, was ist bei euch los?«

»Ich weiß nicht, was dir Lena erzählt hat, aber …«

»Sie sagte etwas von einer Entführung.«

David leckte sich die Lippen. »Sarah und drei andere Kinder wurden gekidnappt. Von einem Mann, der vorgegeben hat, der Fahrer des Camps zu sein. Vom Camp Rondo. Erinnerst du dich, sie wollte …?«

»Deshalb rufe ich ja an. Vorgegeben? Was soll das heißen?«

»Wir wissen selbst nicht viel. Alles schien seine Ordnung zu haben. Er sah aus wie ein Student, der einen Ferienjob im Camp hat, er fuhr einen Kleinbus mit dem richtigen Logo und hatte Formulare von dem Ferienlager dabei. Aber er war nicht von dem Camp.«

»Hat er sich ausgewiesen?«

»Ja.« David wollte nicht unsicher klingen und erst recht keine Fragen aufwerfen, die enthüllten, dass er nicht daheim gewesen war.

»Lass mich mit Lena sprechen.«

»Gern.«

Lena hatte sich einigermaßen erholt. Martin hatte sich entfernt, als er begriff, wer am anderen Ende der Leitung war.

»Dad.«

»Großer Gott, es fällt mir schwer, mir das alles vorzustellen. Polizei?«

»Ja, sie sind alle hier.«

»Kennst du die anderen Kinder?«

»Linda. Du hast gehört, dass Sarah von ihrer Freundin Linda gesprochen hat.«

»Ja.«

»Die anderen beiden kennen wir nicht.«

»Was soll das, zum Teufel? Was wollen die Entführer?«

»Das wissen wir nicht. Ich dachte, einer von ihnen würde sich melden, als du angerufen hast.«

»Liebes, ich komme zu euch.«

Lena wartete mit ihrer Antwort. Sie wusste, dass das Angebot ernst gemeint war, aber sie wusste auch, dass ihr Vater festgenommen würde, sobald sein Flugzeug landete.

»Nein, du kannst nichts tun.«

»Guter Gott.« Es entstand eine lange Pause. Lena sah ihren Vater vor sich – sein schönes, markantes Gesicht mit der olivfarbenen Haut.

»Die wissen nicht, was sie sich da aufgeladen haben. Sarah wird ihnen die Hölle heiß machen.«

Plötzlich dachte Lena, dass ihr Vater recht hatte. Sie hatte an die Verletzlichkeit ihrer Tochter und an die Gefahr, die ihr drohte, gedacht, aber etwas, was so viele über Sarah sagten, ganz vergessen: ihre Unabhängigkeit und ihr Selbstbewusstsein. Lena hatte immer gemeint, dass Sarah diese Eigenschaften von ihrem furchtlosen Großvater geerbt hatte.

KAPITEL 6

Sarah und Linda plauderten angeregt, als der Kleinbus auf eine lange, elegante Zufahrt bog, die zu einem großen, mit weißen Schindeln verkleideten Haus führte. Hinter dem Haus fiel eine Rasenfläche zur Bucht hin ab. Als die beiden Mädchen aufschauten, staunten beide über die Größe und die Pracht des Anwesens, dann lachten sie über sich selbst.

J.D. durchlief dieselbe Routine wie bei Sarah und Linda. Er begrüßte die Mutter, eine etwa vierzig Jahre alte Afroamerikanerin mit dem Kragen und der Jacke einer presbyterianischen Pastorin, dann trug er einen Koffer und einen Matchsack zum Wagen, verstaute beides im Kofferraum und nahm das Klemmbrett vom Vordersitz.

Als Linda den spindeldürren Jungen aus dem Haus kommen sah, flüsterte sie Sarah zu, dass sie ihn schon vom vorigen Jahr kannte. »Er heißt Franklin. Er war in meinem Theaterkurs und wollte nicht Frank genannt werden. Er liest die ganze Zeit.«

Auch jetzt hielt Franklin ein Buch in der Hand, als er auf den Wagen zuging. Er blieb stehen und wartete, bis seine Mutter alle Formulare unterzeichnet hatte. Sarah fiel auf, dass auch hier kein Vater in der Nähe war. Durch das offene Fenster hörte sie, wie die Frau mit J.D. sprach.

»... im Flugzeug; er kommt aus Berlin.«

Sie drehte sich zu ihrem Sohn und flüsterte mit ihm. Sie hielt die Augen geschlossen, während sie redete, dann machte sie sie auf und umarmte ihren Sohn mechanisch. J.D. öffnete die Seitentür, und Franklin stieg ein. Er sagte nichts zu den Mädchen und setzte sich hinter sie. Sobald sie die Zufahrt hinunterrollten, drehte sich Sarah zu ihm um. Er war bereits in sein Buch vertieft.

Das letzte Haus, vor dem sie hielten, hatte auch einen großen, gepflegten Garten. Sarah entdeckte hinter dem Haus eine ganze Reihe von Sportstätten: einen Swimmingpool, einen Basketball- und einen Tennisplatz. Sie fragte sich, warum jemand in ein Ferienlager fahren wollte, wenn er das alles im Garten hatte.

Dieses Mal kamen beide Eltern mit ihrem Sohn und seinen beiden Geschwistern aus dem Haus - einem etwa vierjährigen Mädchen und einem Jungen im Teenageralter. Linda plapperte, aber Sarah hörte ihr nicht zu. Sie war gebannt von der glücklichen Familie. Der Sohn, dessen Name Tommy war, umarmte alle nacheinander. Als er zu seiner Mutter - einer Frau mit glänzenden schwarzen Augen und hispanischen oder indianischen Gesichtszügen - kam, schloss sie ihn lange in die Arme, strich ihm übers Haar, küsste ihn auf den Scheitel und wischte sich ein paar Tränen aus den Augen. Tommys Vater, ein stämmiger Mann mit rundem Gesicht, der ein wenig älter als seine Frau aussah, hob ihn hoch, wirbelte ihn herum und stellte ihn sanft auf die Füße. Tommy rannte praktisch zum Kleinbus, und als er einstieg, lächelte er die beiden Mädchen an und grüßte mit einem »Hi«, ehe er sich hinten neben Franklin setzte.

Als sie losfuhren, winkte Tommy heftig; sein großer Bruder kam zum Seitenfenster und klopfte daran, die kleine Schwester auf dem Arm ihres Vaters winkte, und seine Mutter lächelte unter Tränen. Tommy winkte, bis sie auf die Straße bogen und das Haus außer Sicht war. Dann setzte er sich hin und wandte sich Franklin zu. »Hi, ich bin Tommy.«

Franklin schaute von seinem Buch auf. »Hi.«

Sarah wollte sich umdrehen und sich vorstellen, aber Linda redete immer noch auf sie ein. Schließlich drehte sie sich doch nach hinten und erhaschte Tommys Blick. Er lächelte.

»Ich bin Sarah, und das ist Linda.«

»Hallo«, grüßte er, aber er klang nicht mehr ganz so enthusiastisch – im Gegenteil, seine Stimme zitterte ein wenig. Er hatte die Augen seiner Mutter, aber nicht ihre Hautfarbe. Er war umwerfend. »Warst du schon mal in diesem Camp?«, wollte er von Sarah wissen. Sarah wollte gerade etwas erwidern, als Franklin, der glaubte, die Frage wäre an ihn gerichtet, antwortete: »Ja. Dies ist mein drittes Jahr. Es ist angemessen.«

Franklin widmete sich wieder seinem Buch. Tommy und Sarah wechselten einen Blick, und Sarah hätte beinahe laut losgelacht, als Tommy eine Grimasse schnitt, die das Wort »angemessen« in Frage stellte.

Der Van fuhr auf der belebten, lauten Route 287, und die vier Kinder schwiegen eine Weile. J.D. warf immer wieder einen Blick in den Rückspiegel, um nach ihnen zu sehen. Dann sagte er: »Was meinst du, Linda? Soll ich hier abbiegen?«

Linda kicherte. »Ich weiß nicht.«

»Ich versuch's mal«, sagte J.D. lächelnd. Er ordnete den Kleinbus in der rechten Fahrspur ein und nahm die Ausfahrt.

Franklins scharfe Stimme erschreckte die Kinder. »Das ist definitiv nicht der richtige Weg. Wir müssen bis Tappan Zee auf der 287 bleiben und dann nach Norden fahren.«

J.D. sah ihn via Rückspiegel an. Er lächelte, doch dieses Lächeln wirkte besorgt. »Du hast recht, Franklin. Wir fahren nicht direkt zum Camp. Wir haben etwas Spezielles für euch organisiert, einen kleinen Ausflug.«

»Was für einen Ausflug?« Franklin hatte das Buch zugeklappt und beugte sich nach vorn.

»Das wirst du schon sehen. Es ist eine Überraschung. Wir werden ein paar Sachen von euch mitnehmen und die Gegend erkunden, ehe wir ins Ferienlager fahren.«

»Wissen unsere Eltern davon?«

»Natürlich. Uns ist das gestern Abend bei einer Besprechung eingefallen, und wir haben heute Morgen allen eine E-Mail geschickt.«

Franklin stellte keine Fragen mehr, doch die anderen hatten Franklins Zweifel mitbekommen.

Linda sah Sarah an, dann sagte sie: »Letztes Jahr haben wir das nicht gemacht.«

»Nein. Es ist eine ganz neue Idee. Aber ihr habt doch letztes Jahr auch Tagesausflüge gemacht, oder?«

»Ja.«

»Wanderungen und solche Sachen.«

»Ja.«

»Wir dachten, wir könnten unseren ersten Ausflug gleich in Angriff nehmen, bevor wir erst ins Camp fahren und morgen dann wieder kehrtmachen.«

Tommy schien mit dieser Erklärung zufrieden zu sein und meinte: »Und wohin fahren wir?«

»Das ist ein Geheimnis. Ich musste Mr. Everett versprechen, nichts zu verraten.«

»Wer ist Mr. Everett?«, fragte Sarah. Irgendetwas an J.D.s Geschichte gefiel ihr nicht.

»Er ist eine andere Aufsichtsperson – ein Experte für das Leben in der Wildnis.«

»Was ist das?«, wollte Linda wissen.

Franklin antwortete, ehe J.D. etwa sagen konnte: »Überlebenstraining. Du lernst, wie man im Wald etwas zu essen finden kann, wie man sich ein Lager baut und solche Sachen.« Dann stellte er J.D. seinerseits eine Frage. »Aber ist das nicht ein Kurs, den nur die Älteren belegen dürfen?«

»Das war mal so. Jetzt haben sie das Programm ein wenig abgewandelt, so dass ihr alle daran teilnehmen könnt.«

J.D. lenkte den Van über einen holprigen Feldweg. Der Wagen wirbelte Staub auf, und Sarah merkte, dass es ziemlich warm im Auto wurde. Die Straße machte eine Biegung nach links, und etwa hundert Meter hinter der Kurve stand am Ende der Straße ein glitzernd silberner SUV. Als sie näher kamen, stieg ein Mann in den Sechzigern aus. Er hatte volles graumeliertes Haar und einen dicken Bauch. Als der Van anhielt und er zum Fahrerfenster kam, zeigte er bei einem breiten Lächeln sein künstliches Gebiss und ergriff durchs Fahrerfenster J.D.s Hand. »Wie geht's? Alles in Ordnung?«

»Bestens. Ich habe hier ein paar nette Kinder, die Lust auf ein Abenteuer haben.«

Der Mann nahm die vier Kinder in Augenschein. »Das sehe ich. Hi, Leute. Ich bin Mr. Everett. Seid ihr bereit für ein bisschen Spaß?«

Die Kinder murmelten ihre Zustimmung.

J.D. stieg aus und sagte dabei: »Okay. Ich möchte, dass ihr eure wärmsten Klamotten, eure Zahnbürsten und Seifen aus den Koffern holt und in zwei Säcke packt. Mädchen, ihr teilt euch einen Sack. Jungs, ihr nehmt den anderen. Jetzt kommt, beeilt euch. Wir wollen noch so viel Tageslicht wie möglich ausnützen.«

Die Kinder waren zu verdattert, um sich zu beschweren. Sie stiegen nacheinander aus, als Mr. Everett die Seitentür aufschob, und taten, worum man sie gebeten hatte. Mr. Everett half ihnen, prägte sich ihre Namen ein und machte Franklin klar, dass er sein Buch nicht mitnehmen konnte, weil sie ein »Primitiv-Camping« vorhätten. Schließlich führte er die Kinder zum SUV und half ihnen, die Matchsäcke zu verstauen.

»Was wird mit den anderen Sachen?«, fragte Linda.

»J.D. nimmt sie mit nach Rondo. Sie werden dort sein, wenn ihr ankommt.«

Als die Kinder angeschnallt im SUV saßen, rief ihnen J.D. durch heruntergelassene Fenster unbeschwert zu: »Auf diesem besonderen Ausflug trägt Mr. Everett die Verantwortung. Es ist sehr wichtig, dass ihr auf ihn hört und tut, was er sagt. Man kann viel Spaß im Wald haben. Aber es kann auch ganz schön gefährlich werden, wenn man nicht weiß, was man tut. Mr. Everett ist ein Experte. Hört auf ihn, dann habt ihr ganz sicher eine tolle Zeit.«

Sarah fühlte sich plötzlich irgendwie eingeengt. Der Sicherheitsgurt schien zu fest zu sitzen. Derartige Ansprachen von Erwachsenen hatten ihr noch nie gefallen. Ihr Großvater hatte ihr - manchmal auch im Scherz - eingeschärft, »Autoritäten immer in Frage zu stellen«. Allerdings hatte sie nach J.D.s kleinem Vortrag den Eindruck, dass dies nicht die Zeit für Fragen war. Jetzt war Gehorsam gefordert. Sie hielt den Mund, wenn auch widerwillig.

Mr. Everett startete den Motor. J.D. raunte: »Bist du sicher, dass du mir nicht sagen willst, wo es ist?«

Mr. Everett nickte. »Disziplin, mein Junge. Keine Abweichungen, verstanden?« J.D. nickte, und Mr. Everett fuhr fort: »Und achte auch auf Kleinigkeiten: Hier wird nicht geraucht und keine Kippe weggeworfen - sie könnten sie hier finden. Halte dich unbedingt an das, was wir gesagt haben, sonst geht vielleicht alles schief.« Er grinste ohne jede Herzlichkeit. J.D. warf einen Blick nach hinten auf die Kinder, um sich zu überzeugen, dass sie nichts von der Unterhaltung mitbekommen hatten, dann erwiderte er Mr. Everetts kaltes Lächeln. Der SUV rollte an.

J.D. stand in der Staubwolke und der Hitze, bis der SUV außer Sicht war. Dann zog er hastig das Rondo-Shirt aus und tauschte es gegen ein »Nascar Rocks!«-T-Shirt, das er aus seinem Rucksack holte. Er benutzte das Hemd vom Camp, um seine Spuren vom Van abzuwischen – innen und außen, dann zückte er ein Handy, wählte eine Nummer und sagte nur: »Erledigt.« Danach unterbrach er die Verbindung und ging zu Fuß in das Wäldchen hinter der Sackgasse.

KAPITEL 7

Detective Martin kam nach einer halben Stunde zurück und erklärte, dass er im Haus sein sollte für den Fall, dass der Anruf einginge. David hatte das Gefühl, dass dieser überfreundliche Cop sie unter Beobachtung hielt. Lena wäre Martin beinahe um den Hals gefallen, als er an die Tür kam. Er brachte sowohl Lena als auch David dazu, über sich selbst zu sprechen.

»Ich bin in Schweden groß geworden«, erklärte Lena, die jede Art von Unterhaltung hilfreich fand. »Ich habe im John Hopkins in Penn Medizin studiert und in New York meine Assistenzzeit verbracht.«

»Schweden? Sie sind Schweizerin?«

»Sie meinen Schwedin?«

»Ja, die beiden Länder verwechsle ich immer.«

»Nein. Ich habe die doppelte Staatsbürgerschaft. Meine Eltern sind beide Amerikaner. Mein Vater war in der Army und sollte nach Vietnam gehen. Er bewarb sich als Commanding Officer, wurde jedoch abgelehnt, deshalb floh er nach Kanada und bekam später Asyl in Schweden. Er war nicht von Carters Amnestie betroffen und kann immer noch nicht nach Amerika zurück. Meine Mutter war seine College-Liebe. Sie ging ein Jahr vor meiner Geburt auch nach Schweden, um dort mit ihm zu leben. Sie tauften mich Lena, damit ich in der Schule nicht auffiel.«

Martin stutzte ein wenig, und Lena mutmaßte, dass er auch ein Veteran sein könnte. Er sah ein wenig jünger aus als ihr Vater.

»Ja. Der Krieg«, sagte er schließlich. »Sieht Ihr Vater manchmal seine Enkelin?«

»Wir fliegen mindestens zweimal im Jahr zu ihm. Sarah und Dad stehen sich sehr nahe.«

»Der Glückliche. Mein Junge ist in Kalifornien. Er ist zweiunddreißig und mit dem Windsurfen verheiratet. Wie, zum Teufel, soll ich so zu einem Enkelkind kommen?«

Lena bekam nicht die Gelegenheit, darauf zu antworten. Martins Handy klingelte, er schaltete es ein und horchte, dann stand er auf. »Die Rostenkowskis haben eine E-Mail bekommen. Lassen Sie uns nachsehen, ob bei Ihnen auch eine eingegangen ist.«

Sie gingen zu dritt ins Schlafzimmer, und Lena sah in ihrem Klinik- und ihrem Praxis-Account nach, fand aber nichts. Doch in ihrer Yahoo-Mail entdeckte sie eine Mail von einem seltsamen Absender mit einer Adresse in polnischer oder einer anderen osteuropäischen Sprache. Es gab keine Betreff-Zeile. Und der Inhalt war eine in Zwanzig-Punkt-Schrift getippte Nachricht in Rot: »BLEIBEN SIE IM NETZ. ES GEHT IHNEN GUTT.«

Sie alle starrten auf den Bildschirm, und Lena fiel wieder ein, dass sie über ihre Büroadresse das Ferienlager für Sarah gebucht hatte. Das Yahoo-Account nutzte sie nur für Online-Einkäufe. Das erklärte sie Martin, er zuckte mit den Schultern.

»Echte Privatsphäre ist veraltet«, sagte er. Sein Mobiltelefon klingelte, er ging ran, berichtete Detective Salerno von der Nachricht und erfuhr, dass alle betroffenen Familien dieselbe Mail erhalten hatten. »Jetzt müssen wir das FBI einschalten«, sagte er sowohl ins Telefon als auch zu Lena und David.

Während Martin mit seiner Partnerin Salerno sprach und

noch andere Anrufe tätigte und dabei hinausging, setzte sich David an den Computer und checkte seine beiden Accounts. Er fand nichts Ungewöhnliches – bis auf den Rechtschreibfehler. Lena sah diese Nachricht als positives Zeichen an. Sie würden den Computer benutzen. Dort konnte sie Sarah finden. Ihre Gedanken rasten weit voraus.

»Wie viel ist unser Haus wohl nach Abzug aller Belastungen wert?«

Die Frage kam überraschend für David. »Nicht sehr viel mehr als vor einem halben Jahr. Ich würde sagen – hundertfünfzig-, zweihunderttausend.«

»Meinst du, Bill würde uns etwas leihen?«

»Für diese Sache? Natürlich.«

Bill war Davids älterer Bruder, der in Oklahoma lebte. Er war nie von zu Hause weggegangen, um woanders in die Schule zu gehen, hatte bei Erstbohrungen nach Öl ein Vermögen verdient und sich mit einundvierzig aus dem Berufsleben zurückgezogen.

Lena verließ ohne ein weiteres Wort das Zimmer. Sobald sich David sicher sein konnte, dass Lena weg war, wandte er sich wieder dem Computer zu und überprüfte einen dritten Account. Dort erwartete ihn eine Nachricht, aber sie stammte nicht von dem Kidnapper.

Die Nachricht von der außergewöhnlichen Entführung verbreitete sich in Windeseile im Internet. Hätte Lena ihr Yahoo-Account nur fünf Minuten später gecheckt, hätte sie gesehen, dass die Story die erste Seite der Yahoo-Homepage ausmachte. Viele der Nachrichtenanbieter begannen ihre Seite mit einer Variante von »Der schlimmste Alptraum für Eltern spielt sich derzeit vierfach im Westchester County nördlich von New York City ab«. Jede Menge Blogs füllten sich mit mitfühlenden, besorgten, wütenden und meist ratlosen Kommentaren. Beschreibungen der Kinder und sogar Schulfotos, die Lena und David nicht weitergegeben hatten, erschienen auf den Websites.

Im Wohnzimmer telefonierte Martin mit jemandem vom FBI, wie Lena annahm. Sie war erstaunt, als sie mit einem Blick auf die Standuhr feststellte, dass es erst zwanzig nach zwei war. Ihr kam es vor, als wäre seit dem Morgen viel mehr Zeit vergangen. Sie ging ins Bad, setzte sich auf den zugeklappten Toilettendeckel und schloss die Augen. Sie wollte ein wenig herunterkommen, die Angelegenheit analytisch durchdenken, doch ihre Gedanken schweiften immer wieder ab. Das Wörtchen »Wo« ging ihr dauernd durch den Kopf. Sarah könnte überall sein, dachte Lena. Die Ungewissheit nahm ihr förmlich die Luft.

David klopfte an die Tür und wollte wissen, ob alles in Ordnung war. Sie bejahte das.

»Einer der anderen Väter spricht gleich im Fernsehen«, sagte er.

Lena stand auf, betrachtete sich im Spiegel, sah, dass ihr Gesicht einigermaßen ordentlich zurechtgemacht war, und ging ins Wohnzimmer. David stand neben Martin, der Fernseher zeigte einen lokalen Nachrichtensender. Ein Reporter vor einem großen Haus, hinter dem das Wasser der Bucht glitzerte, redete mit dem Nachrichtensprecher im Studio und berichtete, dass sie jede Minute mit einem Statement rechnen könnten.

»Es heißt, John Walker, Vizepräsident des internationalen Bankzweiges der Citibank, wird das Statement abgeben. Wie verlautet, soll Mr. Walker am Morgen nicht zu Hause gewesen sein, als sein Sohn Franklin von dem Wagen des Camps abgeholt, besser gesagt entführt wurde. Mr. Walker saß in einem

Flugzeug aus Berlin und befand sich über dem Atlantik, als … Ich glaube, er kommt gerade aus dem Haus.«

Die Kamera schwenkte um auf ein Podium, das in der Einfahrt aufgestellt war. Hinter dem Podium erschienen ein groß gewachsener, makellos gekleideter schwarzer Mann, eine Frau in der Kleidung einer Geistlichen und eine zweite, weiße Frau; sie gestikulierte und dirigierte so die Pressemeute. Der Mann ging mit geschmeidigen Bewegungen zu den Mikrofonen und wartete, bis Ruhe eingekehrt war.

»Ich werde mich möglichst kurz fassen und keinerlei Fragen beantworten. Mein Name ist John Walker. Unser Sohn Franklin wurde heute Morgen zusammen mit drei anderen Kindern, die alle zwei Wochen im Camp Rondo verbringen sollten, entführt. Diese gewissenlose, feige Tat wurde von einem oder mehreren Kidnappern begangen. Wir fordern die Täter auf, unsere Kinder unverzüglich freizulassen. Die Entführer haben uns eine kurze Nachricht per E-Mail zukommen lassen. Wir bitten alle Bürger des Landes um sachdienliche Hinweise auf die Verbrecher oder den Verbleib unserer Kinder. Vielen Dank.«

Reporter bestürmten ihn mit Fragen, aber er machte kehrt und ging zurück zum Haus. David starrte auf den Fernseher und beobachtete Walkers Rückzug.

Martin, der die ganze Zeit sein Telefon am Ohr gehabt hatte, brummte etwas und drehte sich weg von David und Lena.

»Mir ist egal, mit wem sie befreundet ist, holt diese Presseschlampe aus dem Haus und macht ihr klar, dass sie nicht wiederkommen soll, bis wir es ihr erlauben.« Er hörte eine Weile zu, dann unterbrach er die Verbindung und sah Lena um Entschuldigung heischend an. »Tut mir leid, aber dieser Auftritt war unmöglich. Ich werde später noch ein

Hühnchen mit Walker rupfen. Wir fahren in etwa einer Stunde zu ihm. Alle Eltern treffen sich dort.«

»Wozu?« Davids Ton war scharf, fast herausfordernd.

»Wir möchten alle in ein und demselben Raum haben. Sie alle sitzen in einem Boot.«

»Nein, das tun wir nicht. Dieser Walker jedenfalls nicht.«

»Das war ein Fehler.«

David hakte nach. »Wessen Fehler? Seiner, Ihrer? Sie wollen uns alle zusammentreiben, um eine Art Gruppenverhör zu veranstalten, habe ich recht?«

»Kein Mensch sagt …«

»Blödsinn. In einem Entführungsfall konzentrieren Sie sich immer zuerst auf die Eltern, die Verwandten und die Freunde der Familien.«

»Das ist der Anfang, ja, aber …«

»Was wissen Sie?«

»David!« Lena war bestürzt über Davids Benehmen. Warum griff er diesen Polizisten mit den sanften blauen Augen so an?

»Es ist vor wenigen Stunden passiert. Noch wissen wir nicht viel.«

»Schalten Sie Ihren Computer ein. Walkers Bank ist in Schwierigkeiten. Er selbst wird von Finanzexperten überprüft. Vielleicht will er von sich ablenken, und mit so einer Geschichte hat er natürlich die Sympathien auf seiner Seite.«

»Wir werden das checken …«

»Oder Mike Williams, der tolle Bauunternehmer. Wie konnte er den Van so schnell finden? Viele Leute stellen diese Frage.«

»Er hat eine Menge Angestellte eingesetzt.«

»Und der Immobilienmarkt ist eingebrochen und seit einiger Zeit ziemlich flau.«

Martin zeigte David, dass er genug von all dem hatte. »Ich komme in einer halben Stunde zurück, um Sie abzuholen. Reden Sie nicht mit der Presse, und ehrlich, Mr. Pyle, ich würde an Ihrer Stelle den Computer ausschalten.«

Der Polizist ging, bevor David etwas erwidern konnte. Lena machte die Tür hinter Martin zu und bedachte David mit einem eisigen Blick. »Wen kümmert's, wer es getan hat?«

»Was meinst du damit?«

»Ich meine damit, dass ich wissen will, wo Sarah ist. Ich möchte sie wiederhaben.«

»Genau wie ich.«

»Dann konzentriere dich darauf. Vergiss die verdammten Blogger oder was immer.«

»Und wie soll ich mich bitte auf Sarah konzentrieren, durch Meditation oder so einen Quatsch?«

»Ja. Alles ist besser, als den Detektiv zu spielen.«

Lena hielt es nicht mehr aus. Sie verließ rasch den Raum und ging ins Schlafzimmer. Der Computer auf dem Schreibtisch schrie förmlich nach ihr, und sie fuhr ihn verärgert herunter.

Als sie später zusammen mit Martin aus dem Haus gingen, war ein recht heißer Nachmittag angebrochen. Lena liebte solche Sommertage. Sie fuhren ungefähr zu der Tageszeit los, zu der sie normalerweise nach Hause kam, und oft ließ sie sich, nachdem sie aus dem Wagen gestiegen war, ein, zwei Minuten Zeit, um die Stille in dieser recht grünen Gegend zu genießen.

Aber heute war es alles andere als still. Obwohl die Presseleute durch ein gelbes Absperrband zurückgehalten wurden, fühlte sich Lena wegen der klickenden Kameras und der Fragen, die auf sie einhagelten, wie eine wandelnde Zielscheibe.

Sie setzten sich auf die Rückbank in Martins Wagen, Martin nahm auf dem Beifahrersitz Platz. Der Fahrer steuerte den Wagen durch die Medienmeute; einige Reporter rannten sogar neben ihm her.

Als sie die Welt außerhalb ihres Hauses sah, befiel Lena das hoffnungslose Gefühl, dass das Problem zu groß für sie war, dass es keine Möglichkeit gab, es einzugrenzen. Sarah war mit J.D. diese Straße entlanggefahren, und es war, als hätte man sie ins Weltall katapultiert. Lena kämpfte gegen die Panik an, die dieser Gedanke hervorrief.

David deutete nach draußen, und Lena sah einen Nachbarn – jemanden, dem sie schon öfter begegnet war, dessen Namen sie jedoch nicht kannte. Er stand am Rand seiner Einfahrt und hielt eine Digitalkamera in die Höhe, um den Polizeiwagen zu fotografieren. Sie zwang sich, nicht mehr aus dem Fenster zu schauen.

KAPITEL 8

Chase Collins war gegen Mittag in die Klinik gekommen, um sich noch eine Weile zu zeigen, ehe seine Schicht zu Ende war. Er wollte sicherstellen, dass er während der Stunden, die seine Stechkarte auswies, von den Kollegen auch gesehen wurde. Als sich die Nachricht von der Entführung der vier Kinder bis in die Wäscherei herumgesprochen hatte, hatte Chase eine Menge dazu zu sagen. Er erklärte seiner unmittelbar Vorgesetzten drastisch und in allen Einzelheiten, was er mit den Kidnappern machen würde, wenn er sie fände. An diese Schilderung würde sie sich ganz bestimmt entsinnen, falls sie gefragt wurde, ob Chase an diesem Tag in der Klinik gewesen war.

Aber er machte sich keine Sorgen, dass ihn jemand mit der Entführung in Zusammenhang bringen könnte. Er war nur vorsichtig. Die Perücke hatte er abgenommen, nachdem er den Van stehengelassen hatte, und mit seinen schulterlangen Haaren würde wohl kaum jemand in ihm J.D. wiedererkennen. Er hatte sich sogar schon ausgemalt, auf eines der Opfer zuzugehen – zum Beispiel auf den großen Bauunternehmer, der ihn aufgefordert hatte, ihn Mike zu nennen –, ihm vielleicht Ratschläge zu geben und sich unerkannt wieder aus dem Staub zu machen.

Daran, dass er in den vier Stunden, in denen er die Kinder eingesammelt und den Van abgestellt hatte, nicht bei der Arbeit gewesen war, würde sich bestimmt niemand erinnern. Er arbeitete in der Krankenhauswäscherei, und am

Vormittag hatten sie nie viel zu tun. Um genau zu sein, bekam er erst um halb zwei Uhr nachmittags Arbeit.

Sobald seine Schicht zu Ende war, ging Chase mit einem Wäschepaket unter dem Arm, für den Fall, dass er gesehen wurde, in die dritte Etage des Anbaus und zu dem leeren Flügel. Mit dem Schlüssel, den er sich zurechtgefeilt hatte, verschaffte er sich Zugang zu dem kleinen Büro am Ende des Flurs. Der fensterlose Raum war wie immer sauber; ein Monitor und eine Tastatur befanden sich auf einem braunen Kunststofftisch – dies war seine kleine Kommandozentrale. Er setzte sich vor den Bildschirm, um sich voller Spannung zu vergewissern, ob die vorprogrammierte Nachricht herausgegangen war. Sie war abgeschickt worden, komplett mit dem Schreibfehler »GUTT« – das war seine Idee gewesen, sein Vater hatte das für unnötig gehalten. Chase war glücklich, dass sich die mühsame Arbeit gelohnt hatte; es war ihm gelungen, seine elektronischen Spuren zu verwischen. Die Server-Reports wiesen aus, dass etliche Versuche unternommen worden waren, die Quelle der Nachricht ausfindig zu machen – erfolglos.

Er programmierte die zweite Nachricht, und wieder fragte er sich, ob dieser Teil des Planes so klug war. Er hatte keine Ahnung, warum sein Vater auf diese Spielchen bestanden hatte, wenn sie doch auch gleich das Lösegeld hätten verlangen können. Chase glaubte, dass das etwas mit Informationen von ihrem Klienten zu tun hatte, allerdings wusste er nicht, was für Informationen das waren.

Ehe er den Computer herunterfuhr, vernichtete er alle Hinweise darauf, dass er hier gewesen war, formatierte, wie es der Händler empfohlen hatte, die Festplatte neu und richtete einen neuen User-Account mit der ID eines anderen Klinikangestellten ein, dann schaltete er das ganze System ab.

Jetzt konnte er die letzte Nachricht von seinem eigenen Computer aus abschicken.

Als er den Anbau verließ und zu seinem Auto auf dem Parkplatz ging, war die Sonne schon hinter den Baumwipfeln verschwunden, trotzdem war es noch ziemlich heiß. Er stellte sich vor, dass sein Vater und die Kinder inzwischen ihr Ziel erreicht hatten, wo immer das auch sein mochte. Am liebsten hätte er die Faust in die Luft gereckt und laut jubiliert. Aber er wollte keine Aufmerksamkeit erregen. Deshalb ließ er ganz im Stillen seine Vorstellung vom Vormittag noch einmal Revue passieren. Von seiner Verwandlung und Schauspielkunst war die gesamte Operation abhängig gewesen. Er hatte sich in J.D., den freundlichen, hilfsbereiten, aufrichtigen und gutgelaunten Camp-Mitarbeiter, verwandeln müssen und sich einen netten Fitnesstrainer, den er in der Schule gehabt hatte, zum Vorbild genommen. Sogar die Perücke mit den vielen Locken ähnelte der Frisur dieses Trainers. Chase sah vor sich, wie er in und aus dem Van gesprungen war, die Eltern beruhigt und Beweise erbracht hatte, dass er gut mit Kindern umgehen konnte.

Jetzt stieg er in sein Auto und machte sich auf den Heimweg. Als er durch das abendliche New Jersey fuhr, hatte er eine Vision, wohin all dies führen könnte. Er hatte Talent, so viel war klar nach dem Erfolg am Morgen. Er hatte immer geahnt, dass er ein guter Schauspieler war, aber erst jetzt hatte er den Beweis dafür. Er malte sich aus, dass eine Filmkamera auf dem Vordersitz installiert wäre und ein Regisseur und eine Crew mit ihm fahren würden.

»Keine Angst, Baby, ich hab alles im Griff«, sagte er laut und spielte eine kleine Szene, die er passend für diesen Moment fand. »Keine Sorge, Baby.« Für den Rest der Fahrt spielte er den Coolen und legte die Rolle erst ab, als er zur Hintertür seines Hauses kam und seine zweieinhalbjährige Tochter Jennifer auf ihn zulief, um ihn zu begrüßen.

KAPITEL 9

Sie mussten noch einmal Spießruten laufen, als sie sich durch die Vertreter der Presse zwängten, die vor dem Haus der Walkers Stellung bezogen hatten. Andere Autos parkten vor dem Eingang mit den Säulen, und Martin sagte, dass die anderen alle schon da seien. Ein Larchmont-Polizist stand neben der Tür und ließ sie ins Haus. Lena hatte das Gefühl, ins Allerheiligste vorgelassen zu werden, als wären sie Mitglieder eines exklusiven Clubs. Sie kamen in ein Foyer mit breiter Wendeltreppe; das Wohnzimmer befand sich zur Rechten, das Esszimmer war links. Die Elternpaare hatten auf den Sofas, die sich gegenüberstanden, und den Sesseln im Wohnzimmer Platz genommen. Sheila Walker, die immer noch die Kleidung einer Geistlichen trug, kam ihnen entgegen. Sie stellte sich schlicht als Sheila vor und sagte, dass es ihr leidtue, sie unter diesen Umständen kennenzulernen. Ihr Mann John gesellte sich zu ihr. Er war größer, als er im Fernsehen ausgesehen hatte, und hatte karamellfarbene Haut und wachsame Augen, die Zurückhaltung und Urteilsvermögen ausdrückten. Vor solchen Blicken nahm sich David in seinem Beruf immer in Acht. Walkers Gesten wirkten einstudiert, als er Lena und David die Hände schüttelte und sie ins Wohnzimmer führte.

John machte sie mit den anderen Anwesenden bekannt, als wäre er Gastgeber einer geschäftlichen Zusammenkunft.

»So weit ich weiß, kennen Sie die Rostenkowskis schon.

Und dies sind Mr. und Mrs. Williams. Mr. Williams' Arbeiter haben den Wagen gefunden.«

Mike Williams kam mit ausgestreckter Hand auf sie zu und sah erst Lena direkt an, als er ihr die Hand drückte, dann begrüßte er David.

»Ich bin Mike. Tut mir leid, dass wir alle in diese Sache verwickelt sind.« Er drehte sich um, und seine Frau trat vor. »Das ist Porfira.«

Sie machte einen schüchternen Eindruck, aber ihr Akzent war entzückend. »Nennen Sie mich Po. Alle tun das.«

Lena versuchte sich zu erinnern, was David über Mike Williams gesagt hatte. Sie fand ihn ausgesprochen herzlich und vertrauenerweckend. Sie warf einen Blick auf David und sah seine ausdruckslose Miene, die seine Vorbehalte zu kaschieren versuchte. Aber er konnte nicht verbergen, dass er einen oder mehrere der Anwesenden in Verdacht hatte, Drahtzieher der Entführung zu sein. Jetzt, da Lena alle vor sich sah, hielt sie das für abwegig.

Einige Minuten vergingen, bis sich alle gesetzt hatten und eine Frau, die Lena für die Köchin oder Haushälterin hielt, hereingerufen und gebeten wurde, Kaffee für die Pyles zu bringen. Martin erhob sich von seinem Stuhl, und als er das Wort ergriff, wanderte Lenas Blick zu Mike, der neben Martin auf der Couch saß. Er war etwa in ihrem Alter, schätzte Lena. Er wirkte jungenhaft, daran konnten auch die grauen Fäden im dunklen Haar nichts ändern. Er trug eine Jeans und ein Polohemd mit dem Logo seiner Firma auf der Brust. Lena beobachtete ihn und dachte, dass man viel über Menschen erfuhr, wenn man ihnen zusah, wie sie Worte und Ideen aufnahmen. Mike erschien ihr nachdenklich, umsichtig und offen und war offensichtlich darauf vorbereitet, alles, was Martin sagte, zu bewerten.

Plötzlich schaute er auf und sah Lena an, als wüsste er, dass sie ihn die ganze Zeit im Auge hatte. Aus irgendeinem Grund machte es ihr nichts aus, dass er sie ertappt hatte. Sie wandte sich nicht ab. Mike nickte ihr lächelnd zu. »Alles wird gut«, übermittelte ihr sein Blick, und erst als Lena diese Botschaft verstanden hatte, wandte sie sich Martin wieder zu.

»Wir haben ein Team zu dem Camp geschickt, um herauszufinden, was die Leute dort wissen, allerdings rechnen wir nicht damit, dass wir viel erfahren. Wer immer das Camp als Tarnung für die Entführung benutzt hat, muss seine Spuren beseitigt haben. Aber man weiß nie. Ich bin oft erstaunt, wie nachlässig Kriminelle sein können.«

John Walker, der offensichtlich kaum Geduld hatte, diese Versammlung über sich ergehen zu lassen, schnaubte und rutschte auf seinem Stuhl hin und her. »Also, ich erkenne bisher keine Nachlässigkeiten. Das war eine ziemlich durchdachte Operation. Wenn ich richtig informiert bin, haben sie den Williams-Jungen ungefähr zu der Zeit abgeholt, zu der die echten Fahrer bei den Pyles ankamen, vielleicht sogar ein wenig später. Hätten Mrs. Pyle und die echten Fahrer die Täuschung nur ein paar Minuten früher durchschaut, hätten Mr. Williams' Arbeiter die Kidnapper geschnappt und nicht nur den leeren Van gefunden.«

»Ich glaube nicht …«, begann Mike, aber Lena schnitt ihm das Wort ab.

»Mr. Walker, wollen Sie damit sagen, dass ich – zu langsam, zu unachtsam war?«

»Nein, tut mir leid. Das habe ich nicht gemeint. Damit wollte ich nur darauf hinweisen, dass der Zeitplan der Tat absolut präzise kalkuliert war.«

Martin räusperte sich. »Schön. Ich habe das schon zu den Pyles und den Rostenkowskis gesagt, möchte es aber hier noch einmal wiederholen: Die ganze verdammte Sache hat nur funktioniert, weil keiner von Ihnen Grund hatte, daran zu zweifeln, dass der Fahrer vom Camp geschickt worden war. Er sah aus wie eine Ente, quakte wie eine Ente und ging wie eine Ente, deshalb mussten Sie alle ihn zwangsläufig für eine Ente halten.«

»Ich hätte etwas sagen sollen«, sagte Mike und richtete den Blick auf den Teppich. »Ich habe mich gewundert, dass ein Camp im Staate New York ein Fahrzeug mit Zulassungsnummer von New Jersey hat und warum sie die Nummernschilder des Händlers behalten haben. Ich beantwortete mir die Frage selbst so: Wahrscheinlich haben sie den Wagen gerade erst gekauft und hatten noch keine Gelegenheit, ihn im Staat New York anzumelden, und der Händler hat ihnen die Nummernschilder für diese Fahrt überlassen. Junge, ich wünschte, ich hätte danach gefragt. Mich würde ehrlich interessieren, wie sich der Scheißkerl herausgeredet hätte.«

Mikes offenes, freundliches Gesicht verdüsterte sich. Po legte die Hand auf seinen Schenkel und streichelte ihn liebevoll, als hätte sie den Selbstvorwurf schon etliche Male gehört und bereits klargestellt, dass er nichts falsch gemacht hatte.

Phil unterbrach das Schweigen. »Ich glaube nicht, dass ihm das Schwierigkeiten bereitet hätte. Er war jung, das stimmt, aber ich habe schon manche Lügner in seinem Alter erlebt. Er war sehr gewandt mit uns und mit den Kindern. Genau genommen ging er mit den Kindern großartig um. Stimmt's, Janet?«

Janet nickte.

David konnte sich nicht zurückhalten. »Ihr redet davon, wie gewandt und was für ein guter Lügner dieser Mistkerl war, aber für mich sieht es so aus, dass derjenige, der hinter dieser ganzen Scheiße steckt, verdammt viel über die Kinder und über uns wusste.«

»Da gebe ich Ihnen recht«, sagte John Walker. »Aber was wollen Sie damit sagen?«

David ärgerte sich über die Zustimmung. »Nur das: Wie konnte das passieren?«

Davids Frage enthielt eine subtile Anklage, aber niemand ging darauf ein.

Martin wollte gerade fortfahren, als Sheila Walkers Stimme ertönte, und der Tonfall, den sie vermutlich auch auf der Kanzel einsetzte, brachte ihn zum Schweigen. »Tut mir leid, doch mir sind diese Kraftausdrücke unangenehm. Ich weiß, dass sie mittlerweile zum allgemeinen Sprachgebrauch gehören, aber ich möchte alle bitten, davon Abstand zu nehmen. Worte, wie Sie sie benutzen, regen mich immer auf, unter diesen Umständen sind sie jedoch doppelt störend. Ich hoffe, Sie haben Verständnis dafür.«

Mike entschuldigte sich, David nickte.

Martin nahm sich vor, sich zu mäßigen. »Gut, können Sie uns etwas Relevantes über das Camp erzählen? Hat zum Beispiel jemand von Ihnen darauf bestanden, dass die Kinder abgeholt wurden, statt sie selbst ins Camp zu bringen?«

Niemand schien das beantworten zu wollen.

»Okay, also hat niemand diesen Abholservice verlangt? Können wir dann sagen, dass die Leute vom Camp angerufen und Ihnen angeboten haben, die Kinder von einem Mitarbeiter abholen zu lassen?«

»Ich glaube, in der Broschüre stand, dass es manchmal einfacher ist, wenn sich die Neulinge zu Hause von ihrer Familie verabschieden können und dann wegfahren ...«, begann

Lena, dann zögerte sie ein wenig, ehe sie hinzufügte: »Das sei besser, als wenn Eltern sie im Camp absetzten und sie dann allein ließen.«

»Nein«, widersprach Janet. »Das steht nicht in der Broschüre. Das habe ich gesagt. Wir hatten letztes Jahr Probleme mit Linda, als wir sie hingebracht haben. Ich habe dir das erzählt.«

Lena war überrascht, dass Janet die Verantwortung übernahm, statt wie sonst anderen die Schuld zu geben.

»Franklin hat das selbst so beschlossen«, sagte John. »In Fällen wie diesen trifft er seine eigenen Entscheidungen. Er hat uns gefragt, ob wir bereit sind, für die Fahrt fünfzig Dollar mehr auszugeben.«

Die anderen Eltern verglichen im Stillen das Verhalten ihrer eigenen Kinder mit dem von Franklin. Lena spürte Davids Reaktion, ohne ihn anzuschauen. Vermutlich baut er gerade eine hübsche kleine Abneigung gegen John Walker auf, dachte sie.

»Lassen Sie uns über den Zeitplan des Entführers sprechen«, schlug Martin vor und setzte sich. Er zog sein Notizbuch zu Rate. »Wurde die Reihenfolge von Anfang an so festgelegt, oder hat sich irgendwann etwas daran geändert?«

Diese Frage entlockte den meisten keine Reaktion. Nur Janet sah Lena an. »Sie haben uns eine Zeit angegeben, glaube ich, und als ich erfuhr, dass sie Sarah vor Linda abholen wollten, habe ich dich, wenn ich mich recht entsinne, gefragt, ob wir tauschen wollen, stimmt's, Lena? Oder hatte ich mir das nur vorgenommen und dann doch nichts gesagt? Ich dachte, es wäre vielleicht leichter für Sarah, wenn Linda schon im Auto säße und sie dann zusteigt.«

»Ich kann mich nicht erinnern, dass du so etwas gesagt hast.« Lena hatte selbst daran gedacht zu tauschen, aber erst vor ein, zwei Tagen, und vermutet, dass es zu spät war, um noch Änderungen vorzunehmen.

Plötzlich waren Lenas Gedanken vollkommen ausgeblendet, und etwas Vages, Bedrohliches keimte in ihrem Bewusstsein auf. Das Gesicht ihrer Großmutter stand ihr vor Augen und verblasste wieder, aber der Schock blieb. Was war das? Was war passiert? Lena atmete schwer, dann schüttelte sie die Vision, oder was das war, ab. Sie schaute sich um. Nur Mike Williams schien ihre plötzliche Veränderung wahrgenommen zu haben. Was war das?

Verschiedene Menschen kamen während der Besprechung ins Haus, die meisten waren uniformierte Officers. Die übergewichtige Frau und der hispanische Mann, die hereinkamen, als Martin das Thema Zeitplan abschloss, waren anders – sie trugen keine Uniformen und strahlten Autorität aus. Martin wandte sich an sie und beriet sich mit sonorer Stimme mit ihnen, dann stellte er sie der Gruppe als »unsere Freunde vom FBI« vor. Lena war zu abgelenkt, um ihre Namen zu verstehen. Die beiden grüßten kurz, ehe sie zum Computer im Hause Walker geführt wurden.

Martin fuhr fort, Fragen über das Camp zu stellen – welche Grundsätze galten dort? Weshalb hatten sich die Eltern gerade für dieses Ferienlager entschieden? Ob es irgendwelche Anzeichen von finanziellen Engpässen gegeben hatte, ob sie sich vom Jahr zuvor an Camp-Mitarbeiter erinnerten, die neugierige Fragen gestellt hatten, um diese Informationen dann auf so schreckliche Weise zu nutzen. David fiel auf, dass sich Martin selbst widersprach – erst behauptete er, dass sie die Camp-Angestellten nicht verdächtigten, und jetzt bombardierte er sie mit Fragen über das Camp und seine Mitarbeiter. David glaubte, dass das ein Trick war, um die polizeilichen Ermittlungen voranzutreiben.

Lena behielt Mike und Po im Auge. Sie redeten nicht viel miteinander, berührten sich auch nicht oft, aber Lena erkannte, dass die beiden in dieser Krise zusammenhielten, dass sie sich austauschten und gegenseitig halfen. David saß rechts neben Lena in einem Sessel ein wenig höher als sie, doch sie hatte das Gefühl, als wäre er meilenweit weg. Auch wenn er sich den Walkers gegenüber so sonderbar benahm, konnte sie nicht sagen, was er dachte. Früher war sie überzeugt gewesen zu wissen, was in David vorging und dass ihm ihr Wohlbefinden am Herzen lag, doch das war lange her. Sie schaute auf die Kaminuhr. Es war kurz vor vier. Würde sie jetzt mit David zusammensitzen und versuchen, eine Brücke über die Kluft zu schlagen, die sie voneinander trennte, wenn Sarah nicht entführt worden wäre?

Martin hatte die Liste seiner Fragen abgearbeitet und erkundigte sich, ob es noch etwas gebe, was einer der Anwesenden zur Sprache bringen wolle. Phil fragte nach dem Lösegeld. Lena fand das nicht ungewöhnlich, besonders weil die Rostenkowskis ständig in Geldschwierigkeiten steckten. »Sollen wir das Geld bezahlen oder uns weigern – wie verhalten wir uns am besten?«

»Darüber machen wir uns Gedanken, wenn es so weit ist. Ich weiß nicht, was passieren wird, was die Kidnapper verlangen werden und was die Kollegen vom FBI vorhaben. Allerdings muss ich Sie bitten, sich nicht an die Medien zu wenden, wenn die Entführer von sich hören lassen. Das ist die oberste Regel.«

Alle begriffen, dass diese Ermahnung an John Walker gerichtet war.

»Tut mir leid, aber ich habe Verpflichtungen den Aktionären und der Bank gegenüber. Noch dazu bin ich im Vorstand etlicher Organisationen. Ich, für meinen Teil, muss mit dieser Krise fertig werden. Meine Bank ist bereit, Ihnen allen finanziell unter die Arme zu greifen. Ich hoffe, Sie verstehen meine Position.«

»Und ich hoffe, Ihre Bank versteht, dass der Sheriff von Westchester Counts und das FBI diese Sache regeln. Jeder Schritt, den Ihre Pressesprecher unternehmen, muss vorher mit uns abgesprochen werden.« Martin unterstrich diese Forderung mit einem leichten Schlag auf sein Knie.

»Ich bin überzeugt, dass sie sich daran halten werden«, erwiderte Walker.

»Na ja, vor Ihrem Statement haben Sie das nicht getan.«

»Ich bitte um Entschuldigung. Ich werde dafür sorgen, dass so etwas nicht noch mal vorkommt.«

Lena glaubte nicht, dass John sein Versprechen ernst nahm. Bei der Arbeit mit ihren Krebspatienten war sie zur Expertin geworden, wenn es galt zu erkennen, welche Patienten sich an die vorgeschriebene Lebensweise halten würden und welche das nur behaupteten, um dann doch zu machen, was sie wollten. John, einen Manager, der nicht daran gewöhnt war, dass man ihm Vorschriften machte, würde sie in die zweite Kategorie einordnen. David wechselte einen Blick mit ihr, als wüsste er, wie sie über John dachte. Siehst du, übermittelte er ihr, dieser Bursche hätte die ganze Sache inszenieren können. Lena schaute nach unten. Wenigstens ahnte sie, was David dachte.

Sie beendeten die Besprechung mit der Vereinbarung, dass sie sich am nächsten Morgen noch einmal treffen würden, doch Sheila erinnerte sie daran, dass morgen Sonntag war und sie ihren Gottesdienst abhalten musste. Sie verschoben das Meeting auf den Nachmittag, und Martin sagte, er hoffe, dass es nicht nötig sei.

Sie sprachen noch ein wenig, als sie im Foyer standen

und darauf warteten, dass die Polizeiautos vorfuhren. Die Rostenkowskis standen an der Tür und verabschiedeten sich mit Handschlag von den Walkers, als der hispanische FBI-Agent aus dem Esszimmer kam und leise mit Martin tuschelte.

Martin erhob sofort die Stimme. »Einen Moment! Wie es aussieht, ist wieder eine E-Mail eingetroffen. Hier entlang bitte.«

Sie folgten ihm in ein Arbeitszimmer mit drei Computern auf drei Schreibtischen. Die FBI-Agenten standen vor einem. Die Eltern versammelten sich um einen anderen und lasen die Mail.

Nach einer Weile brach Martin das Schweigen. »Was soll der Unsinn?« Er entschuldigte sich augenblicklich bei Sheila. »Wir müssen noch überprüfen, ob das echt ist«, fügte er mit einem bösen Blick durch seine Lesebrille hinzu.

Der Hispanier ging auf die Gruppe zu und sagte: »Ich glaube nicht, dass es Zweifel an der Echtheit gibt. Jemand hat sich durch alle Filter Zugang zu Ihren Accounts verschafft.«

»Wie auch immer – das ist ein blöder Witz. Das ist nicht echt«, erklärte John und wandte sich an Sheila, die schwer atmend die Botschaft anstarrte.

Lena hatte sie nicht auf Anhieb verstanden und las sie ein zweites Mal.

ERSTER SCHRITT. MORGEN FRÜH UM ELF UHR GOTTESDIENST IN DER FIRST PRESBITERIAN CHURCH IN LARCHMONT. SIE WERDEN EINE SAMMLUNG FÜR DEN BAUFONDS DER KIRCHE VERANSTALTEN. SIE MÜSSEN MINDESTENS 25 TAUSEND DOLLAR BEI DIESEM GOTTESDIENST ZUSAMMENBEKOMMEN UND DAS GELD VORWEISEN, UM ZU SCHRITT ZWEI ZU GELANGEN. DIES IST ERNST GEMEINT.

Keiner der Anwesenden glaubte daran, dass diese Nachricht mehr war als ein böser Scherz, der seinen Weg durch diese Filter oder was auch immer geschafft hatte. Statt Geld für sich zu fordern, bat der Witzbold um eine wohltätige Spende. Und indem er sich auf Sheilas Kirche festgelegt hatte, lenkte er den Verdacht auf eines der Opfer. Genau genommen rückte dieser Schachzug noch ein anderes Elternteil in den Vordergrund. Mike Williams' Baufirma sollte den neuen Flügel der Kirche errichten, sobald die Finanzierung auf sicheren Füßen stand.

»Das ist außergewöhnlich«, sagte Martin, dann sah er Sheila an. »Ich nehme an, Sie haben einen Baufonds?«

Sheila war angespannt und presste durch zusammengebissene Zähne heraus: »Ich finde das nicht komisch. Ich kann nicht glauben, dass das echt ist. Ja, wir haben einen Baufonds.«

»Und Sie würden zusätzliche fünfundzwanzigtausend nicht verschmähen, oder?«

»Was soll das heißen?«, fragte Sheila eisig.

»Das soll heißen, dass wir es hier mit einem kranken Witzbold zu tun haben, aber dieser Irre könnte Ihre Kinder in seiner Gewalt haben. Dies ist nicht so, als würden Sie Lösegeld bezahlen. Was kann es schaden, den Klingelbeutel herumgehen zu lassen?«

»Auf die Art bekommen wie niemals fünfundzwanzigtausend zusammen.«

»O doch«, sagte John in einem Ton, der keinen Widerspruch duldete. Sheila kannte ihn gut genug, um die Diskussion zu beenden. Die anderen folgten Sheilas Beispiel.

Schweigend gingen wieder alle zur Haustür. Was für ein Mensch entführte Kinder und zog den betroffenen Eltern dann den Boden unter den Füßen weg, indem er die Erwartungen nicht erfüllte, sie zusätzlich in Verwirrung stürzte, die Unsicherheit verdoppelte und die Angst um die Kinder noch vertiefte? Lena ging neben Mike die Einfahrt hinunter zu den Polizeiwagen. Sie mussten stehenbleiben, als ein Wagen anhielt, und Lena spürte, dass sie etwas aus Mikes Mund hören wollte. Ihr war, als kämen sie gerade aus einem schwierigen Film oder Theaterstück, und sie wollte seine Meinung darüber erfahren. Vielleicht ahnte er das, wahrscheinlich aber war er selbst ziemlich durcheinander – jedenfalls wandte er sich ihr zu und begegnete ihrem Blick. »Geben Sie mir eine verdammte Blaupause – damit kenne ich mich aus, aber diese Scheiße … ich hasse das.«

Lena verstand ihn. Noch jemand war durch diese Entführung vom normalen Kurs abgekommen und musste neue Möglichkeiten finden, ohne Maßangaben, Grundrisse und die Ausbildung, auf die er sich immer verlassen hatte, Probleme zu lösen. Lena nickte und freute sich, dass er genug Zutrauen zu ihr hatte, um in ihrer Gegenwart zu fluchen.

Detective Martin stieg zu Lena und David in den Wagen, kurz bevor der Fahrer anrollte. Nach ein, zwei Blocks, drehte er sich um, sah jedoch nur Lena an, nicht David. »Das FBI möchte sich Ihre Computer anschauen, wenn Sie nichts dagegen haben.«

Lena nickte, aber David erklärte sich nicht so schnell einverstanden. »Warum? Sie überwachen sie durch die Server, oder nicht?«

»Ich weiß es nicht. Ich kenne mich mit den verdammten Dingern nicht aus«, sagte Martin.

»Ich schon. Ich arbeite in der Computerbranche und bin ganz und gar nicht begeistert, wenn die Behörden in meinen Dateien herumschnüffeln. Braucht man dafür nicht eine Durchsuchungserlaubnis?«

Martins Schweigen unterstrich den Verdacht, den diese Frage erregte.

Lena sah David an, doch er fuhr fort: »Meinen Sie, Walker und seine gottverdammte Bank lassen Sie in ihren Computern stöbern? Das bezweifle ich.«

»Ich glaube, sie haben schon …«, begann Martin, aber David schnitt ihm das Wort ab.

»Diese Familie«, schimpfte er und sah aus dem Fenster. »Wieso schicken sie ihren hochnäsigen kleinen Fratz überhaupt ins Camp Rondo? Wenn das Kind auch nur im Entferntesten so ist, wie der Vater es beschreibt, dann bekommt Sarah einen Anfall. Und die Frau Pastorin – man darf in ihrem Beisein nicht ›Scheiße‹ sagen, wie? Sobald sie das gesagt hat, hätte ich am liebsten nur noch Fäkalsprache benutzt. Unsere Kinder wurden gekidnappt, um Himmels willen! Und wir dürfen nicht einmal ›Scheiße‹ sagen?« Er schnaubte, war aber nicht imstande, Lena anzusehen.

Martin wandte sich wieder an sie und drückte ebenso viel mit seinen sanften blauen Augen wie mit Worten aus: »Sie werden die Computer nicht mitnehmen. Wenn Sie wollen, können Sie sich auch zu ihnen setzen, während sie sich alles anschauen.«

Lena nickte wieder. David sagte nichts mehr.

Sie näherten sich dem Haus der Pyles, als Lena einen Blick auf einen in der Dämmerung beleuchteten Swimmingpool in einem der Gärten erhaschte. Niemand schwamm darin. Lena betrachtete den Pool, bis das Haus den Blick darauf blockierte. Und zum ersten Mal seit der Entführung hatte sie ein Bild von Sarah vor Augen, das nichts mit dem Van, J.D. oder der Abfahrt zu tun hatte. Es war ein Bild vom frühen Sommer, als sie bei einem Kollegen aus Lenas Praxis, der die Stadt verlassen wollte, auf einer Poolparty gewesen waren. Sarah hatte ein paar Kinder kennengelernt, und sie sprangen von dem Ein-Meter-Sprungbrett und tauchten ins tiefe Wasser. Lena saß mit der Hausherrin zusammen und beobachtete, wie sich Sarah wie ein Frosch an die Wasseroberfläche bewegte und sich am Rand des federnden Bretts festhielt. Lena war kurz davor, etwas zu sagen, sie zu ermahnen, auf die Springer und Taucher aufzupassen, doch noch während sie das dachte, drehte Sarah den Kopf zu ihr und zeigte ein so glückliches Lächeln, wie es Lena noch nie an ihrer Tochter gesehen hatte. Sarahs Vitalität war erstaunlich. Ihre dünnen Arme umrahmten ihr reines Gesicht. Lena hatte das Gefühl, dass sich Sarah mit einer schnellen, fließenden Bewegung am Sprungbrett aus dem Wasser ziehen und in den Himmel und die Wolken katapultieren könnte. Und in den Sekunden, die das Lächeln andauerte, waren Lena und Sarah eins – Mutter und Tochter, jede ein Teil der anderen.

Das Leuchten dieser Erinnerung verblasste schnell, als sie sich dem Haus näherten und das Auto wieder durch die Reporterhorde rollen musste. Jetzt spürte Lena die Trennung von Sarah noch schmerzlicher. Der Gedanke, das Haus zu betreten und Sarah nicht dort vorzufinden, zerriss ihr das Herz, als sie aus dem Wagen stieg und ihr Fragen entgegengeschleudert wurden. Sie und David gingen mit Martin zur Eingangstür. Sarah musste zu Hause sein. Mit jedem Schritt überzeugte sich Lena mehr, dass Sarah im Haus *war* und auf sie wartete. Beinahe hätte sie etwas Entsprechendes zu David gesagt, als sie an Martin vorbeilief, um als Erste ihre Tochter in die Arme zu schließen. Ihr Verstand sagte ihr, dass das nicht sein konnte, aber das Blut, das das schnell schlagende Herz durch ihre Adern pumpte, spülte jede Vernunft weg. Sarah war da. Ganz bestimmt. Lena stieß die Haustür auf und stürmte in das dunkle Wohnzimmer.

KAPITEL 10

Mr. Everett schwieg während der Fahrt über den Thruway des Staates New York. Anfangs hatte er mit den Kindern ein Spiel gespielt. Er hatte jedem Kind eine Nummer gegeben, und wann immer er die Nummer aufrief, musste sich das betreffende Kind ducken. Sarah wollte wissen, warum sie das machen sollten, und Mr. Everett meinte, es würde Spaß machen. Dann rief er ihre Nummer. Nach einer Weile, als der Verkehr in der Nähe von Albany dünner wurde, hörte Mr. Everett auf mit dem Spiel und sagte kaum noch etwas.

Oberhalb von Albany, auf dem Northway, fuhr der SUV durch ein heftiges Gewitter mit einem Wolkenbruch, der die Sicht erheblich erschwerte. Etliche Blitze erhellten die Straße, während die Scheibenwischer versuchten, der Wasserfluten auf der Windschutzscheibe Herr zu werden. Mr. Everett beugte sich weit vor, fuhr langsam und hatte Mühe, auf der Straße zu bleiben. Die Kinder bekamen Angst. Tommy zuckte heftig zusammen, als ein Lastwagen an ihnen vorbeifuhr und Wasserkaskaden von den Reifen aufspritzten. Er atmete schwer und drehte sich zur Seite, um Lindas verängstigten Blick aufzufangen. Keiner sagte ein Wort, das war auch nicht nötig.

Der Regen hörte genauso plötzlich auf, wie er begonnen hatte, und nach einer halben Meile schien schon wieder die Sonne. Mr. Everett lehnte sich zurück und schaltete die Scheibenwischer aus. Nach fünf Minuten erschreckte ihn etwas, denn er schrie: »Eins, drei, vier!« Franklin, Tommy und Linda brauchten einen Moment, um zu begreifen, was er wollte, dann rutschten sie alle in ihren Sitzen in die Tiefe. Sarah beobachtete Mr. Everetts Augen im Rückspiegel, die den Wagen, der sie überholte, verfolgten. Sarah sah, dass es eine Art Polizeiauto war, ein State-Trooper vielleicht.

Als er den Kindern sagte, sie könnten sich wieder aufsetzen, fing Mr. Everett Sarahs Blick im Rückspiegel auf. »Was ist los, Sarah? Du siehst irgendwie besorgt aus.«

»Warum fahren wir nicht zum Camp?«

»Das tun wir doch, aber eben nicht sofort. Dies ist ein spezieller Ausflug. Ihr habt wirklich Glück.«

Franklins Stimme zitterte, als er das Wort ergriff: »Ich bin nicht sicher, dass meine Eltern für das hier unterschrieben haben.«

»Nein, natürlich nicht. Eure Eltern haben das alle nicht getan. Dies ist eine Überraschung. Ich denke, mittlerweile hat sich längst jemand mit ihnen in Verbindung gesetzt und ihnen von unserer Exkursion erzählt.« Er grinste breit, sah ein Kind nach dem anderen im Rückspiegel an und lachte leise.

»Ich muss auf die Toilette«, sagte Tommy.

Mr. Everett schien ihn nicht gehört zu haben, deshalb schaltete sich Sarah ein: »Tommy muss auf die Toilette.«

»Du musst mal?« Mr. Everett funkelte ihn über den Rückspiegel an.

»Ja.«

»Okay, gut. Etwa in einer halben Stunde. Kannst du so lange warten?«

»Ich weiß nicht.«

»Ich bin sicher, dass du das kannst.« Dies war eher ein Befehl als eine Feststellung. Die Kinder wechselten verstohlene Blicke. Den Tonfall kannten sie alle von strengen Lehrern. Aber sie saßen nicht im Klassenzimmer, die Glocke würde nicht den Schulschluss ankündigen. Sarah betrachtete die Autos, die ihnen entgegenkamen. Sie hätte gern in einem von ihnen gesessen, statt mit Mr. Everett in Richtung Norden zu fahren.

Sie fuhren vom Northway ab und folgten einer zweispurigen Straße in die Wälder. Die Sonne stand noch hoch am Himmel, und die Gegend sah aus, als wäre es außerhalb des SUVs brütend heiß. Die Klimaanlage im Wagen war zu kühl eingestellt. Sarah hatte schon überlegt, ob sie Mr. Everett bitten sollte, sie herunterzudrehen, aber nachdem er Tommys Bitte schon so abgetan hatte, wollte sie keine abschlägige Antwort mehr riskieren.

Nach ein paar Meilen auf der zweispurigen Straße bogen sie auf einen Feldweg ab, der eine Weile steil bergauf führte. Der Wagen wirbelte eine Staubwolke auf. Etwas zurückgesetzt von dem Weg standen ein paar verstreute alte Ranchhäuser, die unbewohnt aussahen. Als sie den höchsten Punkt erreicht hatten, sahen die Kinder in der Ferne die hohen Gipfel der Adirondacks. Die Straße führte wieder bergab in die Wälder, und für lange Zeit überschatteten hohe Bäume ihren Weg. Mr. Everett trat auf die Bremse, als er eine Abzweigung übersehen hatte, setzte zurück und lenkte den SUV auf ein mit Gras bewachsenes Gelände, das gar nicht nach einem Weg aussah. Nach etwa hundert Metern blieb er stehen. Die Kinder beobachteten jede seiner Bewegungen, als er ausstieg, zurück zu dem Feldweg ging und das Gras am Straßenrand mit den Füßen wieder aufrichtete, um die Reifenspuren zu verwischen.

Als er zurückkam und sich hinters Steuer setzte, sagte Tommy noch einmal: »Ich muss wirklich auf die Toilette.«

»O ja. In ein paar Minuten.«

Weit und breit war keine Straße zu sehen, nur ein überwucherter Pfad zwischen Schösslingen und Gestrüpp. Nach einer holprigen Meile lenkte Mr. Everett den SUV nach rechts und blieb unter einem Dach aus dichten Fichtenzweigen stehen.

»Okay, alles aussteigen.«

Die Kinder gehorchten zögernd. Linda wollte Sarah etwas ins Ohr flüstern, aber Mr. Everett schob die Seitentür auf. »Kommt. Wir müssen euch einsprühen.«

Sobald die Kinder draußen standen, forderte Mr. Everett sie auf, die Hände vor die Augen zu halten, dann sprühte er ein Kind nach dem anderen von Kopf bis Fuß mit Insektenspray ein. Tommy erinnerte ihn, dass er aufs Klo musste, und Mr. Everett riet ihm, ein Stück in den Wald zu gehen. Das war etwas ganz Neues für Tommy, aber dann verzog er sich doch hinter einen Busch und pinkelte. Die Mädchen hörten das Plätschern und wurden ganz verlegen.

Mr. Everett bekam das mit. »Hey, Mädchen. Ihr seid jetzt im Wald.«

Sie fragten sich, was sie tun sollten, wenn sie auf die Toilette mussten.

Mr. Everett wies sie alle an, die Matchsäcke aus dem Kofferraum zu holen und ihm zu folgen. Er schulterte ein großes Bündel und ging auf einem kaum erkennbaren Pfad durch die Bäume voraus.

Nach ein paar Schritten drehte er sich um und sah, dass ihm Tommy, Sarah und Linda folgten, aber Franklin noch neben dem Auto stand.

»Hey, Franklin, komm schon.«

Franklin rührte sich nicht von der Stelle und schüttelte den Kopf. Mr. Everett ging zurück zu ihm. »Was ist los?«

»Ich glaube nicht, dass wir das tun dürfen. Dazu brauche ich die Erlaubnis meiner Eltern.«

»Die haben wir. Du glaubst doch nicht, dass die Camp-Leitung euch ohne ihre Genehmigung zu einem solchen Ausflug losschickt, oder?«

»Aber sie haben nicht mit mir darüber gesprochen.«

Mr. Everett wurde ein wenig ungehalten. »Ich habe dir doch gesagt, dass alles in Ordnung ist.« Er holte sein Handy aus dem Rucksack. »Wenn wir zu der Hütte kommen, haben wir Empfang, dann kannst du deine Eltern anrufen. Was hältst du davon?«

Franklin schaute von Mr. Everett zu den anderen Kindern. Die anderen schienen bereit zu sein, dem Erwachsenen zu folgen, und Franklin wollte bestimmt nicht allein zurückbleiben. Mr. Everett hielt das Mobiltelefon in die Höhe, und Franklin gab nach.

»Guter Junge«, sagte Mr. Everett, schlug ihm kumpelhaft auf die Schulter und begleitete ihn zu den anderen. »Ihr alle seid brav. Jetzt kommt! Wir haben noch eine kleine Wanderung vor uns, dann sind wir bei der Hütte.«

»Was ist bei der Hütte?«, wollte Sarah wissen, als sie alle weitergingen.

»Natur. Wildnis. Ich habe ein paar Lebensmittelvorräte in der Hütte. Was wollt ihr essen?«

Eine ganze Weile antwortete ihm niemand, dann meldete sich Tommy zu Wort: »Maiskuchen.«

»So was haben wir nicht, und außerdem braucht man einen Toaster dafür.«

»Das stimmt gar nicht«, erwiderte Tommy. »Ich esse sie kalt.«

Mr. Everett blieb stehen und ahndete diese kleine Rebellion mit einem bösen Blick. »Sie sind nicht gut für dich, und wir haben keine. Also lass uns nicht mehr davon reden, okay?« Er drehte sich um und marschierte weiter. Tommys kleine Brust hob und senkte sich, und die anderen sahen ihn mitfühlend an.

Der Pfad führte über einen steinigen Hang, und alle waren so mit Klettern beschäftigt, dass sie nichts redeten. Nach einiger Zeit wurde der Weg eben, und sie kamen auf eine offene Ebene mit Blick auf Berge.

Mr. Everett blieb stehen und nahm seinen Rucksack ab. Dann atmete er übertrieben durch und warf den Kopf zurück. »Riecht ihr das, Kinder? Es ist wunderschön hier oben, nicht?« Sie alle waren müde nach der Kletterpartie und schwiegen. Mr. Everett sah sie finster an. »Ich sagte: ›Es ist wunderschön hier oben, nicht?‹« Die Kinder nickten. Mr. Everett nahm ein langes Seil und vier Schlafmasken aus dem Rucksack. Er verteilte die Augenbinden an die Kinder. »Die Hütte, zu der wir gehen, ist geheim, und deshalb müsst ihr für das letzte Stück Weg diese Masken tragen. Setzt sie auf!«

»Wie sollen wir gehen, wenn wir nichts sehen?«, fragte Sarah.

»Seht ihr dieses Seil? Ihr alle haltet es fest, und ich führe euch. Das wird lustig.«

Die Kinder gehorchten zögerlich. Tommy und Linda trugen die Matchsäcke und hatten anfangs Schwierigkeiten, sich auch noch an dem Seil festzuhalten. Aber bald gingen sie – Mr. Everett voran – den Weg entlang, und jedes Kind hatte eine Hand am Seil. Sarah erinnerte sich an die kleinen Ausflüge, die sie früher in der Kindertagesstätte gemacht hatten und bei denen jedes Kind mit dem Erzieher durch ein ganz ähnliches Seil verbunden war. Aber dies hier war etwas anderes. Man hatte ihnen damals nicht die Augen verbunden.

Nach ein paar hundert Schritten führte Mr. Everett sie im Kreis herum, nach links, dann nach rechts und wieder zurück; es war offensichtlich, dass er ihnen die Orientierung nehmen wollte. Als sie wieder in einer Reihe waren, fiel Tommy, der ganz am Ende ging, eine Geschichte von Kindern ein, die sich im Wald verirrt hatten. Er hob den Matchsack zu der Hand, die das Seil hielt, öffnete ihn ein kleines Stück, steckte die freie Hand hinein und fischte einen Socken heraus, den er dann auf den Boden fallen ließ. Mr. Everetts Stimme erschreckte ihn.

»Ja, ihr seid Glückspilze.«

Die Kinder stolperten ständig, aber es gelang ihnen, den Rest des Weges zurückzulegen, ohne hinzufallen. Mr. Everett lobte sie dafür. Sarah hörte die Grillen im Gras und spürte die Sonne, die auf sie niederbrannte. Hier gab es keinen Schatten. Wieder ließ Mr. Everett sie ein paar Mal im Kreis und hin und her gehen, ehe er haltmachte.

»Okay, Leute, wir sind da. Ihr könnt die Masken abnehmen.«

Sie waren auf einer kleinen, von Fichten und Dickicht umgebenen Lichtung. Eine heruntergekommene, verwitterte Holzhütte stand am Rand der Lichtung. Dahinter war ein kleines Klohäuschen.

Linda fing an zu weinen, und Mr. Everetts Tonfall wurde schärfer. »Was? Was ist das Problem?«

»Ich mag das nicht. Ich will zurück.«

»Komm her!« Er nahm Lindas Arm und führte sie in Richtung Hütte. Die Tür hatte kein Schloss. Mr. Everett schob Linda hinein und bedeutete den anderen Kindern, ihnen nachzukommen. »Seht ihr, hier drin ist es hübsch und gemütlich.«

Sarah betrat hinter Tommy die Hütte und roch das modrige Holz. Anfangs konnte sie in der Dunkelheit nichts erkennen, sobald sich ihre Augen jedoch an das wenige Licht gewöhnt hatten, sah sie, dass die Hütte in zwei Räume unterteilt war. Im ersten Raum waren ein Waschbecken in der Ecke, daneben eine kleine Theke und ein Kühlschrank. Im anderen Zimmer lagen Matratzen auf dem Boden. Linda weinte immer noch. Sarah ging zu ihr und legte den Arm um sie.

»Hier gefällt es mir gar nicht«, schniefte Linda.

Mr. Everett wollte gerade etwas sagen, aber Franklin kam ihm zuvor: »Sie haben gesagt, dass wir unsere Eltern anrufen dürfen, wenn wir in der Hütte sind.«

»Habe ich das? Ich glaube, ich sagte ›vielleicht‹. Aber dazu müssen wir zum See gehen. Dort hat man Empfang. Wollt ihr den See sehen?«

Lindas Tränen versiegten allmählich. Sie stellte sich einen See vor, an dessen Ufer Häuser standen und der genauso aussah wie der See, an dem ihre Großmutter in Connecticut wohnte. Mr. Everett holte sein Handy aus dem Rucksack und forderte die Kinder mit einer Handbewegung zum Mitgehen auf. Er lächelte verstohlen über die Kinder, als sie auf dem Weg zum See waren. Er hatte es geschafft. Er hatte die Kinder ohne Zwischenfälle hierhergebracht und brauchte keine neugierigen Blicke mehr zu fürchten. Keines der Kinder hatte offen rebelliert. Vermutlich lief der Plan in Westchester auch reibungslos ab. Er konnte sich ein wenig entspannen. Plötzlich fiel ihm etwas ein.

Er bat die Kinder, stehenzubleiben. »Wartet eine Minute. Ich bin gleich wieder da.«

Er lief zurück in die Hütte. Die Kinder sahen sich an. Tommy sprach als Erster: »Glaubt ihr, dass er wirklich vom Camp ist?«

»Nein.« Franklin war aufgebracht.

Sarah und Linda wechselten einen fassungslosen Blick. Wenn er kein Mitarbeiter vom Camp war, wer war er dann? Als seine Stimme ertönte, drehten sie sich zu ihm um.

»Hier – bitte lächeln!«

Der Mann hatte eine Digitalkamera in der Hand und ließ sie ins Video-Mode laufen. In der hellen Sonne sah er nicht viel auf dem LCD-Screen. Aber die Kinder lächelten nicht. Er fand, dass das ganz in Ordnung war – es war besser, wenn sie unglücklich wirkten und ihre Eltern und die ganze Welt sie so sehen konnten. Er suchte einen geeigneten Winkel für die Aufnahme; er brauchte einen nichtssagenden Hintergrund, Wald zum Beispiel. Er drückte auf den Knopf und nahm die Kinder auf. Als er fertig war, sah er sich das Ergebnis an. Perfekt. Die Kinder sahen alle unversehrt, aber mürrisch aus, und was die verräterischen Merkmale betraf – es gab keine. Diese blinzelnden kleinen Camper könnten überall sein, sagte er sich.

KAPITEL 11

Es war kurz vor ein Uhr nachts, als die FBI-Agenten das Haus verließen. Sie hatten einige Stunden damit verbracht, die Computer zu durchforsten. David hatte ihnen dabei über die Schulter gesehen und festgestellt, dass sie nicht gerade gründlich gesucht hatten und nicht viel über die Durchsuchung einer Festplatte oder die Wiederherstellung gelöschter Dateien zu wissen schienen. Er fragte sich, ob sie wirklich da waren, um die Computer zu überprüfen, oder ob das nur ein Vorwand war und sie in Wahrheit die häusliche Atmosphäre, die Stimmung zwischen ihnen erforschten und überprüften, ob einer von ihnen unter schlechtem Gewissen litt. Ein paar Mal beschloss David, ihnen zu helfen und einige Tricks zu zeigen, nur um sie von dem Gedanken, er hätte etwas zu verbergen, abzubringen. Seinen dritten Account hatten sie nicht gefunden, und er hatte sie nicht mit der Nase darauf gestoßen.

Lena, die sich erst im Wohnzimmer, dann in der Küche aufgehalten hatte, führte schließlich die Agenten zur Tür, als sie sich verabschiedeten. Ihre Namen hatte sie sich nicht gemerkt – sie zog Detective Martin den beiden vor. Als sie gingen, trat Lena hinaus in die Nacht und hoffte, dass David, der eine Flasche Wein geöffnet und schon fast ausgetrunken hatte, ihr nicht folgen, kein Gespräch anfangen und einfach nur ins Bett gehen würde. Die Vans der Medienleute waren weg, und die Straße war leer bis auf einen Streifenwagen des Sheriffs, in dem die Innenleuchte brannte. Zwei Officer saßen darin. Sie wechselten ein paar Worte mit den FBI-Agenten, bevor die in ihren Wagen stiegen und abfuhren.

In einem Busch rechts vom Haus saßen Zikaden und machten ihre krächzende Musik. Lena starrte auf die Einfahrt. Der Abschied am Morgen, der so normal und perfekt vonstatten gegangen war, spulte sich noch einmal vor ihrem geistigen Auge ab. Bisher hatte sie gegen diese Bilder und die Selbstvorwürfe angekämpft und sich immer wieder gesagt, dass sie nicht die Einzige war, dass der solide, aufrichtige Mike sein Kind auch diesem Fremden übergeben hatte. Immer und immer wieder hob sie ihre Gedanken auf eine höhere Ebene und fragte sich, wie Erwartungen zu solchen Irrtümern und Missverständnissen führen konnten. Aber in dieser Situation zu philosophieren war genauso, als würde man über schlüpfrige Steine springen, um einen tückischen Fluss zu überqueren. Jetzt stand sie im Vorgarten, betrachtete den Ort des Verbrechens und konnte die Einzelheiten der Entführung nicht mehr verdrängen; Sarahs große Augen, als J.D. ihr von dem Fußball-Programm erzählte, der Geruch im Van, das Geräusch, als die Tür des Autos zufiel.

Und plötzlich passierte es wieder. Wie eine physische Präsenz tauchte das Gesicht ihrer Großmutter aus der Dunkelheit auf. Lena wich einen Schritt zurück. Das Gesicht sprach. Und mit einem Mal befand sich Lena in der Küche ihrer Kindheit. Ihre Großmutter mütterlicherseits backte Plätzchen und unterhielt sich mit ihr. Die Enkel nannten die willensstarke und unabhängige Frau, die jedes Jahr nach Schweden kam, Noonie. Die kleine Lena, die in etwa in Sarahs Alter gewesen war, hatte jedes Wort ihrer Großmutter gierig in sich aufgenommen.

»Hör auf deine Noonie – verwende niemals Margarine, nur Butter, verstanden?« Immer gab sie Ratschläge und legte

Regeln fest. Lächelnd nahm sie den Teigball in die sehnigen Hände und knetete ihn. »Und wenn du dieses Jahr mit zum Flughafen fährst, möchte ich nicht, dass du winkst wie letztes Jahr.« Die kleine Lena fragte nach dem Grund oder sah zumindest ratlos aus. »Warum? Vielleicht bringen sie dir in diesem Land nicht das Richtige bei, aber dort, wo ich herkomme, wedelt man nicht mit der Hand, als verscheuchte man lästige Fliegen, wenn man möchte, dass der Gast irgendwann wiederkommt. Nein, Sir. Hör mir zu, Lena, winke jemandem, den du liebst, nie zum Abschied. Hast du das verstanden?«

Lena konnte kaum atmen. Hatte sie gewinkt, als Sarah weggefahren war? Trotz all der Einzelheiten, die ihr immer wieder im Kopf herumgingen, konnte sie sich nicht daran erinnern. Der Moment war wie ausgelöscht. Aber Lena entsann sich, am Flughafen in Stockholm gewesen zu sein, als Noonie zum Gate ging und ihre Mutter Sally sagte: »Wink, Lena.« Lena weigerte sich und erzählte ihr, was Noonie gesagt hatte, und ihre Mutter tat diese Rüge lachend ab. Aber Lena konnte sich nicht darüber hinwegsetzen, dennoch wusste sie nicht mehr, ob sie am Morgen gewinkt hatte. Sie schaute auf die Einfahrt – sie war dunkel und leer, lieferte ihr keinerlei Anhaltspunkte. Plötzlich wurde die Nacht kühl, und Lena ging ins Haus zurück.

David war in der Küche und trank Wein. Er fragte sie, ob sie auch ein Glas wollte, und sie lehnte ab. Er erzählte ihr, was die Agenten gefunden hatten und was nicht, erklärte, er sei müde und gehe ins Bett. Lena wusste, dass er sie damit bat, mit ihm zu kommen, aber sie konnte nicht. Es erschien ihr unvorstellbar, zu schlafen, solange Sarah weg war.

David war verletzt und ging mit dem Glas in der Hand auf sie zu. Lena konnte ihm nicht ins Gesicht sehen.

»Wir stehen das durch«, sagte er in einem trunkenen Flüsterton, den Lena kaum ertragen konnte. Sie schüttelte den Kopf und rückte von ihm ab, David wartete eine Weile. Lena stellte sich vor, wie er dastand - vielleicht ein wenig schwankend und mit schweren Augenlidern. Dann verließ er die Küche.

Die Nacht draußen auf dem Patio war dunkel und totenstill. Plötzlich ertönte von der Straße her ersticktes Gelächter. Lena stellte sich die Cops im Streifenwagen vor - für sie war dies ein ganz normaler Dienst. Instinktiv warf sie einen Blick auf die Uhr am Mikrowellenherd und rechnete sich aus, dass es in Schweden schon acht Uhr morgens war. Sie konnte anrufen.

Lenas Mutter Sally nahm den Anruf entgegen und war sofort besorgt, weil sie dachte, es gebe Neuigkeiten. Als Lena ihr klarmachte, dass es noch nichts Neues gab, stellte sie aufgeregt Fragen nach Lenas Befinden. Das Interesse ihrer Mutter entlockte Lena ein paar Tränen. Sally war der Inbegriff an Fürsorglichkeit. Nach ihrem College-Abschluss war sie ihrem Freund Richard nach Schweden nachgereist, nachdem er die schwerwiegende Entscheidung zu desertieren getroffen hatte. Seither hatte sie sich als Sozialarbeiterin um alle möglichen Menschen gekümmert, um andere Deserteure, um geistig Behinderte, um ihre Töchter in den schwierigen Jahren und kürzlich um eine große Gemeinde von arabischen Immigranten, die sich in einer Vorstadt von Stockholm niedergelassen hatte. Die Hingabe ihrer Mutter an andere hatte Lena dazu gebracht, Medizin zu studieren, aber diese Hingabe hatte ihr auch hin und wieder das Gefühl gegeben, unzulänglich zu sein. Mit Sallys Selbstlosigkeit konnte sich nichts messen.

»Wir haben zwei Botschaften von den … Entführern bekommen«, sagte Lena, weil sie lieber über Fakten als über ihre Gefühle sprechen wollte.

»Dad nennt sie ›die verdammten Mistkerle‹. Ja, das wissen wir.«

»Was wisst ihr?«

»Dass sie Botschaften geschickt haben.«

»Aber sie wurden nicht an die Presse weitergegeben, Mom.«

»Es ist alles im Internet, Liebling. Hast du es noch nicht gesehen?«

»Nein. Ich konnte nicht an … Wie viele lesen das?«

»Millionen. Es ist eine große Story in Europa. Da war auch ein Video von dir und David, wie ihr in das große Haus in Larchmont geht.«

»Und hier tun sie so, als wollten sie alles unter Verschluss halten.«

Sally wechselte zur schwedischen Sprache – das tat sie oft, wenn sie ein privates Gespräch mit ihren Mädchen führen wollte. Richard kämpfte immer noch mit der Sprache und verließ sich hauptsächlich auf sein Englisch und ein bisschen Französisch.

»Ich möchte, dass du deinem Vater unmissverständlich klarmachst, dass er auf keinen Fall zu euch kommen kann. Er treibt Sylvie und mich in den Wahnsinn. Wir, Sylvie und ich, wollen morgen einen Flug nehmen, wenn sich bis dahin noch nichts geklärt hat, und dein Vater sagt, er kommt mit.«

Lena antwortete in Englisch: »Was sollte das nützen? Er wird noch auf dem Flughafen verhaftet und ins Gefängnis gesperrt.«

»Er redet davon, nach Kanada zu fliegen und von dort aus heimlich über die Grenze zu gehen.«

»Lass mich mit ihm sprechen.«

»Mache ich, aber zuerst will ich von dir wissen, ob es dir recht ist, wenn Sylvie und ich zu euch kommen.«

Lena wusste nicht, was sie darauf antworten sollte. Ja, sie wollte sie bei sich haben, aber wenn sie kamen, hieß das auch, dass Sarah noch einen oder zwei Tage wegbleiben würde. Diesen Gedanken scheute sie.

»Natürlich, aber sie werden Sarah bald finden.«

Sally wechselte auch wieder zu Englisch über. »Haben sie einen Durchbruch erzielt?«

»Nein, aber man kann vier Kinder nicht so lange verstecken.«

Sallys Schweigen verriet Lena, dass sie keineswegs überzeugt war. »Wir reservieren Plätze in der Maschine und rufen dich noch mal an, um zu fragen, ob wir kommen sollen. Wie geht es David?«

»Er ist am Boden zerstört. Keiner von uns weiß, was wir machen sollen.«

»Das kann ich mir gut vorstellen. Hier ist dein Dad. Ich liebe dich, Schätzchen. Sylvie schickt dir auch ganz liebe Grüße. Das Ganze ist einfach schrecklich. Wir denken an dich.«

Lena hätte ihre Mutter gern gefragt, was ihre Großmutter damals gesagt hatte, aber Sally würde sich wahrscheinlich nicht erinnern. Lena war mit dem Telefon am Ohr in der Küche auf- und abgegangen, jetzt jedoch musste sie ins Wohnzimmer gehen und sich auf die Couch setzen. Plötzlich fühlte sie sich vollkommen ausgelaugt.

Die Stimme ihres Vaters klang kräftig und aufgeregt. Sie konnte sich gut vorstellen, dass ihn der pechschwarze Kaffee, den er so sehr liebte, richtig in Fahrt gebracht hatte.

»Lena, gibt's was Neues?«

»Nein. Wie es scheint, wisst ihr mehr als wir hier.«

»Was soll dieser Unsinn mit dem Baufonds?«

»Das wissen wir nicht. Eine der Mütter ist …«

»Die Pfarrerin in dieser Kirche. Ich weiß. Aber was führen diese verdammten Mistkerle im Schilde? Wollen sie ihrem Verbrechen noch eine Beleidigung hinzufügen? Lieber Himmel!«

»Es ist seltsam, Dad.«

»Was ist mit der Perücke?«

»Was für eine Perücke?«

»Ein Müllmann hat ganz in der Nähe von der Stelle, an der der Wagen abgestellt war, eine Lockenperücke in einem Container gefunden. Du hast noch nichts davon gehört?«

»Nein.«

»Sie glauben, dass dieser … Mistkerl sie getragen hat.«

»Dad? Du kannst nicht herkommen.«

Richard antwortete erst mal nicht. Lena hörte seinen Atem und erinnerte sich, dass er im letzten Jahr eine Art Herzanfall gehabt hatte.

»Also wenn sie Sarah nicht bald finden, weiß ich nicht, wie ich euch fernbleiben kann.«

»Du stehst auf der Liste. Wenn du versuchst, hier einzureisen, sitzt du schneller im Knast, als du denken kannst.«

»Liebes, wo ein Wille ist, da ist auch ein Weg. Überlass das nur mir.«

»Dad!«

»Wie sind die anderen Eltern?«

Lena ging auf sein Ablenkungsmanöver ein und zeichnete mit ein paar Worten Porträts von den anderen. Als sie zu Mike und Po Williams kam, sagte sie: »Mike erinnert mich irgendwie an dich, Dad.«

»Ist er auch so ein übellauniger Kerl, ja?«

»Genau. Ein Schrottplatz-Köter.« Dies war ein Witz zwischen ihnen. In Wahrheit war Richard ein kleines Hündchen, doch verglichen mit seiner Frau und ihrer Sanftmut den beiden Töchtern gegenüber war sein Erziehungsstil, wie er selbst sagte, raubeinig. Lena gab ihm wie immer auf ihre Art zu verstehen, dass das vollkommener Unsinn war.

»Menschenskind, ich wünschte, ich wäre jetzt bei dir, um dich in den Arm zu nehmen, Liebes.«

»Ich auch, Dad. Jetzt muss ich auflegen, sonst fange ich noch an zu heulen. Kannst du mir die Neuigkeiten mailen, die ihr da drüben habt und wir nicht? Ich meine das mit der Perücke.«

»Klar, ich schick's gleich los.« Er wollte das Gespräch noch nicht beenden. »Wir haben hier ein bisschen Geld auf der hohen Kante. Und Sylvie verdient jede Menge. Du sagst uns, was du brauchst, okay?«

»Ja, Dad.« Lena wollte nicht an so etwas denken. Sie schloss nicht aus, dass sie ein Lösegeld zahlen würde, aber zuerst musste sie wissen, dass es Sarah gut ging und dass sie bald nach Hause kam. Dann wäre sie bereit, bis auf den letzten Cent alles herzugeben, was sie besaß oder je besitzen würde.

Schließlich verabschiedeten sie sich, und Lena legte sich auf die Couch. Der Anruf hatte sie geerdet, wie sie gehofft hatte, und sie an die reale, solide Welt erinnert, in der sie aufgewachsen war. Jetzt glaubte sie, Schlaf finden zu können. Es wäre keine Pflichtverletzung. Es würde ihr guttun, und sie brauchte für eine Weile nicht mehr nachzudenken, ob sie gewinkt hatte oder nicht. Der Schrecken in dem Wörtchen »Wo« verblasste.

KAPITEL 12

Donnergrollen kündigte einen Regenguss an, der vom Westchester County heranzog. Das Gewitter, das vom Hudson Valley nach Nordwesten fegte, versprach, heftig zu werden und Schaden an Bäumen und Stromleitungen anzurichten; von allen Opfern der Entführung würde es zuerst das Haus der Williams treffen. Mike, der seit drei Uhr morgens auf den Beinen war, kam gerade von einer Fahrt durch den Bezirk zurück. Dabei hatte er nicht wirklich nach den Kindern gesucht; vielmehr drängte es ihn, das Haus zu verlassen, irgendetwas zu tun. Als er mit einem Pick-up der Firma auf die Einfahrt rollte, schob sein ältester Sohn Jack sein Motorrad in die Garage, damit es nicht im Regen stand.

Mike beobachtete ihn. Jack war ein Sportler, er spielte Football, Basketball und Baseball. Po war strikt dagegen gewesen, ihm ein Motorrad zu kaufen, doch da er selbst das Geld dafür gespart hatte, hatte Mike ihr gut zugeredet und argumentiert, dass Jack ein geschickter, sehr koordinierter Fahrer wäre und sich in jeder Situation zurechtfinden würde. Jetzt, da Tommy weg war, fragte sich Mike, ob er jemals wieder wollte, dass Jack auf sein Motorrad stieg. Mike wusste, dass Tommy bald wiederkommen würde, aber er wusste auch, dass ihn Tommys Abwesenheit veränderte. Sein großer, muskulöser Sohn schob seine Maschine aus dem Regen und drehte sich um, weil er sehen wollte, weshalb sein Dad nicht aus dem Auto stieg. Mike starrte durch die Windschutzscheibe, und Jack, den dieser Blick geradezu lähmte, hatte das unheimliche Gefühl, dass sein Vater meilenweit weg war. Was ging ihm gerade durch den Kopf?

Die ersten dicken Regentropfen fielen aufs Fenster von Sheila Walkers Arbeitszimmer. Sie hatte hier auf der Couch genächtigt, war eingedöst und immer wieder aufgeschreckt - die ganze Nacht über. Früh am Abend zuvor hatte sie ein langes Gespräch mit Tom Adams, dem stellvertretenden Pastor der First Presbyterian Church, gehabt und ihm versichert, dass sie, wie vorgesehen, die Predigt abliefern würde. Aber jetzt, nach stundenlangen Bemühungen, war sie nicht sicher, ob sie es fertigbrachte. Tom meinte, er würde auf Abruf bereitstehen für den Fall, dass »es doch nicht geht«, aber Sheila konnte sich nicht vorstellen, die Kanzel verwaist zu lassen. Sie dachte daran, dass Gott Abraham Worte in den Mund gelegt hatte, als der geglaubt hatte, nicht sprechen zu können. Sie fragte sich, ob sie, was sie noch nie zuvor gemacht hatte, die Kanzel besteigen konnte, ohne eine vorgefasste Predigt vor sich zu haben. Während des Theologiestudiums hatte sie eine Predigt, gehalten, von der sie sich vorher nur Stichworte notiert hatte, und es war eine Katastrophe gewesen; seither hatte sie jede Predigt bis ins Kleinste vorbereitet. Wenn ich heute, an einem regnerischen Tag, Gottes Wort verkünden will, bleibt mir vielleicht nichts anderes übrig, als mich auf die Kanzel zu stellen, den Mund aufzumachen und aufs Beste zu hoffen, dachte sie und beugte den Kopf im Gebet.

Obwohl das Haus vom Donner erschüttert wurde und die Blitze die Räume erhellten, hatte Phil Rostenkowski Schwierigkeiten, Janet zu wecken. Sie hatte gegen Mitternacht, nachdem sie festgestellt hatte, dass ihr heftig pochendes Herz fast aus der Brust sprang, eine Schlaftablette geschluckt.

Jetzt war sie so erschöpft, dass Phil sie kräftig schütteln musste, um ihr zu sagen, dass Detective Martin angerufen hatte und gleich vorbeikommen wollte, um ihnen eine Perücke zu zeigen, die sie gefunden hatten. Janet erwachte aus dem Tiefschlaf und glitt in einen Zustand der Angst und Konfusion. Ein Donner erschreckte sie so sehr, dass sie schrie; Phil setzte sich aufs Bett und hielt sie im Arm. Es war das erste Mal seit langem, dass sie sich so umarmten. Er hielt eine andere Janet. Jetzt war sie mehr als Worte, mehr als ihre Sorgen wegen des Geldes, mehr als eine Checkliste. Sie war wieder seine Frau.

Lena roch frischen Kaffee aus der Küche, ehe sie den Wolkenbruch draußen hörte. Sie wusste, dass ihr kürzlich etwas Finsteres und Schlimmes passiert war, doch in den Sekunden, bevor sie richtig wach wurde, konnte sie sich nicht erinnern, was das war. Der Kaffee duftete, und die Tatsache, dass er noch nicht ganz durchgelaufen war, hieß, dass David wach und noch im Haus, dass ihm nichts zugestoßen war. Es fühlte sich an, als hätte man ihr weh getan, sie vielleicht sogar verletzt, als hätte sie ein Glied verloren. Verlust – ja, das war es. Verlust.

Und dann traf sie die Erkenntnis, und das Grauen der Entführung ergriff von ihr Besitz. Der Wind trieb den prasselnden Regen gegen das Erkerfenster, und Lena malte sich aus, dass Sarah in dem Unwetter im Freien oder in einem baufälligen alten Gebäude saß. Jetzt stank der Kaffee, und die trockene Wärme im Haus war grässlich – ein Schutz gegen die Elemente, den ihre Tochter vielleicht nicht hatte.

Lena setzte sich auf – sie hasste sich dafür, dass sie eingeschlafen war, dass sie ihre Wachsamkeit fallengelassen und dass sie für eine Weile alles vergessen hatte. Sie stand auf und ging ein paar Schritte, ohne zu wissen, wohin sie wollte. Sie blieb stehen und sah durch den Türspalt einen Teil der Küche. Davids bloße Schulter war in der Nähe des Fensters über der Spüle zu sehen. Er rührte in seinem Kaffee. Ein Donnergrollen erschreckte ihn so sehr, dass er zusammenzuckte. Aber Lena nahm den Lärm in sich auf, als wäre sie darauf vorbereitet. Nichts, dachte sie, kann mich von dem Gedanken an Sarah abbringen.

Der See war ganz anders, als ihn sich Linda vorgestellt hatte. Er war viel kleiner als der, an dem ihre Großmutter wohnte; hier standen keine Häuser, nur ein wackliger Holzsteg ragte in den See. Das Wasser an sich wirkte schwarz und undurchdringlich.

»Ist das nicht großartig?«, rief Mr. Everett und breitete die Arme aus; er wusste, dass die Kinder hinter ihm argwöhnisch und nicht in Feierstimmung waren. Er drehte sich zu ihnen um. »Dies war mein Schwimmbad, als ich aufwuchs. Möchte jemand ins Wasser?«

Schweigen. Sarah, die Angst bekam, als sie das Wasser sah, und sich immer noch an die Hoffnung klammerte, dass Mr. Everett wirklich Angestellter des Camps war, erschrak bei dem Gedanken, dass sie vielleicht hier ihren Schwimmtest absolvieren musste.

Ehe sie's sich versahen, schnappte sich Mr. Everett den kleinen Tommy, klemmte ihn sich unter den Arm und ging über den Steg. Tommy trat um sich, aber Mr. Everett hielt ihn fest im Griff.

»Du willst ins Wasser tauchen, Tommy?«

»Nein! Nein!«

Aber Mr. Everett ging bis zum Ende des Stegs und schwang den zappelnden Tommy, als wollte er ihn ins Wasser werfen.

Um ein Haar wäre ihm der Junge entglitten, und er schleuderte ihn förmlich auf den Steg. Tommy kämpfte sich auf die Füße.

»Himmel! Mach das nicht«, schimpfte Mr. Everett, als wäre Tommy der Übeltäter.

Tommy ging zurück zu den anderen, während sich Mr. Everett ärgerte.

Franklin fand seine Stimme vor allen anderen wieder. »Rufen wir jetzt unsere Eltern an?«, fragte er; es war ihm nicht möglich, seine Angst zu verbergen.

Mr. Everett drehte sich wieder zum Wasser, als hätte er die Frage nicht gehört, doch dann wandte er sich erneut an die Kinder. »Ich sage euch, wie es funktioniert, Kinder. Das Camp hat dieses kleine Abenteuer für euch arrangiert, aber sie haben mir nicht gesagt, wie lange wir hier draußen sein werden. Es könnte nur diese eine Übernachtung sein, oder wir verbringen ein paar Tage hier. Wie auch immer … sie wissen es selbst nicht, bis sie eine Art Anruf von euren Eltern erhalten. Und ich darf euch erst den Kontakt zu euren Eltern erlauben, wenn sie angerufen haben. Habt ihr das verstanden?«

Die Kinder sahen sich an. Mr. Everett zog das Handy aus seiner Jeanstasche, klappte es auf und bewegte es hin und her, bis er sehen konnte, was auf dem Display stand. Die Kinder hatten sich stillschweigend darauf geeinigt, dass Franklin für sie sprechen sollte.

»Nein, das verstehe ich nicht. Warum darf ich nicht mit meinen Eltern telefonieren?«

»Weil ich es sage.« Mr. Everett hatte das Spiel, das er selbst angefangen hatte, allmählich satt. »Jetzt geht zurück und verhaltet euch still. Ich bin in einer Minute bei euch.«

Er wählte eine Nummer und ging bis ans Ende des knarrenden Stegs, blieb stehen und sprach leise ins Telefon. Die

Kinder konnten nicht hören, was er sagte, obwohl sie alle die Ohren spitzten. Nach ein paar Sätzen klappte Mr. Everett das Handy zu und kam mit einem breiten Grinsen auf die Kinder zu. Offenbar hatte er etwas Erfreuliches erfahren. Als er die Kinder ansprach, war seine Stimme sanfter als zuvor: »Okay. Wie wär's, wenn wir zurückgehen, uns was zu essen machen und die Betten herrichten würden?«

Er wartete nicht auf eine Antwort und ging durch das hohe Gras zur Hütte. Die Kinder folgten ihm zögerlich. Nach ein paar Schritten blieb Mr. Everett wieder stehen und drehte sich zu ihnen um: »Erste Lektion bei unserem kleinen Abenteuer. Es geht um die Schlangen hier in der Gegend. Sie sind nicht giftig. Ich möchte nicht erleben, dass ihr zur Seite springt und schreit, wenn ihr eine Schlange seht, kapiert? Weil Springen und Schreien in den Wäldern gefährlich werden kann. Zum Beispiel könntet ihr euch den Knöchel vertreten. Und außerdem lockt ihr vielleicht Bären an.« Er ließ das eine Weile wirken, ehe er fortfuhr: »Bären sind kein großes Problem. Hier oben gibt es hauptsächlich Schwarzbären, und solange ihr nicht gerade Lebensmittel draußen rumliegen lasst, wollen sie nichts mit euch zu tun haben. Aber wenn ihr herumspringt und schreit und sie Junge haben, dann könnten sie angreifen. Haben das alle kapiert?«

Natürlich kapierten die Kinder, sie sahen auch das breite Grinsen, das er dem letzten Satz hinzufügte. Irgendetwas stimmte nicht, das wusste Sarah. Die Wirkung, die das alles auf sie hatte, war genau die, die Mr. Everett erzielen wollte; sie war verängstigt, sie wollte weglaufen, aber sie spürte, dass sie in einer Falle saß – Mr. Everett aus den Augen zu verlieren war weitaus gefährlicher, als bei ihm zu bleiben. Auf seine geschickte Art hatte er sich zu ihrem Beschützer aufgeschwungen. Die anderen Kinder hegten ähnliche Gedanken. Als sich Mr. Everett umdrehte und zurück zur Hütte stapfte, zögerten sie keinen Augenblick und liefen ihm nach.

Die Nacht brach schnell über die Lichtung mit der Hütte herein. Der dunkle Wald schien plötzlich bis in den violetten Himmel zu ragen, an dem bald zahllose Sterne funkelten. Mr. Everett machte Hotdogs und Bohnen auf einem Propankocher in der Hütte warm. Er forderte die Kinder auf, ihre Pappteller mit nach draußen zu nehmen und im Freien zu essen. Sie setzten sich auf die Felsen, die auf der Lichtung verstreut waren. Mr. Everett erzählte von den Irokesen, die in den Adirondacks umhergestreift waren, und zeigte ihnen die Sternenkonstellationen, die er kannte. Tommy war der Einzige, der die viel zu weichen Dosenbohnen aß, die den Pappteller durchweichten. Die Hotdogs schmeckten scheußlich. Der klagende, ängstliche Schrei eines Seetauchers erschreckte Linda, Mr. Everett hingegen fühlte sich dadurch an seine Kindheit erinnert. Zikaden erfüllten die Luft mit ihrem lärmenden Gesang.

Sie gingen zurück in die Hütte, nachdem Mr. Everett mit der Taschenlampe alles abgeleuchtet hatte, um sicherzugehen, dass niemand ein Stück von der Wurst fallen gelassen hatte. Er meinte, selbst der kleinste Krümel könne Bären anlocken. Als sie alle in der Hütte waren, öffnete er eine Truhe und nahm einige alte, kratzige Decken heraus. Er machte ihnen klar, dass sie die Decken brauchen würden, wenn es in der Nacht kalt wurde. Sie mussten sich alle die Hände und Gesichter an der Spüle waschen, und Mr. Everett erklärte ihnen, dass das Wasser, das hier aus der Leitung kam, das natürlichste der Welt sei – echtes Quellwasser.

Er brachte sie dazu, sich auf die Matratzen im zweiten Raum zu legen, und als er die Taschenlampe über die vier schwenkte, als ob er seine Gefangenen zählen müsste, sah er verängstigte Gesichter.

»Keine Angst, Kinder – morgen werden wir Spaß haben. Wir machen eine Wanderung. Was sagt ihr dazu?« Niemand antwortete. Mr. Everett leuchtete ihnen nacheinander ins Gesicht. »Ist das nicht toll – eine Wanderung?« Die Kinder murmelten halbherzig ihre Zustimmung.

Er ließ die Tür offen, und sie sahen, wie er die Runde im anderen Zimmer machte und alle Kerosinlampen anzündete. Sie hätten gern miteinander gesprochen, aber sie trauten sich nicht. Das gelbe Licht flackerte und warf gruselige Schatten an die Wand im Schafzimmer.

Das Licht hatte eine hypnotische Wirkung, und Tommy und Linda schliefen ein. Sarah, die beobachtete, wie Linda die Augen zufielen, rollte sich auf die andere Seite und sah, dass Franklin sie anstarrte. Er sagte nichts, aber sein Blick sprach Bände: »Wir sitzen ganz tief im Dreck. Einer von uns sollte wach bleiben.« Zu zweit schafften sie es, die ganze Nacht abwechselnd Wache zu halten.

In ihren wachen Stunden sah Sarah ein eigenartiges Licht in einem der Winkel des angrenzenden Zimmers. Sie ging auf alle viere, beugte sich über Linda und verrenkte den Hals, damit sie um die Ecke sehen konnte. Ein Laptop verströmte das Licht. Mr. Everett saß an einem kleinen Tisch, auf dem sein Laptop stand; die Kamera, die daran angeschlossen war, lag daneben. Sein Gesicht schimmerte bläulich im Schein des Computers. Als spürte er Sarahs Blick, schaute er in ihre Richtung. Sie wandte sich nicht ab. Seine distanzierte, ausdruckslose Miene war ihr so unheimlich, dass sich ihre Nackenhärchen aufstellten, sie konnte jedoch nicht sagen, ob er wirklich sie ansah oder nur in die unbekannte Zukunft starrte und versuchte, ihre Botschaft zu entschlüsseln.

KAPITEL 13

Das FBI hatte die Leitung der Ermittlungen übernommen, doch Martin machte weiter die Kleinarbeit. Früh am Morgen kam er zu Lena und David, um ihnen die Perücke zu zeigen, die am Tag zuvor gefunden worden war. Er hatte Fotos von einem Officer, der in etwa der Personenbeschreibung von J.D. entsprach, mit der Perücke auf dem Kopf dabei. Der Officer sah so lächerlich aus mit den wirren Locken, dass Lena nicht sagen konnte, ob J.D. diese Perücke oder überhaupt eine aufgehabt hatte. Keines der Bilder von ihm, die sie sich eingeprägt hatte, verriet, dass er unechte Haare gehabt hatte. Martin berichtete, dass die Kriminaltechniker lange Haare auf der Unterseite der Perücke gefunden hatten und es durchaus möglich sei, dass eine Frau sie getragen hatte. Entsprechende Untersuchungen würden gerade gemacht.

Als Martin wissen wollte, ob sie planten, in die Kirche zu gehen, nickte David, Lena jedoch gab zu, noch unschlüssig zu sein. Sie fragte, ob die anderen Eltern hingehen wollten und wirklich dachten, sie könnten das Geld zusammenbekommen.

Martin seufzte tief. »Die Rostenkowskis gehen nicht. Vielleicht haben Sie heute Morgen schon mit Mrs. Rostenkowski gesprochen. Sie hatte eine richtig schlimme Nacht. Ihr Mann rief mich vor einer Stunde an – er hat Angst, dass sie bald zusammenbricht. Die Williams gehen hin, nehmen aber ihre kleine Tochter nicht mit. Und Mr. Walker wird auch dort sein. Er spendet die geforderten fünfundzwanzigtausend Dollar an den Baufonds. Ich schätze, er hat immer so viel Kleingeld bei sich.«

David und Lena sahen sich an, dann richteten beide den Blick auf den Boden.

»Ich kann einfach nicht hingehen«, sagte David schließlich und schüttelte den Kopf. »Es wird ein richtiger Zirkus werden.«

»Wir lassen die Presse nicht in die Nähe der Kirche. Wir bringen Sie über die Culpepper Road zum Hintereingang«, erklärte Martin.

»Trotzdem wird in der Kirche der Zirkus los sein. Die E-Mails, die wir bekommen haben, wurden im Internet veröffentlicht. Lenas Vater wusste noch vor uns von dieser Perücke. Das ist einfach beschissen.«

»Ich gehe zu diesem Gottesdienst«, verkündete Lena und sah Martin an. »Ich bin nicht religiös, aber ich … ich würde gern dort sein.« Diese Entscheidung war spontan, aber Lena wollte nicht Stunden allein mit David im Haus verbringen.

»Ich schaffe das wirklich nicht, Lena«, flehte David, als würden sie diese Entscheidung gemeinsam für sie beide treffen.

»Ist schon gut. Es macht mir nichts aus, allein zu gehen.« Wäre Martin nicht dabei gewesen, hätte David mehr Druck ausgeübt und gefragt, wie es wohl aussehen würde, wenn sie die Kirche besuchte und er nicht. Aber so musste er stillhalten und auf seinem Entschluss beharren. Er fühlte sich in die Ecke gedrängt, so als hätte Lena ihn aufgefordert, frei von der Leber weg zu sprechen, und würde ihn jetzt dafür bestrafen. In diesem Punkt war er der Wahrheit ziemlich nahe.

Martin hatte drei dicke Hefter mit Fotos aus der Verbrecherkartei mitgebracht, und in der nächsten halben Stunde sah sich Lena ein Bild nach dem anderen an. Nach dem ersten und dem halben zweiten Hefter gestand sie Martin, dass sie keines der Gesichter an J.D. erinnerte, dessen Aussehen sie nach all den Fotos kaum noch im Gedächtnis hatte. Martin beruhigte sie und meinte, das sei vollkommen normal. Er nahm die Schnellhefter an sich und kündigte an, dass er jemanden gegen halb elf herschicken würde, um sie abzuholen.

Eine Wolkenlücke zog über das Haus, und plötzlich war das Wohnzimmer in strahlendes Sonnenlicht getaucht. Sie alle schauten zum Fenster, und erst jetzt bemerkten sie, dass sich draußen wieder die Autos der Journalisten und die Übertragungswagen mit den vielen Antennen versammelten.

Martin zückte sein Mobiltelefon, wählte eine Nummer und erkundigte sich nach dem Grund für diese »gottverdammte Presseversammlung«. Er erhielt eine Antwort, klappte das Telefon zu und wandte sich an David und Lena, die offensichtlich wissen wollten, was er gehört hatte.

»Offenbar herrscht heute ansonsten Nachrichtenflaute«, sagte er.

Nachdem Martin gegangen war, wollte David über Lenas Entscheidung sprechen, aber sie speiste ihn mit der Bemerkung ab, dass sie nicht in der Stimmung zum Reden sei. Sie fürchtete, dass jedes Gespräch mit David auf die Frage, warum er nicht hier gewesen war, als Sarah abgeholt wurde, hinauslaufen würde. Und darauf war sie nicht vorbereitet. Sie duschte und ließ sich von dem heißen Wasser besänftigen. Dann legte sie so wenig Make-up auf wie sonst immer zur Arbeit; sie wollte nicht aufgedonnert aussehen. Sie nahm einen Hosenanzug aus dem Schrank, zog ihn an und betrachtete sich in dem bodenlangen Spiegel. Eigentlich sah sie aus wie sonst. Sie hatte das Gefühl, sich in den vergangenen vierundzwanzig Stunden komplett verändert zu haben, und dennoch war ihr Äußeres wie immer. Wie konnte das sein?

Sie ging in die Küche und machte sich ein Rührei, doch als sie die gelbe Masse in der Pfanne sah, verging ihr der Appetit. Ihr wurde sogar schlecht, und sie lief ins Badezimmer, aber die Übelkeit verging wieder. Sie wusste, dass sie sich zum Essen zwingen musste.

Sie rief die Rostenkowskis an und bekam Paul an den Apparat. Er rief seinen Vater, und Lena erkundigte sich nach Janet.

»Ihr geht's nicht so gut«, sagte Phil. »Sie hatte eine schlechte Nacht.«

»Kann ich irgendetwas tun?«

»Nein, ich glaube nicht …« Er hielt inne – offenbar hatte er das Telefon an Janet weitergegeben.

Janets Stimme war schwach, kaum verständlich. »Lena?«

»Hi. Du hast schlecht geschlafen?«

»Ich ertrage das nicht. Keine Ahnung, was ich tun soll. Ich habe in der Nacht eine Schlaftablette eingenommen und hatte heute Morgen beim Aufwachen um so mehr Angst.«

»Möchtest du ein Sedativum haben? Ich kann die Apotheke anrufen.«

»Ja, vielleicht.« Sie verstummte, und Lena wollte gerade sagen, dass sie sich um das Rezept kümmern würde, als es aus Janet herausbrach: »Es hätten zwei sein müssen. Ich habe nachgesehen. Gestern Abend. In den E-Mails vom Camp steht, dass zwei Mitarbeiter die Kinder mit einem Van abholen würden. Wieso ist uns nicht aufgefallen, dass etwas nicht stimmt, als nur einer kam?«

»Ich glaube kaum, dass uns das irgendwie genützt hätte.«

»Weshalb? Wir hätten ihn ertappt.«

»Er hätte eine plausible Antwort parat gehabt. Er ist sehr clever. Das Ganze war bis ins Kleinste geplant. Und er wusste, dass wir keinen Verdacht schöpfen würden. Ich weiß nicht, wie es mit dir ist, aber ich war mehr um Sarah besorgt als um den Fahrer. Janet, du darfst dir keine Vorwürfe machen. Keiner von uns hat etwas falsch gemacht.«

»Das alles treibt mich an den Rand des Wahnsinns. Ich kann nicht aufhören, die Schuld bei mir zu suchen. Das schlechte Gewissen bringt mich um. Es ist so wie damals, als ich im Krankenhaus lag und diese ungeheuren Schmerzen hatte – sie wollten nicht vergehen, und es gab nichts, was ich dagegen hätte unternehmen können. So ist es jetzt mit den Schuldgefühlen.«

Lena hörte, dass sie weinte. »Ich werde dir etwas besorgen, was dir hilft. In welche Apotheke geht ihr normalerweise?«

Janet sagte es ihr, und Lena wollte schon auflegen, als Janet aus heiterem Himmel sagte: »Ich traue dem Bauunternehmer nicht. Ich kann nicht den Finger darauflegen, aber mir gefällt er nicht. Und seine Frau – es ist, als hätte sie etwas zu verbergen.«

Lena stimmte weder zu, noch widersprach sie; sie sagte lediglich, dass sie jetzt auflegen müsse, und beendete das Gespräch. Später, als sie zum Gottesdienst gefahren wurde, dachte sie über die Unterhaltung nach. Janet hatte nur von ihrem Schmerz und ihren Schuldgefühlen gesprochen. Kein Wort über Linda. Und dann hatte sie versucht, die Williams in schlechtes Licht zu rücken. Die Menschen verändern sich nicht, wenn ihnen etwas Schlimmes passiert, dachte Lena.

Die Kirche war eine der ältesten in Larchmont – ein einfaches Gotteshaus mit gewölbten Decken, polierten Holzbalken, zehn Buntglasfenstern, die Szenen aus dem Leben

Christi darstellten, und einem schlichten, kaum erhöhten Altar mit einer Kanzel an der Seite. Als Lena ins Vestibül kam, wurde ihr bewusst, dass sie keine Ahnung vom Ablauf des Gottesdienstes hatte. David war derjenige, der Erfahrung mit so was hatte. Er war als Baptist aufgewachsen und musste jeden Sonntag und Mittwochabend in die Kirche gehen, bis er seinen College-Abschluss hatte. Lena hatte sich seinerzeit in Schweden einer Jugendgruppe der evangelischen Kirche angeschlossen, allerdings eher wegen der Gemeinschaft als aus religiösen Gründen.

Um sie herum waren Kirchgänger, die ungezwungen miteinander plauderten. Ein Mann mit weißem Haar und aristokratischer Haltung kam auf sie zu, um sie mit Handschlag zu begrüßen. Er hieß sie willkommen und reichte ihr ein Mitteilungsblatt, doch dann ging er zu den Williams, als sie durch das Portal kamen. Auch bei ihnen hielt er sich nicht lange auf. Mike fing Lenas Blick auf und ging zu ihr.

»Wir sind Katholiken. Wissen Sie, wie das hier vor sich geht?«

»Nein. Ich sehe, da sind Messdiener, die Ihnen Ihre Plätze zuweisen.«

»Wollen Sie nicht mit uns reingehen?«

Lena nickte und dankte ihm mit einem Lächeln. Po und Jack gesellten sich zu ihnen, und Mike machte seinen Sohn mit Lena bekannt; zu Jack fügte er hinzu, dass Lena Ärztin war, dann wandte er sich an sie und erklärte ihr, dass Jack ein Medizinstudium in Erwägung zog. Lena murmelte etwas wie »Ach, wie schön«. Es machte Jack ein wenig verlegen, Gegenstand des Gesprächs zu sein, aber er hatte die Ausgeglichenheit seines Vaters und erklärte, dass er ein Studium erst nach seiner Baseball-Karriere anfangen wollte. Seine Mutter schlug ihm spielerisch auf den Arm. Diese Geste war einer der liebevollsten Beweise für elterliche Liebe, die Lena je miterlebt hatte. Worauf hatte Janet angespielt? Die Williams waren eine perfekte Familie.

Sie wurden ziemlich weit nach vorn geführt. Die Kirche war etwa zu drei Vierteln besetzt. Als Lena auf ihren Platz auf der Bank rutschte, flüsterte eine Frau hinter ihr: »Wir alle fühlen mit Ihnen und sind froh, dass Sie hier sind.«

Lena drehte sich um und nickte zum Dank. Sie vermied den Blickkontakt mit allen, die in ihrer Nähe saßen, indem sie die Nase in das Mitteilungsblatt steckte. Sie entdeckte keinen Spendenaufruf in dem Blatt, vermutete jedoch, dass es schon vor der Entführung, vor der Nachricht der Kidnapper gedruckt worden war. Ein weiterer Hinweis darauf war die Überschrift der Predigt von Rev. Walker »Freudige Sommertage«. Lena war ziemlich sicher, dass die heutige Predigt ein anderes Thema hatte.

John Walker ging durch den Mittelgang und blieb bei fast jeder Bank stehen, um Hände zu schütteln, die Anteilnahme der Gemeindemitglieder entgegenzunehmen, umarmt zu werden und freundschaftliche Schläge auf den Rücken hinzunehmen. Als er zu Mike kam, der den ersten Platz auf der Bank einnahm, gab er sich kameradschaftlich, was Mike großzügig erwiderte. John Walker setzte sich auf den Platz in der ersten Bank, der vermutlich für ihn reserviert war. Nachdem er sich niedergelassen hatte, senkte er den Kopf und verharrte einige Minuten in dieser Haltung. Er hob den Kopf wieder, als der Organist die Anfangshymne anstimmte und sich die ganze Gemeinde erhob.

Statt sich wie eine Außenseiterin zu fühlen, ließ sich Lena von der Liturgie des Gottesdienstes mitreißen – dem Chor, der in die Kirche einzog, sich vor dem Altar teilte und seine speziellen Bänke seitlich des Altars einnahm, den Messdienern und Diakonen, die sich durch das Kirchenschiff bewegten – auch wenn sich Lena nicht erschloss, was genau sie machten.

Doch all die gewohnten Abläufe konnten die Spannung nicht verbergen, als Sheila hereinkam und sich zusammen mit ihrem Stellvertreter neben den Altar setzte. Wie alle anderen fragte sich auch Lena, wie Sheila den Gottesdienst durchstehen konnte. Lena hatte bei dem Treffen am gestrigen Tag nur ein paar Worte mit Sheila gewechselt und sie abweisend und unsympathisch gefunden, was sie jedoch nicht davon abhielt, Mitgefühl mit ihr zu haben, weil sie in so exponierter Position war und in der Öffentlichkeit arbeitete; offensichtlich fühlte sie sich verpflichtet, ihre Aufgaben, egal was auch passierte, auszuführen. Lena hatte sich ausgemalt, wie der Tag verlaufen würde, an dem sie ins Mt. Sinai zurück müsste, solange Sarah noch vermisst wurde. Allerdings würde sie nicht wie Sheila von einer ganzen Gemeinde beobachtet.

Tom Adams, Sheilas Stellvertreter, rief zu den Gebeten auf, las aus dem Alten Testament vor, nannte die Lieder, die gesungen wurden, und sprach das Glaubensbekenntnis mit der Gemeinde. Nach einer Lobpreisung, die Lena und die Williams stumm über sich ergehen ließen, während alle anderen die vertrauten Worte sangen, bat Adams die Gemeinde, Platz zu nehmen. Er deutete zum hinteren Teil der Kirche, und die Messdiener gingen zum Altar.

Der Pfarrer verteilte die Teller für die Kollekte, dann sprach er die Gemeinde an: »Die heutigen Spenden wandern in den Baufonds unserer Kirche. Wie Sie wissen, haben wir unser Ziel von zwei Millionen Dollar bald erreicht. Wir bitten Sie um großzügige Gaben. Da die heutige Kollekte für den Baufonds bestimmt ist, geben wir die Summe bekannt, sobald sie errechnet ist.«

Lena wurde rot. Darauf war sie nicht vorbereitet, auch wenn die Kollekte der einzige Grund für ihren Kirchenbesuch war. Sie sah, wie John Walker einen Scheck auf den Teller legte, und wurde sich bewusst, dass sie weder ihr Scheckbuch noch viel Geld bei sich hatte. Sie kramte nach ihrer Geldbörse und fand zwei Zwanzig- und drei Ein-Dollar-Scheine. Sie nahm die Zwanziger heraus. Mike bekam vom Messdiener den Teller und reichte ihn an Po weiter und die wiederum an Lena. Als sie ihre Scheine darauflegte, sah sie die bunten Schecks und die Beträge mit den vielen Nullen. Sie fühlte sich schrecklich und beugte verlegen den Kopf.

Als die Messdiener nach einiger Zeit zurück zum Altar gingen, sang die Gemeinde, und einer der Diener ging zu Adams und gab ihm ein Stück Papier. Adams sammelte die Teller ein und verbeugte sich. Er sprach ein Dankgebet, und nach dem »Amen« blickte er die erwartungsvollen Gemeindemitglieder an, von denen sicher einige wussten, was auf dem Spiel stand.

»Gott segne euch alle und eure Großzügigkeit. Wir haben heute achtundvierzigtausend Dollar eingesammelt zum Ruhme Gottes.«

Lena zuckte zusammen, als der Applaus losbrach. Tränen traten ihr in die Augen, weil der Beifall anhielt und sich wie eine Mauer des Trotzes gegen die Kidnapper und ihre abscheuliche E-Mail stellte. Sie spürte, wie jemand, der hinter ihr saß, die Hand auf ihre Schulter legte. Sie fühlte die Wärme und Herzlichkeit der Leute. Eine Phrase von ihren früheren Berührungen mit den Lutheranern fiel ihr wieder ein: Sie wurde emporgehoben.

Als der Applaus verebbte und es wieder ruhig wurde im Kirchenschiff, wanderten die Blicke aller zu Sheila. Sie schien geschrumpft zu sein, der hochlehnige Stuhl drohte sie zu verschlingen. Sie schaute zu John und rührte sich erst mal nicht – sie schien wie festgewachsen zu sein und keine Kraft mehr aufbringen zu können. Dann holte sie tief Luft, erhob sich und ging ohne Manuskript oder Notizen auf die Kanzel. Sie bat die Gemeinde, die Köpfe im Gebet zu verneigen, und intonierte den Wechselgesang: »Mögen die Worte meines Mundes und die Gedanken meines Herzens Gnade vor deinen Augen finden, o Herr.« Die Gemeinde antwortete mit dem Amen. Sheila brauchte gute fünfzehn Sekunden, um sich zu fassen und sprechen zu können. »Ich vermisse meinen Sohn Franklin mehr, als ich sagen kann. Vor vierundzwanzig Stunden habe ich ihn in einen Van gesetzt in der Gewissheit, dass er gut aufgehoben ist und ich ihn in zwei Wochen wiedersehe. Jetzt weiß ich nicht, wo er ist. Ich weiß nicht, wer für ihn sorgt, ob überhaupt jemand für ihn da ist. Ich kann es nicht ertragen, mir vorzustellen, was mit ihm, Tommy, Linda und Sarah geschieht. Seit wir wissen, was passiert ist und wie wir hinters Licht geführt wurden, seit der ersten Minute, bete ich, dass das alles nur ein böser Traum sein möge. Aber ich stehe hier, und alles ist real. Ironischerweise war ich heute dafür vorgesehen, eine Predigt zu halten über die Freuden des Sommers und die Erinnerungen an schöne Sommertage, die unsere Hoffnung am Leben erhalten können. Ich möchte immer noch etwas über die Hoffnung sagen, aber nicht so, wie ich es ursprünglich vorhatte.«

Sie hielt inne und stand ganz still da, als würde sie auf etwas warten – sie wurde nicht nervös und schien sich auch keine Gedanken wegen des langen Schweigens zu machen.

Lena spürte David neben sich, obschon er nicht wirklich in der Bank saß. Sie fühlte seine Rastlosigkeit, die ihn in Momenten wie diesem zu schaffen machte, und war froh, dass er nicht mitgekommen war.

Sheila fand ihre Sprache wieder und begann: »Ich werde nie wieder das Wort Hoffnung benützen, ohne mir bewusst zu sein, dass es der Ethik meines Glaubens widerspricht. Bis heute habe ich tausendmal dieses Wort benützt und geglaubt, es würde Trost spenden. Wenigstens spendete mir dieses Wort sehr oft Trost. Aber jetzt weiß ich etwas, was sich mir früher nicht erschlossen hatte. Hoffnung und Furcht sind die beiden Seiten ein und derselben Medaille, und diese Medaille hat nichts mit dem wahren Glauben zu tun. In den ersten Stunden nach Franklins Entführung sagte ich immer und immer wieder zu mir selbst, zu John, zu vielen von Ihnen: ›Ich hoffe, dass mir mein Junge bald zurückgebracht wird.‹ Und im tiefsten Inneren hatte ich Angst, dass ihm etwas Schreckliches passiert – dabei war der Tod nicht die schlimmste meiner Befürchtungen. Und ich betete natürlich. In der Antwort auf meine Gebete liegt ein unwiderruflicher Wandel in meinem Leben begründet. Ich verstand, dass die Hoffnung wie die Furcht gleichbedeutend mit der Sorge um die Zukunft sind. Und ich erkannte, dass ich, wenn ich mir einen bestimmten Ausgang erhoffe, an meinem Gott und seiner Vollkommenheit zweifle. Abraham hat Isaak nicht auf den Berg gebracht, in der Hoffnung, dass Gott ihm eine Botschaft schickt, die der ersten widerspricht. Sein Vertrauen in Gott erlaubte keine oberflächlichen Ängste. Sein Glaube war so tief verwurzelt und unerschütterlich, dass er sein Schicksal und das seines Sohnes in Gottes Hand legte. Der Allmächtige würde ihn, sollte es sein Wille sein, aufhalten oder das grausige Werk vollenden lassen. Nicht die Hoffnung hat die Klinge von Isaaks Kehle ferngehalten, sondern der tiefste Glaube, den man sich nur vorstellen kann.

Ich hoffe nicht mehr, dass uns Franklin gesund zurückgegeben wird. Ich habe mich und mein Vertrauen auch in die

Hand meines Gottes gelegt, dem ich mein ganzes Leben lang gedient habe. Sollte Franklin nicht zu uns zurückkommen, sollte wirklich etwas Schlimmes passieren, werde ich bis zu meinem letzten Atemzug trauern. Mir wird mein belesener, viel zu ernster Sohn und Seelenverwandter bei jedem Atemzug fehlen. Doch wir sind jetzt und bis in alle Zukunft im Glauben verbunden, und es gibt nur eine Art, wie ich meinen wunderbaren Sohn jemals ganz verlieren kann – nämlich, wenn ich zulasse, dass dieser Glaube zu Furcht zerfällt. Ich wurde an die Hand genommen und zu diesem Punkt geführt. Mit der anderen Hand fasse ich nach Ihnen allen, nach John und Franklins kleiner Hand und bitte Sie, mir zu folgen und den tiefsten Glauben in Ihrem Herzen zu suchen und diesem Glauben bis in die Ewigkeit zu folgen.«

Damit drehte sich Sheila um, verließ die Kanzel und ging durch die Seitentür hinaus, durch die sie auch hereingekommen war. Plötzlich war die Liturgie des Gottesdienstes gestört.

Tom Adams schien ratlos zu sein und stand eine ganze Weile stumm da, bevor er die Hände hob, die Augen schloss und sang: »Der Herr sei mit euch. Der Herr erhebe sein Angesicht auf euch und gebe euch Frieden. Amen.« Die Kirchgänger, die normalerweise lebhaft plauderten, wenn sie aufstanden und nach draußen gingen, standen noch ganz unter dem Eindruck der Predigt und schwiegen.

KAPITEL 14

Als sie die Kirche verließen, kam Mike zu Lena und sagte: »Das muss ein protestantischer Grundsatz sein. Ich verstehe das nicht – ich soll aufhören zu hoffen?«

Lena nickte, aber sie lehnte Sheilas Predigt nicht rundweg ab – im Gegenteil, sie beneidete sie um ihre Lösung des gemeinsamen, furchtbaren Problems. Für einen kurzen Moment glaubte Lena, sie könnte die absolut unwissenschaftliche Sache, über die Sheila gesprochen hatte, begreifen. Aber als sie durch das Portal in die strahlende Sonne trat, verflüchtigte sich selbst die schwache Verbindung zu Sheilas Glauben.

Detective Martin überraschte sie, als er die Treppe heraufkam und sie sowie die Williams begrüßte. Er nahm sie beiseite. »Es gibt wieder eine E-Mail. Es ist ein Video von den Kindern. Sie alle scheinen gesund und unversehrt zu sein.« Er sah Mike an. »Sie werden sich das vermutlich gern zu Hause ansehen wollen.«

Mike sträubte sich scheinbar. »Warum sind Sie hier?«

»Ich bin hier, um Lena nach Hause zu bringen. Um Sie vorzuwarnen …«

»Nein. Was hat dieses Video zu bedeuten? Was wollen Sie uns sagen?«

»Nichts, Mike. Vertrauen Sie mir. Es ist ein Video, das ist alles. Dichten Sie da nicht zu viel hinein.«

»Aber ich will wissen, was es bedeutet. Was sagen die FBI-Agenten dazu? Wenn man ein solches Video bekommt, heißt das, dass den Kindern etwas zugestoßen ist? Wie lautet die versteckte Botschaft?«

Martin wollte ihm antworten, als John Walker, der gerade ein Telefonat mit dem Handy beendete, zu ihnen kam.

»Ich habe gehört, es gibt ein Video.«

»Wie haben Sie das erfahren?«, wollte Martin wissen. John machte den Eindruck, als wollte er diese Frage nicht beantworten. »Hören Sie – es ist gerade erst angekommen. Das FBI unternimmt alles, um es zu untersuchen. Fahren Sie nach Hause. Sehen Sie es sich an. Wir bleiben in Kontakt. Lena, ich bringe Sie nach Hause.«

Lena war drauf und dran, Martin zu folgen, hatte jedoch das Gefühl, noch etwas zu Mike sagen und den Detective verteidigen zu müssen. Sie sah Mike in die Augen. »Ich glaube nicht, dass die Entführer uns was vormachen.«

»Ich hoffe es«, erwiderte er und betonte das Wort »hoffen«. Lena begriff, dass er skeptisch war.

Als David Lena und Martin ins Schlafzimmer führte, redete er ohne Punkt und Komma und erklärte Lena, was sie zu sehen bekommen würde.

Lena unterbrach ihn: »Ich will es mir selbst anschauen, David.« Inzwischen war Lena überzeugt, dass sie ihre Tochter irgendwo liegen sehen würde – leblos, mit geschlossenen Augen. Sie zog sich in den Zustand zurück, in dem ihr Blut in den Adern zu Eis gefror und sie nichts mehr anfechten konnte – das hatte sie während des Medizinstudiums gelernt, wenn sie gezwungen war, sich verstümmelte Leichen anzusehen.

David klickte mit der Maus, und statt der erwarteten Toten, die irgendwo herumlagen, sah sie vier ganz lebendige Kinder, deren Gesichter von der Sonne beschienen wurden.

Im Hintergrund war das satte Grün eines Waldes. Als sich ihre Augen an das Wackeln des Bildes gewöhnt hatten, entdeckte sie Sarah etwas vor den anderen auf der linken Seite.

»Sarah!«

Tommy sagte etwas Unverständliches in dem Video, und Sarah drehte sich zu ihm um, dann endete das Video abrupt. Lena wartete auf mehr. In den paar Sekunden, die das Video gedauert hatte, war sie förmlich in den Bildschirm gesogen worden.

»Das FBI sagte, es gebe in Washington Experten, die dieses Video bis ins Kleinste untersuchen. Sie haben bereits Botaniker zu Rate gezogen, und die sagen, dass dieser Wald überall, in den Ausläufern der Rocky Mountains und dahinter, sein könnte. Kurz, das Video bietet uns keine Anhaltspunkte.« Martin war vorsichtiger und feinfühliger als vorher. Lena merkte, dass sich sein Verhalten geändert hatte und dass er sie mit Glacéhandschuhen anfasste. Sie bat David, das Video noch einmal laufen zu lassen.

Während sie sich das Video der Kidnapper immer wieder anschaute, fasste sie ein wenig Mut, weil sie die natürlichen, anmutigen Bewegungen ihrer Tochter auf der Lichtung sah. Aber mit jedem Mal steigerte sich auch ihre Wut. Sie wusste, dass jemand hinter der Kamera war, auf den die Kinder reagierten. Die vier standen unnatürlich nah beieinander, fand Lena. Vielleicht drängten sie sich zusammen. Sie machten keinen allzu verängstigten Eindruck, aber sie verhielten sich auch nicht so ungezwungen, wie es Neun- oder Zehnjährige taten, wenn sie unter sich waren.

Erst als Martin, der hinter ihr stand, auf die Uhrzeit und das Datum hinwies, entdeckte Lena die Ziffern am rechten oberen Rand.

»Wir versuchen, anhand der Wetterlagen in der Gegend,

des Sonnenstandes und derlei Dingen das Gebiet, in dem sie sich aufhalten könnten, einzugrenzen. Es ist vage, aber mittlerweile sind mehr als vierundzwanzig Stunden vergangen, und wir haben leider keinen besseren Anhaltspunkt.«

»Was haben die vierundzwanzig Stunden damit zu tun?«, fragte David.

»Nun, das ist lediglich ein loser Zeitrahmen.« Martin vermied, ihnen zu erklären, dass die Chancen, Entführungsopfer zu befreien, nach einem Tag beträchtlich sanken, es sei denn, die Kidnapper gaben sie auf. Doch das brauchte er auch nicht auszusprechen. Lena und David verstanden und wechselten einen vielsagenden Blick.

Lena sah wieder auf den Monitor. Der Flatscreen starrte zurück wie ein Idiot, der nichts zu bieten hatte außer einem offenmündigen Grinsen. Er brachte sie Sarah um kein Stück näher. Dies war nicht die Lösung, die sie so verzweifelt suchte. Sie war kurz davor, das Ding zu zerschmettern, zwang sich jedoch, aufzustehen und zu gehen.

Das Video war nicht an die Presse weitergeleitet worden, noch hatten es die Kidnapper an die Medien geschickt, aber schon um ein Uhr am Nachmittag war es im Internet zu sehen. Und es gab bereits Kommentatoren, die ihre Rachephantasien auslebten, opportunistische Experten, die sich in der Krise ostentativ auf die Seite der Familien stellten, ihnen ihre Hilfe anboten, vor allem, um sich selbst in den Vordergrund zu spielen.

Lena war erstaunt, dass um vier Uhr nachmittags noch immer keines der anderen Elternteile, nicht einmal John Walker, ein Statement zu dem Video abgegeben hatte. Janet hatte gegen halb vier angerufen, um Lena für das Rezept zu danken und zu vermelden, dass das Xanax half und dass die

Kinder in dem Video ihrer Ansicht nach nicht allzu »verstört« aussahen. Dieser Gedanke war Lena gar nicht in den Sinn gekommen. Sie war schlichtweg davon ausgegangen, dass die Kinder »verstört« *waren* und dass alles, was dem zu widersprechen schien, entweder gestellt oder dem Geschick der Kinder, ihre Angst zu vertuschen, geschuldet war.

Am Nachmittag wurden Lenas Glieder schwer, und sie war schläfrig, als würde sie eine Krankheit ausbrüten. Sie schluckte Vitamin C, auch wenn sie nicht glaubte, dass diese Pillen gegen eine Infektion helfen könnten. Sie lag in einem Liegestuhl im Garten, kämpfte gegen den Schlaf an, döste jedoch immer wieder ein. Ein Foto davon – aus großer Entfernung mit Teleobjektiv aufgenommen – fand sich am nächsten Tag in der Zeitung und im Internet. Lena sah darauf aus, als würde sie sich entspannen, und mehr als nur ein Kommentator fand es schockierend, dass sich die Mutter eines der gekidnappten Kinder in ihrem Garten sonnte, während ihre Tochter litt. Das alles war natürlich eine scheußliche Lüge. Lena war in einem schrecklichen Zustand, als sie in dem Liegestuhl lag, und zermarterte sich das Gehirn, ob sie ihrer Tochter zum Abschied gewinkt oder ob Sarah ihr gewinkt hatte.

Lena hörte, dass David an diesem Nachmittag viel telefonierte. Sie wusste nicht, mit wem er redete, und hatte auch nicht das Gefühl, es in Erfahrung bringen zu müssen. Er war nicht heimlichtuerisch. Er sprach mit seinem Bruder in Oklahoma und mit einem Golf-Freund, das hatte Lena mitbekommen, aber sie wusste nicht, mit wem sonst noch, und es war ihr auch gleichgültig. Er sagte ohnehin immer dasselbe. Er »stand vor einem Rätsel« und hatte »keine Ahnung«, wer all das eingefädelt hatte. Er tröstete sich damit, dass Sarah ein »Trooper« war und dass das Video seiner Meinung nach zeigte, dass sie sich gut hielt. Anderen gegenüber erwähnte er, dass andere davon sprachen, einen »Suchtrupp« zusammenzustellen, aber das klang alles vage. Lena wusste, dass er redete, um nicht weiter nachdenken zu müssen.

Detective Martin blieb längere Zeit weg, kehrte jedoch gegen fünf Uhr mit den beiden FBI-Agenten zurück. Lena öffnete ihnen die Haustür und sah sofort, dass Martin nicht war wie sonst. Er konnte ihr nicht in die Augen schauen. Er stellte noch einmal die FBI-Agenten vor, und dieses Mal hatte Lena das Gefühl, sie noch zu brauchen, und merkte sich ihre Namen: Der Hispanier hieß Domingo und die übergewichtige Frau Newmark.

Martin bat, David allein zu sprechen. David, der gerade mit dem Telefon am Ohr ins Wohnzimmer kam, hörte das und wollte den Grund dafür wissen. Martin sagte, es hätten sich einige Fragen ergeben, die sie ihm am besten allein stellen wollten. Lena gefiel das nicht. David erklärte dem Menschen am anderen Ende der Leitung, dass er auflegen müsse, dann ging er mit Martin und Domingo ins Schlafzimmer. Newmark blieb bei Lena, die herauszufinden versuchte, worum es ging. Doch die Newmark hob nur die Hände und zuckte mit den Achseln.

Sobald sie sich gesetzt hatten – David auf das Bett, die beiden Polizisten auf Stühle –, übernahm Domingo die Leitung des Gesprächs. Er bat David, noch einmal zu wiederholen, wo er sich zum Zeitpunkt der Entführung aufgehalten hatte. David antwortete, dass er im Büro gewesen sei.

Domingo seufzte, strich sich über den Schnurrbart und machte David klar, dass er ihm nicht glaubte. »Sie stehen nicht unter Eid, Mr. Pyle, aber ich möchte Sie dennoch ermahnen, uns die Wahrheit zu sagen.«

»Ich habe einen Anruf erhalten und bin losgefahren.«

»Zu Dell?«

»Richtig.«

»Mr. Pyle, wir wissen, dass Sie vor dreizehn Tagen von Dell gekündigt wurden.«

David schluckte und sah von Martin zu Domingo. »Richtig, aber … es gab ein paar Dinge, die ich noch in Ordnung bringen musste, ein Projekt, das noch nicht abgeschlossen war, und man hat mich angerufen und gebeten, daran zu arbeiten.«

»Die Firma hat keine Aufzeichnungen darüber, und in Ihrer ehemaligen Abteilung weiß niemand etwas von einem Anruf. Uns wäre es lieber, wenn Sie aufrichtig zu uns wären.«

David holte tief Luft, richtete den Blick wieder erst auf Martin, dann auf Domingo und begriff, dass er in der Falle saß.

»Ich wollte nicht, dass meine Frau von der Kündigung erfährt. Sie weiß nichts davon. Ich habe mich für andere Jobs beworben und gestern Morgen von einer Arbeitsstelle diesen Anruf erhalten. Sie haben mich zum Frühstück eingeladen. Sie sagten, sie wollten rasch entscheiden, und ich hätte keine Chance mehr, wenn ich nicht zu dem Treffen erscheinen würde. Ich konnte Lena nicht sagen, wohin ich fahren wollte.«

»Wer hat sonst noch an dem Treffen teilgenommen?«, erkundigte sich Martin.

David schien wütend zu werden. »Ihr Name ist Tricia Sands. Sie arbeitet in der Zentrale von Kraft Foods in Rye.«

»Haben Sie ihre Nummer?«

»Äh, ja. Irgendwo muss ich ihre Visitenkarte haben.«

»Hat sie vom Büro aus angerufen?«

»Vom Büro? Keine Ahnung, Sie sagte nur, dass sie mich treffen wolle, und ich habe zugesagt.«

»Wo?«

»In einem Coffeeshop in Tuckahoe. Ich erinnere mich nicht an den Namen.«

Domingo räusperte sich – ein Signal für Martin, sich zurückzuhalten –, dann stellte er die nächste Frage: »Haben Sie Miss Sands zurückgerufen?«

»Nein. Ich glaube nicht. Ich meine, ich habe sie getroffen, und ...«

»Mr. Pyle, als wir gestern Ihren Computer überprüft haben, gestatteten Sie uns ausdrücklich den Zugang zu den Einzelverbindungsnachweisen Ihres Handys – erinnern Sie sich?«

»Ja.« David ließ die Schultern sinken, doch sein Gesichtsausdruck blieb teilnahmslos.

»Sie haben gestern einen Anruf von Miss Sands erhalten. Sie hat von zu Hause aus telefoniert. Und es war nicht das erste Mal, dass sie mit Ihnen telefoniert hat.«

»Nein. Richtig. Sie und ich haben mehrmals wegen des Jobs miteinander gesprochen.«

»Die Telefonate gehen zurück bis in die Zeit vor Ihrer Kündigung. Dutzende Anrufe von Ihrer Wohnung und Ihrem Handy.«

»Tatsächlich? Vielleicht habe ich ...«

»Hören wir auf mit dem Unsinn, Mr. Pyle. Wir können jederzeit mit Miss Sands über all das sprechen, aber es wäre besser, wenn Sie diese Sache klarstellen würden.«

David ließ sich Zeit, überlegte und richtete den Blick auf den Teppich. Als er aufschaute, erschien er gefasst und war bereit zu reden. »Sie glauben doch nicht, dass dies etwas mit Sarah, mit ihrem Verschwinden zu tun hat, oder?«

»Das wissen wir nicht«, sagte Domingo. »Wir wissen nicht, was ›dies‹ ist.«

»Das klingt, als würden Sie es ahnen. Ich habe seit etwa vier Monaten eine Affäre mit Tricia. Das ist einer der Gründe, warum ich gefeuert wurde. Mein Boss ist uns auf die Schliche gekommen. Er ist ein bigotter Blödmann und sagte, er wolle keine Menschen mit falschen Moralvorstellungen beschäftigen. Er feuerte mich, sagte aber, dass er mich nicht verraten würde. Tricia und ich haben uns in einer Bar in Dallas kennengelernt. Wir beide waren dort wegen Kongressen – zwei verschiedenen Kongressen. Nach meiner Kündigung begann Tricia, auf ein paar Dingen zu bestehen. Sie wissen schon – wegen meiner Ehe. Sie wusste, dass Sarah ins Ferienlager fuhr, und wollte mich in dieser Zeit sehen. Ich erklärte ihr, dass Lena und ich die zwei Wochen gemeinsam verbringen würden. Sie … Tricia rief mich gestern Morgen an und drohte mir, Lena alles zu erzählen. Ich musste sie treffen. Ich war bei ihr, als mich Lena anrief.«

»Als sich Ihre Mailbox einschaltete.«

»Richtig. Wir waren gerade … bei der Sache, und ich hab das Klingeln nicht gehört.«

»Wo waren Sie, äh, bei der Sache?«, wollte Domingo wissen.

»Wo? Oh, ich dachte, Sie … Im Holiday Inn in Yonkers. Die Reservierung lautete auf ihren Namen.«

»Erschien Miss Sands Ihnen anders als sonst? War sie nervös, ist was Ungewöhnliches vorgekommen?«

»Ich weiß es nicht. Wie gesagt, sie wollte mich zu etwas zwingen. Warum? …«

»Sie hat Sie zu einem kritischen Zeitpunkt von hier weggelockt. Sie könnte etwas mit der Entführung zu tun haben.«

David schüttelte den Kopf, aber Domingo hatte den Samen gesät.

»Wir werden mit Miss Sands sprechen müssen«, kündigte Domingo an.

»Und Lena?«

»Wir werden sehen.«

David wandte sich an Martin und flehte: »Hören Sie, mir ist klar, dass ich Mist gebaut habe. Aber müssen Sie Lena wirklich von der Affäre erzählen? Ich meine, gerade jetzt. Sie wissen, wie schrecklich das für sie ist, für uns beide. Sie und ich waren einige Zeit ziemlich distanziert. Wahrscheinlich habe ich deswegen … Wie auch immer. Können wir das nicht vorerst unter dem Deckel halten?«

»Mr. Pyle, so wie ich das sehe, ist es Ihre Sache – vorerst«, sagte Martin, der damit Domingos Antwort zuvorkam. »Falls wir allerdings herausfinden sollten, dass diese Geschichte mit unseren laufenden Ermittlungen, mit der Entführung Ihrer Tochter zusammenhängt, werden wir mit Lena und anderen darüber reden. Doch so weit wir bisher wissen, ist es eine Privatangelegenheit zwischen Ihnen und Ihrer Frau.«

»Oder eben nicht zwischen ihr und mir.«

»Genau.«

»Sie wird wissen wollen, warum Sie mich separat befragt haben.«

»Hätten Sie uns von Anfang an die Wahrheit gesagt, müssten wir Sie nicht auf diese Weise vernehmen«, entgegnete Martin streng.

»Ja, ich …«

»Und wir werden uns in diesem Punkt still verhalten. Doch diese gottverdammten Computer neigen dazu, Dinge zu verbreiten – das können wir nicht kontrollieren.«

David dankte den Cops mit einem Blick. Domingo beschäftigte sich eingehender mit Tricia und fragte, ob sie David weh tun wollte, indem sie sein Kind entführte.

»Nein, das kann sie unmöglich durchgezogen haben«, antwortete David und versuchte sich zu erinnern, wie sie gestern gewesen war.

»Und Lena?«, fragte Domingo weiter. »Hat irgendetwas in ihrem Verhalten in der letzten Zeit darauf hingedeutet, dass sie diese Entführung plante?«

David schaute entgeistert von einem zum anderen, merkte, dass die Frage ernst gemeint war, und rief voller Entrüstung: »Nein. Liebe Güte! Was soll das? Ich verstehe, dass Sie mich verdächtigen, weil ich Sie angelogen habe. Aber, um Himmels willen, Lena ist eine Heilige! Haben Sie nicht gesehen, wie sie das Ganze mitgenommen hat?«

»Um ehrlich zu sein, Mr. Pyle«, gab Domingo zurück, »uns ist aufgefallen, dass sie ziemlich gefasst ist. Normalerweise …«

»Sie ist Ärztin! Sie hat jeden Tag schwierige Situationen durchzustehen. Sie ist am Ende, das kann ich Ihnen sagen. Nur weil sie sich nicht die Augen ausheult, heißt das noch lange nicht, dass sie nicht am Boden zerstört ist.«

Statt Entschuldigungen erhielt David Blicke, die ihm sagten, dass es verdächtig war, wenn er Lena verteidigte. Ihm war das jedoch gleichgültig. Seine eigene Verwirrung, ihre Ehe betreffend, löste sich nach Domingos Frage nach Lena in Luft auf. Er liebte ihre stille Stärke und duldete nicht, dass ein verdammter Cop ihr das zur Last legte.

Sie fanden Lena und Newmark in der Küche. Während die beiden Frauen Belanglosigkeiten austauschten, versuchte sich Lena vorzustellen, was der andere Agent mit David zu besprechen hatte. Sie fragte Newmark ein zweites Mal, warum David allein vernommen wurde, aber die Kaugummi kauende Agentin behauptete, es nicht zu wissen. Anfangs hatte Lena gedacht, es könnte eine neue Entwicklung in dem Fall geben, eine schauerliche Neuigkeit, die man ihr nicht zumuten wollte. Aber sie hatte sich bisher nicht theatralisch gezeigt, deshalb, so überlegte sie, würde man sich auch keine Sorgen wegen ihrer Reaktion machen.

Nachdem sie den angebotenen Kaffee abgelehnt hatten, verabschiedeten sich die drei Cops. Lena musterte David und forderte ihn stillschweigend auf: »Erzähl mir alles.«

David wusste, dass ihm nichts anderes übrigblieb, als seine Geschichte loszuwerden.

»Ich habe dich angelogen wegen gestern. Ich ...«

»Das dachte ich mir schon. Wo ...?«

»Ich habe dich auch belogen, was meine Arbeit betriff. Ich habe keinen Job mehr. Mir ist vor zwei Wochen gekündigt worden.«

Diese Worte trafen Lena so unvorbereitet, dass sie wiederholen musste, was er gesagt hatte. Dann wandte sie sich ab.

David fuhr fort: »Ich wollte einen anderen Job an Land ziehen, ehe ich mit dir darüber spreche. Ich habe mich geschämt. Gestern wurde ich dann telefonisch zu einer Frühstücksbesprechung gebeten. Das verriet mir, dass sie an mir interessiert sind, und deshalb hatte ich das Gefühl, hingehen zu müssen, obwohl Sarah abgeholt wurde. Es tut mir leid. Ich hätte zu Hause bleiben und dir die Wahrheit sagen sollen. Und die Cops hätte ich auch nicht belügen dürfen.«

»Aber ...« Lena versuchte, das Gehörte zu verdauen. »Aber wieso hast du ... aus welchem Grund haben sie dich gefeuert?«

»Es war Crocker. Wir beide waren nie auf Augenhöhe. Die Abteilung hat einige Fehler gemacht, und er hatte einen Vorwand, mich zu entlassen.«

»Kannst du das nicht anfechten?«

»Wahrscheinlich, aber warum?«

»Ich weiß nicht. Weshalb hast du mir nichts erzählt?«

»Ich habe mich geschämt.«

»Geschämt!«, schrie Lena. Sie staunte selbst, wie schnell sie auf hundertachtzig war. »Du hast mich und Sarah allein gelassen, um zu einem Einstellungsgespräch zu gehen, und du besitzt nicht den Anstand, uns die Wahrheit zu sagen?« Sie spürte ihre Wut und begriff, dass die vierundzwanzig Stunden äußerste Anspannung nicht spurlos an ihr vorübergegangen waren. Aber sie wollte sich jetzt nicht beherrschen.

»Ich dachte, ich …«

»Hast du den Job bekommen?«

»Ich … ich weiß es nicht. Ich glaube nicht. Es war …« Er brach ab, als sich Lena erneut von ihm abwandte. Mittlerweile atmete sie schwer und abgehackt.

»Tut mir leid«, entschuldigte sich David lahm. Am liebsten hätte er Lena in die Arme geschlossen. Als sie sich mit glitzernden Augen zu ihm drehte, wertete er das als gutes Zeichen. Er trat auf sie zu. Sie blieb, wo sie war. »Ich wollte mit dir darüber sprechen, sobald ich einen neuen Job habe.«

»Du lieber Gott, David, ich will gar nicht, dass du dir einen neuen Job suchst. Das wollte ich dir sagen, wenn … wenn wir endlich eine Gelegenheit zum Reden gefunden hätten.«

David spürte Tränen in den Augen. Er schlang instinktiv die Arme um seine Frau, und sie ließ es zu. Für beide war das wie ein Schock. Das ist mein David, dachte Lena. Der David, der Monate, Jahre nicht für sie da gewesen war, der David, der sie zum Lachen gebracht, ihr ein Leben außerhalb der Praxis gezeigt und ihr bei Sarahs Geburt geholfen hatte – der rührende, verletzliche Mann, den sie beinahe vom ersten Augenblick ihrer Bekanntschaft an geliebt hatte. Lena konnte die Tränen nicht mehr zurückhalten und schmiegte das Gesicht an Davids Brust.

David merkte, dass die Last der Lügen und Ängste der vergangenen Monate von ihm genommen wurde. Am liebsten hätte er seine Beichte vollendet, Tricia zur Sprache gebracht und sich auch von diesen Schuldgefühlen befreit. Aber ihm war klar, dass er jetzt nicht damit herausrücken konnte. Vor dem Haus tummelte sich die Pressemeute, ihre Tochter schwebte in großer Gefahr – wenn er jetzt seine Affäre eingestand, würde er nur noch mehr Öl ins Feuer gießen.

Er wollte kluge Entscheidungen treffen, nicht so törichte wie in den letzten Monaten.

Lena zog sich zurück, wischte sich die Tränen aus den Augen, dann sah sie auf. Sie sagte nichts, aber David erkannte an ihrem Blick, dass sie der Versöhnung zustimmte. Er küsste sie auf die Stirn und erinnerte sich schmerzlich daran, dass er Sarah zum Abschied genauso geküsst hatte. Er empfand mit einem Mal eine ganz reine Sehnsucht nach seiner Tochter, eine Sehnsucht, die nicht durch Wut und Schuldzuweisungen beschwert wurde.

»Ich möchte sie zurückhaben«, murmelte er mehr zu sich selbst als zu Lena. Lena seufzte tief und löste sich ganz von ihm, weil sie eine unaufhaltsame Flut an Tränen fürchtete.

David starrte auf die Holzmaserung des Küchentisches, und plötzlich fiel ihm Tricia Sands wieder ein. Er hatte sie in dem Motelbett zurückgelassen, nachdem er sie informiert hatte, dass Sarah entführt worden war. Lenas Anruf und ihre Neuigkeiten hatten ihn so konfus gemacht, dass er Tricias Reaktion vollkommen vergessen hatte. Aber jetzt, nach den Blicken und Fragen, mit denen ihn Domingo und Martin bombardiert hatten, erinnerte er sich an die Momente, kurz bevor er aus dem Motelzimmer gestürmt war. Tricia hatte nachgefragt, als er ihr eröffnet hatte, dass Sarah entführt worden war, doch wenn er jetzt an diese Szene zurückdachte, musste er zugeben, dass ihre Zweifel nicht mit dem Erschrecken einhergegangen waren, das man unter solchen Umständen erwarten würde. Als er sich anzog, kniete sie splitternackt auf dem Bett. Die unbedeckten Brüste, die vorgeschobene Hüfte und die Schamhaare waren eine Einladung an ihn, ins Bett zurückzukommen. Hätte sie nicht schockiert sein müssen?, fragte sich David jetzt. War sie auf diese Neuigkeiten gefasst gewesen? Er hatte nicht gelogen, als er den Cops erklärt hatte, dass er ihr eine solche Operation, wie J.D. sie durchgeführt hatte, nicht zutraute. Andererseits hätte sie ein Motiv gehabt, und das Timing ihres Drohanrufes am Samstagmorgen war perfekt gewesen. Vielleicht hatten Freunde von ihr Freunde, die sich Sarah geschnappt hatten, um – was? – David eine Lektion zu erteilen, damit er seine Ehe aufgab.

Und seither schwieg Tricia – keine mitfühlende E-Mail, keine Nachricht auf der Mailbox. Anfangs war David dankbar dafür gewesen, jetzt jedoch fragte er sich, ob ihr Schweigen ein Hinweis sein könnte. Niemand schien zu wissen, wo man die Suche nach Sarah beginnen konnte. Hatte er einen Anhaltspunkt? Und wenn ja, würde er dann Lena zuerst alles beichten? Er sah Lena in die warmherzigen haselnussbraunen Augen, sah sie wieder als die Frau, die ihm beigebracht hatte, was Liebe ist. Wenn Tricia hinter der Entführung steckte, dann war er schuld daran, dass Lena die Hölle durchmachte. Dieser Gedanke erschreckte ihn zutiefst, aber er gab sich Mühe, sich nichts anmerken zu lassen, und lächelte matt.

Lena registrierte nur das Lächeln und das Gefühl, als sie

den Kopf wieder an Davids Brust legte, mit den Fingern über seinen Arm strich und sich reckte, um ihn zu küssen. Nicht alles ist verheilt, dachte sie, aber wir haben die Wunde verbunden.

KAPITEL 15

Das ferne Krächzen einer Krähe weckte Sarah. Das erste Tageslicht sickerte durch einen Nebelschleier und die schmutzigen Fenster in die Hütte. Der Schrei war schrill, als wäre der Vogel aufgescheucht worden. Sarah stellte sich vor, dass ihre Mutter und ihr Vater die Krähe erschreckt hätten und den Weg heraufkämen, um sie zu holen. Als sie aus dem Augenwinkel ein Gesicht am Fenster wahrnahm, war sie überzeugt, dass ihre Eltern da waren.

Sie drehte sich zur Seite und sah, dass Mr. Everett hereinspähte und mit der Hand die Augen abschirmte, um durch die Glasscheibe blicken zu können. Ohne ein Wort zu sagen, entfernte er sich vom Fenster. Sarah, die in die Realität zurückkehrte, schaute zu den drei anderen, die auf den Matratzen lagen. Franklin hatte die Augen geöffnet; sein Kopf lag aber immer noch auf der zusammengeknüllten Decke, und er rührte sich nicht. Er hatte die letzte Wache übernommen und passte immer noch auf. Linda hatte sich in ihrer Decke verheddert – ihre Hand neben dem schlafenden Gesicht und der Daumen ausgestreckt, als wollte sie gleich daran lutschen. Tommy lag mit ausgebreiteten Armen und gespreizten Beinen auf dem Bauch, mit dem Gesicht auf der fleckigen Matratze.

Sarah hörte, wie Mr. Everett in die Hütte zurückkehrte und anfing, Frühstück zu machen. Sie dachte an das letzte Frühstück zu Hause. Sie saß mit ihrem Vater am Tisch, und ihre Mutter lief im Haus hin und her, weil sie die Sachen für das Camp zusammenpackte.

»Warum setzt du dich nicht zu uns?«, fragte David, als Lena in die Küche kam, Lena blieb ihm jedoch die Antwort schuldig. David hatte Sarah lächelnd zugezwinkert, aber sie sah ihm an, dass irgendetwas nicht stimmte. Das erkannte sie immer, weil seine Stimme leiser wurde und er nicht mehr herumalberte.

»Hast du an die Ersatzbatterien für die Taschenlampe gedacht?«, fragte Lena.

David schaute sie an – sie wusste, dass er das vergessen hatte. »Nein, aber ich kann schnell …«

»Dazu ist keine Zeit.«

»Natürlich ist noch Zeit dafür. Ich fahre nur …«

Sarah unterbrach die beiden: »Im Camp gibt es Batterien in der Kantine, falls meine leer sind.«

Jetzt erinnerte sich Sarah, dass ihre Mutter sie ganz komisch angeschaut hatte. Was war das? War sie böse, weil Sarah Davids Problem gelöst hatte? Oder war es etwas anderes? In letzter Zeit war das bei ihren Eltern schwer zu sagen. Wenn sie mit einem Elternteil allein war, lief alles ganz normal. Doch sobald die beiden zusammenkamen, gab es oft eigenartige Momente.

Sarahs Erinnerungen wurden von Mr. Everett unterbrochen, der durch die Tür zwischen den beiden Zimmern kam und ihnen sagte, dass sie aufstehen sollten. Tommy zuckte zusammen, als er die Stimme hörte, und rollte sich schnell herum, blinzelte und rieb sich die Augen. Linda bewegte sich nach wie vor nicht. Franklin setzte sich auf. Sarah rüttelte Linda wach, als Mr. Everett das Wort ergriff.

»Alles läuft bestens, Kinder«, sagte er, hielt dabei respektvoll Abstand, als sich die Kinder aufrafften. »Ihr könnt die Decken zusammenrollen. Ich glaube nicht, dass wir sie noch einmal brauchen.«

»Wieso?«, erkundigte sich Tommy erwartungsvoll.

»Nun, ich glaube nicht, dass wir noch einmal hier übernachten.«

Er duldete keine Fragen mehr und ging zurück zu dem Gaskocher, auf dem etwas in einer Pfanne brutzelte.

Die Kinder wechselten Blicke, schwiegen jedoch. Sarah hörte wieder die Krähe, diesmal war sie näher. Und Sarah dachte nicht mehr, dass ihre Eltern kamen, um sie zu retten.

Der Nebel hatte sich verzogen, als die Kinder mit den Eiern und Speck, die Mr. Everett ihnen zubereitet hatte, fertig waren. Er hatte während des Frühstücks, das sie wieder im Freien einnahmen, fast ununterbrochen geredet. »Wir leben in einem großartigen Land, Kinder. Aber es belohnt nicht diejenigen, die Ideen haben. Ein Mann, der in eine wohlhabende Familie geboren wird, braucht keinen Tag in seinem Leben nachzudenken. Er protzt nur. Jemand wie ich, der Köpfchen hat, weiß, wie die Dinge laufen und Probleme lösen kann, jemand, der Erfindungen und Neuerungen ersonnen hat, bekommt gar nichts. Er …«

»Gehen wir bald los?«, fiel ihm Franklin ins Wort.

Mr. Everett funkelte ihn an, antwortete jedoch gelassen: »Ich glaube schon. Bald bekomme ich das Signal.«

Mr. Everett hatte sie alle am gestrigen Abend, bevor sie sich schlafen gelegt hatten, zum Klohäuschen geführt. Linda hatte einen Blick auf den rauen Holzsitz und die kleine Rolle Toilettenpapier geworfen, die aussah, als würde sie schon viele Monate an dem gebogenen Nagel hängen, und erklärt, dass sie sich niemals auf dieses Klo setzen würde. Als sie gefrühstückt hatte und es nicht länger zurückhalten konnte, bat sie Sarah, mit ihr zu dem Häuschen zu gehen und vor der Tür zu warten.

Bald pilgerten alle vier Kinder zu der kleinen Holzbude. Als Mr. Everett scherzhaft fragte, ob das Klohäuschen nicht viel besser sei als eine dieser »vornehmen Toiletten«, antwortete Tommy: »Ja, weil man nicht spülen muss.« Die anderen Kinder konnten dieser Einrichtung nicht viel Gutes abgewinnen. Aber der Wortwechsel hatte alle ein wenig erheitert. Mr. Everett sprach vom Aufbruch, und das weckte in den Kindern die Hoffnung, dass dieser eigentümliche, beschwerliche Umweg bald zu Ende war und sie entweder ins sichere Camp oder wieder nach Hause gebracht wurden.

Mr. Everett war so gut gelaunt, dass er Lebensmittel fürs Mittagessen in seinen Rucksack packte und mit ihnen auf eine Wanderung ging. Sie stiegen in eine kleine Schlucht, überquerten einen Bach, kletterten auf der anderen Seite den Hang hinauf und schlugen einen Weg ein, der sie auf einen Berggipfel führte, von dem aus man einen großartigen Ausblick auf die Adirondacks haben sollte. In dieser Höhe wehte ein kühler Wind, doch die Sonne erwärmte die flachen Felsen ausreichend, so dass sie sich setzen und die Sandwichs, Chips und Limonade verzehren konnten. Nach der Wanderung schmeckte das Mittagessen richtig gut.

Mr. Everett klappte sein Handy auf und sah, dass er keine Funkverbindung hatte, das versetzte seiner Hochstimmung einen Dämpfer. Die Kinder konnten die Veränderung regelrecht beobachten. Mr. Everett hielt einen kleinen Vortrag über das mangelhafte Funknetz für Mobiltelefone in diesem Land und rief sich ins Gedächtnis, dass er am See ganz bestimmt telefonieren konnte. Sie waren bereits auf dem Rückweg, als Linda über eine Wurzel stolperte und hinfiel. Sie verletzte sich über dem Knie und hatte eine große Schürfwunde am Arm. Sie weinte bitterlich, als sie sich hinsetzte und ihre Verletzungen und die zerrissene Strumpfhose inspizierte. Sarah versuchte, sie zu beruhigen, und die Jungs standen hilflos daneben.

Mr. Everett, der ein paar Meter vorausgegangen war, kam zurück und sah sich den Schaden an. »Steh auf! Mal sehen, ob du laufen kannst.«

Noch immer heulend, kämpfte sich Linda mit Sarahs und Mr. Everetts Hilfe auf die Füße. Aus der Wunde über dem Knie rann Blut, und Mr. Everett wischte es mit einer Serviette ab. Seine Stimmung verdüsterte sich noch mehr.

»Warum hast du nicht aufgepasst, wohin du trittst? Du bist hier im Wald. Ich hab euch doch gesagt, dass ihr vorsichtig sein sollt.«

Trotz des Schmerzes und der Tränen setzte sich Linda zur Wehr. »Nein, das haben Sie nicht. Sie haben überhaupt nichts davon gesagt, dass wir vorsichtig sein müssen!«

Mr. Everett versetzte ihr eine Ohrfeige. Linda geriet ins Taumeln, und die anderen Kinder wichen zurück.

Sarah erholte sich als Erste von dem Schreck. »Tun Sie das nicht!«

»Ich mache, was immer ich will, verdammt, und ihr tut, was ich sage. Wir gehen weiter. Los!« Er schob sie den Weg hinunter. Die arme Linda, die ein wenig hinkte, behandelte er besonders grob. Er schimpfte vor sich hin – auf Kinder, die Widerworte gaben, auf Eltern und ihre Erziehungsmethoden – und erklärte: »Ich bin verdammt froh, wenn ich euch endlich loswerde.«

Der Argwohn der Kinder schlug in Angst um. Sie gingen im Gänsemarsch und konnten nur den Vordermann sehen. Mr. Everett erwischte Tommy dabei, wie er sich zu Franklin umdrehte, und hielt ihm deswegen eine Standpauke, seither schauten die Kinder starr nach vorn.

Nachdem sie den Bach überquert hatten, tat Mr. Everett so, als wüsste er nicht, wie man zu der Hütte kam. »Hat jemand eine Ahnung, wohin wir gehen müssen?«

Die Kinder sahen sich die Büsche und Bäume am Hang vor ihnen an, aber keines antwortete.

Mr. Everett schnaubte und ging nach links. »Gut. Jetzt begreift ihr wenigstens, dass ihr hier draußen ohne mich nicht zurechtkommt. Stimmt's?« Er wartete nicht auf eine Antwort und stapfte weiter.

Als sie die Hütte erreichten, war es Nachmittag, und die Sonne brannte auf die Lichtung. In der Hütte war es noch kühl. Die erschöpften Kinder ließen sich auf die Matratzen fallen.

»So ist es gut«, sagte Mr. Everett. »Macht ein Nickerchen. Es wird …« Er verstummte, weil er etwas durchs Fenster gesehen hatte. Er drehte sich mit blitzenden Augen zu den Kindern um. »Ihr bleibt hier auf euren Matratzen, bis ich zurückkomme. Verstanden?«

Die Kinder nickten. Keines von ihnen wagte es, aufzustehen, nachdem er gegangen war.

Sobald er die Hütte verlassen hatte, lief Mr. Everett mit Riesenschritten über die Lichtung und auf die einsame Wanderin zu, die er vom Fenster aus entdeckt hatte. Sie war Mitte zwanzig, klein, aber offensichtlich gut in Form. Sie hatte einen prallen Rucksack auf dem Rücken und trug eine Baseballkappe.

Mr. Everett setzte seinen Charme ein. »Hey, wie geht's?«

Sie lächelte. »Gut. Ein wunderschöner Tag.«

»Das kann man sagen. Was führt Sie hier herauf?«

»Ich will ein paar Tage in der Wildnis verbringen, einen klaren Kopf bekommen. Ehrlich gesagt, ich hab mich ein bisschen verirrt.«

»Verirrt?«

»Nicht richtig verirrt. Ich bin aus der Gegend und in diesen Wäldern aufgewachsen. Dies hier ist nur ein tückischer Teil der Wälder, und ich dachte … Diese Hütte habe ich nie zuvor gesehen. Gehört sie Ihnen?«

»Nein. Ich passe für den Besitzer, einen Typen aus New York, darauf auf. Sind Sie allein?«

»Ja«, antwortete sie und lächelte wieder. »Ich weiß. Was hat eine Frau allein in den Wäldern verloren? Keine Angst. Ich kann ganz gut auf mich aufpassen. Ich habe zwei Touren im Irak gemacht. Ich glaube, hier gibt es nichts, womit ich nicht fertig werde.«

Mr. Everetts Verstand arbeitete auf Hochtouren. Konnte sie die Kinder in der Hütte sehen? Gab es hier draußen irgendwelche Hinweise auf sie? »Wie lange sind Sie schon hier draußen?«

»Seit gestern Morgen«, erwiderte die Frau arglos. »Letzte Nacht hab ich auf Potter's Ridge kampiert. Am Nachmittag bin ich ordentlich nass geworden. Es war großartig. Nach zwei verdammten Jahren im Sand liebe ich den Regen.«

»Wo bleiben Sie heute Nacht?«, fragte Mr. Everett – ihre Liebe zum Regen interessierte ihn nicht die Bohne.

»Ich weiß es noch nicht. Was würden Sie davon halten, wenn ich mein Zelt da drüben aufstelle? Ich würde Sie nicht belästigen.«

»Nein. Das geht nicht. Der Typ aus New York möchte nicht, dass Fremde seinen Grund und Boden betreten.«

»Wie soll er davon erfahren?«

»Er taucht oft unangemeldet hier auf. Wenn er Sie hier sieht, bekommt er einen Tobsuchtsanfall, und ich habe keinen Job mehr. Nein, das geht wirklich nicht.«

Die mangelnde Kameradschaft unter Naturfreunden

machte die Frau neugierig, das verriet ihr Blick. »Gibt's in der Nähe schöne Plätze, die Sie mir empfehlen können?«

»Jede Menge. Gehen Sie diesen Weg zwischen den beiden Birken entlang, die aussehen wie ein Torbogen. Folgen Sie dem Pfad eine Weile, dann stoßen Sie ungefähr eine Meile von hier auf wunderschöne Plätze in der Nähe eines Baches.«

»Hmm«, machte sie. »Aber ich weiß, dass das nicht die Richtung ist, in die ich eigentlich will. Da geht es nicht wieder zurück zur Straße. Aber ein Bach wäre gut. Und ich hatte mir vorgenommen, hier draußen nur meiner Nase zu folgen.«

»Ja. Dort hinten – da sind echt schöne Plätze.« Er stellte sich hin, als wollte er sich von ihr verabschieden.

Sie verstand die Botschaft. »Okay. Danke.« Sie warf einen flüchtigen Blick auf die Hütte, wandte sich ab und ging durch den Bogen, den die beiden Birken bildeten.

Mr. Everett wartete, bis sie außer Sicht war, dann machte er sich auf den Weg zur Hütte und ließ dabei die Begegnung noch einmal Revue passieren. Auf den zweiten Blick sah das Ganze gar nicht gut aus. Das Miststück war sich zu sicher gewesen. Hatte sie schon länger hier herumgelungert, die Hütte beobachtet und die Kinder gesehen? Er machte kehrt, folgte der Frau und beobachtete, wie sie einen kleinen Hang hinunterging – er hasste es, sie zu sehen. Was hatte sie hier zu suchen? Wollte sie ihm Schwierigkeiten machen? Verirrt – du liebe Güte!

Er ging weiter, rutschte ein paar Mal auf dem mit Laub bedeckten Grund aus. Als er etwa zwanzig Meter von ihr entfernt war und sie ihn noch nicht gehört hatte, hob er einen Stein auf und versteckte ihn hinter dem Rücken.

Dann rief er: »Entschuldigen Sie!« Sie drehte sich um, während er sich näherte, und zeigte ihm dasselbe verdammte

Lächeln wie vorhin. »Vielleicht können wir etwas arrangieren.«

»Nein, ist schon okay. Ich verstehe das. Ist nicht schlimm. Ich werde nur …«

Er hatte sie so überrumpelt, dass er Zeit hatte, richtig auszuholen und mit dem Stein auf ihre linke Gesichtshälfte zu schlagen. Er fühlte, wie der Wangenknochen brach. Blut und Zähne spritzten aus ihrem Mund. Aber die Frau ging nicht zu Boden und rannte auch nicht weg. Stattdessen stürzte sie sich voller Wut auf ihn. Das Gewicht des Rucksacks half ihr, Mr. Everett zurückzudrängen. Sie trat ihm mit voller Wucht gegen die Schienbeine.

Er holte noch einmal aus, aber sie wehrte den Schlag mit dem Arm ab. Sie kippte nach vorn; er bekam den Bügel ihres Rucksacks zu fassen, zog sie zu sich heran und landete einen Hieb auf ihren Kopf. Sie sackte vor ihm mit auf die Knie wie eine Bittstellerin und bewegte sich nicht mehr.

Keuchend beugte sich Mr. Everett über die Frau und schlug noch dreimal zu, dann war er zu erschöpft, um noch einmal den Stein hochzuheben. Sie war in sich zusammengesackt und hing praktisch in den Gurten ihres Rucksacks. Mr. Everett konnte keinen klaren Gedanken fassen. Seine Hand und der Stein waren blutüberströmt. Und auf seinem T-Shirt war ebenfalls Blut. Er würde die Frau begraben müssen.

Dann dachte er an die Kinder und wirbelte herum, als würden sie oben am Hang stehen und ihm zusehen. Sie waren nicht da. Er kletterte ohne einen Blick zurück den Hügel hinauf. Er musste stehenbleiben, um zu Atem zu kommen.

»Lieber Himmel«, sagte er laut. »Warum hat sie das getan? Ich bin fast fertig hier oben. Warum konnte sie mich nicht einfach meine Arbeit machen lassen?« Er schaute auf seine blutige Hand. Sie schien nicht zu ihm zu gehören. Alles verschwamm vor seinen Augen. »Niemand kommt hier herauf.« Er versuchte seinen Atem zu beruhigen und machte sich selbst Mut. »Diese Operation ist ein Erfolg. Die Lösegeldforderung geht raus. Ich bringe die Kinder früh hinunter. Ich rufe Chase an und bringe die Kinder hinunter. Kein Problem. Der Mittelsmann braucht nichts davon zu erfahren. Dann geht's ab nach Hause.«

Er keuchte nicht mehr, als er in die Hütte zurückkehrte, aber sein Sehvermögen war nach wie vor unscharf. Er holte sein Handy und sagte den Kindern, dass sie mitkommen sollten. Er wollte nicht, dass sie die Leiche fanden.

Die Kinder hatten nichts mitbekommen. Als Tommy genügend Mut gefasst hatte, um aus dem Fenster zu spähen, war kein Mensch auf der Lichtung. Wenige Minuten später kehrte Mr. Everett zurück und forderte sie auf, ihm zu folgen. Sie blieben weit zurück, als er den Pfad hinunterging.

Am See brannte die Sonne nieder und verbreitete den morastigen Geruch. Everett kniete auf dem Steg und wusch sich die Hände.

»Bleibt dort«, befahl er und hievte sich mühsam hoch. »Ich mache einen Anruf, dann können wir weg von hier.«

Die Kinder rümpften ihre Nasen wegen des Gestanks. Mr. Everett atmete schwer, als er über die ausgetrockneten, unebenen Holzplanken ging.

Er kehrte den Kindern den Rücken zu, während er telefonierte. Sie hörten, wie er die Stimme erhob und wieder senkte. Er gestikulierte mit der freien Hand und hielt mit der anderen das Telefon an sein Ohr. Dabei drückte er den linken Arm fest an seinen Körper. Die Kinder fanden diese Haltung eigenartig und ließen ihn nicht aus den Augen.

Er hatte den Anruf noch nicht beendet, als er sich um die eigene Achse drehte und dabei fast vom Steg gefallen wäre. Er schrie in den Hörer: »... stimmt etwas nicht ...« Die freie Hand legte sich auf seine Brust und zerrte an dem T-Shirt. Dann flog das Handy im hohen Bogen ins Wasser, und er fing an zu taumeln, presste beide Hände auf die Brust, kippte nach vorn und fiel auf den Steg. Eines der Bretter zerbarst bei dem Aufprall seines Kopfes. Die Arme waren von der Brust eingeklemmt, und die Füße zappelten noch ein paar Mal, danach regte sich nichts mehr.

Linda war die Einzige, die bei dem bizarren Schauspiel lachen musste, doch als Mr. Everett sich nicht mehr bewegte, war sie genauso verwundert wie die anderen. Sie warteten lange darauf, dass er wieder aufstand wie die Clowns, die eine Bauchlandung machten, lange liegenblieben und sich lächelnd wieder erhoben. Aber Mr. Everett stand nicht mehr auf. Die schwachen kreisförmigen Wellen, die von der Stelle ausgingen, in die das Handy gefallen war, hatten die Pfosten des Steges erreicht. Die Stille rund um den See war unheimlich.

Schließlich brach Sarah das Schweigen. »Mr. Everett!«, rief sie. Der Widerhall machte die Szene noch gruseliger.

»Er ist k.o.«, flüsterte Tommy, als würde er ihn wecken, wenn er das laut aussprach.

Die anderen Kinder hofften, dass Tommy recht hatte. Mr. Everett musste aufwachen und sie nach Hause bringen.

Sarah rief noch einmal: »Mr. Everett!« Eine Beule an seiner Stirn hatte sich violett verfärbt.

»Herzinfarkt«, stellte Franklin nüchtern fest.

Tommy wusste, dass sein Großvater in Costa Rica einen Herzinfarkt gehabt hatte, aber der lebte noch. Linda hatte den falschen Eindruck, dass ein Herzinfarkt etwas wäre, was das Herz anderen Menschen antat. Sarah erinnerte sich, in Gesundheitserziehung etwas über Herzinfarkte gehört zu haben, wusste jedoch nicht mehr, ob sie die Dinger waren, die eine Ader im Gehirn verstopften, oder solche, die Arterien verschlossen. Jedenfalls hatte sie einen Film darüber gesehen. Als sie jetzt den reglosen Mann auf dem Steg sah, fiel ihr nur ein, dass man immer wieder die Hände auf die Brust eines Opfers drücken musste.

Die vier Kinder gingen ohne ein weiteres Wort auf den Steg.

»Wir sollten ihm in den Mund blasen«, erklärte Franklin entschieden. Doch niemand konnte sich vorstellen, so etwas zu tun.

Die Holzplanken knarrten, als sie den Steg vorsichtig betraten. Sarah ging voran, und als sie ihren Fuß auf das Brett setzte, das Mr. Everett Kopf durchschlagen hatte, brach es noch weiter, und sie machte einen Satz zurück. Mr. Everett bewegte sich, als der Kopf tiefer rutschte. Lange Zeit standen sie um ihn herum, hatten Angst, dass ihnen der Boden unter den Füßen wegbrechen würde, und wussten nicht, was sie tun sollten.

Sarah übernahm schließlich das Kommando, sie sagte ihnen, dass sie sich auf die eine Seite von Mr. Everett stellen und seinen Körper auf den Rücken drehen sollten. Als sie ihn leicht anhoben, sackte der Kopf zur Seite, und seine schauerliche bläuliche, zerkratzte Haut wurde sichtbar. Der Mund war weit offen. Linda schrie und ließ den Toten los.

»Er ist tot! Er ist tot!«, kreischte Linda und lief davon. Franklin riskierte einen genaueren Blick und bestätigte den Tod mit einem Nicken. Sarah zog sich eilends zurück, und Franklin folgte ihr.

Tommy zögerte. Er starrte die Leiche an. Aus seinem

Blickwinkel sah er nur einen kleinen Teil von Mr. Everetts Gesicht – einen Teil, der noch die natürliche Farbe hatte. Sein Großvater war nicht an seinem Herzinfarkt gestorben. Vielleicht war Mr. Everett nur bewusstlos. Er erinnerte sich an die Geschichte über seine Großmutter, die seinen Großvater zurück ins Leben geholt hatte, indem sie zu ihrem Lieblingsheiligen gebetet hatte. Aber Tommy wusste nicht, was für ein Heiliger das war, und er kannte auch das Gebet nicht. Deshalb stand er einfach nur neben Mr. Everetts Leiche und betete zu seiner Großmutter, flehte sie um Hilfe an.

KAPITEL 16

Chase Collins hörte, dass sein Vater das Telefonat abrupt beendete. Es hatte geklungen, als würde er sagen, dass die Verbindung schlecht sei, aber das spielte keine Rolle. Es war alles besprochen. Chase hatte seinen Marschbefehl. Jetzt brauchte er nur noch die dritte Nachricht auf den Weg zu bringen, dann war die ganze Sache, falls sich die Eltern nicht als komplette Idioten erwiesen, bald überstanden.

Sein Vater würde ihn umbringen, wenn er wüsste, dass er inmitten der Schaulustigen vor dem Haus der Pyles stand, als er den Anruf entgegennahm. Chase war schon ein paar Stunden mit seiner kleinen Tochter Jennifer im Schlepptau dort. Eigentlich sollte er mit Jennifer im Park spielen, solange seine Frau Helene mit ihrem vierjährigen Sohn Hector auf einem Kindergeburtstag war, aber sobald er im Auto saß und daran dachte, welch wunderbare Tarnung Jennifer war, hatte er die George Washington Bridge bereits überquert.

Auf der gegenüberliegenden Straßenseite vom Ort seines gestrigen Triumphes zu stehen, war anfangs aufregend gewesen. Er spielte noch einmal im Geiste die Szene durch und dachte daran, wie problemlos er sich das Vertrauen des Mädchens erschlichen und wie geschickt er die Mutter in Sicherheit gewiegt hatte, ehe er losgefahren und auf die Straße eingebogen war. Er wünschte, er hätte das Ganze auf Video aufnehmen können. Das hätte ihm geholfen, einen Job als Schauspieler in Hollywood zu bekommen.

Er sprach einen Cop an, der zwischen den Schaulustigen

und den Vertretern der Presse stand: »Entschuldigen Sie, Officer. Hat man schon Hinweise auf die Täter?«

»Weiß nicht. Und wenn ich es wüsste, würde ich es Ihnen nicht sagen.«

»Aber … ich habe gehört, dass ein Typ hergekommen ist und behauptet hat, vom Feriencamp zu kommen, und dann mit dem Kind davongefahren ist. Stimmt das?«

»Ja.«

»Himmel, und sie haben das nicht durchschaut?«

»Der Kerl muss ziemlich gut gewesen sein.«

Chase wollte gehen, nachdem er dieses Lob über seine Arbeit gehört hatte. Jennifer, die keine Ahnung hatte, was sie hier machten, schlang die Arme um seine Beine und sang vor sich hin.

Eine Frau in den Fünfzigern, die neben Chase stand, nickte mit Blick auf Jennifer. »Ich erinnere mich, wie Sarah in diesem Alter war.«

Chase konnte den Namen erst nicht einordnen. Er und sein Vater hatten immer nur von »Zielperson 1, Zielperson 2 …« gesprochen. »Sind Sie eine Nachbarin?«, fragte er.

Die Frau deutete auf ein Haus in der Straße. »Wir wohnen seit dreißig Jahren hier. Dies ist wirklich furchtbar. Das kleine Mädchen hat ihnen alles bedeutet. Soweit ich weiß, haben sie versucht, noch ein Kind zu bekommen, aber es hat nicht geklappt. Stellen Sie sich vor – eine Ärztin, und sie hat es nicht geschafft.« Chase nickte, und die Frau fuhr fort: »Die Kleine war Ihrer hier ganz ähnlich, wissen Sie? Ein fröhliches, kleines Mädchen.«

Fünf Minuten später kam der Anruf von Chase' Vater durch. Chase war froh. Plötzlich wollte er die ganze Sache schnell hinter sich bringen und zusehen, dass die Kinder zurück in ihre Familien kamen. Nach dem Telefongespräch hob

Chase Jennifer auf den Arm und ging die Straße hinunter zu seinem Auto. Sie schmiegte sich an ihn, als würde sie schlafen. Chase liebte es, sie so zu tragen. Hector hatte sich nie so fallen gelassen, als er in ihrem Alter war – er war immer wachsam. Jennifer begab sich ganz und gar in seine Obhut, und er fühlte sich ihr in diesen Momenten besonders nahe.

Auf der Heimfahrt überlegte er, wie er sich als Kind in den Armen seines Vaters gefühlt hatte. Vielleicht hatte ihn sein Vater nie herumgetragen. Er wusste es nicht, und es gab keine entsprechenden Fotos von ihnen. Solange er sich erinnern konnte, war sein Vater immer beschäftigt gewesen, hatte irgendwelche Ideen entwickelt und Pläne geschmiedet. Er hatte jahrelang in einer Mobil-Tankstelle in Tenafly gearbeitet und Benzin gezapft, ohne viel mit den Kunden zu reden. Er fragte »Wie viel?«, füllte die Tanks, nahm das Geld entgegen oder zog die Kreditkarte durch das Gerät – das war's. »Ich bin mit den Gedanken bei anderen Dingen«, hatte er Chase erklärt.

Sein Vater glaubte fest daran, dass sich das Leben gegen ihn verschworen hatte, dass seine schulische Karriere (er hatte kaum den Highschool-Abschluss geschafft) von untauglichen Lehrer torpediert worden war, dass man seine Intelligenz unterschätzt hatte und er deshalb gezwungen gewesen war, in die Army einzutreten. Dort wurden seine Ideen für eine Umstrukturierung seiner Einheit von allen mit Spott begrüßt. Er war einer der wenigen Soldaten, die schon nach fünf Monaten den Dienst quittierten. In seiner Verbitterung darüber, nicht gebührend anerkannt zu werden, stieß er seine Mitmenschen vor den Kopf, und als Chase dreizehn war, ließ seine Mutter sich scheiden und nahm Chase' älteren Bruder mit. Chase hatte erklärt, dass er bei seinem Vater bleiben wollte.

Chase hatte immer an seinen Dad geglaubt und seine weltfremden Unternehmungen unterstützt, weil er das Gefühl hatte, dass sie eines Tages auf Gold stoßen würden. Zwar waren bis dahin alle Vorhaben gescheitert – beispielsweise lief das elektrische Mofa nie, und der tragbare Sumpf-Trockenleger war viel zu schwer, so dass man drei oder vier Männer brauchte, um ihn zu transportieren –, aber das hieß noch lange nicht, dass Chase die Bewunderung für einen Mann verloren hatte, der ihn immer in seine grandiosen Pläne einbezog. Selbst nachdem Chase geheiratet und seine eigene Familie gegründet hatte, verbrachte er viel Zeit mit seinem Vater und hörte ihm stundenlang zu. Helene verstand das nicht und sagte sich, dass die beiden nur eine ungewöhnlich enge Vater-Sohn-Beziehung hatten.

Chase hatte seinem Vater nicht geglaubt, als der ihm erzählt hatte, dass ihn ein Mittelsmann angeheuert hätte, eine Entführung durchzuziehen. Chase wandte ein, dass sein Vater keine Erfahrung in solchen Dingen habe. Dann fing sein Vater an, die Einzelheiten seines Vorhabens zu erläutern, und Chase war von der Unverfrorenheit und der Genialität des Plans begeistert. Mit den Erwartungen der Eltern zu spielen, die Kinder weit weg zu bringen, sich unerkannt durch den dichten Dschungel der Computernetzwerke zu schlängeln, unbekannte Mittelsmänner, die das Lösegeld forderten, einzusetzen, die gesamte Operation gewaltfrei durchzuziehen – das alles erschien ihm plötzlich möglich zu sein. Chase nahm sich einen Tag Bedenkzeit und beschloss dann, das Angebot seines Vaters anzunehmen und derjenige zu sein, der das eigentliche Kidnapping durchführte

Als Chase und Jennifer nach Hause kamen, ging er direkt zu dem Computer in dem kleinen Nähzimmer, in dem Helene normalerweise arbeitete, und begann die dritte und letzte

Botschaft an die Eltern vorzubereiten. Sie hatten entschieden, dass Chase sie von zu Hause aus losschicken sollte, damit er nicht noch einmal das Risiko eingehen musste, am Klinik-Computer erwischt zu werden. Die Verschlüsselung würde eine Identifizierung des Rechners verhindern – das hatte ihm sein Vater erklärt –, doch selbst wenn es den Cops gelingen sollte, ihn ausfindig zu machen, war die gesamte Prozedur so verschachtelt, dass es aussah, als hätte sich ein Hacker von außen Zugang zu Chase' Computer verschafft.

Sein Vater hatte dafür gesorgt, dass das Chiffrierungs-Protokoll nicht auf seinem Computer gefunden werden konnte, stattdessen hatte er die einzelnen Schritte in einem kleinen Notizbuch festgehalten. Chase hatte das Büchlein sorgfältig unter einem zweiten Boden in seiner Wäschekommode versteckt. Dies war eine ausgesprochen konservative Methode, wie er wusste. Zum Glück war Helene weder neugierig noch besonders argwöhnisch – sie würde nicht in einer Million Jahren in seinen Schubladen kramen. Doch selbst wenn sie das Buch finden würde, hätte er raffinierte Erklärungen parat. Helene hielt Chase für einen brillanten, perfekten Mann und liebevollen Vater und hinterfragte nie, was er sagte und tat.

Das Protokoll schrieb gewisse Zeitspannen zwischen den einzelnen Eingaben vor. Da die Nachricht über einige Server in verschiedenen Zeitzonen lief, war es unerlässlich, zwischen den Schritten zu warten. Chase kam bis zum letzten Punkt des Protokolls, zu der Maßnahme, die seine IP-Adresse unauffindbar machte. Sobald dieser Code, den auch die CIA benutzte, mit der Kette von Servern und der Client-Conversation verknüpft war, konnte praktisch kein Mensch mehr seinen Rechner als Glied in der Kette identifizieren. Während er diesen Teil ausführte, kam Jennifer ins Zimmer.

»Annabell ist verletzt«, sagte sie und hielt ihre Stoffpuppe hoch, um Chase den aufgerissenen Arm zu zeigen.

»Ich sehe mir das in einer Minute an, Jen.«

»Nein, jetzt.«

Sie ging auf Chase zu. Er dachte nur daran, dass sie den heiklen Vorgang stören könnte. Deshalb stand er auf und trug sie zurück in den Flur. »Bleib hier, Jen, ich komme gleich zu dir und helfe dir mit Annabell.«

»Jetzt.«

Chase ging zurück ins Nähzimmer. Jennifer folgte ihm und hielt ihm immer noch die Puppe hin. Chase schimpfte: »Geh raus, Jen. Sofort!«

Die Strenge überraschte sie, und sie brach in Tränen aus. Draußen schlug eine Autotür zu, und Jennifer begriff, dass Helene nach Hause kam. Sie lief weinend aus dem Zimmer und rief nach ihrer Mutter.

Chase' Herz raste. Helene war früh dran. Vielleicht konnte er die Tür zumachen, und sie fragte ihn nicht, was er machte. Aber Jennifer heulte, und das würde er erklären müssen. Hector war auch quengelig. Chase warf einen Blick auf den Bildschirm, um sich zu vergewissern, dass er alles fertig hatte, und holte tief Luft. Wie er es bei dem Klinik-Computer gemacht hatte, fing er an, bis zehn zu zählen, bevor er die Nachricht losschickte. Bei »sieben« hörte er Helenes Schritte vor der Tür, und er klickte hastig auf »senden«.

»Was ist mit Jen los?«, fragte Helene, als sie die Tür aufmachte.

Chase stellte sich vor den Computer-Monitor. »Nichts. Ich bin hier nur gerade beschäftigt, und sie wollte nicht warten. Kannst du mir noch eine Minute geben?«

»Klar.« Helene ging hinaus.

Chase wandte sich dem Computer wieder zu. Das Signal

für eine verschickte Nachricht blinkte, und Chase hatte das Gefühl, seine Arbeit getan zu haben. Es überraschte ihn selbst, dass er sich Zielperson 1, Sarah, vorstellte, wie sie über die Einfahrt zum Haus und in die Arme ihrer Eltern lief. Erst danach dachte er an das Geld, das er bald erhalten würde.

Er wollte gerade das Notizbuch zuklappen, als sein Blick auf ein Sternchen fiel. Es stand am Ende einer codierten Textzeile, die er bei seinem letzten Schritt eingegeben hatte. Aber er konnte sich nicht erinnern, auf die Taste mit dem Sternchen gedrückt zu haben. Er ging im Geist noch einmal alles durch, in der Hoffnung, dass er sich irrte. Nein, er hatte das Sternchen nicht eingetippt.

Chase starrte auf den Bildschirm. Was konnte er tun? War noch Zeit genug, die Nachricht zurückzurufen? Er sah sich auf der Site um und schaute in den virtuellen Papierkorb, dann blätterte er in dem Notizbuch. Er kam wieder zu dem Symbol für eine verschickte Nachricht, und sein Herz fing an zu rasen. Dad! Er musste mit seinem Vater sprechen. Er nahm sein Handy und fing an zu wählen. Er konzentrierte sich auf den Klingelton. Dann ertönte, als sich die Mailbox einschaltete, die Stimme seines Vaters knapp und bündig: »Hinterlassen Sie eine Nachricht«, und Chase flüsterte eindringlich: »Großes Problem, Dad. Ruf an, sobald du das abhörst.«

Seine Gedanken liefen auf Hochtouren. Er wusste, wie schnell Botschaften über die Welt flogen, selbst so stark codierte wie seine. Würden die vier restlichen Verschlüsselungsebenen genügen? Panik stieg vom Magen in seine Kehle auf. Könnte es etwas nützen, wenn er den Computer zerstörte? Helene! Was würde sie sagen, wenn er so was machte? Sollte er sie in die ganze Sache einweihen? Er war hin- und hergerissen zwischen der Gewissheit, dass alles trotz allem in Ordnung war, und der düsteren Erkenntnis, dass ihm das FBI bereits auf der Spur war. Nach ein paar Minuten reduzierte sich die Unsicherheit auf eine einzige Frage: Sollte er die Flucht ergreifen?

KAPITEL 17

Lena und David saßen an verschiedenen Computern, als die Mail eintraf. Lena war in Sarahs Zimmer und vertrieb sich die Zeit damit, in den Mails, die oft mit »Ich kann mir gar nicht vorstellen, was du durchmachst« oder »Sorry« begannen, zu stöbern, ohne sie richtig zu lesen. Als die mittlerweile bekannte E-Mail-Adresse auftauchte, schrie Lena laut, und David eilte herbei. Gleichzeitig klingelte das Telefon.

»Das ist von denen«, rief Lena. »Hol das Telefon.«

David warf einen kurzen Blick auf die Mail und sah die Worte »Eine Million …«

Lena las: »TELEGRAPHISCHE ÜBERWEISUNG VON EINER MILLION US-DOLLAR AUF UNTEN ANGEGEBENES KONTO, UND IHRE KINDER WERDEN UNVERZÜGLICH FREIGELASSEN.« Darauf folgten die Kontonummer und alle nötigen Bankdaten von einer Bank auf den Cayman Islands.

David kam zurück. »Es ist Martin. Er wollte sichergehen, dass wir die E-Mail erhalten haben.«

»Frag ihn, ob das bedeutet, dass jede Familie eine Million zahlen muss oder wir alle gemeinsam.«

David gab die Frage weiter. Martin glaubte, dass sie alle zusammen nur eine Million aufbringen mussten. David hörte ihm noch eine Weile zu, dann legte er auf.

»Sie holen uns in einer Stunde ab. Wir alle treffen uns mit einer Bundesstaatsanwältin im Hilton in Scarsdale.«

Lena hörte kaum, was er sagte. Die Buchstaben und Ziffern der E-Mail tanzten vor ihren Augen. Diese Lösegeldforderung wirkte nicht so gewaltsam wie aus Zeitungen ausgeschnittene und auf Papier geklebte Buchstaben, die man in Filmen sieht oder von anderen Entführungen kennt. Diese hier sah aus wie eine schlichte, geschäftsmäßige Nachricht. Lena war froh über die handfeste Forderung. Das war etwas Konkretes. Geld schicken, Sarah zurückbekommen. Für Lena war das so etwas wie ein physikalisches Gesetz. Sarah kam nach Hause. Sie konnte sie wieder anfassen, in die Arme nehmen.

David, der sich über Lena beugte, um zu lesen, funkelte den Bildschirm an. »Ich kapiere das nicht. Selbst wenn es im Ausland ist, man kann ein solches Konto nicht schützen. Wir schicken das Geld hin, und das FBI schnappt sich den Kerl, zu dem das Konto gehört. Denkst du, dass das hier real ist? Soll das ein Witz sein?«

Diese Möglichkeit hatte Lena noch gar nicht in Betracht gezogen. »Wir hätten nachher keine Besprechung, wenn das ein Witz wäre.«

»Ja, aber … vielleicht sollte ich Martin zurückrufen.«

»Nein, wir werden später alles erfahren.« Lena wünschte sich so sehr, dass dies die echte Lösegeldforderung war. Sie wollte ihre Vorfreude nicht durch den Verdacht, dass es nur ein Schwindel sein könnte, trüben – ein unerträglicher Gedanke.

Plötzlich verspürte sie Hunger. Ihr Körper brauchte Energie für das, was vor ihr lag. Sie ging in die Küche und suchte, fand aber nur ein Vollkornmüsli. Sie aß eine Schale davon. David trank ein Bier. Sie beide waren in der folgenden Stunde unruhig wie junge Katzen. Sie zogen Finanzberichte, Kontoauszüge, Hypothekenverträge hervor. Wenn Martin recht hatte, dass die Million von ihnen allen gefordert wurde, musste jede Familie nur zweihundertfünfzigtausend Dollar aufbringen. Nach ein paar Berechnungen entdeckten sie, dass sie so viel zusammenbekamen, wenn nicht sogar mehr, allerdings wussten sie nicht, in welchem Zeitraum.

Die Medienvertreter vor dem Scarsdale Hilton waren außer Rand und Band. Staatspolizisten regelten den Verkehr, und die Wagen mit den Eltern fuhren bis vor den Hoteleingang, als wären sie Teilnehmer eines internationalen Gipfeltreffens. David und Lena wurden in die Lobby geführt und zu den Aufzügen gebracht. Phil und Janet Rostenkowski warteten dort. Janet sah aus, als wäre sie in den letzten vierundzwanzig Stunden um zehn Jahre gealtert. Phil stand dicht neben ihr, aber er machte einen verlorenen Eindruck und schien so erschöpft zu sein, dass er David und Lena nur mit einem Nicken begrüßen konnte. Lena ging zu Janet und versuchte, sie in den Arm zu nehmen.

»Hi«, begann sie. »Wie geht es dir?«

Janet schüttelte den Kopf, brachte aber kein Wort heraus. Lena fragte sich, ob es richtig gewesen war, ihr Beruhigungsmittel zu verschreiben. Offensichtlich war sie irgendwie auf Droge; ihre Augen waren wässrig und unstet.

Als die Lifttüren aufglitten, stießen Mike und Po Williams zu ihnen. Mike war das genaue Gegenteil von Janet – energiegeladen und optimistisch. Lena vermutete, dass er genau wie sie auf die Lösegeldforderung reagiert haben musste. Niemand sagte etwas, als sie in den Aufzug traten, doch Lena spürte Mikes positive Präsenz und lächelte ihm zu. Er erwiderte das Lächeln.

Als sie im obersten Stockwerk ankamen, bedeutete ihnen ein uniformierter Polizist, dass sie nach links gehen sollten. Eine Doppeltür am Ende des Korridors öffnete sich zu einem gläsernen Bankettsaal. Vor den Fenstern sah man Baumwipfel und einen wolkenlosen Sonnenuntergang über Westchester County. Lena erinnerte sich, dass sie hier auf der Bar-Mizwa-Feier vom Sohn eines Kollegen gewesen war. Das Fest hatte ein Comic-Motto, und zum guten Schluss besprühten sich die Kinder gegenseitig mit diesem luftschlangenartigen Zeug, das aus Spraydosen kam.

Eine Frau, die aussah wie Anfang, Mitte vierzig, sich jedoch größte Mühe gab, zehn Jahre jünger auszusehen, löste sich aus der Gruppe, die einen hufeisenförmigen Tisch in der Mitte des Saales umringte, und kam auf sie zu. Sie hatte ihre Haare gefärbt, leicht glitzerndes Make-up aufgetragen und trug ein tief ausgeschnittenes Top unter einer Kostümjacke, die ihre eindrucksvollen Brüste noch betonte. »Hi, ich bin Lynn Witherspoon«, sagte sie und schüttelte Hände. Sie erwartete, dass alle wussten, wer sie war und welche Funktion sie hatte. »Bitte nehmen Sie Platz.« Sie wandte sich an die anderen. »Können wir jetzt anfangen?«

Lena hielt sie für eine Art Eventplanerin für diese Besprechung.

Doch als alle am Tisch saßen – die betroffenen Familien auf der einen Seite und Martin, Domingo, Newmark und einige Männer in Anzügen auf der anderen –, erhob sich Miss Witherspoon und sprach sie alle an: »Im Namen der Bundesstaatsanwaltschaft für den südlichen Distrikt von New York möchte ich Sie alle willkommen heißen. Es tut mir leid, dass wir uns unter diesen Umständen …«

»Entschuldigen Sie. Wer sind Sie?«, wollte Mike wissen.

Witherspoon schien wegen dieser Frage ein wenig beleidigt zu sein. »Ich bin stellvertretende Bundesanwältin und zuständig für diesen Fall. Ich dachte … Gut, kennt jetzt jeder jeden anderen?« Als alle schwiegen, machte sie die Runde um den Tisch und nannte die Namen aller Anwesenden. Der zwitschernde Tonfall in ihrer Stimme tat Lena in den Ohren weh.

»Eines möchte ich gleich vorausschicken«, begann sie. »Die bösen Jungs könnten mit ihrer letzten Nachricht einen Fehler gemacht haben. Ich kann Ihnen keine Einzelheiten sagen, aber unsere Computerspezialisten sagen mir, dass sie vermutlich schon bald gute Neuigkeiten haben werden.«

»Wir können verstehen, was die Computerspezialisten erklären«, warf David bissig ein.

»Davon bin ich überzeugt, aber darum geht es jetzt nicht.« Sie ließ sich nicht von ihrem Kurs abbringen. »Die Lösegeldforderung. Zuallererst geht das FBI, das mit Interpol zusammenarbeitet, davon aus, dass diese Nachricht denselben Ursprung hat wie die letzten zwei. Wenn also die beiden ersten authentisch waren – und wir haben keinen Grund, das anzuzweifeln angesichts des Videos, das durch dieses Verschlüsselungssystem gegangen war –, können wir annehmen, dass diese Mail ebenfalls echt ist. Das Bankkonto, von dem hier die Rede ist, gibt es wirklich, soviel können wir sagen. Allerdings wissen wir nicht, wem dieses Konto gehört. Konten dieses Typs unterliegen noch immer dem Bankgeheimnis. Wir sind noch nie einem solchen Arrangement bei einer Entführung begegnet, aber ehrlich gesagt, erstaunt mich das. Sobald das Geld auf diesem Konto eingegangen ist, verschwindet es vom Antlitz dieser Erde. Es …«

»Das stimmt nicht.« John schaute nicht auf, als er ihr ins Wort fiel. »Es gibt zwei Möglichkeiten, die Informationen herauszubekommen.«

Auf einen solchen Einwand war Witherspoon vorbereitet. »Das gilt für diplomatische Kanäle, Mr. Walker. Ich spreche hier von anderen Methoden. Wir dürfen uns auf nichts Illegales einlassen. Wenn die Sicherheit der vier Kinder davon abhinge, dass wir den Kontoinhaber ausfindig machen, könnten wir die extremen Methoden, die Sie vorschlagen, ins Auge fassen. Aber so weit wird es nicht kommen. Wir haben dieses Treffen organisiert, um darüber zu sprechen, dass das Lösegeld für immer verloren sein könnte, falls die Entscheidung gefällt würde, es zu bezahlen.«

»Bis Sie die Bastarde gefasst haben«, setzte Mike hinzu.

»Vielleicht, aber selbst dann können wir nicht sicher sagen, ob wir es zurückbekommen. Ich möchte nicht ins Detail gehen, aber wir bewegen uns hier in Grauzonen.«

Lena scherte sich nicht um Grauzonen oder verlorene Gelder. Sie verstand nicht, warum John die Vorgänge verzögerte und davon redete, wie man den Kontoinhaber ermitteln konnte. Sie wollte nur das Geld bezahlen und Sarah zurückhaben. Wieso sollte irgendjemand das verzögern wollen?

»Was das Lösegeld selbst angeht«, fuhr Witherspoon fort. »Wenn man die Bedingungen und Forderungen der Kidnapper gleich erfüllt, heißt das nicht notwendigerweise, dass die Chancen, die Entführungsopfer gesund zurückzubekommen, steigen – so viel hat uns die Erfahrung gelehrt. Deshalb rät das FBI davon ab, das Lösegeld zu bezahlen.«

Das überraschte die Eltern. Mike war der Erste, der sich von dem Schock erholte. »Was soll das heißen: ›Das FBI rät davon ab‹?«

»Das bedeutet, dass das FBI nicht bereit ist, bei Lösegeldzahlungen behilflich zu sein, bis alle anderen Möglichkeiten ausgeschöpft sind.«

Davids wütende Stimme erschreckte Lena. »Was für Möglichkeiten?«

»Wir wollen die Verbrecher fangen, Mr. Pyle. Hören Sie, ich weiß, wie das für Sie klingt. Das alles erscheint auf den ersten Blick wie eine einfache Gleichung. Sie bezahlen das

Geld und bekommen Ihre Kinder zurück. Aber Kidnapper halten sich nicht immer an die Regeln der Logik oder des Fair Play. Das größte Risiko für Entführer ist die Geldübergabe, und wenn sie dieses Problem umschifft haben und auf dem Weg wer weiß wohin sind, haben sie wenig Ansporn, auch ihren Teil des Handels zu erfüllen.«

»Aber das müssen sie!« Janets gequälter Schrei unterbrach Witherspoons ruhigen Tonfall.

»Nein, und genau das ist der springende Punkt. Wenn erst einmal die Geldübergabe stattgefunden hat, dann sind sie zu gar nichts mehr verpflichtet.«

»Und was, zum Teufel, ist die Alternative?« Mikes Gesicht war inzwischen rot angelaufen.

»Ehe ich das beantworte, möchte ich Agent Domingo bitten, Ihnen von den neuesten Ermittlungen zu berichten.«

Domingo erhob sich und rieb sich die Hände, bevor er das Wort ergriff. »Folgendes ist geschehen: Die Entführer haben bei der Übermittlung ihrer Nachricht von heute Nachmittag eine Lücke im Verschlüsselungssystem gelassen – eine Hintertür, die auf eine Spur zum Original-Rechner führen kann. Ich kenne mich mit den technischen Feinheiten nicht so aus, aber die Experten sind dabei, diesen Computer ausfindig zu machen. Sobald das geklärt ist, können wir unter Einbeziehung anderer Informationen weiterermitteln. Wie Sie wissen, haben wir die Perücke, die J.D. unserer Ansicht nach getragen hatte. Wir glauben, dass sie in einem Laden gekauft wurde, der nur dreißig Meilen von der Stelle, wo der Van gestohlen wurde, entfernt ist. Die Farbe, mit der das Camp-Logo auf die Seitentür gemalt wurde, gehört zu einer Lieferung, die wir zum Teil schon lokalisiert haben. Wir hoffen, dass diese und noch andere Informationen ein Gesamtbild ergeben, das uns letzten Endes zu einem Verdächtigen führt.«

Diese vagen Angaben ärgerten Lena. Domingo schien von den harten Fakten, die Lenas Meinung nach im Spiel waren, abzuschweifen. »Was heißt ›letzten Endes‹?«, fragte sie gereizt. »Können Sie das genauer ausdrücken?«

»Nein, das können wir nicht. Aber ich kann Ihnen sagen, dass wir hier von Tagen, nicht von Wochen sprechen.«

»Von Tagen?« David spuckte das Wort förmlich aus. »Wie wär's mit Stunden? Wir haben die Vierundzwanzig-Stunden-Frist bereits überschritten. Sagt das FBI nicht, dass die Chancen, eine Entführung aufzuklären, nach dieser Zeitspanne sehr viel schlechter stehen? Sind wir nicht …«

»Ehrlich gesagt, diese Vierundzwanzig-Stunden-Theorie ist nur was für Fernsehkrimis. Sie sprechen davon, um die Handlung spannender zu machen. Ja, der erste Tag ist wichtig, doch manche Opfer konnten wir auch Wochen oder Monate nach der Entführung noch retten.«

Lenas Herz klopfte heftig. Sie konnte sich keine weitere Nacht vorstellen, ohne wenigstens zu wissen, wo Sarah war. Sie hatte damit gerechnet, bei dieser Besprechung ein paar Papiere zu unterschreiben, um ein Darlehen aufzunehmen oder das Geld irgendwie anders zusammenzukratzen, dann die Überweisung zu tätigen und Pläne zu schmieden, Sarah irgendwo abzuholen, wenn sie freigelassen wurde. Und jetzt redete dieser Agent von Wochen oder Monaten! Sie wusste, dass sie das niemals durchstehen würde.

John Walker konnte seinen Zorn kaum im Zaum halten. »Wollen Sie beide damit sagen, dass wir warten sollen, bis das FBI den Computer findet, von dem aus die Mails verschickt wurden, bevor wir das Lösegeld bezahlen?«

»Im Großen und Ganzen – ja«, antwortete Witherspoon und trommelte mit den Fingernägeln auf die Tischplatte, als müsste sie gleich in die nächste Besprechung eilen.

»Nun, meine Frau und ich machen da nicht mit.« John schaute in die Runde. »Einen Computer zu finden ist nicht dasselbe, wie einen Verdächtigen aufzuspüren – heutzutage nicht mehr. Verdammt, ich selbst kann mich in einen anderen Computer hacken. Sie finden den Computer, und der Besitzer – eine alte Oma oder ein Zehnjähriger – hat keine Ahnung von einer Lösegeldforderung, weil sich die cleveren Kidnapper von außerhalb Zugang zu ihrem PC verschafft haben. Und wenn Sie einen Verdächtigen haben, wer sagt Ihnen dann, dass Sie die Kinder finden?«

»Geld telegraphisch auf die Cayman Islands zu überweisen bringt uns den Kindern auch nicht näher, Mr. Walker«, erwiderte Witherspoon – diese Aufsässigkeit passte ihr gar nicht. »Wenn wir keine soliden Spuren auftun, nichts über die Entführer herausfinden, weder ihren Standort noch die IP-Adresse ermitteln können, gestatten wir Ihnen vielleicht, das Lösegeld zu bezahlen. Aber unter diesen Umständen …«

»Einen Moment.« Die Blicke aller richteten sich auf Po Williams. Sie beugte sich vor; die dunklen Augen funkelten, als sie ihre Frage stellte. »Was meinen Sie mit ›gestatten‹? Diese Nachricht wurde an mich, an uns geschickt. Wenn wir beschließen, das Lösegeld zu überweisen, wie wollen Sie uns davon abhalten?« Sie musste nicht mit der Faust auf den Tisch hauen, um die Kraft ihrer Wut spürbar zu machen.

»Wir haben Mittel, unsere Taktik durchzusetzen, allerdings hoffen wir, dass es nicht so weit kommt.« Lynn Witherspoon ließ sich nicht aus der Ruhe bringen.

»Was für Mittel?« Diese Frage stellten zwei, drei der Anwesenden gleichzeitig.

»Es gibt die Anklage der Erpressung und der Mittäterschaft bei einer Erpressung.«

John Walker hielt sich nicht zurück und schlug mit der

Faust auf den Tisch. »Dann wollen Sie uns also wegen Mittäterschaft anklagen, wenn wir das Lösegeld bezahlen?«

»Nein, wir hoffen, dass es nicht dazu kommt. Hören Sie – Sie alle haben zum ersten Mal etwas mit Kidnapping zu tun. Wir hingegen können auf jahrzehntelange Erfahrung bauen. Wir bitten Sie dringend, jenen zu vertrauen, die so etwas schon mehrfach erlebt haben.«

»Wem von Ihnen wurde ein Kind genommen?« Mikes normalerweise so offenes Gesicht war verkniffen.

Witherspoon hatte darauf eine Antwort parat. »Das ist genau der Punkt, Mr. Williams. Keiner von uns gehört zu dieser Kategorie. Auf unseren Schultern lastet nicht dieses schreckliche emotionale Gewicht. Auf Ihren schon. Und die Liebe zu Ihren Kindern führt vielleicht in Fällen wie diesem nicht immer zu Entscheidungen, die am besten für die Kinder sind. Deshalb müssen Sie Profis vertrauen, die sachlich das Ziel verfolgen, Ihre Kinder gesund zurückzuholen.«

Mit einem Mal wollte sich Lena nicht mehr mit Witherspoon, Domingo und ihren Kollegen umgeben. »Können wir eine Pause machen, damit wir Eltern uns untereinander beraten können?«, fragte sie.

»Natürlich. Wir haben sogar einen eigenen Raum für Sie herrichten lassen. Soviel ich weiß, steht dort auch ein leichtes Abendessen bereit.« Lynn Witherspoon sah einen Pagen an, der daraufhin nickte.

Lena hatte das Gefühl, dass Witherspoon und die Cops auf die ärgerlichen Reaktionen vorbereitet und den Eltern um zwei, drei Schritte voraus waren. Als sie alle aufstanden, sah David seine Frau an; sein Blick übermittelte ihr eine Frage. Stehen wir in dieser Sache auf derselben Seite? Lena antwortete, indem sie sich den Hals rieb.

»Die Citibank hat sich bereit erklärt, jeden geforderten Betrag zu null Prozent Zinsen zur Verfügung zu stellen«, begann John, als alle Eltern um die Platten mit belegten Brötchen herumstanden.

»Auch dann können wir es uns nicht leisten«, sagte Phil ruhig. »Wir sind Lehrer. Wir kommen gerade so zurecht, und wir müssen immer noch Arztrechnungen bezahlen. Ich weiß nicht, wie wir uns zweihundertfünfzigtausend Dollar borgen könnten. Keine Ahnung, was wir tun werden.«

»Hören Sie«, begann John. »In diesem Punkt können Sie mir vertrauen. Es gibt Wege, das Geld zurückzubekommen. Miss Witherspoon ist in diesem Punkt ziemlich konservativ.«

»Ich weiß nicht recht«, sagte Janet. »Das ist eine Menge Geld.«

Lena wurde übel, als sie das hörte. Sie konnte nicht fassen, wie Janet immer noch das Geld über alles andere stellen konnte.

Mike kratzte sich am Kopf und fuhr mit den Fingern durch sein dichtes Haar. »Ich habe nicht das geringste Vertrauen zum FBI, aber ich möchte sichergehen, dass wir das Richtige tun. Ich möchte Tommy mit jeder Faser meines Sein zurückhaben, allerdings gehen Wünsche und Logik nicht immer Hand in Hand.«

»Wir werden nicht wochenlang warten«, erklärte David und sah Lena nicht einmal an dabei.

»Ich auch nicht«, bekräftigte Mike. »Doch im Zeitalter von Computern geht alles sehr schnell. Wer weiß, was uns die nächsten paar Stunden bringen?«

»Eine telegraphische Überweisung dauert länger als ein paar Stunden«, sagte John. »Möglicherweise wissen das die Kidnapper nicht und werden nervös.«

Der Gedanke, dass die Entführer unruhig werden könnten,

jagte allen Angst ein. Das Letzte, was irgendeiner von ihnen wollte, war, dass die Entführer durchdrehten oder sich zu einem fatalen Fehler mit den Kindern hinreißen ließen.

Janet rührte in ihrer Kaffeetasse. »Wir haben dieses Geld nicht, daher weiß ich nicht, was ich sagen soll. Aber ich wünschte wirklich, wir könnten das so schnell wie möglich hinter uns bringen.«

Lena fand es seltsam, dass Janet ihre Verwirrung abgelegt hatte und klar sprach, während ihre Gedanken immer konfuser wurden. Sie forderte die Gruppe praktisch auf, schnell zu zahlen, machte aber gleichzeitig deutlich, dass sie selbst das Geld nicht hatte. Aber wenn Lena genauer nachdachte, musste sie zugeben, dass ein solches Verhalten typisch für Phil und Janet war. Lena spürte Davids Blick und sah zu ihm. Wahrscheinlich dachte er dasselbe wie sie; die ganze Diskussion schien seine Geduld jedoch auf eine harte Probe zu stellen.

John zog ihre Aufmerksamkeit auf sich. »Ich glaube, es ist an der Zeit, über die Logistik zu sprechen. Erstens über das Geld, dann über den Transfer. Das Geld – wie viel haben wir?«

Po bat Mike stillschweigend um sein Einverständnis, dann sagte sie: »Wir sind bereit, unser Viertel des Lösegeldes und die Hälfte des Anteils der Rostenkowskis zu bezahlen.« Phil und Janet senkten die Blicke, legten aber keinen Protest ein. »Das heißt, falls sie es wollen«, fügte Po hinzu.

»Danke«, sagte Janet leise. »Wir werden es brauchen.«

»Ich denke, wir können die andere Hälfte und unseren Anteil übernehmen«, sagte John.

Die Gruppe wartete auf Lena und David. David schürzte die Lippen. Er wusste nicht, was er sagen sollte, aber Lena wusste es: »Das gefällt mir nicht. Ich weiß, dass es Unterschiede gibt und dass einige von uns mehr Geld haben als andere. Aber wenn es um unsere Kinder geht, sind wir alle gleich. Hier geht es nicht ums Geld oder darum, wer sich verschuldet. Es geht darum, dass wir etwas tun, um unsere Kinder zurückzubekommen. Ich denke, wir sollten alle dieselbe Bürde schultern, selbst wenn es einigen schwerer fällt als anderen.«

Janet sah Lena erstaunt an, als fühlte sie sich hintergangen. Phil schüttelte kaum merklich den Kopf. Die anderen schwiegen, Lena beharrte auf ihrem Standpunkt. Sie hatte sich das alles nicht zurechtgelegt, sondern frei von der Leber weg geredet.

Sheila Walker, die vielleicht solche Situationen kannte, fand einen Weg aus dem Dilemma. Sie schaute ihren Mann an. »Können wir die Rückgabe des Geldes garantieren?«

John überlegte eine kleine Weile. »Garantieren? Nicht, wenn wir keine Unterstützung vom FBI bekommen und vom Justizministerium und …«

»Davon rede ich nicht. Können wir beide, du und ich, die Rückgabe garantieren?« Sheila zeigte überraschend Rückgrat, wenn sie musste.

»Ich denke. Im Laufe der Zeit.«

»Gut. Wir übernehmen alle dieselbe finanzielle Verantwortung. John wird alles in seiner Macht Stehende tun, um das Geld zurückzubekommen. Und für den Fall, dass ihm das nicht gelingt, bieten wir Ihnen allen eine Versicherungspolice an. Sind damit alle einverstanden?«

Niemand beantwortete Sheilas Frage direkt, aber es bestand ein stillschweigendes Einverständnis. Janet und Phil blieb gar nichts anderes übrig, als das Angebot eines zinslosen Kredits, der von anderen zurückgezahlt wurde, anzunehmen. Mike trieb die Dinge mit der Frage nach der Überweisung an. John erklärte die Einzelheiten, und sie kamen alle überein, dass sie den Vorgang am folgenden Tag zu Mittag anstoßen wollten. John hatte bereits alles bei seiner Bank arrangiert und verteilte Informationen über eine mögliche Anleihe und das Konto, von dem aus der Transfer eingeleitet werden würde.

»Ist das rechtlich alles einwandfrei?«, fragte David, nachdem er das Papier überflogen hatte.

»Zum Teufel damit«, schrie Mike fast. »Die Witherspoon will den Opfern einer Entführung Mittäterschaft bei einer Erpressung zur Last legen, aber wenn die Presse davon Wind bekommt, wird sie ein dickes Problem haben. Ich schlage vor, wir gehen jetzt da hinüber und eröffnen ihnen, was wir tun werden.«

Genau das taten sie, ohne zu merken, dass ihr Plan, die Überweisung auf den nächsten Tag zu verschieben, genau das war, worauf Lynn Witherspoon gehofft hatte. Sie hatte die Gruppe sehr geschickt manipuliert.

Lena begriff das erst, als sie zusammen mit den anderen Eltern eine Stunde später hinter Lynn Witherspoon vor dem Hotel stand. Die Staatsanwältin präsentierte sich den Kameras und wich allen Fragen nach dem Stand der Ermittlungen und einer möglichen Lösegeldzahlung aus. Ihr zuzusehen, wie sie die aufdringlichen Presseleute zurechtstutzte und dazu brachte, sich mit den mageren Informationen, die sie ihnen bot, zufriedenzugeben, erinnerte Lena daran, dass sie auf der Fahrt zu dieser Besprechung fest vorgehabt hatte, das Lösegeld sofort loszuschicken – und jetzt hatte sie zugestimmt, die Überweisung um fast sechzehn Stunden zu verschieben.

Sechzehn Stunden. Elf oder zwölf davon fallen in die Nacht. Was wird Sarah in diesen sechzehn Stunden zustoßen? Ist sie an einem Ort, an dem sie den Unterschied zwischen Tag und Nacht wahrnehmen kann? Was bekommt sie zu essen? Friert sie? Hat sie geweint? Was kann ich für sie tun? Der Wirbel der Pressekonferenz, die Worte, die klickenden Kameras, die Lichter traten in den Hintergrund. Angst schnürte Lena die Kehle zu. Sie streckte die Hand nach Davids Arm aus und krallte die Finger in sein Hemd. Er drehte sich zu ihr, aber sie sah ihn nicht an. Sie musste die Pressekonferenz, die Heimfahrt, die lange Nacht irgendwie durchstehen. Benommenheit und Übelkeit machten ihr zu schaffen. Sie wollte ihrer Angst nicht nachgeben, aber sie schien auf einen Zusammenbruch zuzudriften. Sie betrachtete die anderen Eltern, die hinter Lynn Witherspoon standen. Po hatte sich bei Mike untergehakt und machte einen gefassten Eindruck. Der Groll, den Mike vorhin gezeigt hatte, war verschwunden. Janet hing an Witherspoons Lippen und erschien eigenartig zufrieden mit der Entwicklung zu sein. John hatte seine normalerweise majestätische Haltung aufgegeben; offenbar war er sich bewusst, dass die Kameras auch auf ihn gerichtet waren. Niemand schien sich über die Verschiebung und den Medientumult so aufzuregen wie Lena. Wieder stieg eine Woge der Übelkeit in ihr hoch, und sie bekämpfte sie, indem sie fester an Davids Ärmel zog.

Lenas Zupfen riss David aus seinen Gedanken. Er fühlte sich, als hätte er gerade ein Geschäft abgeschlossen, das er nicht richtig verstand. John hatte sie alle zu einem komplizierten Banktransfer angetrieben und ihnen versichert, dass sie ihr Geld zurückbekommen würden. David wusste aus seiner Zeit als Investmentbanker noch genug, um sagen zu können, dass solche Garantien oft nur hauchdünn waren. Wieso drängte John so? Wie kam es, dass die Kidnapper eine Methode für die Lösegeldübergabe ausgewählt hatten, die perfekt in Johns Berufswelt spielte? Falls dies ein Detektiv-Spiel wäre, dachte David, hätte ich John längst als Verdächtigen eingekreist.

David sah, dass eine Fernsehkamera über die Eltern der Entführungsopfer schwenkte, und fragte sich, ob diese Aufnahmen gezeigt wurden und, wenn John ins Bild kam, anhielten, während ein Sprecher die üble Geschichte eines Bankers erzählte, der aus verdrehten Motiven sein eigenes Kind entführt hatte.

KAPITEL 18

Der Schock nach Mr. Everetts Tod hielt die Kinder für den Rest des Nachmittags fest im Griff. Sie fanden ein paar Sandwichs in der Kühltasche, aber als sie hinausgingen, um sich zum Essen wieder auf die Felsen zu setzen, hatte niemand so rechten Appetit. Linda steckte ihr Brot nach nur einem Bissen zurück in die Tüte und deponierte es in einer Felsspalte, weil sie es später vielleicht noch essen wollte. Stechmücken machten sich über die schwitzenden Kinder her. Und während sie ihre Brote aßen und sich unterhielten, schlugen die Kinder nach den beißenden Plagegeistern.

Sie redeten sich ein, dass Mr. Everett vielleicht doch nicht richtig tot war. Franklin schlug vor, dass sie alle zum See gehen und nachsehen sollten, und sie brachen mit frisch erwachtem Optimismus auf.

Mr. Everett hatte sich, seit sie ihn hiergelassen hatten, nicht einen Zentimeter bewegt. Franklin wurde auserkoren, ihn aus der Nähe in Augenschein zu nehmen. Der Junge blieb etwa anderthalb Meter vor dem mittlerweile bläulich verfärbten Kopf stehen. Er beugte sich vor und schirmte die Augen gegen die untergehende Sonne ab

Plötzlich flog eine schwarz glänzende Krähe mit enormer Flügelspannweite von einem Baum auf und stürzte sich auf den Leichnam herab. Franklin taumelte rückwärts und fiel vom Steg ins flache, morastige Wasser. Die anderen eilten ihm kreischend zu Hilfe. Franklin kletterte linkisch zurück auf den Steg und lief weg von Mr. Everett. Seine Hosenbeine waren mit Schlamm bedeckt, und aus den Schuhen schwappte bei jedem Schritt Wasser.

Die Kinder machten sich eilends auf den Weg zurück zur Hütte. Als sie ankamen, war der Schlamm auf Franklins Hose schon ein wenig angetrocknet. Nach und nach dämmerte ihnen, dass sie jetzt auf sich allein gestellt waren.

Sarah fand als Erste die Sprache wieder. »Wir müssen weg von hier und Hilfe holen.«

Immer noch hatten sie das Gefühl, dass Mr. Everett von den Toten auferstehen würde, und sie schickten Tommy vor die Tür, damit er dort Wache stand, während Franklin Mr. Everetts Laptop aus dem Rucksack holte und einschaltete. Der Bildschirm wurde hell, und das System baute sich auf, aber dann wurde nach dem Passwort gefragt. Sie versuchten es mit Namen, die so ähnlich klangen wie Mr. Everett, und Buchstabenkombinationen – erfolglos. Während sie überlegten, was sie tun sollten, rief Tommy von draußen. Franklin schlug den Laptop zu und schob ihn zurück in den Rucksack, dann liefen sie alle hinaus.

»Seht mal«, sagte Tommy und deutete mit dem Finger. »Die Büsche da drüben haben sich bewegt.«

Sie alle schauten in die Richtung und sahen, dass sich die Büsche tatsächlich bewegten, und sie hörten Äste knacken. Ein Reh tauchte auf. Linda, die nicht wusste, was für ein Tier das war, schnappte nach Luft. Bei dem Geräusch hob das Reh den Kopf und starrte die Kinder an. Es blieb lange reglos stehen – genau wie die Kinder. Dann erschreckte es die vier, als es unvermittelt zurück in den Wald sprang.

Sie setzten sich auf die Felsen vor der Hütte, bis Franklin einfiel, dass er in der Hast vergessen hatte, den Laptop auszuschalten. Er ging, um das nachzuholen. Und als er den Laptop erneut in den Rucksack schob, fand er ein Notizbuch in einer anderen Seitentasche. Franklin nahm es mit zu den Felsen, damit sie es sich gemeinsam anschauen konnten.

Die meisten Seiten waren mit Telefonnummern und Adressen vollgeschrieben. Sie fanden Informationen über den SUV, in den sie umgestiegen waren, und so etwas wie Tagebucheinträge mit eigenartig rätselhaften Sätzen wie: »Die Zeit ist gekommen, aber die Uhr ist kaputt.« Und es gab einige Seiten, die offenbar in einem Code verfasst waren – sinnlose Worte in einer Art Geheimschrift. Sarah erklärte, dass sie einmal ein Buch gelesen hatte, in dem die Worte auch so verschlüsselt gewesen waren und man nur herausfinden musste, welche Zeichen für welche Buchstaben im richtigen Alphabet stand. Sie rätselten herum, hatten aber auch nach einer Viertelstunde noch keine Formel gefunden.

Als das Sonnenlicht einen leichten Schleier in die Bäume wob, die die Lichtung umstanden, und die Luft kühler wurde, überlegten die Kinder, welche Möglichkeiten sie hatten.

Sarah meinte erneut: »Wir müssen einen Weg finden, von hier wegzukommen, und zu der Stelle gehen, wo wir die Masken aufsetzen mussten. Dann brauchen wir nur noch der Straße zu folgen.«

»Es gibt jede Menge Wege hier im Wald«, gab Franklin zu bedenken. »Wir werden uns verirren.«

»Ich möchte mich nicht verirren«, jammerte Linda. »Ich finde, wir sollten hier bleiben, bis sie uns finden.«

»Wer soll uns finden?«, fragte Sarah, und dieser ernüchternde Gedanke machte ihnen allen Angst.

Tommy sagte in ihr Schweigen hinein: »Ich habe einen Socken auf den Weg geworfen, als wir Rast gemacht haben, damit ich auf dem Rückweg weiß, ob wir richtig sind.

»Nur einen Socken?«, fragte Sarah, und als Tommy nickte, begriffen die anderen, dass ihnen ein Socken nicht viel nützte.

Franklin nahm das Notizbuch wieder in die Hand und studierte den codierten Text. Eine Wolke von Insekten flog an ihnen vorbei. Die Dämmerung senkte sich über die Lichtung. Linda verkündete, dass sie in die Hütte zurückwollte und dass sie Angst hatte.

Sarah wies sie zurecht. »Sprich das nie aus, selbst wenn es so ist. Sag das nie wieder. Keiner von uns sollte das. Es macht uns nur noch mehr Angst.«

»Aber ich kann doch nichts dafür – ich habe nun mal Angst.«

»Wir haben alle Angst.« Sarah sah die Jungs an. Sie waren nicht geneigt, das einzugestehen, aber ihre Gesichter sprachen Bände. »Siehst du? Lasst uns lieber überlegen, wie wir zurückkommen.«

»Einfach losgehen können wir jedenfalls nicht.« Linda versuchte, sich nach Sarahs Rüge wieder zu behaupten. »Wir wissen nicht, welchen Weg wir einschlagen sollen. Und hier draußen gibt es Bären. Ihr habt gehört, was Mr. Everett gesagt hat.«

Weder Sarah noch die Jungs hatten eine Antwort darauf. Aber während Sarah ihrer Freundin im Stillen zustimmte, haderte sie mit der Aussicht, dass sie selbst gar nichts tun konnten. Sie stapfte zum Rand der Lichtung, zum einen, um nachzudenken, zum anderen, um den anderen zu zeigen, dass sie sich nicht so wie Linda vor dem Wald und der Wildnis fürchtete.

Die Zikaden stimmten ihr Lied an, als wollten sie eine Klangmauer bilden, um Sarahs Mut auf die Probe zu stellen. Sarah machte nicht sofort kehrt, und für die anderen Kinder schien es, als hätte der Lärm sie verschluckt. Doch dann mischte sich ein tiefes fernes Brummen in den Zikadengesang. Sarah kam zurück und deutete mit dem Finger zum

Himmel. Sie alle sahen auf und beobachteten, wie ein silbrig glitzerndes Verkehrsflugzeug einen schneeweißen Kondensstreifen hinter sich herzog. Es fiel schwer, das Brummen mit diesem kleinen Flieger in Verbindung zu bringen. Als wäre die Maschine einzigartig auf der Welt, sahen sie ihr nach, bis sie in dem rötlichen Dunst am westlichen Himmel verschwand. Sie alle hätten liebend gern in dem Flugzeug gesessen. Doch stattdessen gingen sie in die Hütte wie Gefangene, die nach dem Hofgang in ihre Zellen zurückkehrten. Sie schlossen die Tür, um die Dunkelheit auszusperren, die sich über die Lichtung senkte. Linda fühlte sich in den vier Wänden sicherer. An das Sandwich, das sie in die Felsspalte gesteckt hatte, dachte sie gar nicht mehr.

KAPITEL 19

Stunden waren vergangen, seit sie von der Besprechung zurückgekommen war. Lena war in diesen Stunden durchs Haus gewandert, hatte E-Mails gecheckt, den Fernseher immer wieder an- und ausgeschaltet und tausendmal auf die Uhr geschaut wie ein zum Tode Verurteilter in seinen letzten Stunden.

Als ihr Vater anrief und gestand, dass er mit ihr sprechen wollte, nur um nicht wahnsinnig zu werden, hatte Lena vollstes Verständnis für ihn. Er erzählte, dass er unfähig sei, sich zu bewegen oder zu schlafen. Lenas Mutter und Schwester hatten sich noch nicht entschieden, ob sie nach Amerika fliegen sollten. »Und ich habe noch nicht ausgeklügelt, wie ich die Reise antreten soll.« Lena versicherte ihm, dass er überhaupt nichts tun konnte, dass das FBI in Aussicht gestellt hatte, den Computer, von dem die Lösegeldforderung abgeschickt worden war, ausfindig machen zu können. Das war derzeit die einzige vielversprechende Spur.

»Ich muss immer wieder an damals denken, als deine Mutter und ich Sarah für ein paar Minuten in Stockholm aus den Augen verloren hatten. Sie hat das gut überstanden, wir hingegen waren nervliche Wracks.«

Lena hatte den Geruch von Schweden im Sommer in der Nase, von den langen hellen Nächten im Juni und Juli. Sie sah Sarah in ihrem Schlafanzug und mit der Schlafmaske, die ihr die Großmutter gegeben hatte, in der Hand im Garten ihrer Eltern. Sarah kicherte, während sie im Garten herumtobte. Lena hatte es immer gehasst, eine Schlafmaske zu tragen, und sie bemühte sich, den Spaß, den Sarah am Unbekannten und Neuen hatte, nachzuempfinden.

Lena erkundigte sich nach ihrer Schwester. Sylvie hatte eine E-Mail geschickt, aber nicht angerufen. Dafür war Lena dankbar. Sylvie würde ihr auf die eine oder andere Art Schuldgefühle wegen der Entführung einreden.

»Sie ist beruflich in Madrid, glaube ich. Sie denkt an dich, Lena – auf ihre eigene Art.«

Nach dem Telefonat mit ihrem Vater war sie noch nervöser. David schlug vor, Scrabble zu spielen – eine absurde Idee, wie Lena fand. Die Zeiger der Uhr bewegten sich kaum. David fragte Lena, ob sie Hunger hatte, und sie entschied, dass Kochen sie wenigstens für einige Zeit ablenken würde.

Sie machte ein Omelett, aß einen Bissen und warf den Rest in den Abfalleimer. David bot ihr Wein an, und sie beschloss, sich zu einem Glas zu zwingen. Es war ein Rotwein, den sie und David besonders mochten, aber im Mund fühlte er sich an wie ein sandiger Socken. Dennoch nahm sie noch einen Schluck, weil der Alkohol sie wärmte und ihre Nerven beruhigte.

»Lass uns ins Bett gehen«, sagte David, als er ihr ein zweites Glas einschenkte.

Lena warf ihm einen kurzen Blick zu, um zu sehen, ob das eine Einladung gewesen war. Aber er gab ihr wortlos zu verstehen, dass er lediglich meinte, was er gesagt hatte – nicht mehr. Lena sehnte sich danach, sich in ihr Bett zu kuscheln und Davids Körper neben sich zu spüren, aber die nagenden Schuldgefühle, wenn sie diesen Luxus genießen würde, solange Sarah ganz allein war und in Gefahr schwebte, hielten sie davon ab, Davids Vorschlag anzunehmen. Sie trank von ihrem Wein.

Fünfzehn Minuten später war sie ruhig genug, um sich auszuziehen und ins Bett zu kriechen. David machte seinen Rundgang durchs Haus, um die Türen abzusperren und die Fenster zu schließen. Lena hörte die Stimmen der Journalisten und Reporter, die immer noch auf der Straße herumlungerten. Sie machte die Augen zu.

Eine Bewegung im Zimmer erschreckte sie, und sie riss die Augen auf. David stand vor dem Schrank und zog sich bis auf die Boxershorts aus. Er merkte, dass er Lena gestört hatte. »Tut mir leid, ich dachte, du schläfst schon.«

»Nein, ich hatte nur die Augen zu.«

David streifte auch die Shorts ab und stand splitternackt vor dem Bett. Sein Körper war lang und dünn und immer noch gut in Schuss. Als er die Bettdecke zurückschlug, fiel Licht auf seinen Penis. Der Anblick erregte sie nicht, aber sie konnte sich vorstellen, ihn in den Mund zu nehmen. David schaute auf sie herab und berührte seinen Penis. Die Normalität dieser Geste zog Lena zu ihm hin, während er Abstand hielt, als er sich neben sie legte. Dann berührte er leicht ihre Schulter und küsste sie auf die Wange. Das ist genug, dachte sie.

Mike und Po Williams liebten sich wie so oft, wenn sie nicht von Verlangen oder Leidenschaft durchdrungen waren, aber trotzdem zusammen sein wollten. Po sprach Spanisch, weil sie wusste, dass Mike nicht alles verstand, was sie sagte, dafür würde er ihre Empfindungen spüren, wann immer sie das Wort »manito« benutzte. Das war der liebevolle Kosename, den sie ihrem Sohn gegeben hatte. Mike küsste Pos kleine Brüste und streichelte sie beruhigend mit den Händen, bis seine Erektion ganz verschwand und er sich auf die Seite rollte. Po legte den Kopf auf seinen Arm und konnte die Tränen nicht mehr zurückhalten. Mike strich ihr die Haare aus der Stirn.

Minuten danach fiel Mike ein, dass heute der Vierundzwanzigste war und er Mets-Tickets für den Abend hatte. Diese Eintrittskarten hatte er nur Tommy zuliebe gekauft – er hatte nicht daran gedacht, dass Tommy an diesem Tag schon im Ferienlager sein würde.

»Wohin willst du?«, stellte Janet ihren Sohn Paul zur Rede, der mit Kopfhörern auf den Ohren das Haus verlassen wollte.

Er drehte sich zu ihr um. »Kann ich nicht rausgehen?«

»Selbstverständlich nicht. Was sollen die Leute denken?«

»Denken? Ich gehe nicht auf eine Party. Ich will nur ein paar Freunde treffen.«

»Das ist noch schlimmer.« Janet wandte sich ab.

»Was ist daran schlimmer?«

Janet wirbelte herum und kam drohend einen Schritt auf ihn zu. »Du bleibst im Haus, bis diese Sache vorbei ist.«

»Was?«

»Du hast mich gehört. Zeig ein wenig Respekt vor uns.«

»Vor euch? Und was ist mit mir? Ich habe Linda nicht entführt. Ich bin hier nicht der Verbrecher. Lieber Gott!«

»Missbrauche nicht den Namen des Herrn. Du bleibst im Haus. Verstanden?«

»Und was, wenn diese Geschichte Jahre dauert? Was, wenn sie nie gefunden wird? Muss ich dann für immer im Haus bleiben?«

Janet schürzte die Lippen und kämpfte gegen die Tränen an. »Sie werden sie finden. Bald.« Es gelang ihr nicht, dem Blick ihres Sohnes standzuhalten, deshalb machte sie kehrt und ging davon.

John Walker legte den Telefonhörer weg, stand auf und blieb lange stehen. Sheila, die am Computer in ihrem Arbeitszimmer saß, sah zu ihm. »Wer war das am Telefon?«, frage sie.

John schien mit den Gedanken woanders zu sein. »Marshall, äh, Rogovin. Chef der Citibank IT Security.«

»Was hat er gesagt?«

»Er meinte, er wäre an dem Fall dran. Ich habe ihn autorisiert, sich damit zu befassen. Die FBI-Computer können nicht all das, was unsere können. Es geht um Technik. Es geht um elektronische Fingerabdrücke und …«

»John.« Sheila drehte sich zu ihm. »Ist alles in Ordnung?«

»Ja. Aber mir ist gerade etwas klar geworden.«

»Was?«

»Ich bin mit einem Makel behaftet.«

»Mit einem Makel? Hat das dieser Typ gesagt?«

»Nein, aber ich habe es von der anderen Seite gesehen. Du weißt, wie paranoid die Herrn in der Chefetage sein können, wenn es um ihre Sicherheit geht. Sieh dir an, was sie in Südamerika, Asien und überall machen müssen. Niemand wird es mir ins Gesicht sagen. Alle werden sich höflich und mitfühlend geben, aber ich weiß, was sie denken.«

»Was?«

»Sie denken, dass ich meinen eigenen Sohn nicht beschützen konnte.«

Sheila stand auf und ging zu ihm. Sie erkannte, dass er keine Umarmung haben, sondern nur mit seinen Gedanken allein sein wollte. Aber sie nahm seine Hand, und er wehrte sich nicht.

»Daran habe ich nicht gedacht«, sagte John.

»Wann?«

»Vorher. Ehe dies passiert ist.«

»Wie solltest du auch?« Sheila war verwirrt. Sie sah John

an, aber er starrte ins Leere und hing seinen Gedanken nach, die er nicht mit ihr teilen wollte.

Lena träumte von Janet Rostenkowski und Sarah. Als sie mitten in der Nacht wach wurde, war das alles, woran sie sich noch erinnern konnte. Sie schwitzte. David schlief tief und fest. Durch das Dachfenster über ihrem Kopf konnte sie einen kleinen Fleck vom schwarzen Himmel sehen. Er war übersät mit Sternen – das war irgendwie schwindelerregend, als würde er Lena ins Weltall saugen. Sie setzte sich auf. David stöhnte, schlief jedoch weiter. Lena schwang die Beine über die Bettkante, stand aber nicht auf.

Plötzlich war es nicht Montagmorgen, sondern Tage, vielleicht Monate später, und Sarah wurde immer noch vermisst. Lena fühlte die Panik, der Schweiß brach ihr aus allen Poren. Sie zwang sich zurück in die Gegenwart und ging im Geiste eine Checkliste durch: Es war ihr nicht gelungen, den Betrug der Kidnapper abzuwenden, sie hatten alles Menschenmögliche getan, seit Sarah weg war. Sie hatten E-Mails und ein Video bekommen, in sechseinhalb Stunden würden sie das Lösegeld bezahlen. Sarah kam bestimmt bald nach Hause.

Unvermittelt fiel ihr eine Patientin ein, die sie vor Jahren gehabt hatte. An den Namen der Frau erinnerte sie sich nicht mehr, aber der Fall war ihr präsent. Die Frau hatte Kehlkopfkrebs und gab an, ihr Leben lang geraucht zu haben. Eines Tages gestand sie Lena, dass sie nie geraucht hatte, dass sie das nur angegeben habe, weil sie sich dem, was sie für die wahre Ursache der Krebserkrankung ansah, nicht stellen wollte – dem großen, chronischen Kummer. Als Frau von Mitte dreißig und alleinerziehende Mutter einer halbwüchsigen Tochter hatte sie erleben müssen, wie ihre Tochter das Haus verließ, um zu einem Nachmittagsjob zu fahren, und nie wieder zurückkehrte. Die Tochter war buchstäblich spurlos verschwunden. Die Frau hatte das Gefühl, dass sich der unaufhörliche Schmerz über diesen Verlust in ihr Gewebe gefressen und die Krebsgeschwüre gebildet hatte.

Lena wandte sich ab von dem Grauen dieser Erinnerung. Sie hatte nicht die Kraft, aus dem Bett aufzustehen, sondern ließ sich wieder auf die Kissen fallen. Sie konnte sich nicht vorstellen, dass sie Sarah nie wiedersehen sollte. Aber die Möglichkeit bestand. Hatte sie zum Abschied gewinkt? Hatte Noonie recht? Sie wusste nicht, zu wem sie betete, aber sie flehte darum, dass diese düsteren Gedanken für immer verschwinden mochten.

KAPITEL 20

Chase konnte Helene seine Panik nicht verheimlichen. Er kam aus dem Nähzimmer, nachdem er einige Versuche gestartet hatte, die nicht vollständig verschlüsselte E-Mail zurückzuholen. Von einem Augenblick zum anderen hatte sich der ruhige Nachmittag in ein vollkommenes Chaos verwandelt. Helene, die mit Jennifer zusammengesessen und sich um die verwundete Annabell gekümmert hatte, ging auf ihn zu.

»Was ist los?«

Chase konnte nicht antworten – er brachte kein Wort heraus. Er musste nachdenken, aber die Gedanken, die er sich machen musste, konnte er nur zusammen mit seinem Vater entwickeln. Ich sitze in der Scheiße, dröhnte es unaufhörlich in seinem Kopf; dieser eine Satz löschte jeden anderen Gedanken aus. Doch schließlich bekam er sich in den Griff. »Eine Patientin im Krankenhaus, die ich gut kenne, ist gestorben.«

»Oh, das tut mir leid.«

Helene versuchte, ihn mit einer Umarmung zu trösten, doch er wehrte sie ab.

»Ich gehe hinaus«, erklärte er, löste sich aus der Umarmung und griff sich sein Handy.

Er ging die Einfahrt hinunter, überlegte, ob er in sein Auto steigen und irgendwohin fahren sollte. Doch plötzlich hatte er Angst, dass er dann für immer verschwinden würde, und er wusste, dass das nicht die richtige Entscheidung wäre. Stattdessen ging er auf dem Bürgersteig weiter.

Einen Block von seinem Haus entfernt wählte er die Nummer seines Vaters. Ihre Handys waren beide codiert, deshalb konnten sie ohne weiteres telefonieren. Er dachte darüber nach, was für eine Nachricht er diesmal hinterlassen sollte, wenn er seinen Vater nicht erreichte. »Ich sitze in der Scheiße«, »Probleme, Dad«, »Ich muss mit dir sprechen«. Er konnte sich nicht entscheiden. Er betete, dass sein Vater den Anruf entgegennehmen möge. Als sich wieder nur die Mailbox einschaltete, sagte er sich, dass sein Vater das Handy entweder ausgeschaltet hatte oder in einem Funkloch saß. Als der »Piepston« kam, redete Chase einfach drauflos.

»Etwas ist schiefgelaufen, Dad. Ruf mich zurück.«

Er unterbrach die Verbindung, machte kehrt, um nach Hause zu gehen, besann sich aber rasch eines anderen – er war noch nicht bereit, Helene gegenüberzutreten – und schlug die entgegengesetzte Richtung ein. Der Familie zu entfliehen wäre eine Option, aber ihm war klar, dass er das nicht ohne die Zustimmung seines Vaters tun konnte. Außerdem würde das die Lage nur noch verschlimmern; für das FBI wäre er dann ein glasklarer Verdächtiger und ein Flüchtiger, den sie zur Fahndung ausschreiben würden. Er könnte den Mittelsmann alarmieren, was er eigentlich nur dann tun sollte, wenn eine Verhaftung unmittelbar bevorstand. Ein verschlüsselter Anruf bei dem Mittelsmann – mehr konnte er ohnehin nicht tun – würde das sofortige Ende der Operation auslösen, sie müssten auf das Lösegeld verzichten, und wer weiß, was ein so abruptes Ende für die Kinder bedeuten würde. Das war also keine Karte, die er ausspielen konnte, wenigstens jetzt noch nicht.

Er erinnerte sich, dass er im Anfangsstadium der Planung mit seinem Vater auf der Veranda gesessen hatte. Helene hatte ihnen das Dessert nach dem Dinner an einem lauen

Frühlingsabend nach draußen gebracht und sich für eine Weile zu ihnen gesetzt, so dass sie ihre Unterhaltung nicht fortsetzen konnten. Sobald sie wieder ins Haus gegangen war, flüsterte der Vater, dass die Normalität seines Privatlebens die beste Tarnung für Chase sei – das und die Tatsache, dass Helene ahnungslos war.

»Die Sache ist idiotensicher«, fuhr er noch immer im Flüsterton fort. »Falls sich doch ein Genie durch die Verschlüsselung kämpfen kann, was nicht passieren wird, und falls sie zu euch nach Hause kommen, bist du trotzdem fein raus. Helene mit diesen Augen, die Kinder ... wenn sie das sehen, werden sie sich dämlich vorkommen, weil sie dich überhaupt behelligen. Sollten sie sich deinen Computer vornehmen, werden sie nichts finden. Du brauchst nicht in Panik zu geraten, weil es aussehen wird, als hätte sich jemand in deinen PC gehackt. Du, deine reizende Frau und die Kinder, ihr seid nur eine Familie, der übel mitgespielt wurde. Hast du das verstanden?«

Das alles fiel Chase wieder ein, als er halb um den Block gegangen war. Eine Sprinkleranlage schaltete sich in einem der Vorgärten ein, und Chase wertete das als gutes Omen, als Ausrufezeichen für seine Gedanken. Er brauchte nicht zu fliehen, er musste sich nur hinsetzen und warten. Und wenn sie wirklich zu ihm kamen, würde er sich einfach an seinen Dad erinnern, der bei einem Erdbeertörtchen auf der Veranda saß und ihm klarmachte, dass er ganz cool bleiben sollte. Und er würde cool bleiben. Er hatte keine Ahnung, wie schnell sein Fehler auffallen würde, fürchtete jedoch, dass das FBI vielleicht schon vor seiner Haustür stand und Verdacht schöpfen könnte, wenn Helene etwas sagte wie: »Oh, Chase hatte ein Problem, und er macht einen Spaziergang.« Er lief schnell nach Hause.

Spät am Abend, als die Kinder im Bett lagen, sah sich Chase eine Reality-Show im Fernsehen an. Er hielt das Handy in der Hand, weil er immer noch verzweifelt auf den Rückruf seines Vaters wartete. Helene kam, nur in ein Handtuch gehüllt, frisch aus der Dusche und setzte sich neben ihn. Er wusste, was das bedeutete, aber er konnte sich in dieser Situation keinen Sex vorstellen. Allerdings hatte er Helenes Avancen bisher so gut wie nie zurückgewiesen, und ihm wurde klar, dass sie sich an ein solches Verhalten bestimmt erinnern würde, wenn das FBI auftauchte.

Deshalb schlüpfte er wieder in die Rolle des Schauspielers und ging auf die Wünsche seiner Frau ein. Scheiße, dachte er, ich bin wirklich gut. Wieso gebe ich nicht einfach weiter meine Vorstellung? Soll das FBI doch kommen! Ich werde den Arm um die Schultern meiner Frau legen oder die Kinder hochheben und den Überraschten mimen, wenn sie mir erklären, dass mein PC für ein Verbrechen benutzt wurde. Helene strich ihm über die Brust. Er konnte diese Rolle spielen, davon war er überzeugt.

KAPITEL 21

Als die Nacht anbrach und die kleine Kerosinlampe, die die Kinder angezündet hatten, unheimliche Schatten an die Wand der Hütte warf, erwachten alle Ängste, die Mr. Everett geschürt hatte. Er mochte eine halbe Meile entfernt tot auf dem Steg liegen, in der Phantasie der Kinder war er so präsent, dass er ihnen mehr Furcht einjagte als vorher.

Franklin kämpfte gegen das Entsetzen an, indem er Mr. Everetts Notizbuch eingehend studierte. Tommy überprüfte ständig, ob die Fenster auch wirklich zu waren, obwohl Linda ihn gebeten hatte, damit aufzuhören. Linda war überzeugt, dass Mr. Everett auferstehen und sie niedermetzeln konnte. Sarah malte sich aus, dass dies eine überraschende Geburtstagsparty wäre, wie sie ihre Eltern einmal für sie gegeben hatten, dass sich ihr Vater neulich, als sie abgeholt wurde, nur aus dem Haus gestohlen hatte, um alles für die Party zu arrangieren. Nichts davon äußerte sie laut, weil sie wusste, dass es Unsinn war.

Dafür sprach sie allen Mut zu. »Ich bin sicher, dass unsere Eltern mittlerweile wissen, was los ist«, brach sie ein langes Schweigen.

»Dass sie was wissen?«, hakte Tommy nach. Es war eine aufrichtige Frage, denn er verstand immer noch nicht, was mit ihnen geschehen war.

Die Stille, die darauf folgte, war aufschlussreich. Sie verriet, dass alle anderen auch Schwierigkeiten hatten, ihre Situation richtig einzuschätzen. Mr. Everett hatte behauptet, dies wäre ein besonderer Ausflug, den das Camp für sie geplant hätte. Und der Van, mit dem sie abgeholt worden waren, hatte das Logo des Ferienlagers auf der Tür gehabt. Dennoch hatten sie alle kapiert, dass Mr. Everett ihnen eine Lüge aufgetischt hatte. Und er hatte ihnen kurz vor seinem plötzlichen Tod gesagt, dass sie bald heimfahren und ihre Eltern wiedersehen würden.

Franklin, der der Lampe am nächsten saß, beantwortete schließlich Tommys Frage: »Wir wurden entführt.«

»Sollten wir dann nicht wenigstens gefesselt sein?«, wollte Linda wissen.

»Das muss nicht sein«, meinte Sarah; sie erinnerte sich an etwas, was wirklich gruselig war. »Es gab einen Jungen, der entführt wurde und jahrelang bei einem fremden Mann wohnte. Der war nicht gefesselt. Er konnte sogar durch die Gegend spazieren.«

»Was für ein Junge?«, fragte Linda.

»Ich weiß es nicht. Es war in den Nachrichten. Jedenfalls wurde der Junge älter, und der Mann hat sich ein anderes Kind geschnappt. Dann konnten die beiden fliehen.«

Nach dem Hinweis auf eine Flucht hingen alle wieder ihren eigenen Gedanken nach. Wie aufs Stichwort ging das Kerosin in der Lampe zur Neige, und der Docht verlöschte. Die Kinder suchten in dem spärlichen Licht, das durch die Fenster drang, nach einer Taschenlampe, aber sie fanden keine. Franklin schlug vor, dass sie alle in den anderen Raum gehen und sich schlafen legen sollten. Er klang wie ein Vater, und in der Tat imitierte er den Tonfall seiner Eltern, weil ihn das tröstete.

Keiner von ihnen schlief jedoch. In der pechschwarzen Nacht schien es, als hätten sich die Wände der Hütte in Nichts aufgelöst. Sie boten keinen Schutz vor den echten und eingebildeten Gefahren, die draußen auf der Lichtung lauerten. Hin und wieder lief eines der Kinder herum oder gab ein Geräusch von sich, nur um sich zu vergewissern, dass die anderen noch da waren.

Nach etwa einer Stunde sickerte milchiges Licht durch die Fenster. Tommy schaute hinaus und sah den Mond im Osten aufgehen. Im Frühsommer waren er und sein Bruder Jack in einer Vollmondnacht allein zu Hause gewesen; sie konnten draußen im hellen Mondschein mit einem Fußball spielen. Das war eine magische Zeit für Tommy gewesen – zum einen, weil ihm sein großer Bruder so viel Aufmerksamkeit geschenkt hatte, zum zweiten, weil er sich gefreut hatte, wenn der Ball im Dunkeln wie ein Geist auf ihn zugekommen war. Vielleicht sollten sie alle ins Freie gehen, überlegte er. Draußen wäre es bestimmt besser.

Als er sich vom Fenster wegdrehte, nahm er aus den Augenwinkeln eine Bewegung auf der Lichtung wahr. Er sah erneut aus dem Fenster. Eine ganze Weile rührte sich gar nichts. Dann entdeckte er eine große Gestalt, die sich im beginnenden Mondschein dunkel abhob und sich auf einer der Felsen setzte.

»Hey«, flüsterte er. »Seht euch das an.«

Die anderen kamen zum Fenster, sahen aber gar nichts, bis sich ihre Augen an die Lichtverhältnisse gewöhnt hatten. Die Gestalt rührte sich lange nicht, und Tommy musste die anderen Kinder ein paar Mal auffordern, noch ein wenig zu warten. Dann erhob sich die Gestalt – jetzt war sie deutlich zu sehen.

»Ein Bär«, krächzte Sarah. Linda stieß einen kleinen Schrei aus. Die Jungs standen mit weit aufgerissenen Augen da.

Der Bär drehte sich ein paar Mal im Kreis, als suchte er einen Schlafplatz. Doch dann fiel sein Blick auf die Hütte, zumindest erschien es so. Im Halbdunkel konnte man das nicht gut erkennen. Die Kinder duckten sich unter das Fenster.

Die nächsten Minuten waren furchtbar. Linda konnte nicht aufhören zu zittern, aber sie alle verhielten sich still und spitzten die Ohren, um zu lauschen, was vor der Hütte vor sich ging. Sie hörten, wie der Bär auf dem Felsen herumtapste, dann war es wieder ganz leise. Plötzlich ertönten Geräusche, die sie nicht kannten – ein Grunzen und Schmatzen. Und sie erschreckten sich zu Tode, als der Bär mit seinen Krallen an der Wand der Hütte kratzte, als wollte er hereinkommen. Die Laute kamen näher, und die Kinder wichen zurück. Der Rücken des Bärs war durch das schmierige Fenster zu sehen. Sarah schnappte hörbar nach Luft.

Der Bär verharrte vor dem Fenster. Sein Fell war vor dem tiefblauen Himmel deutlich zu sehen. Die Kinder waren wie versteinert. Der Bär schien sie zu wittern und seine Kräfte für einen Angriff zu sammeln. Er entfernte sich vom Fenster und gab lange keinen Laut von sich. Die Stille war schlimmer als die Geräusche. Im nächsten Moment bebten die Wände der Hütte, und ein Fenster im anderen Raum klirrte, als er mit der Pranke auf die dünne Holzwand einschlug. Linda schrie laut, und die anderen versuchten, sie zum Schweigen zu bringen. Sie warteten auf die nächste Attacke, die jedoch nicht kam.

Von draußen war nichts mehr zu hören. Sie warteten und wagten kaum zu atmen. Doch nach einer Weile begriffen sie, dass der Bär abgezogen war. Oder nicht? Die Spannung hielt noch lange an, bis Franklin seine Sprache wiederfand und sagte: »Ich glaube, er ist weg.«

Linda fing an, leise zu weinen. »Ich habe mein Sandwich draußen liegen lassen«, schniefte sie. »Es ist alles meine Schuld.«

Die nächste Stunde war für die Kinder grauenvoll. Die Schrecken in ihren Phantasien, die sie vor der Hütte und auf der Lichtung vermuteten, wurden beängstigend real. Allein die Größe der Bestie, die an den Wänden der Hütte gekratzt hatte, schickte sie in die Hölle. Als sie anfingen zu reden, taten sie es stockend; sie waren wie paralysiert und konnten keinen klaren Gedanken fassen.

Jemand muss herkommen und uns abholen, dachte Sarah. Jemand musste herkommen, weil sie nicht weggehen konnten. Sie saßen in der Falle.

Die Erschöpfung trieb sie in den Schlaf. Sarah wachte mitten in der Nacht auf, glaubte jedoch, noch in ihrem Traum zu sein. Sie hörte, dass der Bär zurückkam, sein Keuchen und die Schritte. Sie träumte noch, oder? Sie überließ sich wieder dem Schlaf.

Franklin wurde Stunden später als Erster wach und war immer noch müde. Solange die anderen schliefen, brauchte er nicht so zu tun, als hätte er keine Angst. Er wünschte sich sehnlich, seine Mutter käme ins Zimmer, wie sie es jeden Morgen tat, wenn er in die Schule musste; sie würde sich auf sein Bett setzen, ihm sanft den Rücken reiben, bis er wach war, und ein Gebet für den Tag sprechen. Allein der Gedanke daran trieb ihm die Tränen in die Augen – Tränen, die er seit Tagen unterdrückte. Sein Körper begann zu zittern, als er haltlos weinte. Sarah rührte sich, und Franklin schluckte die Tränen hinunter und drehte sich weg von ihr.

Er fror und nahm sich eine der Decken. Nachdem er sich ausgeweint hatte, schien er besser denken zu können, und in einem Moment der Klarheit erinnerte er sich, dass er etwas über Spiegelschrift gelesen hatte. Vielleicht hatte Mr. Everett in Spiegelschrift in sein Notizbuch geschrieben. Er konnte das Tageslicht kaum erwarten, damit er nach einem Spiegel suchen und seine Theorie auf die Probe stellen konnte. Tommy murmelte etwas im Schlaf. Franklin schloss die Augen, um zu beten und Gott um Hilfe zu bitten – bei der Suche nach dem richtigen Passwort. Außerdem flehte er, dass Gott ihnen Retter schicken möge.

KAPITEL 22

Als sie aufwachte, befand sich Lena im freien Fall und schwebte durch Raum und Zeit. Sie fühlte sich hilflos, ihr war schwindlig und übel. Sie stand auf und schaffte es bis zu Sarahs Zimmertür, bevor sie glaubte, sich setzen zu müssen. Das war kein Schwindelanfall. Sie lief nicht Gefahr umzufallen.

Sie nahm Sarahs Kissen vom Bett und vergrub ihr Gesicht darin. Nach einer Minute ließ die Panik nach, und Lena konnte wieder atmen. Als sie das Kissen aus der Hand legte, war Sarah plötzlich da, im Bett, bereit, sich schlafen zu legen. Lena schreckte zurück und verließ das Zimmer.

Sie ging in die Küche und machte sich einen Kaffee. Er schmeckte wässrig und fühlte sich auf der Zunge an wie Papier. Lena holte die Butter aus dem Kühlschrank und roch, dass etwas Schimmeliges in den Fächern liegen musste. Der Geruch schlug sich ihr auf den Magen. Ihr fiel wieder ein, dass sie vor fünfundvierzig Stunden an diesem Tisch gesessen und dass die Hausglocke geschellt hatte. Den Ton hatte sie noch immer in den Ohren.

Plötzlich krampfte sich ihr Magen zusammen, und ihr wurde übel. Sie sprang auf, lief ins Badezimmer und konnte gerade noch die Tür zumachen und den Toilettendeckel hochklappen, ehe sie sich übergeben musste. Sie würgte noch ein paar Mal, dann beruhigte sich ihr Magen. Vielleicht, dachte sie, brüte ich eine Krankheit aus, oder es ist eine Lebensmittelvergiftung. Sie wollte das Fieberthermometer aus dem Medizinschrank holen, als ihr Blick auf ihr Spiegelbild fiel. Sie hatte das Gefühl, dass es mit ihr sprach und sie aufforderte, tief in sich hineinzuschauen.

Plötzlich wusste sie, dass sie nicht krank wurde und keine Lebensmittelvergiftung hatte. Sie öffnete den Medizinschrank und fand den Schwangerschaftstest. Seit über einem Jahr hatte sie keinen dieser Teststreifen mehr benutzt. Sie nahm einen aus der Schachtel – ohne nachzudenken, ohne Erwartungen. Sie lief wie auf Autopilot, als sie sich auf die Toilettenmuschel setzte und auf den Streifen pinkelte. Sie musste es sich eigentlich gar nicht ansehen. Sie wusste es bereits. Beinahe sofort erschien das Pluszeichen, und sie starrte es an, bis sie hörte, wie David aus dem Schlafzimmer kam. Sie wusste, dass er wie immer als Erstes ins Bad kommen würde, und ließ den Streifen in die Toilette fallen und spülte ihn hinunter.

David klopfte an und öffnete die Tür einen Spalt. »Kann ich reinkommen?«

»Ja.« Sie benutzten das Bad oft gemeinsam. David hatte es so eilig, sich zu erleichtern, dass er nicht auf Lenas Gesichtsausdruck achtete. Sie ging hinaus, als David die Klobrille hochklappte.

Lena ging ins Wohnzimmer und überlegte, wann sie das letzte Mal mit David geschlafen hatte. Vor ein paar Wochen hatte es diesen trunkenen Versuch gegeben, als sie von einer Party nach Hause gekommen und die Spannung und Distanz, die sie seit Monaten spürten, für einen Moment weg gewesen waren. Aber David hatte seine Erektion nicht lange halten können und frustriert aufgegeben. Sie musste an den Morgen vor ein, zwei Wochen denken, an dem sie aufgewacht war, weil David ihre Brüste liebkost hatte. Davids Hand fühlte sich warm und besänftigend an, und sie erweckte Lenas

Körper zum Leben. Als er eine Erektion an ihren Schenkel drückte, zog sie ihn auf sich, und er drang in sie ein, noch ehe sie die Beine richtig gespreizt hatte. Sie wusste noch, dass sie es am liebsten gehabt hätte, wenn er so geblieben wäre, ohne sich zu bewegen, hatte jedoch nichts gesagt und bald auch leidenschaftliche Erregung empfunden. Es war so lange her, seit sie sich das letzte Mal geliebt hatten, dass sie schnell einen Orgasmus hatte und David kurz danach kam. Ihnen blieb keine Zeit, den Moment auszukosten, weil sie hörten, wie Sarahs Zimmertür aufging, und David rollte sich schnell auf seine Seite des Bettes.

War es da geschehen? Höchstwahrscheinlich. War ihre Periode ausgeblieben, ohne dass sie es gemerkt hatte? Sie versuchte, die Tage abzuzählen, aber in letzter Zeit hatte sie kaum auf ihren Zyklus geachtet und wusste nicht mehr, wann ihre Regel fällig gewesen wäre. Ich bin Ärztin, dachte sie, und habe nicht einmal diese Dinge im Griff. Sie hörte, wie David aus dem Bad kam und ins Schlafzimmer ging. Wann würde sie es ihm sagen?

Schreckliche Gedanken überfielen sie. Würde sie diese Schwangerschaft durchstehen müssen, ohne zu wissen, wo Sarah war? Lena wurde immer verwirrter und fragte sich, ob sie diese Schwangerschaft überhaupt wollte, wenn eine so düstere, ungewisse Zukunft vor ihr lag.

Konnte sie David die Neuigkeit so lange verheimlichen, bis sie gründlich darüber nachgedacht und entschieden hatte, was sie tun sollte? Was hatte sie getan, um dieses Schicksal zu verdienen, dieses kleine medizinische Wunder, das ausgerechnet jetzt eintraf, da sie Sarah verloren hatte?

David stellte sich hinter sie, legte die Hände auf ihre Schultern und küsste sie auf den Hals. Das hatte er seit Ewigkeiten nicht mehr gemacht. Es schien fast, als wüsste er

Bescheid. War der Teststreifen wieder an die Oberfläche gekommen? Nein, sie hatte gesehen, wie er fortgespült wurde. Sie drehte sich zu ihm, und sie sahen sich in die Augen.

»Wie hast du geschlafen?«, fragte er.

»Schlecht.«

»Was war das für ein Geruch im Bad?«

»Mir war übel.«

»Du hast dich übergeben?«

»Ja.«

»Was ist los?«

»Ich weiß es nicht. Die Nerven. Ich möchte einfach, dass diese Sache schnell vorbeigeht.«

»Ich weiß. Hast du Kaffee getrunken?«

»Ja. Nimm dir auch einen. Mir ist immer noch nicht richtig gut.« Vielleicht hoffte sie, dass David zwischen den Zeilen lesen konnte und begriff, dass sie auf ihre Schwangerschaft anspielte. Aber verlangte sie da nicht zu viel, wenn sie selbst die Anzeichen übersehen hatte?

»Warum gehst du nicht zurück ins Bett? Hast du den Computer gecheckt?«

»Nein. Das sollte ich noch machen.«

Sie stand auf, um zu gehen, doch David hielt sie an den Schultern fest und sah ihr in die Augen. »Ich fühle mich schrecklich, weil ich dir nicht von dem Job erzählt habe«, sagte er.

»Ist schon gut.«

David hätte sich gern alles von der Seele geredet, aber er hielt sich zurück. »Sieh zu, dass du noch ein bisschen Schlaf bekommst. Ich sage dir Bescheid, wenn sich etwas Neues ergibt.«

Als sie wieder in ihrem Bett lag, hatte sie das Gefühl, dass ihr gleich wieder schlecht werden würde. Doch nach wenigen Minuten verflüchtigten sich all die Fragen zu ihrer Schwangerschaft, alle Bedenken lösten sich auf.

David kannte die Nummer, die auf seinem Display erschien, konnte sie jedoch im ersten Moment nicht einordnen. Dann begriff er, dass es Tricias Nummer war – sie hatte um 23 Uhr 24 angerufen, aber keine Nachricht hinterlassen. Er überlegte, ob er sie zurückrufen sollte oder nicht. Er schlich zur Schlafzimmertür, öffnete sie ein kleines Stück, sah, dass Lena schlief, und zog sich wieder in die Küche zurück. Er drückte auf die Rückruftaste und trat auf den Patio hinaus. Der Morgen heizte sich rasch auf.

Das Klingelzeichen ertönte achtmal, ehe Tricia abhob.

»David?«

»Du hast gestern Abend angerufen?«

»Tatsächlich?«

»Deine Nummer war im Display. Um 23 Uhr 24.«

»Ich war nicht mehr nüchtern. Ich hatte nichts gegessen und Sherry getrunken, und als ich nach Hause kam, habe ich noch eine Flasche Wein geleert. Mir sind die Augen zugefallen, und ich bin auf der Couch eingeschlafen. Ich bin gerade aufgestanden.«

David wartete. Er wusste, dass es nutzlos wäre zu fragen: »Hast du irgendetwas mit Sarahs Entführung zu tun?« Er glaubte, etwas in der Küche zu hören, und wirbelte herum, um nachzusehen. Da war jedoch niemand.

»Bist du okay?« Aus Tricias Mund klang die Frage belanglos.

»Nein. Sarah ist immer noch weg. Mir wird's erst gut gehen, wenn sie wieder da ist.« David hörte sie seufzen.

»Ich habe ein Foto von deiner Frau gesehen. Es sieht so aus, als würde die Sache sie sehr mitnehmen.«

»Was hast du erwartet?«

»Du bist ein starker Mann, David. Du verdienst eine starke Partnerin.«

David verspürte Mordlust. Er war kein starker Mann. Er hatte sich auf eine so schreckliche Kreatur wie diese Frau am anderen Ende der Leitung eingelassen. Hatte dieser Fehlgriff zu Sarahs Entführung geführt?

»David? Bist du noch dran? Du weißt, dass ich recht habe. Du bekommst dein Kind zurück, aber zeigt dir das Ganze nicht, dass du eine …?«

»Woher weißt du, dass ich mein Kind zurückbekomme?« Als Tricia nicht antwortete, wiederholte er: »Woher weißt du das?«

»Ich weiß es einfach. Die Cops waren hier, um mit mir zu reden. Sie sagten, dass ihr alle eure Kinder wiederbekommt. Ihr zahlt das Lösegeld, dann kommen sie nach Hause, richtig?«

»Was weißt du von dem Lösegeld?«

»Lieber Himmel, David. Nichts. Ich muss jetzt Schluss machen. Ruf mich nicht wieder an, bis du bereit bist, deine Frau zu verlassen.«

Sie unterbrach die Verbindung. David holte schon aus, um das Telefon wegzuwerfen, besann sich jedoch eines Besseren. Selbstvorwürfe nagten an ihm, und wesentliche Fragen kamen auf. Konnte Tricia dieses Verbrechen geplant und in Gang gesetzt haben? Wie? Er sah Szenen und Bilder aus ihrer gemeinsamen Zeit vor sich – ihre wegwerfenden Gesten, ihre Ansprüche im Bett, ihre eiskalten Urteile über Kollegen und sogar Freunde. Er verwarf alle Gedanken wie zum Beispiel: Wie konnte ich nur so dumm sein? Und versuchte stattdessen zu ergründen, ob diese Egozentrikerin so weit gegangen sein könnte, um ihm eine Lektion zu erteilen, was die »richtige« Partnerwahl anging. Er konnte es sich nicht vorstellen, den Gedanken aber auch nicht vollkommen verwerfen. Er würde sie nie wieder anrufen, doch vorerst befand er sich noch in ihren Fängen.

Als David eine Stunde später seine Frau weckte, weil in ein paar Minuten eine Konferenzschaltung zustande kommen sollte, hatte Lena Schwierigkeiten zu begreifen, wovon er redete. Sie hatte sehr tief geschlafen. Erst langsam erwachte die Erinnerung daran, dass Sarah vermisst wurde und dass noch andere Familien betroffen waren.

John Walker behandelte den Anruf wie eine ganz normale Geschäftsbesprechung. Er machte die Eltern mit einem Bankangestellten bekannt, der telegraphische Überweisungen durchführte. Der einzige Verweis darauf, dass diese Konferenzschaltung wegen einer Entführung nötig geworden war, kam von dem Bankmitarbeiter, der sein Mitgefühl für die Eltern zum Ausdruck brachte. Dann erläuterte er die Details.

David war in der Küche am Telefon, Lena im Schlafzimmer - sie lag noch im Bett. Ihre Gedanken schweiften ab, während sie die Leute reden hörte und hoffte, dass David für sie mit aufpasste. Zumindest hatte er das versprochen, als er sie geweckt hatte. Lena machte sich bewusst, dass Sarah schon zwei Nächte ohne sie an einem fremden Ort verbracht hatte, den sie sich gar nicht vorstellen mochte. Dass die Eltern für diese Besprechung nicht zusammengekommen waren, brachte sie auf die Idee, dass die Kidnapper die Kinder getrennt haben könnten, um weniger aufzufallen. Sie würden das Lösegeld als Gruppe bezahlen, aber würden sie auch als Gruppe ihre Kinder zurückbekommen? Was, wenn die Kinder tatsächlich getrennt worden waren und sich ein Entführer als kompetenter als die anderen erwies? Oder wenn einer mit dieser Aufgabe überfordert war? Dieser Gedanke führte ihr schreckliche Bilder vor Augen. Sie versuchte, sich wieder auf die Besprechung zu konzentrieren.

»Miss Witherspoon bittet um mehr Zeit«, sagte John gerade. »Sie behauptet, sie würden dem Kerl, den sie als ›äußerst verdächtige Person‹ bezeichnet, näherkommen. Ich finde allerdings, wir sollten nicht länger warten. Wir bringen das Geld gegen Mittag auf den Weg, und der Kontoinhaber, wer auch immer das sein mag, wird dann die Bestätigung des Geldeingangs ungefähr um 15 Uhr von seiner Bank erhalten. Die Banken auf den Caymans schließen um 17 Uhr, und wenn wir die Überweisung länger hinausschieben, müssten wir bis morgen warten.«

»Nein«, rief Lena aus. »Ich möchte nicht noch eine Nacht warten. Bitte, bringen wir es hinter uns.«

»Ich stimme Lena zu«, sagte Mike. »Wenn die Überweisung ihr Ziel erreicht, und das FBI die ›äußerst verdächtige Person‹ zur gleichen Zeit festnimmt, was ist dann das Problem?«

»Es gibt keines, außer dass wir das Geld verlieren«, antwortete John. Alle schwiegen. »Also, sollen wir die Sache zu Mittag ins Rollen bringen?«

John fragte einen nach dem anderen, und alle sprachen sich dafür aus. Janet fügte traurig hinzu: »Ich will nur, dass es vorbei ist.«

Mike beendete die Abstimmung, indem er sagte, dass er und Po sich freuen würden, die anderen Eltern in ihrem Haus begrüßen zu dürfen, wenn ihnen nach Gesellschaft zumute sei. Lena fand die Einladung großartig. Aber als David aus der Küche kam, erklärte er, dass er auf gar keinen Fall mit den anderen Eltern zusammen auf Neuigkeiten warten wollte.

»Was wollen wir dann tun?«, fragte Lena. Sie stand auf und zog sich an.

»Keine Ahnung.«

Ihre Übelkeit kehrte zurück. Lena ging ins Bad. Sie hatte nicht mehr viel im Magen, was sie von sich geben könnte.

David folgte ihr und blieb an der Tür stehen. »Glaubst du, es ist eine Grippe oder so was im Anzug?«, wollte er wissen. Er machte nicht den Eindruck, dass er »morgendliche Übelkeit« als mögliche Erklärung in Betracht zog.

Lena schüttelte den Kopf, als sie sich den Mund ausspülte und anfing, ihre Zähne zu putzen. Sie betrachtete ihr Gesicht im Spiegel – dasselbe Gesicht, das ihr am Morgen verraten hatte, dass sie schwanger war. Jetzt enthüllte es ihr nichts. Sie war eine Frau mit einer Zahnbürste im Mund, mit einem entführten Kind und einem Mann, der immer noch so weit von ihr entfernt war, dass sie ihm die wichtigste Information vorenthielt, die ein Paar miteinander teilen konnte.

KAPITEL 23

Chase war schon seit einer Stunde in der Wäscherei, es gab nichts zu tun, deshalb ging er ins Freie und versuchte erneut, seinen Vater zu erreichen. Wieder schaltete sich die Mailbox ein. Chase wiederholte im Geiste, was er sich schon den ganzen Morgen einredete – dass er mit seinem Schauspieltalent jede Situation meistern konnte. Trotzdem würde er sich gern mit seinem alten Herrn abstimmen.

Sein Dad war mit großer Leidenschaft bei diesem Projekt. Dabei ging es ihm nicht nur ums Geld, wie Chase wusste. »Die Kohle ist nur das Sahnehäubchen«, hatte er Chase erklärt. »Es ist die Aktion, auf die ich mich freue. Ich möchte dabei sein, die Kinder an die Kandare nehmen, die Eltern bei den Eiern packen und sie in diese Richtung und in die andere zerren und zusehen, wie die Maschinerie anläuft.«

Chase hoffte, dass sein Vater den Ausflug so genoss, wie er es sich vorher ausgemalt hatte. Eines bedauerte Chase – dass sein Vater ihn nicht in Aktion sah, dass er nicht mitbekam, welch guter Schauspieler er war. Er ging zurück in das Klinikgebäude; die Erinnerung an den Mann, der ihm so viel bedeutete, hatte ihm neue Kraft verliehen.

Fünfundvierzig Minuten später hob sich der Vorhang für Chase. Zuerst dachte er, die beiden Herren seien Geschäftsmänner. Sie trugen schlichte Anzüge, und einer hatte einen Aktenkoffer dabei. Sie kamen mit dem Aufzug aus dem Untergeschoss, Vertreter, die sich in der Klinik auskannten, fuhren oft in die Tiefgarage und gingen durch die Wäscherei zum Hauptaufzug. Deshalb beachtete Chase die beiden Männer nicht, bis sie ihn ansprachen und einer seinen Dienstausweis zückte.

»Mr. Collins. Ich bin Agent Allen, und das ist Agent Toomey. Wir sind vom FBI und würden Ihnen gern ein paar Fragen stellen.«

Allen war älter, vermutlich in den Fünfzigern, und hatte schütteres Haar. Toomey war um die dreißig, hatte helle Haut, blaue Augen und üppiges schwarzes Haar. Die beiden erinnerten Chase an ihn und seinen Vater.

»FBI? Worum geht's?«

»Ihr Vorgesetzter hat uns gestattet, sein Büro zu benutzen. Wenn Sie bitte mit uns kommen würden, dann erklären wir Ihnen alles.«

»Klar, aber …«, und dies war etwas, was sich Chase genau für diesen Fall zurechtgelegt hatte, »… ich weiß nichts über die Verwaltung der Klinik. Ich mache hier nur meine Arbeit.«

»Es geht nicht um die Klinik, Mr. Collins.«

Chase stellte eine erstaunte Miene zur Schau und ging mit den beiden Agenten in das Büro seines Vorgesetzten. Er setzte sich auf den Schreibtischstuhl, die Agenten nahmen ihm gegenüber Platz. Dieses Arrangement gefiel Chase. Das vermittelte den Eindruck, als wäre er der Boss und würde die Fragen stellen. Doch ihm war klar, dass er nicht zu großspurig auftreten und sich seiner Sache nicht zu sicher sein durfte. Er sollte ein klein wenig Angst zeigen. »Geht es um die Steuer? Ich habe nämlich dieses Jahr die Erklärung selbst gemacht …«

»Es geht nicht um Steuern«, sagte Toomey. »Wir interessieren uns für einen Computer, der auf Ihren Namen registriert ist.«

»Oh, ich habe keinen Computer hier. Wir brauchen so was nicht und …«

»Die Rede ist von Ihrem Computer zu Hause. Besitzen Sie mehr als einen Rechner?«

»Nein. Ich habe ein Handy. Und ein TiVo.« Chase sah, dass er so ankam, wie er es beabsichtigte – als naiver junger Mann, der sich bemühte, hilfsbereit zu sein. Er taxierte die beiden Männer, wie er die Eltern vor zwei Tagen taxiert hatte. Dem älteren Typ würde es vermutlich gefallen, dass Chase nicht gut mit Computern umgehen konnte. Der mit den vielen Haaren könnte wissen wollen, ob Chase ein guter Familienvater war.

Allen nahm das Heft in die Hand. »Wir sind nur an dem Computer interessiert. Sind Sie der Einzige, der den PC benutzt?«

»Nein, meine Frau benutzt ihn auch.«

»Und gibt es noch andere Personen?«

»Nein.«

»Dann ist also alles, was auf Ihrer Festplatte gespeichert ist, entweder von Ihnen oder von Ihrer Frau?«

»Ich schätze schon. Da tauchen immer irgendwelche Seiten auf – Sie wissen schon ›Klicken Sie hier, und gewinnen Sie …‹« Er hielt inne und spielte den Besorgten, was ihm, wie er fand, ziemlich gut gelang. »Liebe Güte. Ich gehe manchmal auf diese XX-Seiten. Nicht auf die fiesen mit Kindern und so. Nein, es ist nur sauberes Zeug. Ist das …?«

Für Toomey galt ein Verdächtiger immer als schuldig, bis seine Unschuld bewiesen werden konnte. Auf diese Weise gingen ihm nicht so viele Schurken durch die Lappen. Trug ein Typ seine Unschuld wie eine Fahne vor sich her und war es so offensichtlich, dann wurde Toomey hellhörig. Wenn derjenige, den er in die Mangel nahm, nur hie und da ein wenig unschuldig klingendes Zeug von sich gab, hielt er sich an seinen ersten Eindruck. Dieser Collins sagte die richtigen Sachen, aber Toomey bezweifelte, dass irgendetwas davon echt war. Es wurde Zeit, dass er das Reden übernahm.

»Wir konnten potenziell kriminelle Aktivitäten bis zu Ihrem Computer zurückverfolgen. Wir …«

»Kriminelle Aktivitäten?«

»Ich werde das nicht näher erläutern. Während wir uns hier unterhalten, führen Kollegen von uns eine Hausdurchsuchung bei Ihnen durch.« Toomey wartete auf eine Reaktion von Chase.

»Meine Frau, äh …«

»Was ist mit Ihrer Frau?«

»Sie weiß nichts von den Pornoseiten. Ich schwöre, es ist nur … normal.«

»Wir werden Ihren Computer mitnehmen und von Experten untersuchen lassen. Solange wir keine kriminellen Aktivitäten aufdecken, bleibt Ihre Privatsphäre gewahrt.«

Chase senkte den Blick – voller Sorge, wie er dachte. Aber nicht schuldbewusst. Er hatte das Gefühl, dass seine Performance großartig verlief, und hoffte, dass sie ihn ein kleines bisschen verdächtigten, weil er wunderbare Sachen geplant hatte für den Fall, dass sie zu ihm kamen und ihm sagten, dass Kidnapper seinen Computer für ihre Zwecke missbraucht hätten.

Allen übernahm wieder. »Wir würden Sie gern mit in unser Büro nehmen. Wir haben noch weitere Fragen. Sie können einen Anwalt hinzuziehen, wenn Sie wollen.«

»Einen Anwalt? Glauben Sie, ich brauche einen?«

»Das liegt ganz bei Ihnen, Mr. Collins. Die Fragen sind reine Routine.«

»Na ja, ich kenne keinen Anwalt. Könnten Sie mir eine

Frage jetzt schon stellen? Vielleicht weiß ich dann, ob ich einen Anwalt brauche.«

»Ihre Stechkarte weist aus, dass Sie am Samstag um 8:28 zur Arbeit gekommen und um 16:31 Uhr nach Hause gegangen sind. Haben Sie sich die ganze Zeit von halb neun Uhr morgens bis halb fünf nachmittags im Klinikgebäude aufgehalten?«

»Ja. Ich darf Mittagspause in der Cafeteria machen, aber nicht weggehen.«

»Und am Samstag haben Sie das auch nicht getan?«

»Nein.« Chase merkte, dass die Agenten dieses Verhör vorerst beenden wollten. »Wenn das die Art von Fragen ist, die Sie an mich haben, dann werde ich wohl keinen Anwalt brauchen.«

Toomey hatte nach wie vor seine Zweifel, aber sie schmolzen allmählich dahin. Er war froh, dass es in diesem Fall einen Computer gab, den sie untersuchen konnten, und dass sie nicht auf Schlussfolgerungen, die auf bloßen Vermutungen basierten, angewiesen waren. Dieser Bursche war schwer zu durchschauen. Als sie aufstanden, versuchte er, sich Chase Collins mit der Lockenperücke vorzustellen.

KAPITEL 24

Sarah wachte auf, als es auf der Lichtung hell wurde. Sie ging leise zum Fenster und ließ den Blick über den Waldrand rundum schweifen. Sie sah die zerfetzten Überreste der Sandwichtüte, die Linda auf dem Felsen zurückgelassen hatte, ansonsten schien alles ruhig und normal zu sein. Sie musste dringend aufs Klo.

Franklin flüsterte: »Siehst du etwas?«

»Nein.«

Er stand auf und ging ins andere Zimmer. Als Sarah ihm folgte, fischte er Mr. Everetts Notizbuch aus dem Rucksack. Sarah ging zur Tür und öffnete sie.

»Was machst du?«, wollte Franklin wissen.

»Ich muss Pipi machen.«

In Franklins Familie sagte man dazu »Ich muss auf die Toilette«, aber er störte sich nicht an dem gröberen Ausdruck. »Ich gehe mit und halte Wache.«

Das Gras auf der Lichtung war feucht vom Tau. Eine Taube gurrte leise, trotzdem zuckte Sarah erschrocken zusammen. Sie lief zum Klohäuschen, setzte sich auf die kalte Latrine und war in Rekordzeit fertig. Franklin huschte nach ihr in das Häuschen, und als er wieder herauskam, standen auch Tommy und Linda zitternd Schlange.

Als alle zurück in der Hütte waren, fanden sie ganz unten in der Kühltasche verpackte Muffins, die sie zum Frühstück aßen. Franklin tüftelte an dem codierten Text aus dem Notizbuch herum. Die Zeichen sahen nicht aus wie die Spiegelschrift, die er damals in dem Buch gesehen hatte. Er suchte im Rucksack und in der Hütte nach einem Spiegel, hatte jedoch kein Glück. Die anderen, die an ihren trockenen Muffins kauten, hörten, wie er im anderen Raum herumstöberte.

»… und wenn es Spiegelschrift ist, müssen wir herausfinden, ob der Text das Passwort enthält. Sobald wir das Passwort haben …« Über diesen Punkt hinaus hatte er noch keinen Plan.

»Was dann?«, hakte Linda nach.

»Dann werden wir unseren Eltern mailen.«

Die Kinder dachten alle dasselbe. Sarah sprach es aus: »Ich kenne die Internetadressen meiner Eltern nicht, Mom hat sie mir aufgeschrieben, aber der Zettel steckt in meinem Koffer, der noch im Auto liegt.«

»So geht's mir auch«, sagte Linda. »Ich habe sie in meinem Computer-Adressbuch.«

Franklin zog die Augenbrauen zusammen. »Ich kenne nur die Adresse von der Kirche meiner Mutter. Keine Ahnung, ob sie die regelmäßig checkt.«

»Ich glaube, ich weiß die Adresse von meiner Mutter«, behauptete Tommy, aber ganz sicher schien er nicht zu sein.

»Na ja, noch haben wir das Passwort nicht«, sagte Franklin und sah sich um. »Was können wir als Spiegel benutzen?«

Sie alle hielten nach glänzenden Oberflächen Ausschau.

»Eines der Fenster draußen«, schlug Sarah vor. Die anderen dachten darüber nach und machten sich klar, dass sie dazu die Hütte verlassen müssten und für alles, was sich im Freien herumtrieb, angreifbar wären. Sarah deutete das Zögern richtig. »Ich glaube nicht, dass die Bären bei Tageslicht herkommen. Gestern haben wir auch keinen gesehen, stimmt's?«

Bilder von der massigen Gestalt, die in der Nacht zuvor

vor dem Fenster gewütet hatte, dämpfte Sarahs Optimismus. Die anderen wollten sich nicht auf Vermutungen verlassen. Franklin fand einen Ausweg aus dem Dilemma.

»Es wäre nur für ein paar Minuten. Und wir nehmen keine Lebensmittel mit nach draußen. Das Essen hat doch den Bären erst angelockt.«

Die vier sahen sich ängstlich um, als sie die Hütte umrundeten, bis sie ein Fenster im Schatten fanden, in dem sich das Notizbuch gut genug spiegelte. Franklin hielt das Buch hoch, aber die Buchstaben sahen im Spiegelbild noch komischer aus.

»Dreh es auf den Kopf«, empfahl Tommy.

Das war die Lösung. Die Überschrift auf der ersten Seite lautete: »Kontakte«, danach folgten Namen: Chase, Marshall. Mittelsmann, Gursy und Farrow. Neben diesen Namen standen Kombinationen aus Zahlen – vielleicht Telefonnummern – und Buchstaben. Noch ein Code. Franklin blätterte weiter. Die Überschrift lautete: »Ablauf.«

»Was soll das heißen?«, fragte Linda. Die anderen schienen das auch nicht zu wissen. Daten und Uhrzeiten standen auf der Seite. Sarah wagte eine Vermutung.

»Vielleicht sind das die Zeiten, wann was passiert.«

Sie lasen die Worte: »Van besorgen«, »Pyle-Abholung« und »Kinder-Übergabe«. Linda flüsterte ihren eigenen Namen, als sie las: »Rosten.« Auch die anderen sahen ihre Nachnamen auf der Seite. Einen Moment herrschte Schweigen, als den Kindern klar wurde, dass sie ausspioniert worden waren.

»Er hat alles geplant«, stellte Sarah schließlich fest.

»Was ist das?« Tommy deutete auf ein dick unterstrichenes Wort in Großbuchstaben: »LÖSEGELD«.

»Das ist Geld, das man Kidnappern bezahlt«, erklärte

Franklin nachdenklich. Ihm dämmerte langsam die Erkenntnis, dass jemand für ihre Freilassung bezahlen musste.

»Und wer bezahlt das?«, fragte Tommy verwirrt.

»Unsere Eltern«, antwortete Sarah. »Unsere Eltern müssen dieses Lösegeld bezahlen, dann lassen sie uns frei.«

Alle mussten an Mr. Everett denken. Dies war sein Notizbuch, aber er war nicht mehr da. Wahrscheinlich lag er immer noch tot auf dem Steg. Wie konnte er sie freilassen, wenn er tot war?

»Es gibt mehr als einen Entführer?«, wollte Tommy wissen. »Du hast gesagt: ›*Sie* lassen uns frei‹.«

Niemand beantwortete diese Frage.

Franklin wollte nicht darüber nachdenken und blätterte zur nächsten Seite, die keine Überschrift trug. In der ersten Zeile stand »Op. Name« und »Rondo«, in der zweiten »Op. Boss« und »Denker«. Darauf folgten Worte, mit denen die Kinder nicht viel anfangen konnten: »Abduktion«, »Annäherung«, »Dauer der Mission« und »Kompensation«.

Ganz oben auf der letzten beschriebenen Seite stand »Verschlüsselung«. Darunter waren unverständliche Worte und Zahlenreihen. Franklin klappte das Buch mutlos zu. Alle gingen zur Hüttentür. Mittlerweile stand die Sonne schon relativ hoch am Himmel, und es war ziemlich warm.

Sarah wollte nicht zurück in die Hütte. »Lasst uns hier draußen bleiben. Wenn ein Bär kommt, können wir schnell ins Haus laufen.«

»Das ist kein Haus«, wies Linda sie zurecht.

»Ich meine die Hütte.«

Sarah, Linda und Franklin entschieden, in der Sonne zu bleiben. Tommy hatte das auch vor, aber er wollte sich noch einmal mit dem Laptop beschäftigen. Es drängte ihn danach, den Bildschirm aufzuklappen, die Tastatur zu fühlen und einige Passwörter auszuprobieren. Er hatte die Gene seines Vaters, der auch immer genau untersuchte, was wie funktionierte. Wenn sein Computer zu Hause abstürzte, saß er nicht einfach da und dachte nach, sondern probierte alle Tasten durch und schaltete das Gerät aus und wieder ein. Manchmal schlug er sogar mit der Faust darauf.

Sarah betrachtete die zerrissene Tüte, in der Lindas Sandwich gesteckt hatte. Sie bestand nur noch aus Fetzen, an denen ein paar Krümel klebengeblieben waren. Linda, die neben ihr stand, entfuhr ein leises »Igitt«, und sie deutete auf einen riesigen Kothaufen, den der Bär hinterlassen hatte. Darum herum war das Gras niedergedrückt. Sarah und Linda wandten sich ab und setzten sich zu Franklin auf einen anderen Felsen. Er hatte den Blick starr auf das Notizbuch gerichtet, als könnte er so erhellende Hinweise gewinnen. Irgendwann schaute er auf. »Ich denke, wir sollten zum See gehen und nachsehen, was Mr. Everett passiert ist«, schlug er ein wenig zaghaft vor. »Vielleicht hat er etwas in seiner Brieftasche – vielleicht einen Zettel mit dem Passwort.«

»Möglich wär's«, stimmte Sarah zu und überlegte, welche Gefahren ein Ausflug zum See bringen könnte. »Ich wünschte, wir hätten sein Handy.«

»Ja«, sagte Linda. »Warum hat er es ins Wasser geworfen?«

»Er hat es fallen lassen«, erwiderte Franklin.

»Nein, das hat er nicht gemacht. Ich habe gesehen, wie er es in den See geworfen hat.«

Franklin beließ es dabei und dachte darüber nach, was Mr. Everett in den Taschen haben könnte.

Tommys Stimme aus der Hütte erschreckte sie. »Hey, kommt her!«

Er saß über dem Laptop, und als sich die anderen hinter

ihn stellten, sahen sie, dass er es bis zum Desktop geschafft hatte.

»Wie hast du das gemacht?«, fragte Franklin.

»›Denker‹ – ich habe das Wort ›Denker‹ als Passwort eingegeben, und es hat funktioniert.«

»Wie bist du darauf gekommen?«, wollte Linda wissen.

»Es steht im Notizbuch. Ich habe auch ein paar andere Sachen versucht, aber dabei hat sich nichts getan.«

»Und – wie können wir eine E-Mail verschicken?«, erkundigte sich Sarah.

Keines der Kinder hatte so was schon mal gemacht, sie kannten nicht einmal die Symbole auf dem Desktop. Tommy klickte zwei an. Eines führte sie zu einer Tabelle mit Dollarbeträgen und fragte nach einem gesonderten Passwort. Dieses Mal brachte sie »Denker« nicht weiter.

»Das sieht komisch aus«, fand Franklin. »Ich habe einen Mac zu Hause.«

»Ich glaube, das hier ist fürs Internet«, sagte Tommy und klickte das Internet-Explorer-Icon an. Nach einer Weile erschien ein Hinweis, dass die gesuchte Seite nicht auffindbar und vielleicht verschoben worden oder die Verknüpfung unterbrochen war. Dann stieg eine Blase vom unteren Rand auf, in der stand: »Drahtlose Verbindung nicht gefunden.«

Die Kinder stutzten, nur Franklin kam auf die Idee, dass der Laptop, genau wie Mr. Everetts Handy, vielleicht nicht überall Funkverbindung aufnehmen konnte. Deshalb gingen Tommy und Franklin mit dem Laptop ins Freie. Auch dort kam keine Verbindung zustande.

»Der See«, sagte Sarah. Linda bedachte sie mit einem flehenden Blick – sie wollte nicht noch einmal dorthin. Sarah auch nicht, aber der Gedanke war logisch. »Dort konnte Mr. Everett mit seinem Handy telefonieren.«

Die vier trugen den Laptop wie eine Opfergabe vor sich her und machten sich auf den Weg zum See. Von weitem hätten sie einen seltsamen Anblick geboten: die ausgedehnte Wildnis der Adirondacks und vier Kinder mit einem modernen Gerät, das, wie sie hofften, ihre Rettung herbeiführen würde. Die Szene am See war noch surrealer. Mr. Everett lag noch genauso da, wie sie ihn verlassen hatten, aber jetzt pickten zwei riesige Krähen an seinem Leichnam herum. Die Vögel drehten die Köpfe, flogen jedoch nicht weg.

Die Kinder blieben abrupt stehen, als sie die grausige Szene sahen.

Linda durchbrach die Stille. »Sie fressen ihn!«, rief sie angewidert.

Sarah drehte sich von dem Gemetzel weg und sah den Laptop an, den Tommy in den Händen hielt. Sie erinnerte sich, wie Mr. Everett in dem unheimlichen Nachtlicht über dem Gerät gekauert hatte.

»Wo ist das Ding, das da aus der Seite herausgeragt hat?«, fragte sie und inspizierte den Laptop genauer. Tommy suchte mit und drückte auf eine Stelle, die aussah wie ein Batteriefach, eine kleine Antenne schnellte heraus. Der Bildschirm veränderte sich sofort.

»Hey, da ist ein Signal!«

»Satellit«, stellte Franklin fest, als sie sich um die Zaubermaschine versammelten. Es war schwer, in dem grellen Tageslicht auf dem Bildschirm etwas zu erkennen. Aber sie sahen definitiv eine Homepage mit einer bekannten Leiste am oberen Rand. Jetzt stellte sich die Frage, was sie damit anfangen konnten. Tommy wusste, wie er zu seinem Account bei Yahoo kam, als sie jedoch die Yahoo-Homepage erreichten, merkte er, dass er sein eigenes Passwort nicht wusste.

»Mein Bruder hat mir den Account eingerichtet, und zu Hause brauche ich kein Passwort.«

Franklin hatte keine Ahnung, wie er zu seinem Mac-Account kommen konnte. Sie alle waren ratlos, weil sie bei ihren PCs zu Hause durch Shortcuts und automatische Einstellungen zu ihren Sites kamen.

Sarah hatte eine Idee. »Facebook!«, rief sie. »Meine Mom ist eine Freundin. Ich kann ihr als Freundin mailen.«

»Das kann ich auch«, verkündete Linda.

Die Facebook-Seiten waren nicht schwer zu finden, und sie machten sich bereit zu schreiben, wussten allerdings nicht, was sie ihren Eltern übermitteln sollten.

»Sag ihnen, dass wir gefangengenommen wurden und Hilfe brauchen«, riet Franklin.

»Wo sind wir?«, fragte Sarah, nachdem Tommy den Laptop auf den Boden gestellt und sie angefangen hatte zu tippen. Keiner von ihnen hatte eine Ahnung.

»Wir sind nicht in der Nähe vom Camp Rondo«, sagte Franklin. »Wir sind an Albania vorbeigefahren, glaube ich.«

»Albania? Wie schreibt man das?«

Franklin machte den Mund auf, um zu buchstabieren, als ein gellender Schrei von einer der Krähen die Luft zerriss. Sie alle zuckten erschrocken zusammen. Beide Krähen breiteten ihre Flügel aus und flatterten davon. Als sich Sarah wieder beruhigt hatte, tippte sie weiter und verschickte ihre E-Mail. Linda folgte ihrem Beispiel und schrieb fast dasselbe wie Sarah.

Ihnen fiel nichts ein, was sie sonst noch tun könnten, sie wollten aber den Laptop nicht ausschalten. Er war ihre Rettungsleine. Franklin entdeckte eine Akkuanzeige. Er wusste, was das war, und sah, dass der Akku schon ziemlich leer war.

Er setzte die anderen ins Bild und fuhr den Computer herunter, um ihn auszuschalten.

Der See war ganz ruhig. Sie waren nicht nah genug am Steg, um Mr. Everetts Leichnam richtig zu sehen, aber sie hatten eine Ahnung, was die Krähen mit ihm gemacht hatten. Sie hatten ein paar Probleme gelöst und ihre Botschaften an Menschen geschickt, die sie retten konnten. Aber wer wusste schon, ob die Eltern ihre Mails überhaupt lasen und ob sie ihnen wirklich helfen konnten?

Als sie den Rückweg zur Hütte antraten, erkannte Sarah, dass Franklin sich geirrt hatte.

»Das war nicht Albania, sondern Albany. Albany ist die Hauptstadt vom Staat New York«, sagte sie.

Franklin musste zugeben, dass sie recht hatte. »Aber sie werden es doch verstehen, oder?«

Das konnte keiner wissen, aber sie hofften es. Sie mussten hoffen und daran glauben, dass ihre Eltern die Informationen, die sie ihnen übermittelt hatten, so deuteten, dass sie auf eine Landkarte zeigen und sagen konnten: »Da sind sie.« Und dass sie sofort aufbrachen und sie holten. Jetzt, am Vormittag, fühlten sie sich ganz gut in der strahlenden Sonne, aber wenn ihre Eltern nicht schnell handelten, würde wieder eine Nacht hereinbrechen; und Nacht bedeutete, dass sich die Schattenwelt jenseits der Lichtung regte.

Sarah war realistisch genug, um zu ahnen, wie schwierig eine Rettung wäre. Sie erinnerte sich, dass sie von dem Berg aus, zu dem sie mit Mr. Everett gewandert waren, ringsum nur Wald gesehen hatte. Sie musste gegen die Tränen ankämpfen. Ihre Mom war richtig klug, ihr Dad stark und ein guter Wanderer. Sie würden eine Möglichkeit finden, sie zu retten. Das wusste sie. Ja, sie wusste es einfach.

KAPITEL 25

David schaltete den Computer aus, verließ das Schlafzimmer und fand Lena im Garten.

»Im Internet kursiert eine Menge Bockmist. An deiner Stelle würde ich mich nicht damit befassen«, sagte David, als er sich zu seiner Frau setzte und sich umschaute, um zu sehen, ob Fotografen in den Büschen saßen. »Das FBI wird sich bei uns melden, falls es irgendetwas gibt, was wir uns ansehen müssen.«

»Was ist das für ein Bockmist?«

»Hässliches Zeug über uns und die Kinder, YouTube-Parodien. Was auch immer. Das gottverdammte Web sollte in Situationen wie dieser nützlich sein, oder nicht? Jeder Computer-User in der Welt sollte mit Fotos von unseren Kindern herumlaufen, statt sich diesen Müll anzusehen.«

»Ich werde mich fernhalten«, versprach Lena abwesend, als hätte sie gar nicht zugehört.

David hatte das Internet durchforstet, um nachzusehen, ob seine Affäre ans Tageslicht gekommen war. Sein früherer Boss war nicht der Einzige bei Dell, der von seiner heimlichen Liebschaft wusste. Es gab jede Menge verleumderisches Geschrei in Blogs, Kommentaren, Anschuldigungen aller Art – die Eltern seien in kriminelle Machenschaften verwickelt, Verschwörungstheorien, dass die Eltern die Entführung selbst inszeniert hatten, um Vorteile daraus zu ziehen –, kurzum kompletten Unsinn und nichts über Davids Techtelmechtel mit Tricia Sands. Doch auch das stimmte ihn nicht gerade optimistisch – er war noch nicht vom Haken. Er hatte sich damit abgefunden, dass der Tag kommen würde, an dem er seiner Frau gegenübertreten und beichten musste, was er getan hatte. Er wollte nur nicht, dass dieser Tag kam, solange Sarah noch vermisst wurde. Andererseits hatte er fast gehofft, dass sein Geheimnis im Internet enthüllt worden war. Diesen Teil seines Lebens hätte er gern so schnell wie möglich hinter sich gebracht.

»Das Camp Rondo wurde für den Rest des Sommers geschlossen«, sagte David schließlich.

»Ich hasse dieses Camp«, erwiderte Lena. »Ich kann gar nicht daran denken. Warum haben wir Sarah nicht nachgegeben? Wieso haben wir sie nicht in das Fußballcamp gelassen?«

»Wir haben ihr die Wahl gelassen, Lena. Es war ihre Entscheidung.«

»Wir haben sie zu dieser Entscheidung überredet, erinnerst du dich? Ihr Herz hing an dem Fußballcamp, aber sie wäre jeden Abend zum Schlafen nach Hause gekommen, und wir beide wollten diese zwei Wochen für uns haben. Das weißt du doch noch, oder?«

»Nein. Ich weiß nur noch, dass ich stolz auf unsere Tochter war, weil sie Pro und Kontra gegeneinander abgewogen und sich schließlich für Camp Rondo entschieden hat.«

»Unsinn, David. Warum wollte sie in dem Ferienlager die ganze Zeit ihre Fußballschuhe tragen?«

»Damit sie ein bisschen was von beidem haben kann. Sie ist neun Jahre alt, Lena.«

Lena fürchtete wieder, sich übergeben zu müssen. Aber die Übelkeit verging. »Entschuldige. Ich glaube, ich werde noch verrückt. Was haben sie gesagt? Sollten wir um drei Uhr von ihnen hören?«

»Sie sagten, das wäre der früheste Zeitpunkt, wenn wir das Geld zu Mittag losschicken.«

Lena schätzte, dass es jetzt elf Uhr dreißig war. Aber sie wollte nicht mehr an die Zeit denken. »Ich gehe heute Nachmittag zu den Williams.«

»Da musst du ohne mich hin. Mit anderen Opfern herumsitzen? Kommt nicht in Frage.«

»Was können wir sonst tun?«

Diese Frage konnte David nicht beantworten. Lena hatte wieder das Gefühl, dass sie weg von ihm musste. Sie ging ins Haus und verspürte ein seltsames Ziehen im Magen, als sie die Reste von Davids Frühstück auf dem Küchentisch sah. Sie verließ die Küche und ging ins Schlafzimmer. Der Computer in der Ecke kam ihr jetzt vor wie ein hässlicher Gnom. Sie starrte auf den Monitor. Ein Post-it-Zettel mit Sarahs Handschrift klebte am unteren Rand. Sie hatte für ihre Mutter die Schritte, wie sie Sarahs Freundin bei Facebook werden konnte, aufgeschrieben. Lena fragte sich, ob sich die Klatschverbreiter aus dem Internet in Sarahs Seite eingeschlichen hatten. Sie brachte es nicht übers Herz, sich das anzusehen. Sie schaute aus dem Fenster und sah, wie zwei Männer von den Nachrichtenteams Frisbee spielten. Die Unbekümmertheit dieses Spiels machte sie krank. Sie ließ sich aufs Bett fallen und starrte an die Decke und versuchte, die Außenwelt hinter ihren vier Wänden aus ihren Gedanken zu verbannen.

Ungefähr eine Viertelstunde befand sie sich in einem lethargischen Zustand, dann klingelte das Telefon. Sie schnellte in die Höhe und nahm den Hörer ab.

»Hallo?«

»Mrs. Pyle. Hier spricht Lynn Witherspoon.«

Lena brauchte eine Sekunde, um sich in Erinnerung zu

rufen, wer Lynn Witherspoon war. Dann fürchtete sie, sie hätte schlechte Nachrichten. »Ja?«

»Wir verhören gerade den Besitzer des Computers, von dem aus die E-Mails an Sie und die anderen Eltern verschickt wurden. Ich möchte nicht, dass Sie Ihre Hoffnungen zu hoch schrauben. Möglicherweise wurde er auch nur von den echten Entführern ausgetrickst. Aber wir versuchen, ihn mit der Perücke zu fotografieren, und wir wollen, dass Sie und die anderen Eltern, die mit diesem J.D. gesprochen haben, einen Blick auf das Foto werfen.«

»Was meinen Sie mit ›versuchen‹?«

»Nun, er hat das Recht, es zu verweigern. Aber bisher hat er sich als sehr kooperativ erwiesen, also können wir Ihnen vielleicht schon bald das Foto zeigen. Haben Sie vor, zu den Williams zu fahren?«

»Wir haben gerade darüber gesprochen. Ich glaube, ich gehe hin.«

»Könnten Sie warten, bis wir Ihnen das Foto übermittelt haben? Wir möchten, dass Sie es sich allein.«

»Okay, wie lange wird es dauern?«

»Das wissen wir nicht. Und, Mrs. Pyle, darf ich Sie um einen Gefallen bitten?«

»Ja.«

»Denken Sie, dass Sie die anderen Eltern überreden können, das Lösegeld noch eine Weile zurückzuhalten?«

»Warum?«

»Es ist eine strategische Frage. Wenn wir J.D. tatsächlich gefunden haben und Sie die Überweisung machen, dann geht das Geld an einen anderen, und wir werden es unter Umständen nie wiederbekommen. Wenn sie hingegen nicht gezahlt haben und wir diesen J.D. zum Reden bringen, können wir die ganze Bande schnappen.«

Lena reagierte auf Witherspoons heisere Stimme genauso wie am Tag zuvor. Die Unbestimmtheit und die Argumente, die mit zu vielen »Wenns« gespickt waren, schreckten sie ab. »Ich glaube, die Gruppe hat ihren Entschluss gefasst. Ich habe das jedenfalls.«

»Ich verstehe. Wir lassen Sie's wissen, wenn wir das Foto haben. Wir mailen es Ihnen.«

Lena legte auf und ging in die Küche. David hatte das Gespräch mitangehört. »Glaubst du, du kannst ihn identifizieren? Erinnerst du dich, wie er ausgesehen hat?«

Lena konnte nicht darauf antworten. Sie wollte dieses Foto sehen, weil sie ziemlich sicher war, dass sie ihn sofort erkennen würde. Der Anblick von J.D. würde ihr eine Gänsehaut verursachen, davon war sie überzeugt. Und dann wäre alles klar.

Phil Rostenkowski nahm den Anruf von Lynn Witherspoon entgegen. Er hatte höllische Kopfschmerzen und konnte sich kaum auf das konzentrieren, was Witherspoon sagte. Er erwiderte, er und Janet würden sich jedes Foto ansehen, dass er jedoch nicht sicher sei, ob er J.D. identifizieren konnte.

»Wie kommt das, Mr. Rostenkowski?«

»Wir haben uns darüber unterhalten. Wir erinnern uns einfach nicht an viele Dinge. Wir waren um unsere Tochter besorgt. Janet wusste nicht einmal mehr, dass er lockiges Haar hatte. Es ist alles irgendwie undeutlich.«

Witherspoon richtete auch an Phil die Bitte, die Überweisung des Lösegelds hinauszuzögern, aber er blieb eisern dabei, dass das Geld so schnell wie möglich losgeschickt werden sollte. Sie beendeten das Gespräch, und Phil massierte fest seine Schläfen, in der Hoffnung, so seine Kopfschmerzen verscheuchen zu können. Janet hatte noch eine Pille zur Beruhigung geschluckt und sich hingelegt. Phil überlegte, ob er dasselbe machen sollte, fürchtete jedoch, dass das Beruhigungsmittel sein Denkvermögen beeinträchtigen könnte. Er musste auf Draht sein.

Er ging ins Schlafzimmer. Janet war wach geworden und öffnete die Augen, als er hereinkam.

»Wer war das?«, wollte sie wissen.

»Witherspoon.«

»Was?«

Sie beide hörten Paul auf dem Flur husten und drehten sich zur Tür, als er ins Zimmer kam.

»Wer war das, Dad?« fragte er.

»Ich erzähle gerade deiner Mom davon. Es war die stellvertretende Bundesstaatsanwältin Witherspoon.« Er wandte sich Janet wieder zu. »Sie vernehmen zurzeit einen Verdächtigen.«

»Wen?« Janet setzte sich auf.

»Sie hat keinen Namen genannt und nur gesagt, dass sie jemanden verhören. Sie versuchen, ihn mit der Perücke zu fotografieren und mailen uns die Aufnahme.«

»Wir können ihn nicht identifizieren.«

»Das habe ich ihr gesagt, aber sie schickt es trotzdem.«

»Das sind doch tolle Neuigkeiten, oder?«, wollte Paul wissen. Phil und Janet nickten, beiden fehlte allerdings die Begeisterung. Phil legte erneut die Fingerspitzen an seine Schläfen. Die Kopfschmerzen brachten ihn schier um.

Sheila Walker konnte nicht sagen, ob sie fähig war, auf einem Foto den J.D. wiederzuerkennen, der ihnen ihren Sohn genommen hatte.

»Ich hatte zu der Zeit so viel im Kopf: Franklin, eine Konferenz, die mir bevorstand. Dieser J.D. machte einen netten

Eindruck. Das war alles, was mir aufgefallen ist. Franklin braucht verständnisvolle Erwachsene um sich herum. Der junge Mann erschien mir verständnisvoll.«

Lynn Witherspoon fragte sie nicht einmal, ob sie bereit war, die Überweisung zu verschieben. Zwei Familien hatten sich bereits dagegen ausgesprochen, und sie wusste von vornherein, dass die Walkers ihr diese Bitte wie die anderen abschlagen würden.

Nachdem Sheila aufgelegt hatte, suchte sie John in der Küche auf und gab ihm den Inhalt des Gesprächs wieder. Sie diskutierten darüber, als das Telefon wieder klingelte – diesmal war Marshall Rogovin, der Boss von Citibank IT, am anderen Ende. Er rief John an, um ihm einen Bericht über ihre eigenen Ermittlungen abzugeben, ehe sie die Ergebnisse ans FBI übergaben.

»Tut mir leid, dass ich keine besseren Nachrichten für Sie habe, John. Unsere Analyse scheint darauf hinzudeuten, dass die Entführer die IP-Adresse, von der die Mails abgeschickt wurden, widerrechtlich benutzt haben.«

John wusste, was das bedeutete, aber er musste sich vergewissern. »Jemand hat sich also in den Computer eingeschlichen und die Adresse benutzt, um die Mails zu verschicken«, sagte er. »Dieser Computer, den sie aufgespürt haben, hat demnach gar nichts mit dem Fall zu tun?«

»Vermutlich nicht. Wahrscheinlich haben die Entführer einfach wahllos einen PC ausgesucht – einen, bei dem nicht viele Sicherheitsvorkehrungen den Zugang erschweren. Ich bin überzeugt, das wird das FBI noch herausfinden, wenn sie es nicht schon wissen.«

»Okay. Danke, Marshall. Wissen Sie, an welchen FBI-Agenten Sie Ihre Erkenntnisse weitergeben können?«

»Ja. Da ist aber noch etwas.«

»Und was?«

»Von dem fraglichen Rechner aus wurde regelmäßig mit einer IP-Adresse korrespondiert, die zu eurer Elterngruppe gehört.«

»Zu allen von uns? Die E-Mails?«

»Nein, davor. Und nur ein Computer war involviert – der von den Rostenkowskis. Es waren drei oder vier E-Mails, die bis in den Mai zurückreichen.«

»Und was heißt das? Haben sie etwas mit der Entführung zu tun?«

»Nein. Es sieht aus, als hätten die Entführer das Gerät getestet, um zu sehen, ob der Rundlauf funktioniert. Und das deutet daraufhin, dass die Sache von langer Hand vorbereitet ist. Ihr Plan ist aufgegangen.«

»Oh. Das höre ich nicht gern.«

»Und, John …«

»Ja?«

»Wir bleiben am Ball. Wir betrachten diese Sache als Angelegenheit der Bank, nicht nur als Ihre persönliche.«

»Was meinen Sie damit?«

»Wie Sie wissen, ist es mein Job, paranoid zu sein. Bei dieser Perfektion müssen wir annehmen, dass die Kidnapper nicht nur ein paar Biertrinker sind, die sich ausgedacht haben, wie man sich eine schnelle Million beschafft. Und wir müssen auch davon ausgehen, dass sich die Entführer nicht zufällig Ihren Sohn ausgesucht haben. Immerhin sind Sie Leiter einer global operierenden Abteilung in einer der weltgrößten Banken. Wir wissen nicht, was diese Leute noch im Schilde führen, aber wir müssen sehr vorsichtig sein.«

John gefiel der Tonfall nicht. »Was wollen Sie damit sagen, Marshall?«

»Ich meine damit, dass dies für Sie eine Entführung ist.

Wir hingegen müssen die Sache aus einem anderen Blickwinkel betrachten. Wir müssen annehmen, dass es noch etwas anderes ist – eine List.«

Weitere Fragen wollte John nicht stellen. Allmählich erkannte er, wo er stand. Es war nicht so, dass man ihm nicht vertrauen konnte. Wenn es jedoch um die Sicherheit der Bank ging, müssten sie John auf Armlänge von sich halten und sich von einem ihrer leitenden Mitarbeiter distanzieren. Dieser Mitarbeiter mochte seinen Sohn vermissen – tragisch –, aber die Bank war für weit mehr verantwortlich. Sie mussten an die Bankkunden, Investoren, Shareholders und den Vorstand denken. Und wenn jemand die Bank durch ein Täuschungsmanöver mit einem Mitarbeiter angriff, dann mussten sie den Mitarbeiter erst im Auge behalten und sich dann von ihm trennen. Nach einem förmlichen Abschied legte John auf. Wieder hatte er denselben Gedanken: Warum habe ich daran noch nicht gedacht?

KAPITEL 26

Die Perücke überraschte Chase. Er hatte mit Toomey und Allen fünfzehn oder zwanzig Minuten zusammengesessen und, wie er fand, eine superbe Vorstellung gegeben, indem er Unschuld und Naivität mit einem aufrichtigen Gespräch über seine Kinder vermischt hatte. Als sie die Innereien seines Computers untersuchten und herausfanden, dass er von »Piraten« gebraucht worden war, wusste Chase, dass seine Schauspielerei für die Cops plausibel erscheinen musste. Für sie war er kein Technikfreak, der sich vorstellen konnte, dass diese kriminelle Aktivität von seinem Computer aus inszeniert worden war.

Als Toomey jedoch für ein paar Minuten hinausging und mit der Perücke in der Hand zurückkam, fiel Chase für einen Moment aus der Rolle, als wäre er mitten in einer Vorstellung und jemand im Publikum hätte laut geniest. Er hatte die Perücke dort, wo es sein Vater wollte, in eine Mülltonne geworfen. Wie hatten sie das Teil gefunden? Er schaffte es, die Fassung schnell wiederzugewinnen, aber diese Entwicklung gefiel ihm ganz und gar nicht.

»Wo waren wir stehengeblieben?«, fragte er Allen.

»Bei Computern an der Arbeitsstelle.«

»Oh, richtig. Ich muss nicht mit Computern arbeiten. Die Vorgesetzten in meiner Abteilung nutzen sie, um die Wäschebestände zu überprüfen und zu schauen, ob die Lieferanten ehrlich sind – solche Sachen eben. Aber ich bin nur jemand, der mit den Händen arbeitet, und brauche keinen Computer dafür. Ich kenne meinen zu Hause und komme leidlich gut damit zurecht. Aber bei anderen Geräten stehe ich auf verlorenem Posten.«

Toomey setzte sich und legte die Perücke auf den Tisch. Chase wusste, dass er etwas dazu sagen musste. »Hat das hier irgendetwas mit mir zu tun?«

»Möglich«, erwiderte Toomey; er ließ Chase nicht aus den Augen. »Sagen Sie es mir.«

»Ich habe es für ein Fell gehalten, als Sie damit hereingekommen sind, und überlegt, was das für ein Tier gewesen sein könnte. Sind Sie Jäger?«

Toomey und Allen schüttelten den Kopf.

»Wir würden Sie gern damit fotografieren, wenn Sie einverstanden sind«, sagte Toomey.

Chase lachte verhalten. »Sie wollen, dass ich das Ding trage?«

»Ja.«

»Was hat das mit meinem Computer zu tun?«

»Das wissen wir noch nicht. Vielleicht gar nichts. Es ist nur eine Art Experiment.«

Chase merkte, dass sich der Ton verändert hatte. Es wurde Zeit, ernst zu werden. »Also, ich weiß nicht so recht. Sie sagten doch, Sie wollten mir Fragen stellen, aber das ist etwas anderes. Ich möchte nicht in eine Sache hineingezogen werden, die ich nicht durchschaue.«

»Hineingezogen?«, wiederholte Allen.

»Verstehen Sie mich nicht falsch. Aber ich habe viel über Fehlurteile gelesen, wie sie einen Mann des Mordes oder so beschuldigt haben, und Jahre später machen sie einen DNA-Test und finden heraus, dass der Typ unschuldig ist. Und das alles nur, weil die Cops oder der Staatsanwalt irgendwas Komisches gemacht haben. Und ein Foto … ich weiß nicht.«

»Sie denken, wir tun etwas Komisches?«, wollte Toomey wissen.

»Nicht absichtlich. Was haben Sie mit dem Foto vor?«

»Wir zeigen es nur ein paar Leuten.«

»Was für Leuten?«

»Das kann ich Ihnen nicht sagen.«

Chase atmete insgeheim auf. Er sah einen Ausweg. »Das tut mir leid – nein, ich will das nicht. Nicht ohne einen Anwalt, der mir sagt, ob das okay ist.«

»Haben Sie einen Anwalt?«, erkundigte sich Allen.

»Nein. Ich habe noch nie einen gebraucht, außer damals, als wir das Haus gekauft haben.«

»Wie wär's, wenn wir Ihnen das Branchenverzeichnis holen? Dann können Sie sich einen aussuchen.«

Chase lachte wieder. Dies war einfacher, als er gedacht hatte. »Sie erwarten doch nicht ernstlich, dass ich mir einen Anwalt aus den Gelben Seiten heraussuche, oder?«

»Wie wollen Sie es sonst machen?«

»Lassen Sie mich mit meiner Frau telefonieren. Ihre Familie kennt sich in solchen Sachen aus.«

Toomey und Allen musterten ihn – beide wussten, dass sie in einer schwierigen Lage waren. Chase sah das auch und beglückwünschte sich.

»Wissen Sie was? Ich habe gar kein Geld für einen Anwalt. Ich kann mich doch einfach weigern, diese Perücke aufzusetzen, stimmt's?«

Die beiden Agenten nickten resigniert.

Die Standuhr zeigte vier Minuten nach zwölf an. Lena rief David, der in der Küche war, zu: »Bekommen wir eine Bestätigung, wenn die Überweisung getätigt ist?«

»Ich weiß es nicht. Ich bin sicher, das regelt der Banker.«

Lena war nervös und fragte sich, was sie tun konnte. Eigentlich müsste das Perücken-Foto bald eintreffen. Ihr fiel ein, dass sie versprochen hatte, während ihres Urlaubs regelmäßig in der Praxis anzurufen. Sie wählte die Nummer und bekam die Praxisgehilfin Mayra Sanchez, eine sehr effiziente junge Dominikanerin, an den Apparat. Mayra erschrak, als ihr klar wurde, dass Lena am anderen Ende der Leitung war. »Oh, Dr. Pyle – es tut mir so leid, was mit Sarah passiert ist, Mein Gott.«

»Danke, Mayra.«

»Gibt es …?«

»Neuigkeiten? Nein, leider nicht. Nur das, was man in den Zeitungen lesen kann.«

»Können wir irgendetwas tun? Wir alle sind wie im Schock.«

»Ich weiß. Nein, Sie können gar nichts tun.«

»Aber eines möchte ich Ihnen sagen: Ich bete. Meine Familie auch.«

»Danke.«

»Möchten Sie mit einem der anderen Ärzte sprechen?«

Lena wusste selbst nicht, was sie wollte – sie vermutete, sie wollte nur mit jemandem reden. Vielleicht war dieser kurze Wortwechsel mit Mayra schon genug. »Nein. Würden Sie allen bitte nur ausrichten, dass ich ihnen für ihre E-Mails danke und dass sie mich anrufen sollen, wenn es einen Notfall gibt. Ich kann einspringen.«

»Klar.« Sehr viel mehr gab es nicht zu sagen, aber Lena spürte, dass Mayra noch nicht auflegen wollte. »Dr. Pyle?«

»Ja?«

»Ich habe diese Zeichnung im Fernsehen und in der *Post* gesehen, die von dem Kerl, der Sarah abgeholt hat.«

»Ja.«

»Also – da ist der Pfleger in der chirurgischen Intensivstation. Er sieht genauso aus wie der Mann auf der Zeichnung. Wissen Sie, von wem ich spreche?«

»Nein. Aber Ihnen ist doch bewusst, dass der Mann von der Zeichnung eine Perücke trug, oder? Wir haben keine Ahnung, wie er ohne diese Perücke aussieht.«

»Ach ja? Eine Perücke? Das wusste ich nicht. Tut mir leid.«

»Ist schon gut. Sagen Sie allen, dass ich mich wieder melde. Vielen Dank. Bis dann.«

Lena hatte das Phantombild ganz vergessen. Es war irgendwann am Samstag entstanden. Detective Martin hatte die Personenbeschreibung an einen Zeichner weitergegeben, der eine Skizze gemacht und an die vier Familien gemailt hatte. Alle hatten angegeben, was geändert werden musste, und irgendwann bekamen sie die fertige Zeichnung. Lena fand die Zeichnung wie alle Phantombilder dieser Art – zu allgemein, zu maskenhaft, und es gab nicht genug unverwechselbare Merkmale, um eine reale Person danach zu identifizieren. Als sie die endgültige Version gesehen hatte, war sie der Meinung, dass Sarah, die gut zeichnen konnte, einen besseren Job gemacht hätte.

Lena ging zum Computer, um sich die Phantomzeichnung noch einmal anzusehen und nachzuschauen, ob Lynn Witherspoon das Perücken-Foto schon geschickt hatte. Das Phantombild sah so vage aus wie beim ersten Mal, und sie klickte es schnell wieder weg, weil sie das Bild, das sie von J.D. im Kopf hatte, nicht verfälschen wollte. Da war keine E-Mail von Witherspoon. Lena starrte den Bildschirm an und widerstand dem Drang, in dem Schlamm zu stochern, von dem David gesprochen hatte.

Doch dann hatte sie das Gefühl, Sarah schützen zu müssen. Wenn sie nicht zumindest einen Blick darauf warf, würde sie zulassen, dass die Cyber-Welt die Lage ihrer Tochter noch verschlimmerte. Sie googelte Sarahs Namen und erschrak über die vielen Verweise, die angeboten wurden. Sie starrte die Liste lange an und hatte das gleiche Gefühl wie immer, wenn sie Sarahs Zeugnisse sah. All diese Worte und die Zensuren waren nicht ihre Sarah – sie konnten nicht annähernd das wunderbare Kind beschreiben, das Lena so sehr liebte. Sie scrollte ein paar Seiten weiter, und die Wirkung verstärkte sich. Wie konnten sich all diese Leute einbilden, etwas über Sarah zu sagen zu haben?

Neben dem Hinweis auf Sarahs Facebook-Seite war ein Foto von ihr. Auf dem winzigen Bild sah sie trotz ihres strahlenden Lächelns sehr verletzlich aus. Ohne nachzudenken, klickte Lena den Link an und arbeitete sich bis Sarahs Seite vor. Erleichtert stellte sie fest, dass die Seite nicht verunstaltet war. Tränen traten ihr in die Augen, als sie sah, dass Sarah David und sie an die ersten beiden Stellen ihrer Freunde gesetzt hatte. In den Kommentaren beschäftigten sich die Freunde, die Sarah kannten, hauptsächlich mit der Entführung, genau wie Tausende andere, die, abgesehen von dieser traurigen Begebenheit, nichts über sie wussten. Lena fiel auf, dass sich Sarah zum letzten Mal am 12. Juli eingeloggt hatte, und entsann sich, wie ihre Tochter, kurz bevor sie abgeholt wurde, an ihrem Computer gesessen hatte – wahrscheinlich bezog sich der Eintrag darauf.

David nahm den Anruf von Lynn Witherspoon entgegen und beendete das Gespräch, noch ehe Lena den Hörer in der Küche abheben konnte.

»Dieser verdammte Verdächtige verweigert es, sich mit der Perücke fotografieren zu lassen, und sein Computer ist von den Kidnappern benutzt worden.«

»Dann war das also eine Sackgasse?«, fragte Lena und wandte sich mit einem Glas Wasser von der Spüle ab.

»Richtig. Sie lassen ihn laufen. Ich bin froh, dass wir nicht noch ein paar Tage mit der Überweisung gewartet haben.«

Lena stimmte ihm zu und trank einen Schluck Wasser. Als David von Tagen sprach, wanderte ihr Blick unwillkürlich zu dem Abreißkalender, der über dem Telefon an der Wand hing. Weder sie noch David hatten sich in letzter Zeit die Mühe gemacht, die Blätter abzureißen, der Kalender zeigte immer noch Samstag, den 10. Juli an. Lena ging hin, um die Blätter für den Samstag und den Sonntag abzureißen, dann knüllte sie sie zusammen und warf sie in den Abfalleimer.

David ging zu ihr. »Das Lösegeld wird sie nach Hause bringen, Liebes.«

»Aber wann?« Lena drehte sich weg von ihm und starrte an die Wand. Die große schwarze 12 auf dem Kalender drängte sich förmlich in ihr Blickfeld. David streckte die Hand nach seiner Frau aus, aber sie entzog sich ihm.

»Nein, David.« Sie ging ins Schlafzimmer. Eigentlich wollte sie dort auch nicht sein, doch wohin sollte sie sich sonst zurückziehen? Sie überlegte, ob sie den Computer wieder einschalten sollte, aber es gab nichts zum Sehen – keine E-Mail von Lynn Witherspoon. Sie sah auf den Wecker auf dem Nachtkästchen. Es war 12 Uhr 24. In ungefähr einer halben Stunde konnte sie zu den Williams fahren und sich, wie sie hoffte, von Mikes Anwesenheit besänftigen lassen. Sie würden gemeinsam auf Neuigkeiten warten. Um drei Uhr. Sie fieberte dieser Zeit entgegen und fürchtete, dass sie, falls sie dann nicht von den Entführern hörten, keinen weiteren Tag überstehen würde.

Der Kalender kam ihr wieder in den Sinn, und ihr wurde klar, dass morgen der Dreizehnte wäre. Sie war nicht abergläubisch, doch sie hasste den Gedanken an diesen Tag, wenn es wieder einer sein sollte, den sie ohne Sarah erleben musste. Ihr Blick fiel erneut auf den Computer, und sie sah Sarah vor sich, wie sie am Tag der Abreise an ihrem PC gesessen hatte. Plötzlich überkam sie ein eigenartiges Gefühl, das sie eigentlich nur von ihrer Arbeit kannte, wenn sich die unterschiedlichen Symptome zu einer sicheren Diagnose zusammenfügten. Was hatte diese Empfindung verursacht? Es musste irgendetwas mit dem Computer zu tun haben. Aber was? Sie drehte sich um. David kam durch den Flur. Er würde ihre Gedanken stören, solange sie zu ergründen versuchte, was vor sich ging. Sie musste sich beeilen. Was war es?

Das Datum! Heute war der zwölfte. Was …? Und mit einem Mal stand ihr die Zeile von Sarahs Facebook-Seite wieder vor Augen. Letzter Eintrag: 12. Juli. Sarah hatte sich heute eingeloggt!

»Liebes«, begann David, aber Lena riss sich von ihm los und lief zum Computer. David stand hinter ihr und stellte Fragen, sie ließ sich jedoch nicht beirren und schaltete den PC ein und ging zu Sarahs Seite.

»Sie hat sich heute eingeloggt«, schrie Lena und deutete auf die entsprechende Zeile.

David kapierte schnell. »Warte, Lena. Vielleicht war es nicht sie. Ich bin sicher, man kann sich ohne Probleme in diese Seiten einhacken.«

»Wir sollten Martin anrufen, das wäre wahrscheinlich das Richtige.«

»Eher die FBI-Experten. Sie müssen davon erfahren.«

»Ruf sie an!«

David zögerte, ohne den Blick von dem Bildschirm zu wenden. Dann ging er zum Telefon. Lena behielt die Seite im Auge, als würde sie gleich zum Leben erwachen oder Sarah aus ihrem Bild hervorspringen und sagen: »Hi, Mom.« Dieses Gefühl wurde immer stärker, und Lena erinnerte sich daran, wie Sarah die Seite eingerichtet und ein paar Mal durch das Network der Freunde mit ihrer Mutter kommuniziert hatte. Lena versuchte, sich einzuloggen, aber sie hatte ihr Passwort vergessen. Wie, zum Teufel, lautete es? Weshalb hatten sie diese verdammten Passwörter …? Endlich führte eine Buchstabenkombination zum Erfolg, und Lena war auf ihrer eigenen Seite. Eine E-Mail war eingegangen. Eine E-Mail von Sarah!

»David!«

Er hatte Domingo erreicht und sprach gerade mit ihm. Er drehte sich zu seiner Frau um, die die E-Mail anklickte.

Mom,
ein Mann hat uns in den Wald gebracht, nicht ins Camp. Jetzt ist der Mann tot. Er heißt Mr. Ivrit. Wir haben einen Bären gesehen. Ich weiß nicht, wo wir sind. Wir sind an Albania vorbeigefahren. Ich hoffe, ihr könnt herkommen und uns holen. Ich will nach Hause.
Sarah

»Lieber Himmel, David«, sagte Lena. »Es ist eine E-Mail von Sarah. Sag ihm, dass ich eine E-Mail bekommen habe …«

David hielt eine Hand hoch und hörte Domingo zu. Dann sagte er zu Lena: »Er weiß Bescheid. Er hat sie vor einer Stunde schon gesehen.«

»Was?« Lena sah, dass die E-Mail am Morgen um 9 Uhr 46 abgeschickt worden war.

»Er sagt, sie überprüfen gerade die Authentizität.« David ging hinter Lena auf und ab. »Janet hat auch eine Mail von Linda bekommen.«

Lena hörte ihm kaum zu. Sie verfasste bereits eine Antwort.

David, der noch am Telefon war, wedelte mit der Hand, um Lena auf sich aufmerksam zu machen. »Sie wollen nicht, dass wir sofort antworten.«

»Was? Warum?« Lena tippte unbeirrt weiter.

»Sie können den Computer, von dem die Mails abgeschickt wurden, nicht orten. Vielleicht ist es ein schlechter Scherz.«

»Ja, und?«

David wurde zum Mittelsmann zwischen seiner Frau und dem FBI-Agent. Er hörte zu, dann gab er das Gesagte an Lena weiter: »Oder die Kidnapper haben etwas vor. Sie wollen, dass wir warten.«

»Das war Sarah. Da bin ich mir ganz sicher.«

»Meine Frau meint, sie ist sicher, dass die E-Mail von Sarah stammt«, sagte David ins Telefon, dann hörte er wieder eine Weile zu, ehe er sich an Lena wandte: »Sie bitten uns um zwei Stunden Zeit.«

Lena schüttelte den Kopf. Sie beendete ihre Antwort und las sie noch einmal durch.

Sarah,
wir sind so froh, von Dir zu hören. Du musst uns mehr über den Ort sagen, an dem Du gerade bist. Wir kommen und holen Dich. Geht es Dir gut? Sind die anderen Kinder bei Dir?
In Liebe, Mom

David beendete das Telefonat und legte seine Hand auf ihre, so dass sie die Maus nicht mehr bedienen konnte. »Lena. Wir könnten damit Schaden anrichten.«

»Die Mail ist von Sarah, David. Lies sie! Siehst du das denn nicht?«

»Wie kommt sie an einen Computer?«

»Der Entführer ist tot. Vielleicht …«

»Lena, bitte. Klingt das plausibel? Du lässt zu, dass deine Emotionen die Überhand gewinnen. Das ist nicht echt.«

»Wozu soll das gut sein?«

»Wer immer das geschrieben hat, will … ich weiß auch nicht – er will sich über uns lustig machen.«

Lena sah zu David auf. »Wen kümmert das?« Sie schüttelte Davids Hand ab und schickte ihre Antwort weg.

KAPITEL 27

Die Leute vom FBI fuhren Chase zurück zum Krankenhaus und setzten ihn am Eingang zur Notaufnahme ab. Er rief Helene an und erklärte ihr, dass die Vernehmung ein großer Irrtum gewesen sei und dass sich jemand in ihren Computer eingeloggt habe. Sie schien sich keine allzu großen Sorgen gemacht zu haben und musste das Telefonat abbrechen, weil die Kinder ihre Aufmerksamkeit forderten.

Für einen flüchtigen Moment träumte Chase davon, die Arbeit sausen zu lassen, in sein Auto zu steigen und nach Westchester zu fahren, um sich wieder unter die Reporter vor dem Haus der Pyles zu mischen und sich das Schauspiel anzusehen, das er mit angezettelt hatte. Immerhin hatte er den Test beim FBI mit Glanz und Gloria bestanden, und nichts sprach dagegen, dass er die Früchte seines kleinen Triumphs genoss. Während er noch überlegte, bog ein unauffälliger schwarzer Ford mit zwei Männern auf den Vordersitzen auf die U-förmige Zufahrt zur Notaufnahme ein, fuhr vorbei und fädelte sich wieder in den Verkehr auf der Straße ein. Chase wurde plötzlich aus seinem Siegestaumel gerissen, und ihm kam der Verdacht, dass sich das FBI vielleicht noch nicht geschlagen gab und die Dreistigkeit besaß, ihn zu observieren, daher machte er sich auf den Weg zu seinem Arbeitsplatz.

Die Vorstellung, die er dann seinem Vorgesetzten und den Kollegen gab, war ziemlich eindrucksvoll. »Sobald sie herausgefunden hatten, dass jemand meinen Computer benutzt hat, waren sie sehr freundlich und entschuldigten sich x-mal. Dann haben sie mir was zu essen gebracht«, erzählte er. Er hätte den Rest des Tages freinehmen können, beschloss aber, in der Wäscherei zu bleiben und nachzudenken. Helene würde seine kritischste Zuhörerin sein, und er brauchte Zeit, um sich auf die Begegnung vorzubereiten.

Als Chase später an einem der Krankenzimmer vorbeikam, hörte er einen kleinen Teil der Fernsehnachrichten. Es ging um eine E-Mail von den Kindern, aber Chase nahm an, dass das lediglich Gerüchte waren und die Jungs von der Presse etwas aufbauschten. Während einer Zigarettenpause versuchte er wieder vergeblich, seinen Vater zu erreichen. Dieses Mal hinterließ er keine Nachricht auf der Mailbox. Er fragte sich, wo sein Vater steckte. Bei ihrer Planung hatte sein Dad einige CIA-Taktiken, von denen er gelesen hatte, für ihre Mission übernommen. Eine davon war, dass er Chase nicht über den Ort in Kenntnis setzte, an dem er die Geiseln festhielt.

»Auf die Art kannst du dich nicht verplappern und niemandem sagen, wo ich bin.«

»Ich werde mich nicht verplappern, Dad. Vertrau mir.«

Sein Vater hatte ihn mit einem herablassenden Blick fixiert. »Hier geht es um mehr als Vertrauen, Chase. Diese Sache ist wie eine Präzisionsmaschine. Wenn auch nur ein kleines Teilchen locker wird, bricht das Ganze in sich zusammen. Ich kann nicht darauf vertrauen, dass du dichthältst. Ich muss wissen, dass du nichts verraten *kannst*. Kapiert?«

Chase drückte seine Zigarette aus; er merkte, wie seine Stimmung umschlug. Was war das? Er dachte an das kleine Mädchen, das er zuerst abgeholt hatte. Sie hatte einen selbstbewussten, sportlichen Eindruck gemacht. Er hoffte, seine

Jennifer würde auch mal so sein, wenn sie älter war. Seine Gefühlswelt geriet durcheinander. Vielleicht war er doch nicht so verrückt danach, an dieser Operation beteiligt zu sein. Er wollte, dass diese Kinder bald nach Hause kamen. Wenn es so weit war, würde er nach Westchester fahren, um zu beobachten, wie das kleine Mädchen dort abgeliefert wurde.

Tief in Gedanken versunken, ging er zurück ins Klinikgebäude. Das Zischen, mit dem die automatische Tür aufglitt, erschreckte ihn. Er blieb stehen: Als ihm klar wurde, was das Geräusch und die Bewegung zu bedeuten hatten, rief er sich zur Ordnung – er musste besser auf das aufpassen, was um ihn herum geschah – und ging hinein.

Die Nachricht von den Facebook-Mails machte erst im Web die Runde, dann wurde sie von den größeren Medien aufgegriffen. Innerhalb einer Stunde wuchs die Anzahl der Nachrichten-Vans vor dem Haus der Pyles beträchtlich.

»Man kann es ihnen nicht verübeln«, lautete Davids nüchternes Urteil, als er das Treiben aus dem Fenster beobachtete. Er sagte nicht, was ihm durch den Kopf ging – nämlich, dass die Vorstellung von entführten Kindern im Wald mit einem toten Kidnapper und Bären in der Nähe ein echtes Drama war. Lena wusste trotzdem, was er meinte.

Sie saß vor dem Computer, seit sie die Antwort weggeschickt hatte. Wenn die Kinder eine Mail abschicken konnten, dann müssten sie doch auch in der Lage sein, schnell zu antworten. Doch als erst Minuten, dann Stunden ohne Antwort verstrichen, verwandelte sich ihre Zuversicht in Angst. Die Details waren zu genau gewesen und riefen finstere, erschreckende Vorstellungen hervor.

Detective Martin erschien, und Lena wusste beinahe sofort, dass das FBI ihn geschickt hatte, damit er sie im Blick behielt. Aber er hatte auch Neuigkeiten und immer noch diese tröstlichen blauen Augen. Ihn anzusehen war besser, als die Facebook-Seite anzustarren.

Als Lena ihm eine Tasse Kaffee reichte, begann er: »Die E-Mail von dem Rostenkowski-Mädchen enthält dieselben Informationen wie die von Sarah. Aber das heißt nicht viel.« Er holte ein Notizbuch aus seiner Jackentasche und blätterte darin, als alle am Küchentisch saßen. »Sie haben zurückverfolgt, von welchem Computer die beiden Mails abgeschickt wurden – das geht über etwas, was sie IP-Adresse nennen –, und es hat sich herausgestellt, dass es sich um einen Laptop handelt, der vor drei Monaten gestohlen wurde.«

»Ach was«, sagte David.

»Ich kenne mich mit dem Computer-Zeug nicht aus. Jedenfalls sagen die Leute vom FBI, dass die Mails bei einer weiteren Vernehmung des Verdächtigen hilfreich wären. Es liegt eine Namensähnlichkeit vor. Das ist alles, was ich Ihnen sagen kann, und Sie dürfen das selbstverständlich nicht weitertragen. Auf alle Fälle bringen sie den Verdächtigen noch mal zum Verhör ins Präsidium.«

»Aber wo ist Sarah?«, fragte Lena.

Martin sah sie mit einem Mitgefühl an, das ungewöhnlich für einen Polizisten war, als würde er liebend gern ihre Frage beantworten. Er zog erneut sein Notizbuch hervor. »Sie nehmen an, dass die Mädchen mit ›Albania‹ Albany meinen. Demnach müssten sich die Kinder nördlich von Albany aufhalten. Und auf dem Video, das die Kidnapper geschickt haben, ist eine Zeit und ein Datum angegeben, und anhand dessen können sie errechnen, wie weit sie nach Norden gekommen sind. Und da ist von … Bären die Rede. Deshalb nehmen sie an, dass die Kinder in den Adirondacks sind. Sie wollen in einer Sektion von ungefähr hundert, hundertdreißig Meilen Länge suchen.«

»In den Adirondacks«, wiederholte David ausdruckslos und dachte an die Wildnis in dieser Region.

»In den Adirondacks«, bestätigte Martin.

»Hat man mit der Suche schon begonnen?« Lenas Augen leuchteten. David und Martin sahen, dass sie ihre Ungeduld kaum zügeln konnte und am liebsten sofort losgefahren wäre.

»Es ist ein großes Gebiet, Lena«, gab David zu bedenken.

»Das weiß ich. Ist die Suche schon im Gange?«

Martin schüttelte den Kopf. »Ich glaube, sie organisieren alles für morgen.«

Lena hatte Mühe, ihren Ärger zurückzuhalten. »Das FBI hat uns nicht benachrichtigt, als sie diese E-Mails gefunden haben, und jetzt trödeln sie mit der Suche herum?«

»Sie hoffen, Genaueres von dem Verdächtigen zu erfahren«, sagte Martin – er wusste, dass sich Lena damit nicht zufrieden geben würde.

»Sei vernünftig, Liebes«, fügte David hinzu. Doch damit goss er nur noch mehr Öl ins Feuer.

Lena sprang auf und ging ins Wohnzimmer. Die Männer sahen sich an; beide wussten nicht, was sie tun sollten. Dann hörten sie, wie die Haustür ins Schloss fiel.

Lena überrumpelte die Reporter und Kameramänner regelrecht. Als sie sahen, wie sie aus dem Haus stürmte, an ihrem Auto vorbeilief und auf sie zukam, rafften sie sich auf, ihr entgegenzugehen, die Kameras in Stellung zu bringen und Mikrofone und Rekorder einzuschalten. Schäumend vor Wut blieb Lena am Ende der Einfahrt stehen. David und Martin eilten aus dem Haus und rannten ihr nach. Die Reporter waren mittlerweile gerüstet und störten die Ruhe der Straße mit ihren lautstarken Fragen. Lena wedelte mit der Hand und wartete, bis ein Journalist alle anderen zum Schweigen gebracht hatte.

Als Lena anfing, klang ihre Stimme tonlos: »Ich bitte um nichts. Ich möchte nur, dass die Kinder zurückkommen. Falls Sie etwas mit dieser schrecklichen Tat zu tun haben, geben Sie sofort auf und bringen Sie unsere Kinder nach Hause. Wenn Sie sachdienliche Informationen haben, melden Sie sich beim FBI. Und Sie, die Sie mit Ihren Kameras und Mikrofonen hier herumlungern, fordere ich auf, sich nützlich zu machen. Gehen Sie und suchen Sie meine Tochter!«

Nur die unverfrorensten Reporter riefen weiterhin ihre Fragen, als David den Arm um Lena legte und sie zurück zum Haus dirigierte. Martin blieb draußen und versuchte die Meute dazu zu bringen, das Material, das sie gerade bekommen hatten, nicht zu verwenden – ohne Erfolg. Dennoch schienen sich einige betroffen zu fühlen, denn ein wenig später konnte man Reporter hören, die ihre Nachrichtenbeiträge mit nüchternen Sätzen begannen wie: »Die Mutter eines Opfers hat heute die Presse gerügt, als …«

Sobald sie im Haus war, ging Lena zum Computer, fand jedoch nur eine kurze Mail von Witherspoons Assistentin, in der sie alle Eltern um Geduld bat. Sie hätte genauso gut bitten können, dass sie jeden Tag jünger werden sollte, fand Lena. Sie konnte keinen Funken Geduld mehr aufbringen, selbst wenn ihr Leben davon abhinge.

Die Agenten Toomey und Allen erwarteten Chase, als er nach Hause kam. Chase konnte vor den Agenten seine Qualitäten als Familienvater unter Beweis stellen; er machte Helene klar, dass alles gut würde, und hob die Kinder hoch. Aber er konnte weder den Fernseher noch den Computer anschalten, um nachzusehen, ob es etwas Neues gab. Die Agenten wollten ihm nicht sagen, warum sie ihn noch einmal zu einer Vernehmung abholten.

Sie schwiegen, als sie Chase in ein kleines Hinterzimmer im Präsidium brachten, und ließen ihn allein. Nach ein paar Minuten kam Lynn Witherspoon zu ihm, stellte sich vor und nahm Platz. Sie erklärte, dass sie Chases mögliche Mitwirkung an einem Verbrechen untersuchte, dass er jedoch nicht verhaftet sei. Und sie erkundigte sich, ob Chase einen Anwalt hinzuziehen wolle.

Chase' erster Impuls war, die Frage zu bejahen und sich so noch ein wenig Zeit zu verschaffen. Aber es gefiel ihm, dass ihm diese üppig ausgestattete Frau gegenübersaß; er wollte sie beeindrucken und ihr eine seiner Glanzvorstellungen bieten. Sie sah ihm in die Augen wie eine Lehrerin, die ihn nach seiner Hausaufgabe fragte. In solchen Situationen war er immer schon gut gewesen. Er erklärte, dass er keinen Anwalt wollte.

Er blieb eisern bei seinem Entschluss, auch als Witherspoon einen Assistenten, eine Gerichtsstenographin und ein Aufnahmegerät in den kleinen Raum brachte. Das ist alles nur Show, dachte Chase. Er bereitete sich auf seine Rolle vor, während Lynn Witherspoon Datum und Uhrzeit sowie die Namen der Anwesenden auf Band sprach. Er würde sich wieder unschuldig, erstaunt, naiv, vielleicht sogar schockiert geben, wenn sie ihm eröffnete, dass jemand über seinen Computer Mails verschickt hatte. Doch nach Witherspoons erster Frage brauchte er weder den Überraschten noch den Schockierten zu spielen.

»Darf ich Sie Chase nennen? Okay. Chase, ist der Name Ihres Vaters James Everett Collins?«

Mein Vater?, dachte er. Was musst du über ihn wissen? Ich stehe auf der Bühne, nicht er. »Ja«, sagte er laut.

»Und können Sie mir sagen, wo sich Ihr Vater zurzeit aufhält?«

Wenn es nach Lynn Witherspoon gegangen wäre, hätte sie sofort abbrechen können. Chase' Gesicht verriet nicht nur, dass er wusste, wo sein Vater war, sondern beantwortete auch die viel wichtigere Frage nach seiner Rolle bei der Entführung. Witherspoon wusste, dass sie mit J.D. redete.

Chase behielt seinen erstaunten Ausdruck bei, rief sich mental ein Bild von seinem Vater vor Augen, dann erholte er sich. »Ist ihm etwas passiert?«

»Vielleicht. Wissen Sie, wo er jetzt ist?«

»Heute ist Montag? Dann ist er wahrscheinlich zu Hause. Er arbeitete nur noch ein paar Tage in der Woche.«

»Wir haben ihn nicht zu Hause angetroffen. Wann haben Sie zum letzten Mal mit ihm gesprochen?«

»Ich weiß nicht. Aber wenn ihm etwas passiert ist, sollten Sie es mir sagen. Weil ...«

»Hatten Sie seit Samstag Verbindung mit ihm?«

»Hm ... Samstag. Nein, ich glaube nicht.«

»Heute haben Sie nicht mit ihm telefoniert?«

»Nein.«

Witherspoon hatte überlegt und mit ihren Mitarbeitern diskutiert, ob sie gleich mit der Tür ins Haus fallen sollte, doch nachdem sie den Ausdruck auf Chase' Gesicht gesehen hatte, brauchte sie sich nicht mehr zurückzuhalten.

»Wir haben Grund zu der Annahme, dass Ihr Vater gestorben ist«, sagte sie.

Chase schwieg eine ganze Weile. Dies war entweder eine besonders grausame Taktik oder die Wahrheit. An Letzteres wollte er gar nicht denken. Das konnte nicht sein. Andererseits hatte er seit Sonntag nicht mehr mit seinem Vater telefoniert. »Was bringt Sie darauf?«

»Wir haben eine Nachricht von jemandem erhalten, von dem wir glauben, dass er bei ihm war, als er starb.«

»Von wem?«

»Von einem Kind, das vor zwei Tagen entführt wurde.«

Das passte zu gut zu der Tatsache, dass sein Dad keinen seiner Anrufe entgegengenommen hatte. Chase konnte seine Rolle nicht mehr aufrechterhalten. »Ich verstehe nicht.«

»Ich denke doch. Wurden Sie früher J.D. genannt wegen Ihrer Vorliebe für Jack Daniels?«

»Den trinke ich nicht mehr.« Chase konnte keinen klaren Gedanken fassen. Sein Vater – tot?

»Aber es war Ihr Spitzname?«

»Die Leute haben mir lauter Spitznamen gegeben. Was hat das mit meinem Dad zu tun?«

»Vielleicht können Sie mir das sagen.«

»Ich kann Ihnen alles sagen. Ich habe nicht mehr mit meinem Vater gesprochen, seit – keine Ahnung, was hab ich gesagt? – Samstag?«

»Sie können sich nicht mehr erinnern, was Sie gesagt haben?«

»Ich kann nicht richtig denken! Sie sagen mir, dass mein Dad tot ist! Was erwarten Sie?« Eine Ader an Chase' Hals war angeschwollen, sein Gesicht hochrot angelaufen.

»Ich erwarte, dass Sie uns erzählen, wie Sie und Ihr Vater vier Kinder, die auf dem Weg ins Camp Rondo waren, entführt haben und wo sie jetzt sind«, erwiderte Witherspoon.

»Soll das ein Witz sein?«

»Absolut nicht.«

Chase atmete schwer, seine Gedanken waren zäh wie Gummi. Er schaute von Lynn Witherspoon zu ihrem Assistenten mit der steinernen Miene, dann zu der hübschen jungen Stenographin, deren Finger über der Tastatur ihres Gerätes schwebten. Dann sah er Lynn Witherspoon wieder an.

»Hören Sie auf. Ich möchte einen Anwalt hier haben.«

KAPITEL 28

Lena war so angespannt, während sie auf eine E-Mail von Sarah wartete, dass sie eine Fehlgeburt befürchtete. Sie führte Selbstgespräche und redete mit David, nur um die Aufregung in Schach zu halten. Mike Williams' Stimme am Telefon war ein willkommenes Gegenmittel zu ihrem Geplapper.

»Hallo, Lena. Ich bin's, Mike Williams. Ich wollte nur in Verbindung bleiben.«

»Hi. Danke. Es war schrecklich.«

»Das kann ich mir vorstellen. Po meinte, sie wüsste nicht, ob es besser oder schlimmer wäre, eine E-Mail von Tommy zu bekommen.«

»Das weiß ich auch nicht. Sarah schien mir so nahe zu sein, als ich die Mail öffnete. Jetzt jedoch ist es, als wäre sie mir entglitten.«

Mike wartete ein paar Sekunden mit seiner Erwiderung. »Ich hoffe, ich trete Ihnen nicht zu nahe, aber wir haben uns über diese Mails unterhalten und … Na ja, Tommy hat manchmal eine blühende Phantasie, verstehen Sie? Und wenn die Kinder im Wald sind …«

Lena fühlte sich nicht gekränkt. Daran hatte sie noch nicht gedacht. »Sie meinen, die Kinder könnten … Sarah und Linda könnten sich nur eingebildet haben, einen Bären zu sehen?«

»Oder dieser Mister, wie auch immer er heißen mag, ist gar nicht wirklich tot. Vielleicht hat er nur lange geschlafen, die Kinder haben ihm den Laptop geklaut, und der Mann ist irgendwann wieder aufgewacht.«

Lena wusste nicht, was schlimmer wäre – die Kinder mit einem Toten mitten in der Wildnis oder mit einem lebenden Entführer, der jede weitere E-Mail verhinderte. »Ich glaube nicht, dass Sarah einen Schlafenden mit einem Toten verwechselt. Sie gehört nicht zu den phantasiereichen Kindern. Ich fürchte, sie ist eher eine Wissenschaftlerin – die Tochter ihrer Mutter.«

»Das ist nicht das Schlechteste«, erwiderte Mike.

Unter anderen Umständen hätte Lena das als Flirtversuch gewertet. »Aber ich denke ständig, dass ich nicht wissenschaftlich genug vorgegangen bin«, gestand Lena.

»Wie das?«

»Es gab Anhaltspunkte, denke ich. Ich bin dafür ausgebildet, jeden kleinsten Hinweis zu untersuchen. Hätte mir zum Beispiel nicht auffallen müssen, dass er eine Perücke trug?«

»Er war nicht als Patient bei Ihnen, und Sie mussten keine Diagnose stellen, Lena. Ich habe mir ungefähr dasselbe vorgeworfen. Zwar bin ich nicht für so was ausgebildet, aber ich habe jahrelange Erfahrung darin, Schwindler von ehrlichen Menschen zu unterscheiden – diejenigen, die einen Job anständig erledigen können, von denen, die einem nur Schwierigkeiten machen. Verdammt, ich habe mir den Burschen nicht mal richtig angesehen. Ich war so stolz auf meinen kleinen Racker, weil er freiwillig und ohne jedes Theater in den Van gehüpft ist, dass ich für nichts anderes Augen hatte.«

Lena kamen die Tränen. Sie hatte immer schon eine Schwäche für Männer gehabt, die ihre Kinder so sehr liebten, dass sie ihnen Kosenamen gaben. Ihr Dad hatte Sylvie den Namen »Zappel-Sue« gegeben wegen ihrer Hyperaktivität. Und Sarah nannte er »Sarabell«. Als Sarah noch ganz klein war, hatte David »Toodle« zu ihr gesagt, aber in letzter Zeit hatte Lena das nicht mehr gehört.

»Lena«, sagte Mike nach kurzem Schweigen. »Geht es Ihnen gut?«

»Ja, danke.«

»Sie können uns jederzeit anrufen oder vorbeikommen. Es kann ganz schön aufregend sein, so auf einem verdammten Präsentierteller zu sitzen wie wir.«

»Ich weiß. Ich kann aber nicht weg vom Computer.«

»Den können Sie auch von hier aus überwachen. Jack ist ein Genie auf diesem Gebiet.«

Nachdem sich Lena einmal mehr bedankt hatte, beendeten sie das Gespräch. Sie stand in der Küche und starrte in den Garten.

»Wer war das?«, wollte David wissen, als er in die Küche kam.

»Mike Williams.«

»Neuigkeiten?«

»Er fragt sich, ob sich die Kinder manches nur eingebildet haben«, sagte Lena, während sie lauwarmen Kaffee in eine Tasse eingoss und sie in die Mikrowelle stellte.

David verspürte plötzlich den Drang, seine Frau in den Arm zu nehmen. Aber sie hielt die Kaffeetasse mit beiden Händen und blies hinein. Er konnte sich vorstellen, dass sie ihn zurückweisen würde, und diese Erfahrung wollte er lieber nicht machen. Bis auf eine einzige Umarmung hatte sie sich, seit dieser Alptraum begonnen hatte, in ihre eigene Welt zurückgezogen.

»Hat er etwas zu dem Blogger gesagt?«

»Zu einem Blogger? Nein … was?«

»Da ist ein Blogger, der sich NutsandBolts nennt. In seinem Blog geht es um Verschönerungen im Haus, aber er schreibt, dass er Williams kennt und weiß, dass er das Leben seiner Kinder hoch versichert hat.«

Lena funkelte David böse an. Noch hatte sie Mikes besänftigende Stimme im Ohr. »Und daraus folgerst du, dass er die Entführung inszeniert hat und sein Kind umbringen lässt, nur um an die Versicherungssumme heranzukommen? Guter Gott, David, das ist verrückt.«

»Na, ich weiß nicht so recht. Der Typ behauptet, die schlechte Wirtschaftslage hätte Williams' Firma mächtig geschadet, und vergiss nicht, wie schnell seine Leute diesen Van gefunden haben.«

»Das ist ein alter Hut. Hat dir Martin nicht geraten, dich von solchem Zeug fernzuhalten?«

»Du bist wie eine Ärztin, die einen Patienten ignoriert, nur weil er sich einige Informationen aus dem Internet beschafft hat.«

Darüber wollte Lena lieber nicht nachdenken. Vielmehr interessierte sie, warum ihr David den Teppich unter den Füßen wegzog und den Mann, der ihr in den vergangenen drei Tagen am meisten geholfen hatte, verunglimpfte.

»Ich wette, es gibt Blogs, in denen behauptet wird, wir hätten in unserem Haus einen Hexensabbat gefeiert und würden die Kinder gefesselt in unserem Keller gefangenhalten.«

»Das ist nicht so verrückt, wie es klingt.«

»Was? Dass wir Hexensabbat feiern?«

»Nein. Dass Williams Geld braucht. Er und seine Frau waren auffallend ruhig. Und dann noch dieses Anbiedern und die ständigen Angebote, zu ihnen zu kommen. Sie machen nicht den Eindruck, als wären sie besonders betroffen.«

Für Lena war das keine Kritik, sondern Ausdruck von Neid. Sie legte eine Hand auf Davids Arm und sah ihm in die Augen. Sie brauchte nichts zu sagen. Ihre alte Kommunikationsweise funktionierte noch, und sie übermittelte ihm: »Hörst du dir eigentlich selbst zu?«

David gab sich nicht so schnell geschlagen. »Ich weiß nicht. Er will, dass wir alle in sein Haus kommen. Was bezweckt er damit? Will er uns im Auge behalten? Und wieso ruft er dich an?«

Lena sah zum Telefon, aber es gelang ihr nicht, Mikes Stimme noch einmal heraufzubeschwören. Es gab keinen beinahe-flirtenden Mike mehr. Nur noch einen Bauunternehmer, der Versicherungen auf seine Kinder abgeschlossen hatte.

Wie aufs Stichwort klingelte das Telefon. Es war nicht Mike, sondern jemand aus Lynn Witherspoons Büro, der David bat, für eine Konferenzschaltung am Apparat zu bleiben. David sagte Lena Bescheid, und sie ging ins Schlafzimmer, um von dort aus an dem Gespräch teilzunehmen. Das Blut pochte in ihren Schläfen, während sie die Stimmen und Atemzüge der anderen hörte, die in der Leitung warteten.

John Walker ergriff das Wort. »Lena, sind Sie da?«

»Ja.«

»Ich danke Ihnen für das, was Sie zur Presse gesagt haben. Ich bin ein wenig eingeschränkt wegen meiner Bank, aber ich habe gefühlt, was Sie zum Ausdruck brachten.«

Die anderen pflichteten ihm bei, dann schaltete sich Lynn Witherspoon ein und rief die Namen aller auf, um sich zu vergewissern, dass alle zuhörten.

»In ein paar Minuten spreche ich mit der Presse«, begann Witherspoon, »möchte Sie aber vorher über die neueste Entwicklung informieren.« Lena hörte, wie die anderen Luft holten. »Wir haben einen Verdächtigen festgenommen, der unserer Meinung nach J.D. ist.« Sie machte eine kleine Pause, um ihre Worte wirken zu lassen. »Dieser Chase Collins ist derselbe Mann, der sich geweigert hat, sich mit der Perücke fotografieren zu lassen. Der zweite Vorname seines Vaters ist Everett – das klingt ganz ähnlich wie der Name, den die Mädchen in ihren Mails angegeben haben. Collins' Reaktion auf gewisse Fragen lässt uns annehmen, dass tatsächlich von seinem Vater die Rede war.«

Alle redeten gleichzeitig drauflos und stellten Fragen, und Lena verstand genauso wenig wie Lynn Witherspoon.

»Bitte, könnten Sie sich Ihre Fragen aufsparen? Ich weiß selbst nicht viel mehr. Vielleicht sollten wir uns heute Abend treffen. Wir können den Verdächtigen nicht weiter vernehmen, bis er einen Anwalt verpflichtet hat. Das kann Stunden dauern.«

»Ich verhöre ihn«, brummte Mike.

»Ich habe Verständnis für Ihre Gefühle. Noch eines möchte ich Ihnen sagen, wovon die Presse nichts erfahren wird. Es ist denkbar, dass Collins keine Aussage macht. Das ist sein Recht. Und es besteht zudem die Möglichkeit – auch wenn sie gering ist –, dass er nicht weiß, wo die Kinder festgehalten werden.«

Wieder wurden die anderen Gesprächsteilnehmer unruhig.

»Wie kann das sein?«, platzte Janet aufgeregt heraus.

»Uns ist klar geworden, dass diese Entführung clever geplant ist. Es könnte sein, dass Chase Collins lediglich die Aufgabe hatte, die Kinder abzuholen und seinem Vater zu übergeben, der sie dann an einen unbekannten Ort brachte. Jedenfalls würde ich es so halten, wenn ich dieses Verbrechen organisiert hätte. Auf diese Weise kann der Sohn die Frage ›Wo sind die Kinder?‹ ganz aufrichtig mit ›Ich weiß es nicht‹ beantworten. Tut mir leid, dass ich Sie jetzt damit alleine lasse, aber ich muss los.« Lynn Witherspoon verabschiedete sich hastig.

Eine ganze Weile herrschte Schweigen, dann überraschte David seine Frau mit der Erklärung: »Wenn wir morgen noch nicht mehr wissen, werde ich mich einem Suchtrupp anschließen.«

»Lena, Janet, sind Sie sicher, dass Ihre Antwort-Mails auf der Mailbox der Mädchen eingetroffen sind?«

Lena war sprachlos. Sie war nicht einmal auf die simple Idee gekommen, nachzusehen, ob Sarah ihre Mail bekommen hatte. Was, wenn sie die ganze Zeit gewartet hatte und ihre Antwort irgendwo hängengeblieben war?

John meldete sich zu Wort und beschwichtigte Lenas Ängste. »Das FBI beaufsichtigt das alles. Ich bin sicher, sie wissen, dass das Schreiben an die richtige Adresse gegangen ist.«

Keiner wollte auflegen, doch im Grunde gab es nichts mehr zu sagen. Dieses Mal lud Po sie alle ein, bei ihnen vorbeizukommen, und sie beteuerte, dass sie auch von ihrem Computer aus die Facebook-Accounts beobachten konnten. Plötzlich war Lena zu erschöpft, um sich durch die Medienmeute vor dem Haus zu kämpfen und irgendwohin zu fahren. Sie verabschiedeten sich alle und legten auf.

Lena und David trafen sich im Wohnzimmer, wo er nervös auf und ab lief.

»Hast du das ernst gemeint?«, fragte Lena.

»Dass ich in die Adirondacks fahren will? Ja, sicher. Es würde mich in den Wahnsinn treiben, noch einen Tag hier herumzusitzen und darauf zu warten, dass dieses Arschloch redet.« Dann zählte er auf, was noch zu tun war. Zuerst musste er sich mit einem ehemaligen Geschäftspartner, einem Jäger, der ständig von den Adirondacks redete, in Verbindung setzen, seinen Bruder anrufen, um seinen Rat, welche Vorkehrungen er treffen sollte, einzuholen, und entscheiden, welchen Wagen er nehmen sollte.

Lena beobachtete ihn, während er hin und her ging. Er war in Oklahoma aufgewachsen und hatte während seiner Jugend viel Zeit im Freien verbracht. Einmal hatte er Sarah zum Campen mitgenommen – ein unsinniger Ausflug, der durch schlechte Ausrüstung und strömenden Regen getrübt worden war. Doch während der Jahre an der Eliteuniversität in Cornell war er bequem und städtisch geworden. Lena konnte sich nicht vorstellen, dass er sich in der Wildnis der Adirondacks zurechtfand. Andererseits musste er etwas tun. Das verstand sie. Und irgendwie beneidete sie ihn um seine Freiheit, das Haus verlassen und sich auf die Suche nach ihrer Tochter machen zu können. Für Lena kam das nicht in Frage. So irrational es auch sein mochte, sie hatte das Gefühl, zu Hause warten zu müssen, falls Sarah plötzlich zurückkehrte. Sie würde ihre Tochter in die Arme schließen und sie weinen lassen, bis sie keine Tränen mehr hatte.

KAPITEL 29

Am späten Nachmittag brauten sich dicke, stahlgraue Wolken über der Lichtung zusammen und schoben sich vor die strahlende Sonne. Franklin schlug vor, dass sie, ehe es anfing zu regnen, den Laptop wieder zum See bringen und nachsehen sollten, ob eine Antwort von ihren Eltern angekommen war. Keines der Kinder wollte die Sicherheit der Hütte und der Lichtung verlassen, aber dort bekamen sie keine Funkverbindung. Sie wussten, dass sie zu dem schrecklichen Steg zurück mussten. Dieses Mal flatterten die Krähen wild mit den Flügeln, als die Kinder ankamen. Tommy sah sich hastig um. Als sie das erste Mal hergekommen waren, hatten sich die Vögel nicht stören lassen, deshalb ging er davon aus, dass sie etwas anderes, vielleicht ein Bär, aufgeschreckt hatte. Aber er sah nichts.

Da der Himmel bewölkt war, konnten sie die Schrift auf dem Monitor besser erkennen. Die Akkuanzeige blinkte schon - ein Zeichen, dass der Akku bald leer sein würde. Sarah arbeitete, so schnell sie konnte, und stieß einen Schrei aus, als sie auf ihre Facebook-Seite kam und den Brief von ihrer Mutter sah. Tränen liefen ihr über die Wangen, als sie ihn las, aber Franklin erinnerte sie an ihre Aufgabe. Wertvolle Zeit verstrich, während sie sich überlegten, was sie schreiben sollten. Schließlich schickten sie folgende Nachricht ab:

Mom,

Wir sind in einer Hütte in der Nähe von einem See. Da sind Krähen. Wir sind in einem grauen Auto gefahren und dann hierhergewandert. Hilf uns.

Alle stimmten überein, dass dies alles war, was sie wussten. Sarah war schon drauf und dran, die Mail abzuschicken, als Tommy etwas einfiel.

»Ich habe diesen Socken fallen gelassen. Sollen wir das nicht auch noch schreiben?«

Alle waren unschlüssig, aber das Licht blinkte jetzt schneller. Und Franklin traf eine Entscheidung: »Wir müssen die Mail jetzt losschicken.«

Sarah brauchte ein paar Sekunden, um mit dem Trackball-Cursor auf das Symbol für »Senden« zu kommen. Kurz bevor sie es anklickte, wurde der Bildschirm schwarz.

»Glaubt ihr, die Mail ist abgeschickt?«, fragte Linda.

Niemand antwortete ihr. Sie starrten auf den schwarzen Bildschirm, als müsste jeden Augenblick ein Dschinn herausspringen und ihre Fragen beantworten.

Ein leises Donnergrollen im Westen schreckte sie alle auf. Der Himmel hatte sich beträchtlich verdüstert, immer mehr dunkle Wolken türmten sich auf. Sarah versuchte, den Computer wieder einzuschalten, aber es rührte ich nichts.

Franklin hatte eine Idee. »Vielleicht hat er einen Ersatzakku bei sich.«

Sie alle wussten, wovon er redete. In der Hütte hatten sie jeden Winkel und jede Ritze, Mr. Everetts Rucksack und sogar die fast leere Kühltasche nach Batterien oder Akkus durchsucht, jedoch nichts gefunden. Alle drehten sich zu dem Toten um, der noch immer auf dem Steg lag.

»Das glaube ich nicht«, sagte Linda mehr aus Abscheu denn aus Überlegung.

»Wir sollten zumindest nachsehen«, meinte Franklin. Wieder donnerte es im Westen. »Bevor es regnet.«

»Wo hat er ihn wohl?«, wollte Tommy wissen. »In den vorderen oder den hinteren Taschen?«

Sarah schaute auf den Laptop und die Größe des Akkufachs. »Bestimmt in den hinteren.«

»Gut«, sagte Tommy. »Weil umdrehen können wir ihn nicht.«

Ohne zu zögern, ging Tommy zum Steg, die anderen blieben zurück. Er flüsterte die Teile vor sich hin, die er vom Rosenkranzgebet kannte. Als er die Planken des Stegs betrat, zwang er sich, den Blick nur auf die Hintertaschen von Mr. Everetts Jeans zu richten. Je weiter er kam, umso mehr musste er sein Sichtfeld einengen. Als er nahe genug war, um die Taschen richtig zu sehen, blieb er stehen. Er drehte sich zu den anderen um, die noch nicht einmal auf dem Steg waren. Das machte nichts. Er wandte sich wieder um und fühlte sich ein wenig benommen, als ob er gleich ins Wasser fallen würde. Er wartete, bis das Gefühl vorbei war, dann ging er weiter. Tommy erinnerte sich, wie es aussah, wenn sein Vater die Brieftasche hinten in die Jeanstasche steckte, wie sich die abgewetzten weißen Linien abzeichneten, weil die Brieftasche immer dieselbe Stelle ausbeulte. Auf Mr. Everetts rechter Gesäßtasche sah er auch solche Linien, und Tommy dachte, dass er nur das herausziehen musste, was dort steckte.

Als er mit starrem Blick der Leiche nahe kam, stieg ein Fliegenschwarm auf. Die Insekten und der üble Geruch hielten Tommy für einen Moment auf, aber mittlerweile war er fest entschlossen und bückte sich. Als er die Finger in die linke Gesäßtasche schob, fühlte er etwas Hartes, Rechteckiges. Er zog ruckartig daran. Die Hälfte eines Gegenstandes, der so ähnlich aussah wie eine Batterie, kam zum Vorschein, allerdings hatte Tommy so vehement daran gezerrt, dass er beinahe das Gleichgewicht verlor. Um nicht zu fallen, machte er einen Schritt nach vorn und beugte den Kopf. Mr. Everetts blutiges Gesicht rückte in sein Blickfeld.

Tommy sprang entsetzt zurück. Er blieb keuchend stehen und beäugte die halb aus der Tasche ragende Batterie. Mit einer raschen Bewegung beugte er sich vor, griff danach und zog so fest daran, dass Mr. Everetts steifer Körper ein Stückchen hochgehoben wurde und wieder auf die Bretter schlug. Mit der Batterie in der Hand wirbelte Tommy herum und rannte vom Steg zu den anderen Kindern, die die Szene mit weit aufgerissenen Augen verfolgt hatten. Sie wichen vor Tommy zurück, als hätte er sich durch den bloßen Kontakt mit dem toten Mr. Everett eine Seuche zugezogen. Als er jedoch seine Trophäe in die Höhe hielt, kamen sie wieder näher, um sie sich genauer anzusehen.

»Die hat nicht die richtige Größe«, urteilte Sarah.

»Das ist ein Akku fürs Handy«, fügte Franklin hinzu.

Tommy musterte die Batterie. Die anderen hatten recht. Statt ihre Rettung zu sein, war die Batterie eine nutzlose Erinnerung an den Mann, der sie entführt hatte. Tommy drehte sich um und warf die Batterie in hohem Bogen in den See.

Die Kinder sahen, dass Regentropfen aufs Wasser platschten, und machten sich auf den Weg zur Hütte. Ein lauter Donner zerriss die Luft, und Linda kreischte: »Ich hasse Donner!«

Die vier trotteten den Weg entlang, die Tropfen prasselten ins Gras. Sarah überlegte, ob sie und Linda schon einmal gemeinsam ein Gewitter erlebt hatten. Sie erinnerte sich nicht daran.

Als sie noch etwa hundert Meter von der Hütte entfernt waren, setzte ein heftiger Platzregen ein. Sie erreichten die Tür und stolperten in den fast dunklen Raum. Sie waren nass bis auf die Haut und atemlos. Das Trommeln auf dem Dach war so laut, dass sie fürchteten, die Bretter würden nachgeben. Auf dem Boden hatten sich bereits Pfützen gebildet. Sarah räumte Mr. Everetts Rucksack beiseite, damit er nicht nass wurde, die anderen folgten ihrem Beispiel und schoben die Gegenstände weg von den Stellen, an denen es durch das Dach regnete. Tommy fand einen kleinen roten Eimer in einer dunklen Ecke und stellte ihn unter das größte Leck. Dann gingen sie in den zweiten Raum. Dort regnete es nicht so stark herein, aber sie mussten eine Matratze auf die Seite schieben, damit sie nicht die Tropfen abbekam. Bald hatten sie alle Matratzen an die Wand gelehnt.

Plötzlich wurden das Zimmer und die Lichtung vor den Fenstern für einen spektakulären Augenblick von einem bläulichen Blitz erleuchtet. Noch ehe die Kinder Zeit hatten zu reagieren, brach ein ohrenbetäubender Donner über die Hütte herein, erschütterte die Holzwände und brachte die Fenster zum Klirren. Alle zuckten zusammen und schrien, dann flohen sie auf eine Matratze. Der Wolkenbruch prasselte noch lauter aufs Dach, und die Tropfen, die durch die größeren Löcher im Dach auf den Boden fielen, schlugen den Takt zum Regen.

Als der Blitz kam, war er viel weiter weg als der erste, und der Donner drang nur noch als Grummeln an ihre Ohren. Tommy erinnerte sich an einen Satz, den sein Vater schon öfter geäußert hatte, und verkündete: »Es zieht vorbei.«

Drei Uhr kam und verstrich – ohne eine Rückmeldung von den Kidnappern, ob das Geld auf dem richtigen Konto angekommen war, und ohne eine E-Mail von Sarah. Lena sah auf der Wetterkarte im Internet, dass heftige Gewitter in der Region tobten, in der das FBI die Kinder vermutete. David war ungefähr eine Stunde mit Packen beschäftigt gewesen, dann hatte er die Leute in den Adirondacks angerufen, die die Suchtrupps organisierten, und holte sich Ratschläge von seinem Jägerfreund ein.

Detective Martin erschien gegen halb sechs Uhr abends, und für Lena war es fast, als würde sie ein Familienmitglied begrüßen. Er sagte, dass ihn wieder das FBI mit Neuigkeiten geschickt habe, »um Sie, Lena, zurückzuhalten, wenn Sie die Neuigkeit gehört haben«. Seine liebenswürdige Art verhinderte, dass sich Lena über den kleinen Scherz aufregte.

»Facebook hat Sarahs Account überwacht, und vor ungefähr einer Stunde haben ihre Server mitbekommen, dass eine Nachricht, die für Ihren Account bestimmt war, Lena, von derselben IP-Adresse wie die erste Mail abgeschickt wurde.«

»Wir haben nichts erhalten«, sagte Lena ein wenig atemlos.

»Der Server, was immer das auch sein mag, auch nicht.«

»Das ist der Computer, der die E-Mails von außen auf die Facebook-Accounts transferiert«, erklärte David mit der Taschenlampe in der Hand, die er aus dem Keller geholt hatte. »Wenn der Server die Nachricht nicht erhalten hat, woher wissen sie dann, dass sie abgeschickt wurde?«

»Keine Ahnung. Ich kenne mich mit den technischen Details nicht aus. Ich weiß nur, dass sie festgestellt haben, von welchem Computer die Nachricht verschickt wurde, nämlich von demselben wie die ersten Mails der Mädchen. Aber diese Nachricht ist nicht durchgekommen.«

»Was heißt das?«, fragte Lena.

»Das heißt, dass jemand, wahrscheinlich Sarah, versucht hat, Ihnen eine Nachricht zu schicken, aber etwas an Sarahs Ende der Leitung hat die Verbindung abgeschnitten.«

»Etwas? Was zum Beispiel?«

»Es könnte alles Mögliche gewesen sein. Ein Stromausfall oder ein leerer Akku. Sie untersuchen noch, ob es atmosphärische Störungen gewesen sein könnten. Vielleicht handelt es sich auch um menschliches Versagen, jemand hat auf die falsche Taste gedrückt – etwas in der Art. Jedenfalls wissen wir, dass Sarah versucht hat, Sie noch einmal zu erreichen, dass sie die Möglichkeit dazu hat und, wenn es die Umstände erlauben, wieder mit Ihnen in Verbindung treten wird.«

»Da oben regnet es«, sagte Lena.

»Stimmt«, bestätigte Martin. »Sehen wir's positiv: Sarah hat versucht, uns zu kontaktieren, also hat sie Ihre Mail erhalten.«

David sah Lena an und sagte: »Mike hat vielleicht recht.«

»Was meinst du?«

»Vielleicht ist dieser Everett gar nicht tot. Die Kinder könnten seinen Laptop geklaut haben; er hat sie gerade in dem Moment erwischt, in dem Sarah die Mail abgeschickt hat. Und er hat den Vorgang gestoppt.«

Martin sah die Angst in Lenas Augen. »Die Jungs vom FBI nehmen an, dass der Laptop da oben in den Wäldern nur eine sehr wacklige Funkverbindung hat. Ich würde eher auf so etwas tippen.«

Der Wind trieb große Regentropfen gegen die Fensterscheibe. Lena beobachtete, wie die Presseleute ihr Equipment abdeckten. Die Verbindung zu Sarah war offen gewesen, jetzt war sie abgeschnitten. Sarah befand sich irgendwo in dieser riesigen, unbekannten Wildnis. Wieder erschienen Lena die Probleme zu groß und unlösbar, und sie spürte, wie ihre Hoffnung schwand. Sie fragte sich, ob Sheila mit ihrem tiefen Glauben solche Phasen besser überstand und weniger litt als sie. Sie wollte sich zusammennehmen, aber es gelang ihr nicht. Zum ersten Mal, seit dieser Alptraum begonnen hatte, machte sie sich klar, dass sie vielleicht nie wieder mit Sarah sprechen würde. Sie ließ sich in einen Sessel fallen, als in der Ferne der Donner grollte.

Woran könnte sein Vater gestorben sein? Diese Frage beschäftigte Chase, der auf den Anwalt wartete, unaufhörlich. Er konnte sich nicht erinnern, wann sein Vater zum letzten Mal krank gewesen war. Er hatte sich nur von magerem rotem Fleisch ernährt und war gut in Form. Trotz seines Bauches schaffte er noch fünfzig Klimmzüge am Stück – das hatte Chase noch nie gekonnt.

Er glaubte, dass sie ihn belogen hatten, was seinen Dad betraf. Die Staatsanwältin mit dem Lippenstift und den großen Brüsten war vielleicht nicht einmal eine Staatsanwältin, sondern eine Schauspielerin. Gott, er hätte cool bleiben und nicht nach einem Anwalt verlangen sollen. Helene wollte ihm einen guten besorgen, hatte sie gesagt, trotzdem hätte er seine Rolle weiterspielen und die Frau zwingen sollen, die Karten auf den Tisch zu legen.

Sie hatten ihm ein Sandwich geholt, aber er brachte nicht mehr als einen Bissen herunter. Wenn er an die Kinder dachte, beschlich ihn ein eigenartiges Gefühl. Er sah den seltsamen schwarzen Jungen vor sich und fragte sich, wie er allein überleben konnte. Chase hegte den Verdacht, dass sein Vater die Kinder irgendwo in die Wälder gebracht hatte, und wenn er wirklich tot oder verletzt war, wie sollte sich der schwarze Junge dann durchschlagen? Und das zweite Mädchen, das er abgeholt hatte. Sie war eine Heulsuse. Wahrscheinlich trieb sie seinen Dad in den Wahnsinn. Sie …

Warum beschäftigten ihn die Kinder so sehr? Er sollte an Jennifer denken. Und an Hector. Er musste hier einen guten Job machen – für sie. Hatte das sein Vater nicht von Anfang an gesagt?

»Dies ist ein Familienprojekt, Chase«, hatte sein Vater ihm klargemacht. »Eines Tages wirst du deinen Kindern erzählen können, was wir Großes vollbracht haben. Eine Umverteilung von Vermögen. Ohne großes Spektakel. Wir erleichtern die Reichen um ein paar Dollars. Das ist der Kern der Sache, und das Schöne ist, dass wir das gemeinsam anpacken – Vater und Sohn.«

Chase ging in dem kleinen Raum, in den sie ihn gesteckt hatten, auf und ab. Dass er keine konkreten Fakten hatte, machte ihn schier verrückt. Wo war sein Vater? Und die Kinder? Alles war reibungslos verlaufen, als sie in Verbindung gestanden hatten. Aber jetzt hing er regelrecht in der Luft. Er hoffte jedenfalls, dass der Anwalt wusste, was vor sich ging.

Seine Hoffnung wurde nicht erfüllt, das sah Chase, sobald der Anwalt durch die Tür kam. Sie hatten ihn vom Golfplatz geholt. Sein Name lautete Andy Bingham, er war ungefähr in Chase' Alter. Ein As, das bei der Verteidigung eines Politikers, der seine Frau verprügelt hatte, ganz groß herausgekommen war.

»Chase, ich frage meine Mandanten nie, ob sie schuldig oder unschuldig sind«, begann er, nachdem er sich vorgestellt hatte. »Ich überlasse es Ihnen, ob sie mit mir darüber sprechen wollen oder nicht. Aber dies hier … Ihr Fall ist ein bisschen anders.«

»Wieso?«

»Nun, die kriminelle Tat ist noch nicht abgeschlossen. Das Verbrechen wurde nicht gestern begangen und ist heute vorbei. Diese vier Kinder werden immer noch vermisst.« Er wartete.

»Ich weiß nicht, wo diese Kinder sind«, sagte Chase.

»Okay. Wenn Sie es dabei belassen wollen. Sie können schweigen. Mir ist das auch recht.«

»Aber ich will, dass diese Kinder zurückkommen«, sagte Chase, ohne vorher nachzudenken. Das war im Moment wirklich sein größter Wunsch.

»Das wollen wir alle. Haben Sie Informationen, die helfen könnten, sie zurückzuholen?«

»Nein. Ich meine, ich bin nur ...«

»Glauben Sie, die Kinder sind bei Ihrem Vater?«

»Die Cops behaupten, dass mein Vater tot ist.«

»Richtig. Das hat man mir auch erzählt.«

»Glauben Sie ihnen?« Chase konnte seine Verwundbarkeit nicht verbergen.

Bingham hatte inzwischen herausgefunden, womit er es zu tun hatte. Unter anderen Umständen hätte er seinem Mandanten geraten, den Mund zu halten und kein Wort mehr zu sagen. Damit hätte er Zeit gewonnen, um sich eine Strategie zur Schadensbegrenzung zurechtzulegen und das Rechtssystem zugunsten seines Mandanten auszunutzen. Aber Bingham hatte die Fotos von den Kindern gesehen und von der Staatsanwältin gehört, dass sie Grund zu der Annahme hatten, dass dem Kidnapper etwas passiert war und die Kinder mutterseelenallein in der Wildnis saßen. Dies war kein normaler Fall.

»Ja, ich glaube ihnen, Ihr Vater ist wahrscheinlich tot. Tut mir leid. Wissen Sie, wohin er die Kinder gebracht hat?«

»Nein. Nein, verdammt! Er wollte es mir nicht sagen, damit ich nichts ausplaudern kann. Scheiße! Warum hat er das getan?« Tränen liefen Chase über die Wangen. Er fing an zu zittern und ließ der Trauer, die er seit Stunden zurückgehalten hatte, freien Lauf.

Bingham wusste, dass er Chase zu einem Geständnis bringen konnte, aber er wusste auch, dass ein Geständnis nicht helfen würde, die Kinder zu finden. Es tat ihm schon leid, dass er hergekommen war, um mit Chase zu reden. Er hatte sein Golfspiel auf dem zwölften Green – drei unter Par – abgebrochen.

Detective Martin war noch im Haus, als er einen Anruf auf dem Handy bekam. Er legte sein kleines Buch zurecht, machte sich Notizen und brummte Fragen, die aus einem einzigen Wort bestanden, dann unterbrach er die Verbindung. David und Lena wussten, dass es um den Entführungsfall ging.

Martin schüttelte den Kopf. »Die gute Nachricht ist: Der Verdächtige legt ein Geständnis ab.«

»Und die schlechte?«, hakte David nach.

»Er weiß nicht, wo die Kinder sind.«

»Wie kann das sein?«, rief Lena.

»Ich schätze, das gehörte zu ihrem Plan. Dieser Chase hat die Kinder an seinen Vater übergeben. Der hat sie weggebracht und seinem Jungen nicht gesagt, wohin, damit er nichts ausplaudern konnte.«

»Verdammt.« David stand auf. »Hat er nicht wenigstens eine Ahnung? Weiß er ungefähr, in welches Gebiet er sie gebracht hat?«

»Er weiß nicht mehr, als das FBI herausgefunden hat.« Martin suchte nach etwas Positivem. »Sie haben gesagt, dass das Gebiet für die Suche relativ klein ist.«

Lena glaubte ihm kein Wort. Dass der Verdächtige nichts

wusste, hatte sie schwer getroffen. All die Hoffnung, die sie in das Lösegeld gesetzt hatte, war dahin. Die Kidnapper würden sich nicht melden. Sarah war noch so unerreichbar wie am Samstagnachmittag. Lena war erschöpft, und Martin sah ihr an, dass es ihr nicht gut ging.

»Es tut mir leid«, sagte er. Plötzlich konnte er nicht schnell genug aus dem Haus kommen. »Ich muss dort, wo sie den Van sichergestellt haben, noch etwas checken. Sie kommen zurecht, Lena?«

»Ja.«

»Und Sie fahren morgen wirklich mit?«, fragte er David.

»Allerdings. Verdammt. Hat der Typ gesagt, wer hinter dieser ganzen Sache steckt?«

Martin zog seine Notizen zu Tate. »Nein. Das weiß er nicht. Sie haben die Entführung geplant wie eine terroristische Operation.«

»Das alles ist zu gut organisiert«, sagte David. »Ich glaube nicht, dass sie es in erster Linie auf uns abgesehen haben. Ich denke, John Walker ist die eigentliche Zielperson. Mir kommt es so vor, als würde jemand versuchen, der Citibank zu schaden. Wir sind nur durch Zufall da hineingeraten.«

»Möglicherweise haben Sie recht«, erwiderte Martin. »Aber jetzt muss ich wirklich los.«

Nachdem Martin gegangen war, nahm David die Fernbedienung und schaltete den Fernseher ein. Er fand einen Kanal, der einen Bericht über die Adirondacks sendete. Der Reporter sagte, dass in diesem Gebiet am nächsten Tag eine Großfahndung stattfinden würde, dann korrigierte er sich und sprach von einer Rettungsaktion. »Vielleicht wäre ›Kindersuche‹ die treffende Bezeichnung«, fügte er hinzu. David schaltete den Fernseher aus und verließ wortlos das Zimmer.

Ein paar Minuten später klingelte das Telefon, und Lena

hörte ihre Mutter Sally am anderen Ende der Leitung. Lena sah auf die Uhr und rechnete aus, dass es in Schweden vier Uhr morgens war.

»Dad ist gerade zum Flughafen gefahren. Er nimmt einen frühen Flug nach Montreal«, sagte Sally.

»Was? Nein.«

»Wir haben versucht, ihn zurückzuhalten, Lena. Sylvie war bis spät abends hier. Ein alter Kumpel von der Army, der in Kanada lebt, hat ihm beteuert, dass er ihn sicher über die Grenze bringen kann. Ich glaube, ich habe deinen Vater noch nie so aufgewühlt erlebt.«

Lena berichtete ihrer Mutter von den neuesten Entwicklungen und davon, dass sich David darauf vorbereitet, an der großangelegten Suche teilzunehmen.

»Ich habe die Nummer von Dads Freund in Montreal«, sagte Sally. »Vielleicht kannst du ihn zur Vernunft bringen. Möglicherweise genügt es ihm ja, in Kanada und ein wenig näher bei euch zu sein.«

»Es kann ja auch sein, dass sie Sarah bis dahin gefunden haben.«

»Guter Gott, das hoffe ich, Liebes. Ich kann mir gar nicht vorstellen, was du jetzt durchmachst.«

Lena wollte lieber nicht ins Detail gehen. »Mom?«

»Ja?«

»Ich bin schwanger«, sagte sie zu ihrer eigenen Überraschung.

Sally wartete einen Moment, um sicherzugehen, dass sie sich nicht verhört hatte. »Wann … kommt das Kind?«

»Wann? Ich weiß es nicht. Ich habe es gestern herausgefunden und noch nicht mit David darüber gesprochen.«

»Ist es sein Kind?«

»Mom!«

»Tut mir leid, aber du hast es ihm noch nicht gesagt. Ich lebe in Schweden, schon vergessen?«

»Ja, es ist sein Kind.«

»Wieso sagst du es ihm dann nicht? Warum hast du bis jetzt geschwiegen?«

»Willst du die Wahrheit hören?«

»Natürlich.«

»Bei uns ist es in der letzten Zeit nicht richtig gut gelaufen. Und jetzt, da Sarah ...!«

Ihr kamen die Tränen, und Sally hörte, dass sie weinte. »Ah, Lena, ich wünschte, ich wäre bei dir. Willst du, dass ich zu dir komme?«

»Nein, mir geht's gut.«

David kam herein und flüsterte: »Wer ist das?« Lena antwortete ebenso leise: »Mom.« In den Hörer sagte sie: »Gib mir die Nummer, Mom. Ich werde sehen, ob ich Dad dort erreichen kann.«

Sie schrieb die Nummer auf, und Sally sagte ihr, wie sehr sie sich über die Schwangerschaft freute. Lena konnte ihr nicht darauf antworten, da David noch im Zimmer war. Schließlich beendete Lena das Gespräch

»Dad ist auf dem Weg nach Montreal. Er hat einen Freund gebeten, ihn über die Grenze zu schmuggeln.«

David hatte das kindische Gefühl, dass ihm Richard die Schau stahl, aber er ignorierte es und verlieh seiner Sorge um den Schwiegervater Ausdruck: »Ihn erwartet eine saftige Gefängnisstrafe – und wofür? Damit er uns suchen hilft?« Noch während er das aussprach, wurde ihm bewusst, dass auch er in den Bergen nur einer unter vielen sein würde, und auch wenn ihm keine Haftstrafe drohte, war sein Ausflug in den Norden ziemlich weltfremd. Er ließ Lena wieder allein.

Lena hörte, dass David in den Keller ging. Sie dachte über

das Telefonat mit ihrer Mutter nach, darüber, dass sie ihr gestanden hatte, schwanger zu sein. Ein überwältigender Gedanke riss sie beinahe von den Füßen. Dieses Embryo, dieses neue Baby war eine Entschädigung für den Verlust von Sarah. Sie verlor ein Kind und bekam dafür ein anderes. Ihr wurde sofort bewusst, wie widersinnig dieser Gedanke war, doch die Wucht dieser schrecklichen Gleichung war beinahe körperlich zu spüren. Lena hatte Mühe, sich über Wasser zu halten, das rettende Ufer der Vernunft zu erreichen, wo Willkür und Zufall als das angesehen wurden, was sie waren, und nicht als Spielerei oder Vergeltung der Götter. Aber der Gedanke verbreitete sich wie ein Flaschengeist und verschlang sie. Die nächsten Stunden waren die schwärzesten ihres Lebens. Sie war dabei, Sarah zu verlieren. Sie hatte sie schon verloren. Das neue Baby war der Beweis dafür. Die Dunkelheit vertiefte sich, während sie diesem beinahe irren Gedanken, sie könnte abtreiben und so Sarah zurückgewinnen, nachhing.

Schließlich blieb ihr nichts anderes zu tun, als nachzusehen, ob eine E-Mail eingegangen war; die Tatsache, dass keine da war, trieb sie noch ein Stück weiter in Richtung Hysterie. Sie riss sich die Kleider vom Leib und kroch ins Bett. Ein paar Minuten später kam David ins Zimmer und zog sich aus.

»Alles ist vorbereitet. Ich werde morgen ziemlich früh aufbrechen«, sagte er und ging ins Bad.

Lena strengte sich mächtig an, ihren inneren Aufruhr zu beherrschen. Als David zurückkehrte und unter die Decke schlüpfte, drehte sie sich zu ihm und spie die Worte förmlich aus: »David, wir werden ein Baby bekommen.«

Die Vehemenz, mit der sie diesen Satz von sich gab, führte David zu dem Glauben, dass sie den festen Entschluss gefasst hatte, noch einmal schwanger zu werden. »Wenn dies alles vorbei ist, können wir es versuchen und alles tun …«

»Nein, David, ich bin schwanger.«

David schaute tief in Lenas wild blitzende Augen und bemühte sich, die Nachricht mit der Grimmigkeit, mit der sie sie verkündete, in Einklang zu bringen. Er stammelte ein »Wirklich?«, und Lena nickte mit Tränen in den Augen. »Wann hast du …?«

»Gestern. Weißt du noch – mir war schlecht.«

»Heilige Scheiße.« Dann überlegte er, genau wie Lena es getan hatte, wann sie zum letzten Mal miteinander geschlafen hatten.

Lena half ihm auf die Sprünge. »An dem Morgen, an dem Sarah uns gestört hat.«

David erinnerte sich an diesen Morgen. Er war für ihn ein Wendepunkt gewesen. Damals war er vor Lena wach geworden, geplagt von schlechtem Gewissen und Zweifeln, die sich um seine Affäre mit Tricia rankten. Lena hatte so strahlend neben ihm ausgesehen, und die Liebe zu ihr war zu neuem Leben erwacht.

»Das war wunderschön«, sagte er.

Lena wies das mit einem heftigen Kopfschütteln zurück, ihr Blick wurde wieder kalt. »Es ist so gekommen, weil wir Sarah verlieren«, stieß sie hervor und brach in haltloses Schluchzen aus. »Ich weiß es. Sarah ist für immer weg, und wir bekommen als Wiedergutmachung dieses neue Kind.«

»Lena.« David streckte die Arme nach ihr aus, aber sie zog sich zurück.

»Nein. Denk mal darüber nach.«

David rutschte auf ihre Seite des Bettes, legte die Hände auf ihre Schultern und ließ sie nicht mehr los. »Hör auf. Hör damit auf. Das ist verrückt!«

»Es ist nicht verrückt. Wieso sollte das Baby sonst ausgerechnet jetzt kommen?«

»Weil wir uns geliebt haben und der Zeitpunkt richtig war.« Er packte sie fester und hätte sie am liebsten geschüttelt. »Sieh mich an, Lena. Es ist ein neues Leben. Es ist nicht Sarah. Es hat nichts mit ihr zu tun. Sarah wird zu uns zurückkommen. Das verspreche ich dir. Dieses Baby ist ein selbständiges Wesen. Unser Baby.«

»Aber …«

»Es ist unser Baby, Lena. Deines und meines und Sarahs Baby.«

Er sah sie mit einer Entschiedenheit und Leidenschaft an, dass Lena gar nicht anders konnte, als aus ihren düsteren Gedanken aufzutauchen und sich ihm zuzuwenden. Erleichtert drückte sie ihn an sich und küsste ihn unter Tränen.

KAPITEL 30

In der ersten Hälfte der Nacht war ein scharfer Wind über die Lichtung gefegt, die Geräusche in den Bäumen und die klappernden Fensterscheiben hatten die Kinder noch lange, nachdem sie sich hungrig niedergelegt hatten, wach gehalten. Sie lagen zitternd auf ihren kalten Matratzen, lauschten und hielten abwechselnd am Fenster Ausschau nach dem Bären.

Als sich der Wind gelegt hatte und die Wolkendecke aufgebrochen war, um den Schein eines beinahe vollen Mondes durchzulassen, wurde Sarah, die am Fenster saß, klar, dass sie beim ersten Tageslicht versuchen mussten, zurück zur Straße zu gehen. Sie hatten nichts mehr zu essen. Der Computer lief nicht mehr. Ja, es drohten Gefahren im Wald, aber waren sie nicht zu der Hütte gekommen, ohne unterwegs einem Bären zu begegnen? Wieso sollten sie auf dem Rückweg einen sehen?

Die Richtung – das war das Problem. Für welchen Weg sollten sie sich entscheiden? Es gab keine Möglichkeit herauszufinden, über welchen der Pfade, die von der Lichtung wegführten, sie hergekommen waren. Dafür hatte Mr. Everett mit seinen Augenbinden und damit, dass er sie mehrmals im Kreis herumgeführt hatte, gesorgt. Den letzten Teil ihres Ausflugs hatte er fast wie ein Blinde-Kuh-Spiel gestaltet.

Plötzlich richtete sich Sarah auf. Der Gedanke an Blinde Kuh barg eine bestimmte Bedeutung für sie. Es war etwas

Wichtiges, aber sie kam nicht darauf, was es war. Sie hatte dieses Spiel erst zwei-, vielleicht dreimal gespielt, aber sie war sehr, sehr gut gewesen. All die anderen Kinder hatten gemogelt oder nur mit Hinweisen wie »warm, wärmer, kalt, ganz kalt« Erfolg gehabt. Aber Sarah hingegen *wusste* trotz der verbundenen Augen einfach, wo sie das Ziel finden konnte. Als sie jetzt auf die vom Mond beschienene Lichtung schaute, war die Frage, welchen Weg sie einschlagen sollten, überhaupt nicht mehr erschreckend. Sie strotzte vor Selbstbewusstsein und kroch zu Linda, die immer noch schniefend auf ihrer Matratze lag.

»Linda, Linda. Ich hab's. Es ist wie Blinde Kuh. Ich kann den Weg zurück finden.«

Linda hatte keine Ahnung, wovon Sarah redete. Sarah ging zurück zum Fenster. Sie würde die anderen führen. Wenn sie sich sträubten, würde sie selbst sie zwingen, weiterzugehen. Ihr Magen knurrte, doch der Hunger war nicht mehr so schlimm wie vor einer Viertelstunde. Jetzt war Sarah zuversichtlich.

Als sie aufwachte, war es Lena plötzlich gar nicht mehr recht, dass David sie allein ließ. Nachdem sie sich geküsst und aus der Umarmung gelöst hatten, hätte sie ihn fast gebeten, bei ihr zu bleiben, um sie wie in der Nacht vor dem Verrücktwerden zu schützen. Sie stellte sich vor, dass sie die schlimmste Nachricht erhielt, während David weg war, und wusste nicht, wie sie damit allein fertig werden sollte. Sie machte sich sogar Sorgen, dass David auch in Gefahr geraten könnte.

Aber Davids lächelnde Zuversicht brachte sie dazu, ihre Befürchtungen für sich zu behalten. Er strich mit der Hand über Lenas Bauch.

»Geht es dir gut?«, fragte er, als spürte er etwas.

Lena nahm seine Hand und führte sie zu ihrem Unterleib. Er küsste ihre Brüste. Lange blieben sie so, ohne den Sex vorantreiben oder ihre friedliche Zweisamkeit beenden zu wollen.

Nach einer Tasse Kaffee schrieb David die Nummer von Les Malone auf einen Zettel. Malone war der Mann, der die Suche in den Adirondacks mitorganisierte, und Gründer eines Jagdclubs, dessen Mitglieder er alle überredet hatte, sich an der Suche zu beteiligen. Lena ging ins Bad, als sie die morgendliche Übelkeit überkam, aber sie musste sich nicht übergeben. Sie verabschiedeten sich im Wohnzimmer mit einer kräftigen Umarmung und einem Kuss. Es gab nur wenig, was sie sich in diesem Augenblick hätten sagen können. David zog Lenas Morgenrock auf und rieb ihren Bauch.

»Wenigstens lasse ich dich nicht allein zurück«, sagte er.

Lena kämpfte mit den Tränen. »Sei vorsichtig«, mahnte sie. Dann ging er. Lena sah ihm nach, als er den Wagen zwischen den Vans der Presseleute zurücksetzte. Sie fühlte einen Knoten in ihrem Magen, der nichts mit der Schwangerschaft zu tun hatte. Jetzt waren beide weg, Sarah und David.

Etwa eine halbe Stunde später saß Lena in der Küche und zwang sich, eine Schale Müsli zu essen, als sie den Namen »Rostenkowski« aus dem Fernseher hörte. Sie lief ins Wohnzimmer. Auf dem Bildschirm war das Haus der Rostenkowskis zu sehen, aufgenommen mit einem Teleobjektiv. Sanitäter rollten eine Trage aus dem Haus und schoben sie im frühen Morgenlicht in einen Krankenwagen. Dazu die Stimme einer Reporterin: »… wurde in kritischem Zustand ins Pelham Memorial gebracht. Mehr Informationen haben wir derzeit nicht.«

Das Bild wechselte zu zwei lokalen Nachrichtensprechern im Studio; sie berichteten sachlich über den Vorfall.

»... der Druck auf die betroffenen Familien«, sagte die Blondine mit dem zu glänzenden Lippenstift. Ihr Kollege, der aussah wie Lenas Vater, stimmte ihr mit einem Nicken zu und schob die Papiere, die vor ihm lagen, zusammen, dann kündigte er die Berichte an, die nach der Werbepause gesendet werden sollten.

Lena ging zum Telefon und wählte die Nummer der Rostenkowskis. Es nahm niemand ab, und sie wollte keine Nachricht auf dem Anrufbeantworter hinterlassen. Sie beschloss, gleich zum Pelham Memorial zu fahren. Sie ging davon aus, dass Janet einen Zusammenbruch erlitten hatte, vielleicht sogar einen Herzanfall.

Das Garagentor zu öffnen, sich hinters Steuer zu setzen und den Wagen auf der Einfahrt zurückzustoßen, fühlte sich eigenartig an, auch wenn nur ein paar Tage vergangen waren, seit sie am Freitagabend zum Einkaufen gefahren war. Am Ende der Einfahrt stand ein Sheriff und dirigierte sie durch die wartenden Reporter, aber es gelang ihm nicht, die Meute von dem Auto fernzuhalten. Lena kurbelte das Fenster herunter und wartete, während Fragen auf sie herunterprasselten. Dann suchte sie sich einen Journalisten aus – einen Mann mittleren Alters, der ihr einen Minirekorder entgegenhielt – und stellte ihm eine Frage: »Was ist mit den Rostenkowskis geschehen? Ich habe die Nachrichten zu spät eingeschaltet.«

»Der Vater«, schrie der Mann. »Er hat versucht, sich umzubringen.«

Lena starrte ihn entgeistert an, bevor sie das Fenster wieder hochkurbelte und sich gegen den Ansturm schützte. Als der Officer sie weiterwinkte, versuchte sie sich Phil mit einer Schusswaffe oder mit einer Rasierklinge, die er an seinem Handgelenk ansetzte, vorzustellen. Dann dachte sie an Linda irgendwo da draußen in der Welt – ihr Vater hatte sie mit dieser Tat im Stich gelassen. Selbstmord war etwas, wofür Lena wenig Verständnis aufbrachte. Vielleicht lag es daran, dass sie die Folgen eines Selbstmordversuchs einige Male unter ihren Freunden in der Grundschule in Schweden miterlebt hatte.

Durch die Klinik zu gehen war für Lena beruhigender, als sie es sich vorgestellt hatte. In dieser Welt kannte sie sich aus, hier gab es Menschen, die schwierige Aufgaben bewältigten. Sie ging in die Notaufnahme und erfuhr, dass Phils Zustand stabilisiert wurde und dass er bereits in einem der Krankenzimmer lag. Die Notärztin, eine Inderin, deren Namen sie nicht verstanden hatte und den sie auf dem kleinen Schildchen auch nicht lesen konnte, erwähnte das aber mit keinem Wort, sondern beantwortete nur die Fragen nach dem Selbstmordpatienten. Phil Rostenkowski hatte eine Überdosis Schlaftabletten geschluckt, vielleicht dazu noch Barbiturate. Seine Frau hatte ihn früh am Morgen gefunden. In der Notaufnahme hatte man ihm den Magen ausgepumpt – mit »minimalem Erfolg«, was darauf hindeutete, dass er die Wirkstoffe schon zum größten Teil verdaut hatte. Gegenmittel hatten den Tod abgewendet, doch jetzt lag er im Koma. In den nächsten vierundzwanzig bis sechsunddreißig Stunden würde sich entscheiden, ob er aus dem Koma erwachte und ob er bleibende Hirnschäden davontrug.

»Barbiturate?«, fragte Lena nach. »Wer verschreibt heutzutage noch Barbiturate?«

Die junge Ärztin schüttelte den Kopf.

Im Aufzug zu der Station, in der Phil lag, erinnerte sich Lena daran, wie ein Arzt von einem Patienten erzählt hatte, der sich mit Schaftabletten hatte umbringen wollen. Der Arzt meinte, das sei eine untypische Methode für Männer – die meisten männlichen Selbstmörder erschossen sich oder sprangen von einem hohen Gebäude. Vielleicht hatte Phil gar nicht versucht, sich das Leben zu nehmen, und das Ganze war ein Unfall.

Phil lag in einem Privatzimmer, und Lena sah zuerst nur seinen Sohn Paul. Lena kannte den Jungen kaum und hatte ihn nur ein paar Mal gesehen, wenn sie Linda abgeholt hatte. Dennoch kam Paul eilends auf sie zu, als er sie sah, und umarmte sie. Lena ließ die Umarmung über sich ergehen und entdeckte erst dann, dass sich noch andere Leute in dem Zimmer aufhielten. Sie saßen auf Stühlen an der Wand. Die eine Frau kannte sie nicht, die andere war Sheila Walker, die sie mit einem Nicken begrüßte.

»Es tut mir so leid, Paul«, sagte Lena, als er sich schließlich zurückzog.

»Mom hat geschrien, und ich bin zu ihr gelaufen und habe ihn gesehen. Ich musste 911 anrufen. Wird er wieder gesund? Sie sagen uns nicht viel.«

Lena wollte diese Frage nicht beantworten und umging das, indem sie Sheila und die andere Frau begrüßte. Sie stellte sich vor und erfuhr, dass die unbekannte Frau Phils Schwester Ellen war, die in der Bronx lebte. Sheila erklärte Lena, dass sie als Klinikgeistliche arbeite und deshalb gerufen worden sei. Sie sagte, sie habe Phils Priester angerufen, und mit dieser Aussage stellte sie indirekt dieselbe Frage wie Paul: War der Besuch des Priesters nötig, sollte man Phil die Letzte Ölung geben? Lena wusste, dass alle eine medizinische Prognose von ihr erwarteten.

»Ich bin nicht mit dem Fall betraut, und ich weiß wirklich nicht über seinen Zustand Bescheid. Aber … er sieht aus …«

Lena trat ans Krankenbett. Phil war ganz ruhig; eine Sauerstoffmaske verdeckte den größten Teil seines Gesichts, das dichte Haar war wirr und ungekämmt. Lena suchte nach den klassischen Anzeichen für einen Schlaganfall – verzerrtes Gesicht, gekrümmte Finger –, fand jedoch keine. Vielleicht war er den schlimmsten Nebenwirkungen einer solchen Überdosis entronnen, vielleicht schlich er sich aber auch heimlich, still und leise davon. Lena hatte etwas Überraschendes über die Medizin gelernt. Es gab einen Punkt, an dem man alles Menschenmögliche für einen Patienten getan hat und nur noch abwarten konnte, ob die Natur bei der Genesung mithalf oder nicht.

»Seine Lebensfunktionen sind normal, und sein Zustand scheint stabil zu sein«, sagte sie schließlich.

»Ich habe gehört, man soll mit jemandem, der im Koma liegt, sprechen, weil er einen hören kann«, sagte Ellen, rückte mit ihrem Stuhl näher zum Bett und strich ihrem Bruder mit den Fingern durchs Haar.

»Ja, ich halte das für eine gute Idee.« Erst da fiel Lena auf, dass Janet nicht anwesend war. Sie wandte sich an Paul. »Wo ist deine Mutter?«

»Zu Hause. Sie hat gesagt, dass sie das nicht durchstehen könnte.«

»Sie ist allein?«

»Ich glaube schon.«

Mit einem Mal empfand Lena tiefes Mitgefühl mit Janet. Normalerweise hätte sie es für unmöglich und eine sträfliche Pflichtverletzung gehalten, dass Janet ihren vierzehn oder fünfzehn Jahre alten Sohn in dieser Situation im Stich ließ. Aber so dachte Lena nicht mehr. Sie selbst hatte am eigenen Leib erlebt, dass die Entführung und ihre Schrecken sie zu irrationalen Gedanken gebracht und verleitet hatte, Dinge zu tun, die ihr unter weniger stressigen Umständen niemals eingefallen wären. Und sie konnte sich vorstellen, um wie viel schlimmer es wäre, wenn etwas so Tragisches wie ein Selbstmordversuch zu all dem anderen hinzukäme. Die zerbrechliche Janet wurde einfach nicht mit einer so erdrückenden Krise fertig.

»Ich finde, dass jemand bei ihr sein sollte«, sagte Sheila, und Lena hoffte, sie würde sich freiwillig anbieten, einen Besuch im Hause Rostenkowski zu machen. Aber sie tat es nicht, und die Blicke aller richteten sich auf Lena.

»Ich könnte dich nach Hause bringen«, sagte Lena zu Paul, »und wir sehen, wie wir deiner Mom helfen können.«

Paul erwiderte eilends: »Ich würde ehrlich lieber hier bei Dad bleiben.« Auf dem Korridor vor Phils Krankenzimmer lief Lena Detective Martin über den Weg.

»Wie sieht's aus?«, fragte er und deutete mit dem Kopf auf Phils Tür.

Lena wollte antworten, doch ein junger Priester ging an ihnen vorbei, klopfte an die Tür und ging hinein.

»Die Letzte Ölung?«, fragte Martin.

»Es sieht nicht gut aus.«

»Können Sie sagen, wie hoch die Chancen stehen?«

»Ich bin Ärztin. Ich wette nie gegen Mutter Natur.«

»Wie's scheint, hatte Mutter Natur nicht viel mit diesem Krankheitsfall zu tun. Haben Sie ihn für suizidgefährdet gehalten?«

»Nein, aber man sieht den wenigsten Selbstmördern an, was sie vorhaben.«

»Wahrscheinlich haben Sie recht.«

Lena wusste, dass sie gehen sollte, doch es fiel ihr schwer, sich von Martin zu trennen. Ihm galt ihr Vertrauen.

»Gibt's was Neues?«, wollte sie wissen.

»Nein. Ist Ihr Mann losgefahren?«

»Ja.«

Martin konnte nicht verbergen, dass er am Erfolg der Suchaktion zweifelte. »Sie haben ein schweres Stück Arbeit vor sich. Ich bin jedoch sicher, dass sie die Kinder finden werden.«

Sheila Walker kam aus dem Krankenzimmer, und Lena sah, dass sich der Priester auf die Letzte Ölung vorbereitete.

»Das hätte ich eher seiner Frau zugetraut als ihm«, sagte Sheila. »Sie machte einen weitaus schwächeren Eindruck.«

»Vielleicht ist jemand, der das nicht so zeigt, viel schlimmer dran«, erwiderte Lena.

»Ich muss jetzt los«, verkündete Sheila. »Ich weiß nicht, wie ich das schaffen soll, aber ich muss den achtzigsten Geburtstag meiner Mutter vorbereiten. Sie hat Alzheimer und weiß nicht einmal, dass Franklin weg ist.« Sie versuchte ein Lächeln.

Lena war gerührt. »Ich begleite Sie ein Stück«, sagte sie, dann schüttelte sie Martin die Hand. »Ich möchte nach Janet sehen.«

»Sie ist nicht da bei ihrem Mann?«

Lena schüttelte den Kopf. Martin zog die Augenbrauen zusammen.

Im Aufzug legte Sheila überraschend eine Art Geständnis ab. »Ich gebe zu, dass ich nicht viel über solche Dinge weiß, aber ich habe heute Morgen ein wenig nachgeforscht. Google Earth und so. Es ist, als würde man Ameisen in der Sahara suchen. Ich glaube nicht, dass sie die Kinder finden werden.«

Lena reagierte impulsiv. »Ich muss daran glauben – David nimmt an der Suche teil. Tut mir leid. Ich kann die Hoffnung nicht aufgeben.«

»Ich möchte auch nicht, dass Sie das tun. Und ich weiß, dass diese Schwarzseherei genauso wenig von wahrem Glauben zeugt wie Hoffnung und Furcht. Aber eine Mutter spürt das, oder nicht? Hier drin.« Sie legte die Hand auf ihren Bauch. »Mit diesem Gefühl kann man nicht diskutieren. Da gibt's nichts zu beschönigen.«

Lena kämpfte selbst gegen solche Empfindungen an. Die Tür des Fahrstuhls glitt auf. Das rege Treiben in der Lobby kam ihr plötzlich gefährlich vor. »Ich hoffe …«, begann sie, aber Sheila unterbrach sie und breitete die Arme aus. Lena sah Tränen in ihren Augen.

»Tut mir leid. Sie kennen mich nicht. Ich kann manchmal ganz schön barsch sein. Ich muss mich entschuldigen.«

Die Umarmung war, wie Lena fand, erstaunlich warmherzig.

Lena ging an einem uniformierten Cop vorbei, der in einem Liegestuhl vor dem Haus der Rostenkowskis saß, nickte ihm zu und klopfte einige Male an die Haustür, ehe sie versuchte, den Knauf zu drehen. Sie schob die Tür ein Stück auf und rief nach Janet. Lena war schon fast im Wohnzimmer, bevor Janet sie hörte und aus einem der hinteren Zimmer kam. Sie machte einen benommenen, verwirrten Eindruck, war jedoch nicht so weinerlich wie bei ihrer letzten Begegnung mit Lena.

»Janet, es tut mir so leid.«

Janet schien eine Weile zu brauchen, um herauszufinden, ob sich Lena auf den Selbstmordversuch bezog oder darauf, dass sie das Haus ohne Aufforderung betreten hatte. »Oh, Danke. Ich …« Plötzlich schien etwas in ihr zu zerbersten. Lena ging zu ihr, nahm sie jedoch nicht in die Arme. Janet wollte das offensichtlich nicht. Sie versuchte, den eigenartigen Laut zu ersticken und den peinlichen Moment zu überwinden.

Ohne ein Wort ging Janet ins Badezimmer und holte ein

paar Papiertücher. Als sie zurückkehrte, war sie ein wenig gefasster, aber irgendetwas stimmte nicht. Sie sah Lena lange forschend an

»Möchtest du einen Kaffee?«, fragte sie, ohne den Blick von Lena zu wenden.

»Nur wenn er schon fertig ist. Ich will dir keine ...«

Janet wartete nicht ab, bis Lena den Satz beendet hatte. Sie steuerte die Küche an, und Lena folgte ihr. Janet warf den gebrauchten Kaffeefilter in den Abfalleimer und brühte eine frische Kanne auf. Lena merkte, dass es wenig Sinn hatte, dagegen zu protestieren. Die unentschlossene Janet vergangener Tage gab es nicht mehr. Die Janet, die sich in der Küche zu schaffen machte, wirkte irgendwie fremdgesteuert, fast wie ein Zombie, aber nicht beunruhigt.

»Was glaubst du, wie seine Chancen stehen?«, fragte sie nach einer Weile.

»Ich weiß es nicht, Janet. Das ist nicht mein Fachgebiet. Und es hängt von vielen Faktoren ab.«

»Von welchen zum Beispiel?«

»Das kann ich wirklich nicht sagen. Wie lange es gedauert hat, bis er gefunden wurde. Wie ...«

»Wir denken, er hat die Pillen drei Stunden zuvor geschluckt. Ich glaube, ich bin gegen zwei Uhr eingeschlafen und kurz vor fünf aufgewacht. Er lag nicht im Bett neben mir, und ich stand auf, um nach ihm zu suchen. Er lag auf der Couch.«

»Das ist eine lange Zeit, aber ... vielleicht nicht zu lang. Wenn er einen vollen Magen hatte ...« Lena merkte, dass sie sich weiter vorwagte, als sie wollte. Janet war nicht die heulende Fast-Witwe, die Lena erwartet hatte; die Unterhaltung war beinahe klinisch.

Der Kaffee lief durch, und Janet bedachte Lena wieder mit

einem forschenden Blick. Lena kam sich vor, als würde sie untersucht und beurteilt. Schließlich bedeutete ihr Janet, ihr zu folgen, und sie verließen die Küche. Janet blieb vor der Tür zum Arbeitszimmer stehen.

»Sieh dir das an«, sagte Janet und trat beiseite, damit Lena näher kommen konnte.

Das Arbeitszimmer war ein einziges Trümmerfeld. Überall waren Papiere verstreut, Schreibtischschubladen standen offen oder lagen ausgekippt auf dem Boden. Die gerahmten Bilder waren von den Wänden gerissen und auf die Couch geschleudert worden, so dass die Glasscheiben zerbrochen waren. Lena konnte einen solchen Anblick nur mit einem Einbruch in Zusammenhang bringen.

»Er hat das gemacht?«, brachte Lena schließlich heraus.

»Nein, das war ich.«

Mehr sagte Janet nicht, und Lena wusste nicht, welche Frage sie stellen sollte. Doch das Schweigen dauerte nicht allzu lange.

»Du warst wütend auf ihn?«, erkundigte sich Lena.

»Irgendwie, ja.« Resignation schwang in Janets Tonfall mit. Sie hörten, wie die Kaffeemaschine röchelte, als die letzten Wassertropfen durchliefen. Janet machte sich auf den Weg. »Ich hab's vergessen. Nimmst du Sahne und Zucker?«

»Nur Milch.« Lena ließ den Blick noch einmal über das verwüstete Zimmer schweifen, dann ging sie Janet nach.

Als hätte sie ihrer Besucherin kein Schlachtfeld gezeigt, stellte Janet den Kaffee auf den Tisch. Mit einem Mal wurde Lena klar, dass sie gerade die Auswirkungen eines Schocks erlebte. Sie war erstaunt, dass sie nicht von Anfang an daran gedacht hatte. Natürlich hatte sie so was als Ärztin schon oft gesehen; Männer und Frauen, die nach dem Tod eines geliebten Menschen durch die Krankenhausflure gingen, scheinbar ruhig und zielstrebig, doch dann beim kleinsten Anstoß ihrer Trauer freien Lauf ließen. Jetzt war sich Lena bewusst, dass sie es hier mit einer äußerst fragilen Situation zu tun hatte, und machte sich darauf gefasst, dass Janet jeden Moment zusammenbrechen könnte. Sie setzten sich.

»Ich habe nach etwas Speziellem gesucht«, sagte Janet, als würde sie an einen früheren Satz anknüpfen, und Lena hatte Mühe, mitzukommen und sich zu erinnern, wovon zuletzt die Rede gewesen war. Janet half ihr: »Ich war nicht so sehr wütend auf ihn, ich war wütend, dass er gehandelt hat, ohne mir Bescheid zu geben.«

»Das verstehe ich nicht.«

»Du wirst es verstehen. Gib mir ein wenig Zeit.«

Janet atmete schwer – Lena konnte nicht erkennen, ob sie gleich losheulte oder schreien wollte oder vielleicht beides. Sie tat keines von beidem, richtete jedoch den Blick starr auf den Tisch.

»Es fing alles mit meinem Unfall an und damit, dass wir nicht ausreichend versichert waren. Das weißt du. Ich habe dir davon erzählt.«

»Ja.« Lena wusste nicht, was sie mit »Es« meinte, ging aber davon aus, dass Janet auf den Selbstmordversuch anspielte.

»Von da an hat es nicht mehr aufgehört. Tag für Tag kamen Rechnungen an, obwohl die Schmerzen in meinem Bein und in der Hand längst vergangen waren. Und dann die Geldeintreiber. Und die Kreditverträge, die monatlichen Raten. Ich stand vor der Klasse, hielt meinen Unterricht und konnte an nichts anderes denken als daran, wie viele Schulden wir haben und wie wir die Raten abzahlen sollten. Und kein Mensch hat uns zugehört. Niemand hat sich um uns geschert. Wir waren Opfer, und kein Mensch hat sich darum gekümmert. Weißt du, wie das ist?«

Eine unerhörte Frage. Lena nickte nur. Im Laufe der Jahre hatte sie diese Geschichte in abgemilderter Form unzählige Male aus Janets Mund gehört.

»Paul rückte dem College immer näher, und der Druck wurde noch stärker. Wir hatten zwar unsere Jobs, aber das genügte nicht. Ansonsten hatten wir kein Einkommen, und die Rechnungen hatten alles aufgefressen, was wir besaßen. Wie sollten wir jemals das Geld für ein College aufbringen?«

»Ich weiß«, sagte Lena, weil sie glaubte, dass Mitgefühl von ihr erwartet wurde.

»Nein, das weißt du nicht. Um Himmels willen, sag nicht so was. Du bist Ärztin. Sag, dass du mich verstehst, aber sag nicht, dass du weißt, wie das ist«, wies Janet sie scharf zurecht. Lena nickte nur, und Janet fuhr fort: »Dann entdeckte Phil die Anzeige im Internet, in der finanzielle Unterstützung angeboten wurde – was hätten wir tun sollen?«

»Unterstützung?« Lena überlegte, was all das mit dem verwüsteten Arbeitszimmer zu tun hatte.

»Von Fremden. Sie sagten, sie wollten Leuten mit Geldproblemen helfen. Sie waren sehr professionell. Phil verhandelte nur online mit ihnen. Der Plan war kompliziert, schien aber keinen Haken zu haben. Phil hat nicht einmal mir erzählt, worum es ging, bevor die Sache nicht haarklein durchgeplant war.«

»Welche Sache?«

»Was denkst du denn?«

»Was redest du da, Janet? Sag es mir!«

Janet kamen die Tränen, sie konnte aber noch normal reden. »Sie sagten, sie hätten es schon Dutzende Male gemacht. Man musste nichts investieren, kein Geld hinterlegen. Was hättest du getan?«

»Ich weiß es nicht! Ich habe keine Ahnung, wovon du sprichst!«

»O doch, das weißt du. Um Himmels willen, Lena, denk nach! Wir haben die Sache ins Rollen gebracht. Es war unsere Idee! Und wir bekommen das Geld. Begreifst du das nicht?«

Eine mörderische Wut loderte in Lena auf, und sie musste sich ungeheuerlich zusammennehmen, um Janet nicht an die Kehle zu springen und ihr das Herz aus der Brust zu reißen. Sie brauchte keine weiteren Angaben. Das, was noch fehlte, konnte sie selbst ergänzen. Die Rostenkowskis waren die schwer fassbare dritte Partei, die hinter dem Plan steckte und alles in Bewegung gesetzt hatte.

»Ihr habt die Sache inszeniert?«

»Nein, er hat das getan.«

»Ich meine, ihr seid die Urheber? Es war eure Idee?«

»Eigentlich sollte es nur ein Kind sein. Aber er hat entschieden, dass es vier ...«

»Welches Kind? Wer sollte dieses eine Kind sein?«

»Sarah.«

Lena hätte am liebsten ausgeholt und zugeschlagen. Noch nie in ihrem Leben hatte sie eine solche Lust zum Töten verspürt. Aber sie kämpfte gegen den Drang an.

»Wo sind die Kinder?«

»Ich weiß es nicht.«

»Verdammt, es geht um deine Tochter. Du musst es wissen. Wo sind die Kinder?«

Janet deutete in Richtung Arbeitszimmer. »Da drin. Kapierst du das nicht?«

Für einen kurzen Augenblick glaubte Lena, die Kinder seien die ganze Zeit im Haus der Rostenkowskis versteckt gewesen. Dann jedoch begriff sie, was Janet meinte. Sie hatte in dem Arbeitszimmer das Unterste zuoberst gekehrt, weil sie selbst nicht wusste, wo sie waren, weil Phil möglicherweise Hinweise auf das Versteck in seinem Arbeitszimmer aufbewahrt hatte. Und er hatte versucht, sich das Leben zu nehmen, ohne seiner Frau zu sagen, was er wusste.

»Phil wusste es und du nicht?«

»Ja.«

»Hast du keine Angst, dass ich das FBI und Lynn Witherspoon anrufe?«

Janets ausdrucksloser Blick war Antwort genug. Lena ließ die vergangenen Tage Revue passieren und dachte an Janets Reaktionen auf die Ereignisse – jetzt wusste sie, warum ihr Janets Benehmen so irrational und eigentümlich vorgekommen war: Janet hatte das ganze Geschehen mit anderen Augen betrachtet. Und als die E-Mails von den Kindern kamen, Chase festgenommen wurde und Gefahr bestand, dass der Plan der Kidnapper schiefging, hatten sich Janet und Phil ganz zurückgezogen. Jetzt ergab das alles einen Sinn.

»Mir ist egal, wer davon erfährt«, sagte Janet.

»Weiß Phil, wo die Kinder sind?«

»Nein, aber er weiß, wen er fragen muss. Er hat gesagt, dass er noch einmal versucht hätte, mit ihm Kontakt aufzunehmen, aber die Kommunikation brach ab, als wir das Geld bekommen haben.«

Auf einmal hatte Lena das Gefühl, dass sie träumte. Wie lange reichte dieser Alptraum zurück? War sie auf dem Sofa eingeschlafen, nachdem Sarah zu dem Ferienlager abgereist war? Bitte, lieber Gott, lass es so sein. Niemand in der realen Welt würde die eigene Tochter entführen lassen, ohne zu wissen, wohin die Kidnapper sie bringen wollten.

»Ich glaube das nicht«, sagte Lena schließlich.

Janet stand auf und ging zurück ins Arbeitszimmer. Dort

fand Lena sie inmitten all der Papiere, die sie teilnahmslos durchblätterte – entrückt und in sich gekehrt wie eine Geisteskranke. Dieses Bild ließ Lena ihre Rachegelüste vergessen. Aber was konnte sie tun, um die versteckten Fakten aufzudecken? Sie hatte keine Ahnung. Und sie konnte nicht klar genug denken, um sich etwas einfallen zu lassen. Irgendwie hatte sie eine Vorahnung, dass es ihr Sarah nicht näher bringen würde, wenn sie den Behörden von Janets Geständnis erzählte. Andererseits wusste sie nicht, wie sie all die hässlichen Enthüllungen für sich behalten sollte.

Janet wollte das Zimmer verlassen. »Hier drin ist nichts.«

»Wann hat Phil versucht, Kontakt zu den Entführern aufzunehmen?«

»Er hatte nie Kontakt zu den Entführern, nur …«

»Ich meine, mit ihm oder ihnen, den Mittelsmännern. Wann hat er wieder versucht, sie zu erreichen?«

»Gestern.«

»Und was ist passiert?«

»Nichts. Telefonisch hat er sie nicht erreicht, und seine E-Mail wurde nicht beantwortet. Wir wissen nicht einmal, aus welchem Land sie stammen. Phil meinte, sie könnten kaum einen geraden Satz schreiben.«

»Wie habt ihr das Geld bekommen?«

»Es liegt auf einem Konto. Rede mit mir nicht über das Geld«, setzte sie grimmig hinzu, als wäre es unsensibel von Lena, darauf zu sprechen zu kommen.

»Ich rede, worüber ich will«, gab Lena zurück. »Verdammtes Geld!«

»Ganz recht – verdammtes Geld! Wo warst du, als wir Hilfe brauchten?«

Lena merkte, dass sie sich im Kreis drehten. »Wenn die Information nicht hier zu finden ist, müssen wir zu Phil«, sagte sie. Sie hielt Janet an der Tür zurück und versuchte, ihr in die Augen zu schauen.

»Nein, das kann ich nicht.«

»Du musst. Deine Anwesenheit, deine Stimme, wenn du mit ihm sprichst, könnte ihn aus dem Koma erwachen lassen.«

»Ich kann nicht mit ihm sprechen«, zischte Janet böse. »Er will nicht, dass ich mit ihm rede. Letzte Nacht wollte er nicht reden. Er …«

»Wir können es aus ihm herausbekommen«, fiel ihr Lena ins Wort.

»Was?«

»Wir können ihm Medikamente geben. Sie wirken nicht dauerhaft, aber wir können erreichen, dass er kurz aufwacht und mit uns spricht.«

»Geh du zu ihm. Ich kann das nicht.«

»Muss ich deine Geschichte der Polizei erzählen, damit sie dich zwingen?«

»Ist mir egal. Erzähl sie ihnen. Ich gehe nicht in die Klinik.«

Lena unterdrückte den Drang, Janet an den Haaren aus dem Haus zu zerren. »Es geht um deine Tochter.«

»Ich weiß, und ich möchte sie zurückhaben genau wie du deine.«

»Nein, das willst du nicht!« Lena stieß Janet gegen den Türrahmen. Janet riss erstaunt die Augen auf, als Lena sie anschrie: »Du liebst nur dich selbst. Wenn du Linda lieben würdest, hättest du ihr das nie angetan. Du bist ein Ungeheuer, das sich weigert, in die Klinik zu gehen und den Versuch zu unternehmen, die eigene Tochter zu retten.«

Janets Blick wurde ausdruckslos. Ein schlechtes Zeichen, dachte Lena. Sie wusste, dass Diskussionen nicht angebracht waren. Sie umfasste Janets Ellbogen und bugsierte sie durch das Wohnzimmer zur Haustür.

»Brauchst du deine Handtasche?«

Janet schwieg. Lena schob sie vor sich her. Als sie die Tür öffnete, sah sie die Vertreter der Presse. Der Cop sprang aus seinem Liegestuhl auf und eilte ihr zu Hilfe.

»Helfen Sie mir, sie in den Wagen zu setzen«, sagte Lena, doch dann besann sie sich eines Besseren. »Nein. Das kann ich allein. Halten Sie uns besser die Medienleute vom Hals.«

Der Cop drehte sich um, eilte mit ausgebreiteten Armen die Einfahrt hinunter und schrie die Kameraleute und Fotografen an.

»Ich kann nicht mit ihm reden«, murmelte Janet, als sie sich Lenas Wagen näherten. Lena sagte nichts und betete, dass sie Janet ins Auto setzen konnte, bevor sie irgendetwas erschreckte. Als sie an der Beifahrertür standen, schaute Lena zu den Journalisten. Eine Fotografie von ihr mit Janet wurde zum Symbol für den Entführungsfall: Eine leidtragende Mutter half einer anderen; eine Ärztin, die einer verstörten Freundin beistand – all das Pathos der Tragödie auf einem einzigen Foto. Das war die Interpretation, bis die Wahrheit ans Licht kommen würde. Dann konnte der aufmerksame Betrachter sehen, dass Lena am liebsten in die Welt hinausgeschrien hätte, dass Janet und Phil die Drahtzieher des feigen Verbrechens waren.

Lena setzte Janet ins Auto und stieg auf der Fahrerseite ein. Sie hoffte inständig, dass sie das Richtige tat.

KAPITEL 31

Detective Martin war telefonisch verständigt worden, dass Lena in der Klinik angekommen war, und traf sie und Janet am Aufzug. Sein Gesicht wirkte verkniffen, wie Lena es noch nie gesehen hatte; sie fragte sich, ob er inzwischen wusste, was die Rostenkowskis getan hatten. Er sprach Janet an: »Mrs. Rostenkowski. Es tut mir leid, dass das passiert ist.«

Janet, die während der Fahrt zum Krankenhaus kein Wort von sich gegeben hatte, nickte.

Lena begriff, dass Martin ahnungslos war, und fragte: »Gibt es irgendwelche Veränderungen?«

»Nein. Paul und Mr. Rostenkowskis Schwester reden mit ihm, aber er zeigt keine Reaktion.«

Lena hatte nicht mehr daran gedacht, dass Paul in dem Krankenzimmer saß. Sie sah Janet an und merkte, dass sie sich anspannte, als Martin ihren Sohn erwähnte.

»Janet, warum bleibst du nicht bei Detective Martin, während ich hineingehe und sehe, wie die Lage ist?«

Dazu musste Janet nicht überredet werden. Sie ließ sich auf einen der Plastikstühle im Flur fallen. Detective Martin sah Lena fragend an, aber sie ignorierte ihn und ging ins Krankenzimmer.

Ellen und Paul saßen noch genauso da wie vorher. Sie schienen erleichtert aufzuatmen, als sie Lena sahen.

»Nichts wirkt«, sagte Ellen, und Paul nickte dazu. »Waren Sie bei Janet?«

»Ja. Ich habe sie hierher mitgebracht.«

»Oh.«

Paul zuckte zusammen und blinzelte. Es war kaum zu übersehen, dass er seiner Mutter nicht begegnen wollte. Lena fragte sich, ob er die Wahrheit kannte, ob ihm Janet alles erzählt hatte, nachdem sie Phil gefunden hatte und bevor der Notarzt eingetroffen war. Als Lena auf das Bett zuging, beschlich sie ein noch düsterer Gedanke. Was, wenn Paul die ganze Zeit Bescheid gewusst hatte? Wenn er Teil des Plans gewesen war? Paul beobachtete sie mit unschuldigem, fast ängstlichem Blick. Nein, er weiß nichts, meinte Lena aus seiner Miene herauslesen zu können.

»Ich denke, es wäre das Beste, wenn Sie beide ins Wartezimmer am Ende des Flurs gehen würden. Vielleicht geschieht etwas, wenn Janet allein hier bei ihm ist«, schlug Lena vor.

Beide fügten sich. Lena blieb einen Moment allein mit Phil. Sie betrachtete das Gesicht unter der Sauerstoffmaske, die olivefarbene Haut, die ausgeprägten Wangenknochen, das dichte Haar. »Ich hoffe, du kannst mich hören, Hurensohn«, zischte sie. »Und ich hoffe, du erwachst aus diesem verfluchten Koma, damit du für den Rest deines Lebens für das bezahlen kannst, was du angezettelt hast. Du bist ein elender Feigling. Ich bringe jetzt deine verdammte Frau herein, und ich möchte alles hören, was du weißt.«

Sie zitterte, als sie Phils Arm kräftig schüttelte, dann kam sie zur Vernunft und ging hinaus, um Janet zu holen.

Martin sah, wie durcheinander Lena war. Er entschuldigte sich bei Janet, nahm Lena beiseite und erklärte, er wolle mit ihr sprechen.

»Ich bin kein Arzt«, flüsterte er, »aber dieser Frau geht es nicht gut. Sie hat ihren Sohn nicht einmal angesehen, als er aus dem Zimmer kam. Ich weiß nicht, ob es eine so gute Idee ist, sie zu ihrem Mann zu bringen.«

»Sie muss zu ihm. Es ist unsere einzige Hoffnung«, platzte Lena heraus, ohne vorher nachzudenken. Sie wurde rot.

»Unsere einzige Hoffnung?«

»Ihn zu retten.«

»Wirklich?«

Lena wollte sich nicht festlegen lassen. Ihr war einzig und allein wichtig, Janet in Phils Krankenzimmer zu schaffen. »Vertrauen Sie mir! Ich habe schon erlebt, dass so ein Besuch etwas bewirkt.«

Janet stand eine gute halbe Minute in dem Zimmer, ehe sie den Blick auf ihren Mann richtete. Der Ausdruck in ihren Augen war schwer zu deuten. Etwas, was der Melancholie nahe kam, war zu sehen – ein trauriger Blick, der von Verlust und Reue sprach.

»Rede mit ihm«, befahl Lena. »Geh zu ihm und rede.«

Der strenge Ton erschreckte Janet. »Wie?«

»Wie du es immer machst. Frag ihn, wie wir Verbindung zu den Kindern aufnehmen können – zu ihm, wer immer er auch sein mag.«

Janets Gesicht lief rot an; sie zögerte. »Es ist sinnlos. Mir ist egal, was die Ärzte sagen. Er kann mich nicht hören.«

»Das weißt du nicht. Du musst es versuchen.«

»Er hat mir nie zugehört. Wieso sollte er es jetzt tun?«

»Was meinst du damit, dass er dir nie zugehört hat. Ihr beide …«

»Ich wollte dies nicht! Es war seine Idee! Ich habe versucht, es ihm auszureden, aber er hat nicht zugehört.«

»Das glaube ich nicht.«

»Es ist die Wahrheit. Glaubst du, ich wollte, dass meine eigene Tochter entführt wird?«

»Du hast zugesehen, wie dieser J.D. sie weggebracht hat. Du hast nicht versucht, ihn aufzuhalten.«

»Ich konnte nicht. Alles wäre ... dann hätten wir kein Geld bekommen.«

Lena erkannte, dass Janet wieder abdriftete und dass die Erwähnung des Geldes der Auslöser gewesen sein musste. Sie ging zu Janet und drehte sie so, dass sie Phil ansehen musste. »Rede mit ihm. Sag ihm, dass du nicht an das Geld herankommst.«

»Ich kann nicht.«

»Los!«

Lena hielt Janet an den Schultern fest, um zu demonstrieren, dass sie ein »Nein« als Antwort nicht gelten ließ. Janets Brust hob und senkte sich, ihr kamen die Tränen, aber nach einer Minute hatte sie sich gefasst und begann: »Phil, wir müssen Linda finden. Phil?« Sie drehte sich zu Lena um, die sie mittlerweile losgelassen hatte. »Das ist ...«

»Versuch's weiter.« Lena vollzog eine drohende Geste.

Janet wandte sich wieder dem Krankenbett zu. »Phil, bitte. Lass mich nicht damit allein. Sag mir, wo ich die Geiseln finden kann.«

Lena rang nach Atem. Die Geiseln – unglaublich, wie kaltblütig die Rostenkowskis waren. Lena musste schlucken, um die Übelkeit zu unterdrücken. Sie ging zur Tür, um hinauszugehen. Sie brauchte frische Luft. »Rede immerzu weiter. Ich bin gleich zurück.«

Auf dem Korridor stieg eine neue Woge Übelkeit in ihr auf. Dieses Mal fühlte es sich an wie die morgendliche Übelkeit von gestern. Der Brechreiz verging, sie schaute auf und sah, dass Detective Martin in ihre Richtung starrte.

»Keine Sorge, ich bin okay«, sagte Lena und holte tief Luft.

Martin reagierte nicht; er schien mit den Gedanken ganz

woanders zu sein. Dann blinzelte er und nickte. »Was geht da drin vor?« Er deutete auf die Tür zu Phils Krankenzimmer.

»Janet versucht, ihn ins Bewusstsein zurückzuholen.«

»Sie wird nicht viel Zeit haben.«

»Was soll das heißen?« Martin hörte Abscheu in Lenas Stimme.

»Miss Witherspoon wird gleich hier sein, um mit Janet zu reden.«

»Zu reden – mit Janet?«

»Sie hat mich angerufen, um mir zu sagen, dass es neue Informationen gibt. Mit den Williams und den Walkers hat sie bereits gesprochen. Und …« Martin hielt inne und überlegte offenbar, wie viel er Lena erzählen durfte.

»Und was?«, drängte Lena.

»Anscheinend haben die Computerexperten von der Citibank eine Verbindung zwischen dem Rechner, von dem die Lösegeldforderungen verschickt wurden, und dem PC der Rostenkowskis aufgedeckt.«

»Was?« Lenas Vorstellung als Ahnungslose war gar nicht mal so schlecht. »Ich meine, wir alle hatten Verbindung, als …«

»Früher. Schon vor Monaten.«

»Was wollen Sie damit sagen?«

»Nur, dass das Fragen aufgeworfen hat. Und nach diesem Selbstmordversuch …« Martin brach ab.

Lena hätte ihm beinahe alles verraten, was sie wusste, aber rasch wurde ihr klar, dass dann Lynn Witherspoon mit ihr würde sprechen wollen. Sie konnte sich jetzt nicht mit so was aufhalten. Sie musste Phil zum Reden bringen. Sie schüttelte den Kopf, um Martin klarzumachen, dass er ihr keine Fragen stellen sollte. »Nein, das ist ein Irrtum.« Sie steuerte das Krankenzimmer an, ohne auf seine Reaktion zu warten.

»Sie werden ihr doch nichts sagen, oder?«, rief er ihr nach.

Sie drehte sich zu ihm um. »Nein.«

Sie konnte dem Blick aus den blauen Augen nicht standhalten. Sie hatte ein Versprechen gebrochen, das sie sich selbst gegeben hatte. Sie hatte wieder gelogen.

David fuhr über den Taconic Parkway nach Albany, dann über den Northway in die Adirondacks. Es war kaum Verkehr, und David ertappte sich dabei, wie er das Tempolimit überschritt. Er glaubte, einen Polizisten davon abbringen zu können, ihm ein Bußgeld aufzuerlegen, wenn er ihm erzählte, in welcher Mission er unterwegs war. Während der stundenlangen Fahrt malte er sich aus, dass die Suche erfolgreich verlief, dass sich Sarah in seine Arme stürzte. Aber als er, Malones Wegbeschreibung und der Karte auf dem Beifahrersitz folgend, den Northway verließ und in die Gebirgsausläufer fuhr, schwand sein Optimismus.

Der Verkehr war nur spärlich. Die Wälder zu beiden Seiten der Straße wirkten undurchdringlich und dunkel, selbst in der hellen Morgensonne. Als er einen Gipfel erklommen hatte und sah, wie sich die bewaldeten Hügel endlos vor ihm erstreckten, hätte er beinahe kehrtgemacht. Was sollte er hier erreichen?

Das Treffen mit Malone vierzig Minuten später half ihm auch nicht. Malone war nicht der kernige, erfahrene Naturbursche, den David erwartet hätte, sondern ein schmächtiger Mann mit schlaffem Händedruck und makellos sauberen Outdoor-Klamotten.

»Hey, Sie haben uns gefunden«, sagte Malone, als David vor dem Haus anhielt. Malone stand mit etwa zehn anderen Männern und einer Frau in der Einfahrt – keiner der Anwesenden strahlte besonders viel Zuversicht aus. David versuchte, die Nachwirkungen der Fahrt und die Enttäuschung bei der Ankunft abzuschütteln, während Malone ihn mit den anderen bekanntmachte. Die letzte Person, die ihn begrüßte, war ein kindlich aussehender Mann in den Zwanzigern in einer Khakihose. Er konnte Davids Blick kaum standhalten.

»Das ist Dennis Popper. Er arbeitet bei der Lokalzeitung und hat angefragt, ob er uns begleiten kann.« Malone gab sich, als hätte er dem längst zugestimmt. David wollte keinen Reporter dabeihaben, aber er schien keine andere Wahl zu haben, als diesen Popper zu dulden. Er war hilflos in unbekanntem Gebiet und wohl oder übel auf Malones Führung angewiesen.

Plötzlich war das Dröhnen eines Hubschraubers zu hören, sie schauten alle nach oben auf eine Maschine, die einen Kreis über die Ortschaft zog.

Noch ehe der Lärm vorüber war, schrie Malone David zu: »Der Helikopter gehört zu unserem Suchtrupp!«

David verfolgte die Maschine mit Blicken, bis sie außer Sicht war. Währenddessen breitete Malone eine topografische Karte auf der Motorhaube eines Autos aus, und die anderen versammelten sich um ihn.

»Wir nennen das ›Finger einer Hand‹-Suche«, erklärte Malone, als David sich zu den anderen gesellte. »Fünf Fahrzeuge werden in dem Raster, das wir festgelegt haben, fünf verschiedene Straßen abfahren und nach Fußwegen Ausschau halten, die von der Straße abzweigen, und …«

»Falls es in dem Dickicht überhaupt Fußwege gibt«, warf einer der Männer ein – offenbar hatte es früher schon eine kontroverse Diskussion über diesen Plan gegeben. Andere pflichteten ihm bei. David merkte, dass die Suchtrupps keineswegs überzeugt von dem Vorhaben waren. Mit einem Mal wollte er mit Lena sprechen. Er nahm sein Handy aus der Tasche, sah, dass er Empfang hatte, und wählte Lenas Nummer. Während er wartete, fiel sein Blick auf den Reporter, der ihn lange ansah und dann etwas in sein Notizbuch kritzelte.

Sarah war bei Morgengrauen eingedöst. Als sie aufwachte, waren die drei anderen Kinder nicht mehr im Zimmer. Das Mädchen hörte ihre Stimmen. Inzwischen war es schon fast ganz hell geworden. Sarah hatte das Gefühl, dass während der Nacht etwas Wichtiges geschehen war, aber im ersten Augenblick konnte sie sich an nichts erinnern. Dann fiel es ihr ein. Blinde Kuh. Sie stand auf und ging in das andere Zimmer.

Die Kinder waren noch ziemlich verschlafen. Franklin versuchte wieder, den Laptop in Gang zu bringen, die anderen beiden saßen nur da. Nachdem Linda in der Nacht so wenig begeistert auf ihre Blinde-Kuh-Erkenntnis reagiert hatte, beschloss Sarah, den anderen zu erzählen, was sie vorhatte, aber nicht, *wie* sie vorgehen wollte.

»Wir können nicht hierbleiben«, unterbrach sie die Unterhaltung der anderen. »Wir müssen versuchen, zur Straße zurückzukommen.«

Die Eindringlichkeit, mit der sie dies äußerte, war den Kindern neu.

»Aber wir wissen nicht, welchen Weg wir nehmen sollen«, gab Linda zu bedenken – vielleicht hatte sie vergessen, was Sarah ihr vor Stunden gesagt hatte.

»Was, wenn wir den falschen Weg nehmen?«, wollte Tommy wissen. »Wir könnten uns noch mehr verirren.«

»Das werden wir nicht«, erwiderte Sarah. »Ich verspreche es.«

Franklin sah auf. Ihm war klar, dass Sarah kein solches Versprechen abgeben konnte, und trotzdem wollte er so entschiedene Worte hören. So redeten Erwachsene. Erwachsene, die etwas beteuerten, um Ängste zu mildern. »Ich verspreche dir, dass du nicht ertrinken wirst. Schwimm einfach zu mir. Komm schon.« Franklin wusste, dass er den anderen kein solches Versprechen machen konnte. Er kannte die Risiken und könnte die anderen nie anlügen. Aber wenn Sarah bereit dazu war, ihnen etwas zu versprechen, dann würde er ihr willig folgen. Und, sagte er sich, vielleicht findet sie ja wirklich den richtigen Weg.

»Ich gehe mit dir«, verkündete er.

»Und was ist mit den Bären?«, fragte Tommy. Er hatte sich in der Nacht ausgemalt, wie sein Vater und der große Bruder breit lächelnd auf die Lichtung kamen und ihn in die Arme schlossen. Aus unerfindlichen Gründen hatten sein Vater und Jack Gewehre bei sich, obwohl sie gar keine Jäger waren. Tommy vermutete, dass sie die Waffen dabeihatten, um sich gegen die Bären verteidigen zu können.

Sarah beantwortete seine Frage nicht. Dazu konnte sie nichts sagen – sie wusste nur, dass sie die anderen nach Hause führen konnte. Davon war sie überzeugt. Aber wenn sich ihnen Bären in den Weg stellten … Nun, darüber wollte sie sich jetzt nicht den Kopf zerbrechen. War der Bär nicht auf die Lichtung gekommen? Doch. Also wären sie kein bisschen sicherer, wenn sie in der Hütte bleiben würden. So dachte sie, aber sie hatte keine Ahnung, wie sie das den anderen klarmachen sollte, daher redete sie lieber nicht über Bären.

»Ich gehe«, sagte sie und steuerte die Tür an.

»Jetzt gleich?«, fragte Linda.

»Ja.«

»Du kannst mich nicht hier zurücklassen. Wir sollen zusammenbleiben, schon vergessen?«

»Das hat für das Ferienlager gegolten.«

»Dies ist das Ferienlager!«, heulte Linda – sie war gefangen zwischen dem Grauen, in die Wälder zu gehen, und dem Schrecken, ohne Sarah hierzubleiben.

Niemand von ihnen glaubte mehr, dass Mr. Everett Mitarbeiter des Camps war. Aber Lindas Protest weckte in allen die Sehnsucht nach der Zeit, in der sie gehofft hatten, dass dieser Ausflug zum Ferienprogramm gehörte. Das war viel besser, als sich einzugestehen, dass sie mutterseelenallein in der Wildnis waren.

Sarah wollte von all dem nichts hören. »Dies ist nicht das Ferienlager. Kommt.« Sie trat durch die Tür in die heiße Morgensonne.

Die anderen folgten ihr. Sobald sie alle draußen waren, war Sarah der Mittelpunkt der Aufmerksamkeit. Zwar biss sie sich auf die Lippe, aber sie wirkte so entschlossen, dass sich die anderen um sie scharten und auf ihr Kommando warteten. Sie ließ den Blick über die Lichtung schweifen. Dort war der Weg zum See – das war sicher nicht der richtige. Da war der Weg, den sie auf ihrer Wanderung mit Mr. Everett eingeschlagen hatten – der könnte es sein, aber Sarah glaubte das nicht. Sie spürte die Blicke der anderen auf sich. Das Blinde-Kuh-Spiel fiel ihr wieder ein, doch sie wollte die Augen nicht zumachen. Dann würden die anderen denken, sie ginge aufs Gratewohl los.

Sie drehte sich ein Stück im Uhrzeigersinn, und da, direkt vor ihr, war etwas Ähnliches wie ein Portal. Zwei junge Birken mit weiß leuchtenden Stämmen, die etwa anderthalb Meter auseinander standen, deren Kronen sich jedoch fast trafen. Die dünnen Birken bildeten einen Zugang zum Wald.

Sarah sah beinahe vor sich, wie eine gute Fee ihr winkte, Sternenstaub verstreute und ihr den Weg zeigte.

»Das da ist unser Weg«, erklärte sie mit fester Stimme. Die Kinder schauten in die Richtung, in die sie wies. Franklin, der sich mittlerweile ihrer Führerschaft voll anschloss, machte Anstalten, ihr zu folgen. Tommy und Linda trotteten ihnen nach, nicht weil sie Sarahs Weitblick so sehr trauten wie Franklin, sondern weil sie nicht allein zurückbleiben wollten.

Tommy fiel etwas ein. »Sollten wir nicht ein paar von unseren Sachen mitnehmen?«

»Was zum Beispiel?«, fragte Sarah nach, ohne stehenzubleiben.

»Ich weiß nicht. Die Sachen, die wir hergebracht haben. Klamotten.«

»Wir werden nicht lange unterwegs sein.«

»Wir erreichen die Straße bald«, fügte Franklin hinzu. Er sah die Birken auch als Tor zur Sicherheit an.

Tommy, der kurz stehengeblieben war, um seine Frage zu stellen, holte die anderen ein, als sie zwischen den beiden Bäumen auf den abschüssigen Pfad gingen, der sich nach ein paar Metern verbreiterte – es sah fast so aus, als würden die Bäume zurücktreten, um sie durchzulassen.

Sarah fühlte, wie ihre Zuversicht wuchs. Sie hatte ein paar Mal die Augen geschlossen, um sich zu vergewissern, ob die Richtung stimmte. Sie hatte auch die Augen zu, als Linda kreischte: »Was ist das?«

In zehn Meter Entfernung war etwas, was zuerst wie ein Kleiderhaufen aussah, ein Kleiderhaufen in Gestalt eines Körpers. Alle vier Kinder gingen näher heran und entdeckten, dass dort eine Tote lag. Die Leiche der Wanderin und ihr Rucksack waren von einem Bären zerfetzt worden – wahrscheinlich von demselben Tier, das sich auf der Lichtung herumgetrieben hatte. Die Verheerung, die er angerichtet hatte, war grässlich. Tommy würgte und drehte sich weg. Die anderen schnappten entsetzt nach Luft und wichen zurück.

»Wer ist das?«, wollte Linda wissen.

Niemand antwortete, aber Franklin sprach aus, wovor sie alle Angst hatten: »Bären.« Mit einem Mal hatten sie das Gefühl, dass ein Angriff kurz bevorstand.

»Wir gehen besser zurück«, schlug Tommy vor.

Linda und Franklin gaben ihm recht, Sarah stand jedoch wie angewurzelt da und starrte auf die blutigen, zerrissenen Kleider. Als Tommy kehrtmachte und zurück auf die Lichtung rannte, war Franklin einen Moment hin- und hergerissen, dann lief er ihm nach.

»Sarah! Komm!«, schrie Linda, ehe sie auch losrannte.

Sarah war sich im Klaren, dass sie mit den anderen zurückmusste, doch sie rührte sich nicht vom Fleck und starrte die Tote wie hypnotisiert an. Mr. Everetts Leichnam hatte eine ähnliche Faszination auf sie ausgeübt, aber sie hatte keine Zeit gehabt, ihn sich genauer anzusehen. Einmal hatte sie ein Gespräch ihrer Eltern mitangehört, das wahrscheinlich nicht für ihre Ohren bestimmt gewesen war. Ihre Mutter hatte von einem Patienten erzählt, der an diesem Tag gestorben war und dessen Leichnam sie länger als üblich betrachtet hatte. »Mir wurde bewusst, dass er jetzt mehr weiß, als ich jemals auf dieser Erde lernen kann«, hatte Lena gesagt, und seither hatte Sarah den Wunsch verspürt, einmal einen Toten zu sehen.

Nach ein paar Minuten hörte sie, dass Linda sie rief. Sie warf einen Blick auf den Weg, den sie beinahe gegangen wären. Sie wusste, dass das der Weg nach Hause war. Dann sah sie wieder die blutbesudelten Sachen aus dem Rucksack und die Tote an, die mit ihr zu sprechen schien: »Du hast recht, Sarah – das ist der Weg.«

Eine Krankenschwester kontrollierte den Tropf, schüttelte Phils Kissen auf und redete unentwegt, während Lena und Janet abseits standen und darauf warteten, dass sie das Zimmer verließ. Lena sah, dass sich Phils Hand bewegte und an die hochgeklappte Bettumrandung stieß, und dachte anfangs, dass die umtriebige Schwester an seinem Arm gezogen hätte. Doch dann beobachtete sie, wie die Hand erneut zuckte, und wusste, dass das auf eine Hirntätigkeit hinwies.

»Sprich weiter mit ihm«, forderte Lena.

Janet starrte die Hand an und sah zu, wie sie erneut nach oben zuckte.

»Phil, kannst du mich hören?«

Lena drehte sich weg und sah auf die Uhr. Sie hatte Angst, dass Lynn Witherspoon ausgerechnet jetzt ins Zimmer platzen könnte. Eine Männerstimme ertönte, und da niemand das Zimmer betreten hatte, sah Lena Phil an.

»War er das?«, fragte sie.

»Ja.«

»Was hat er gesagt?«, wollte Lena von Janet wissen.

»Ich weiß es nicht.«

Lena ging zum Bett. Phils Kiefer arbeitete, als versuchte er, die Sauerstoffmaske loszuwerden. Lena beugte sich über ihn und sagte laut: »Phil, kannst du mich hören?«

Phil hob die rechte Hand und wedelte ein wenig, als wollte er antworten.

Lena wandte sich an Janet. »Sag etwas zu ihm.«

»Phil, hörst du uns?«, flüsterte Janet.

Keine Antwort.

»Hast du ihn was gefragt?«

»Nein.«

Wieder war Phils durch die Maske gedämpfte Stimme zu hören. »Paul.« Dieses eine Wort war zu verstehen.

Lena war überrascht. Am liebsten hätte sie Phil die Sauerstoffmaske abgenommen, fürchtete jedoch, dass er nicht selbständig atmen könnte. Sie wandte sich an die Schwester: »Wer ist der behandelnde Arzt?«

»Dr. Halperin. Er ist auf der Station. Ich habe ihn gerade erst gesehen.«

»Holen Sie ihn!«

Die Schwester wollte loslaufen, als die Tür aufging und Lynn Witherspoon hereinkam.

Lena setzte ihr bestes Arztgesicht auf und sagte: »Tut mir leid. Wir können niemanden hereinlassen, nicht jetzt.«

»Ich muss nur kurz mit Mrs. Rostenkowski sprechen.«

»Jetzt nicht. Sie …«

»Ich fürchte, ich muss darauf bestehen.«

Lena hätte Lynn Witherspoon am liebsten aus dem Zimmer gezerrt, erklärt, was sie wusste, und deutlich gemacht, dass Janet wichtig für die Klärung des Falles war. Aber ihre Instinkte verrieten ihr, dass sie das nur von Phil und seinem labilen Zustand wegführen würde. Dann kam ein älterer Herr in weißem Kittel herein.

Lena stürzte sich förmlich auf ihn. »Sind Sie Dr. Halperin?« Da er nickte, fuhr sie fort: »Der Patient hat Reaktion gezeigt. Er hat die Hand bewegt und ein paar Worte gesprochen. Ich glaube, er hat auf seine Frau reagiert.« Lena deutete auf Janet. »Sie muss hierbleiben, oder?« Lena warf Witherspoon einen argwöhnischen Blick zu; sie würde sich anscheinend nicht einmal Dr. Halperins Urteil beugen.

Halperin spürte die angespannte Atmosphäre. Er ging zu

Phils Bett und beobachtete einige Zeit dessen zuckende linke Hand. Dann zog er Phils Augenlider auf und leuchtete mit einer kleinen Taschenlampe in die Pupillen.

Nach ein paar Momenten drehte sich Halperin zu ihr, sein pessimistischer Blick sprach Bände. »Ich sehe kaum eine Verbesserung. Es würde mich überraschen, wenn er auf äußere Reize reagieren würde.«

»Seine Frau hat etwas zu ihm gesagt, und daraufhin nannte er den Namen seines Sohnes.«

»Dr. Pyle, verzeihen Sie mir, wenn ich das sage, aber ich denke, Sie lassen sich von Emotionen leiten. Ich behaupte nicht, dass der Patient nie wieder zu sich kommt. Aber seine körperliche Gesundheit ist stark beschädigt, und wenn er die gefährliche Zeitspanne von sechsunddreißig Stunden übersteht, müsste er etliche Therapien und Behandlungen über sich ergehen lassen, bis er einfache Worte sprechen, sitzen und gehen lernt.«

»Es wirkt sich jedoch positiv aus, wenn man die Nervenbahnen in der gefährlichen Zeitspanne trainiert, oder nicht?«

»Es kann nicht schaden, dass Sie und Mrs. Rostenkowski hier sind. Und manchmal geschehen auch Wunder. Aber Wunder sind per definitionem unvorhersehbar. Und wie Sie wissen, gehen wir sehr viel lieber mit Vorhersehbarem um.«

Der Arzt sah sich Phils Karte an und machte ein paar Notizen. Lynn Witherspoon wartete geduldig. Lena merkte, dass sie sich verdächtig machen würde, wenn sie zu sehr protestierte. Janet sah sie an, als wollte sie sagen: Das Spiel ist aus.

Halperin hängte die Krankenkarte wieder ans Bettende. »Tut mir leid, was ich vorhin über Ihre Emotionen gesagt habe, Dr. Pyle. Ich weiß, dass Sie eine schreckliche Zeit durchmachen, und möchte Ihnen mein Mitgefühl aussprechen.«

»Mitgefühl wofür?«, brauste Lena auf. »Meine Tochter ist nicht tot. Ich brauche kein Mitgefühl.«

Halperin nickte und ging.

Lynn Witherspoon wartete ein paar Sekunden, bis sie sagte: »Mrs. Rostenkowski, würden Sie mich bitte nach draußen begleiten?«

»Kann sie schnell wieder herkommen?«, bat Lena.

»Vielleicht.«

Plötzlich ließ sich Janet von ihren Gefühlen mitreißen – ihr Gesicht lief rot an, und sie stieß einen schrillen Schrei aus. Der Laut hallte von den Wänden wider. Janet wirbelte zu Phil herum, und Lena fürchtete schon, sie würde sich auf ihn stürzen. Aber sie hielt sich zurück und schnaubte wütend, ehe sie hinausging. Lynn Witherspoon sah Lena forschend an, bevor sie Janet folgte.

Lena wandte sich wieder an Phil. Die zuckende Hand hatte sich beruhigt. Er sah wie leblos aus. In dieser Sekunde war Lena klar, dass es sinnlos war, sich von diesem komatösen Patienten die Rettung für ihr Kind zu erhoffen. Lena fühlte sich entsetzlich allein. Was konnte sie tun? Sie befand sich in einem Krankenhaus. In Krankenhäusern löste man Probleme. Musste sie in ihre Welt zurückkehren und zugeben, dass sie in eine Sackgasse geraten war? Dass sie nichts mehr tun konnte außer warten? Phils Gesicht wirkte heiter, als wollte er sich über ihre missliche Lage lustig machen und würde laut lachen, wenn er bei Bewusstsein wäre. Sie konnte nicht anders – sie stellte sich an sein Bett und versetzte ihm eine schallende Ohrfeige, so dass die Sauerstoffmaske verrutschte. Dann stürmte sie aus dem Zimmer und drängte sich an der verdatterten Krankenschwester vorbei.

KAPITEL 32

Als Sarah in die Hütte zurückkehrte, fand sie die anderen Kinder in einer Art Schockzustand vor. Franklin bemühte sich wieder einmal, den Laptop zum Leben zu erwecken. Tommy hämmerte mit einem Holzstück auf den Boden, und Linda lag im Nebenzimmer zusammengerollt auf ihrer Matratze und weinte. Sarah ging zu ihr, um mit ihr zu reden, aber als sie sich auf eine andere Matratze setzte, merkte sie, wie schwer sich ihre Glieder anfühlten, wie müde sie war. Sie legte sich auf den Rücken und starrte auf die verrottete Holzdecke. Irgendwann schloss sie die Augen.

Linda hörte auf zu weinen, raunte Sarah etwas zu, und als sie keine Antwort bekam, fielen auch ihr die Augen zu. Die Hitze in der Hütte zog die beiden Mädchen in bleiernen Schlaf, während die Jungs im anderen Zimmer nicht stillsitzen konnten.

Linda wusste nicht, wie lange sie geschlafen hatte, als sie wieder zu sich kam und sich von der Matratze erhob. Niemand außer ihr befand sich in der Hütte. Der Laptop stand auf dem Boden, der Inhalt von Mr. Everetts Rucksack war überall verstreut, und die Kühltasche war umgekippt – Wasser floss heraus. Am Himmel hatten sich dichte Wolken zusammengezogen, es war so dunkel geworden, dass Linda kaum noch etwas sah.

Sie rief nach den anderen, lauschte, hörte jedoch nichts. Sie hatte Angst hinauszugehen, deshalb öffnete sie nur die Tür und schrie wieder. Das Gras auf der Lichtung bog sich im

Wind. Linda ging zu einem Fenster, dann zu einem anderen, um nach den anderen Kindern Ausschau zu halten. Ihre Furcht wuchs von Minute zu Minute, und dann musste sie zu allem Überfluss auch noch aufs Klo. Wieder rief sie nach den anderen. Stille. Der Druck auf ihre Blase wurde unerträglich, und sie rannte hinaus zum Klohäuschen. Sie hatte es fast erreicht, als sie eine Bewegung am Rande der Lichtung wahrnahm – ganz in der Nähe der beiden Birken, durch die Sarah sie geführt hatte.

»Sarah!«, schrie Linda, die vor dem Toilettenhäuschen wartete. Sie ging mit Riesenschritten auf die Stelle zu, an der sich etwas bewegt hatte.

Plötzlich war ihr die Gestalt ganz nahe, und Linda blieb stehen. Sie brauchte einen Moment, um zu begreifen, dass die angeblich tote Wanderin auf sie zukam, eine zerlumpte, scheußliche, blutige Gestalt, die sich nur wenige Meter von ihr entfernt unter einem verdrehten Rucksackgestell krümmte. Der Mund in dem verbeulten, blutverschmierten Gesicht bewegte sich, als wollte die Frau etwas sagen.

Linda schrie aus Leibeskräften, aber sie war wie versteinert und konnte sich nicht rühren. Sie versuchte zurückzuweichen, doch ihre Füße waren wie festgewurzelt. Sie schrie und schrie.

Lindas Schreie rissen Sarah aus einem Traum. Linda lag auf der Matratze neben ihr und schrie im Schlaf. Franklin und Tommy standen in der Tür und gafften sie an. Sarah schüttelte sie, und Linda zuckte bei der Berührung heftig zusammen. Sie war sofort wach, wusste aber nicht, wo sie sich befand. Nach einer Weile stand sie auf und schaute aus dem Fenster. »Es lebt.«

»Was?«, fragte Sarah. Tommy und Franklin liefen zu dem anderen Fenster.

»Das Wesen, das wir gesehen haben. Es ist da draußen.«

»Du hast geträumt«, erwiderte Franklin, dennoch war ihm nicht ganz geheuer.

Linda war drauf und dran zu protestieren, begriff jedoch, dass Franklin recht hatte. Statt erleichtert aufzuatmen, brach sie in Tränen aus. »Ich verlasse diese Hütte nie wieder.«

Sarah schüttelte den Kopf, stand auf, drängte sich an Tommy und Franklin vorbei und ging zur Tür. »Nein. Wir müssen weg von hier, und zwar solange es noch hell draußen ist. Ich kenne den Weg.«

»Geh nicht!«, kreischte Linda.

Sarah antwortete nicht und ging einfach weiter. Die drei beobachteten, wie sie auf die Lichtung stapfte.

»Wir sollten hierbleiben«, flehte Linda. Franklin schüttelte den Kopf, Tommy lief schweigend hinaus, um Sarah einzuholen.

»Sie weiß, was sie tut«, sagte Franklin zu Linda.

»Nein, das weiß sie nicht. Es ist … vielleicht ist es wirklich lebendig.«

Franklin schwieg und ging ebenfalls hinaus. Wie durch einen Magneten angezogen, sprang Linda auf und folgte ihm.

Sarah vergewisserte sich, dass sich die Tote nicht mehr bewegte, und wartete auf die anderen, um dafür zu sorgen, dass sie nicht wieder zurückliefen. Wieder schien ihr die Leiche Sicherheit zu verleihen. Tommy starrte die Tote an, als er näher kam, Franklin hingegen richtete den Blick starr geradeaus, und Linda stolperte, während sie versuchte, die anderen einzuholen, und heulte haltlos.

Sarah ging spontan zu der Leiche und blieb neben ihr stehen. Linda keuchte erschrocken. Franklin murmelte etwas Unverständliches. Sarah gönnte der grauenvollen Gestalt neben ihr kaum einen Blick. Sie wollte lediglich den anderen zeigen, dass sie weder vor der Toten noch vor dem, was vor ihnen lag, Angst hatte. Sie ging wieder auf den Weg, der erst bergab führte und nach hundert Metern ganz verschwand. Der Wald war an dieser Stelle nicht so dicht, aber ein Stück weiter sahen sie eine grüne Wand aus Bäumen, Büschen und Gestrüpp. Sarah machte ein paar selbstbewusste Schritte ins Unbekannte, die drei anderen folgten. Tommy war der Letzte – er musste sich zwingen, den Blick von der schrecklich zugerichteten Leiche abzuwenden.

Aus einer Höhe von tausend Fuß waren die Adirondacks selbst in der grellen Mittagssonne ein großartiger Anblick. Seth Copper, der in dieser Region Helikopter flog, seit er im Frühjahr 1970 aus Vietnam zurückgekehrt war, fand die Landschaft, das Glitzern der Bergseen und das dichte Laubdach des Waldes nach wie vor atemberaubend. Aber an diesem Tag zwang er sich, sich der Faszination dieses Anblicks zu entziehen und sich auf seine Aufgabe zu konzentrieren.

Jennifer Simmons, eine junge Rangerin, flog mit ihm. Sie war eine sehr hübsche Frau Ende zwanzig, neu bei der Truppe und sehr eifrig. Seth hatte noch nie mit ihr gearbeitet.

»Haben Sie das Video gesehen?«, fragte sie, ohne die Augen von der Landschaft unter ihnen zu wenden.

»Ja.«

»Die jungen Bäume hinter den Kindern sahen aus wie vom Wind gebeugt, also schätze ich, dass die Stelle höher als dreihundert Meter über der Stadt Northville liegen muss. Deshalb habe ich diesen Abschnitt des Rasters ausgesucht.«

Seth musste nicht darauf antworten. Nach vermissten Kindern zu suchen war nicht gerade Routine, aber es war immer noch eine Suche. Großmütter, die sich verirrt hatten, Familien, die vom richtigen Weg abgekommen waren, Jäger, die die Orientierung verloren hatten – bei allen verlief die Suche gleich.

Sie waren seit einer guten halben Stunde in der Luft. Die Wälder unter ihnen waren so üppig, dass man aus der Höhe kaum vier Neun- und Zehnjährige sichten konnte. Seth fragte sich, ob die Kinder klug genug waren, sich auf offenem Gelände aufzuhalten, auf Lichtungen und Wegen, die nicht von Bäumen überwachsen waren. Vor ihnen erhob sich ein bewaldeter Hügel, so dass er den Helikopter hochziehen musste. Auf dem Gipfel der Anhöhe wurde die Sonne von einem kleinen, versteckten See gespiegelt, und Seth wandte den Blick instinktiv ab, um später nicht Sonnenflecken vor Augen zu haben.

Drei Krähen flogen vom Wasser auf, aufgeschreckt durch das Dröhnen der Rotoren. Seth konnte Krähen nicht mehr leiden, seit sich vor fünfzehn Jahren eine beim Abflug in seinem Seitenruder verfangen hatte. Er beobachtete die kraftvollen Flügelschläge.

Plötzlich rief Jennifer: »Da liegt ein Toter!«

Sie deutete auf den See. Seth schaute hinunter, doch er sah nur Wasser und Schilf darum herum. »Auf dem Steg liegt ein Toter«, schrie Jennifer, um die Rotoren zu übertönen, und schaute zurück. Seth schwenkte nach links und entdeckte ein halb verfallenes Gebäude auf einer kleinen Lichtung. Er flog zurück zum See und ließ den Hubschrauber in der Luft stehen. Der Steg und der Leichnam waren deutlich zu sehen.

»Scheiße«, brummte Seth und überprüfte die Koordinaten, um dem Kontrollzentrum Meldung zu machen.

»Das könnte der Entführer sein«, mutmaßte Jennifer, die den Toten mit dem Feldstecher in Augenschein nahm.

»Oder ein Fischer, der an einem Herzanfall gestorben ist«, meinte Seth. Als er vor Jahren auf der Suche nach ein paar verirrten Teenagern, die eine Bergwanderung machen wollten, gewesen war, hatte er durch Zufall einen lange vermissten Anwalt aus New York gefunden.

Während er den Funkspruch absetzte, überschaute er das Gebiet. Hier gab es keine zerklüfteten Felsen und keine hohen, langen Bergkämme. Die Route 49 war nur etwa vier, fünf Kilometer entfernt. Seth rechnete damit, dass er am Spätnachmittag jemanden hier absetzen musste, wenn sich nicht ohnehin ein Ranger in der Gegend aufhielt.

Ihm wurde bewusst, dass die Suche nach den Kindern von der Luft aus nicht einfach sein würde. Weit und breit waren alte Ahornbäume und Ulmen zu sehen, dichte Wälder, die schwer zu durchdringen waren. Ein anderer Gedanke ließ ihn nicht los: Hier hielten sich eine Menge Bären auf.

»Guter Gott«, keuchte Jennifer, die immer noch durch den Feldstecher schaute. »Es sieht aus, als hätten die Krähen dem Toten den halben Kopf weggefressen.«

Nachdem sie Phils Krankenzimmer verlassen hatte, wählte Lena Davids Nummer. Während die Verbindung aufgebaut wurde, rief sie sich ins Gedächtnis, dass all das, was sie mit Phil und Janet erlebt hatte, nach Davids Abreise geschehen war. Sie fragte sich, ob dies der richtige Zeitpunkt war, ihm alles zu erzählen.

»Lena, hallo«, meldete er sich. Lena hörte Geräusche im Hintergrund.

»Hallo, wo bist du?«

»Im Auto mit Les Malone. Was gibt's? Irgendwelche Neuigkeiten?«

»Nein. Und bei dir?«

»Vorhin gab es einen Funkspruch von den Rangers, aber

wir haben ihn nicht richtig verstanden. Er war außerhalb unseres Rasters.«

»Eures was?«

»Raster. Das Gebiet, das wir absuchen.«

Lena freute sich, die Stimme ihres Mannes zu hören. Selbst bei der schlechten Funkverbindung spürte sie Davids Kraft, die alte Kraft, die sie früher so fasziniert hatte. »Kannst du sprechen?«

»Was?«

»Kannst du …« Aber Lena wollte ihm nicht von Phil erzählen, solange er sie kaum verstehen konnte. »Ruf mich an, wenn wir ungestört reden können, okay?«

»Wir können jetzt reden.«

»Nein. Es ist wichtig.«

»Okay. Ich …« Seine Stimme wurde schwächer. Als sie wieder besser zu hören war, fiel Lena ihm ins Wort.

»Ich kann dich nicht hören. Ruf später zurück. David?« Ich liebe dich.«

Sie wusste nicht, ob er das gehört hatte. Die Leitung war tot.

David war während des Telefonats abgelenkt, weil Malone einen Funkspruch erhielt. David hörte nur etwas wie »ein Toter«. Als er auflegte, bremste Malone ab und blieb am Straßenrand stehen.

»Worum ging es?«, wollte David wissen.

»Die Besatzung eines Polizeihubschraubers hat eine Leiche gesichtet – der Tote könnte der Mann sein, den Ihre Tochter in der Mail erwähnt hat.«

»Wo haben sie ihn gesehen?«

»Ich habe mir die Koordinaten gemerkt. Lassen Sie mich auf der Karte nachsehen.«

David reichte ihm die Karte, die er auf dem Schoß gehabt hatte. Malone brütete eine ganze Weile über der Karte, und Popper, der auf dem Rücksitz saß und sich Notizen machte, beugte sich ein wenig vor.

»Darf ich fragen, ob das Ihre Frau am Telefon war?«, erkundigte er sich bei David.

David drehte sich um und funkelte den Reporter an, gab jedoch keine Antwort. Er wandte sich wieder nach vorn und wartete, bis Malone sagte: »Ja, hier ist der See. Sie sprachen von einem kleinen See und einem Steg, auf dem der Tote liegen soll. Menschenskind!«

»Was?«

»Ich glaube nicht, dass dort Suchtrupps unterwegs sind. Es wird eine Weile dauern, dorthin zu gelangen und die Sache zu überprüfen.«

»Sie meinen, der Helikopter ist nicht …«

»Ich schätze, da ist kein Platz zum Landen.«

»Was ist mit den Kindern?«

»Bisher haben wir noch keine Spur.«

»Können wir hinfahren?«

»Ja, aber sie wissen nicht einmal, ob das überhaupt etwas mit den Kindern zu tun hat.«

»Wie viele Tote gibt es wohl in diesen Wäldern?«

»Mehr, als Sie sich vorstellen können.«

»Nun, ich würde gern zu diesem See gehen.«

Malone musterte David. »Es wird eine Weile dauern, bis wir in dieses Gebiet kommen, und es gibt andere, die schneller da oben sind. Lassen Sie uns unseren Plan weiterverfolgen, und wenn wir etwas hören, können wir immer noch hinfahren und dort aushelfen.«

David ärgerte sich. Wieder fühlte er sich behindert durch die Entscheidung, die Suche mit Malone anzutreten. Mit einem Mal wollte er nicht mehr, dass ein anderer Sarah fand. Es war irrational, aber es war ein machtvoller Wunsch. Er sehnte sich danach, Sarah als Erster in die Arme zu schließen. Er, nicht irgendein Fremder sollte ihr Retter sein.

Nachdem Lena das Telefonat mit David beendet hatte, fühlte sie sich einsamer als zuvor. Sie wollte nicht nach Hause fahren. Das Gefühl, daheim sein zu müssen, um Sarah willkommen zu heißen, war verschwunden. Zu Hause – das war nur noch ein Ort, der von Journalisten belagert wurde.

Ihr fiel ein, dass ihr Vater mittlerweile in Montreal angekommen sein musste. Noch im Krankenhausflur vor Phils Zimmer kramte sie den Zettel mit der Nummer von Richards Freund aus der Jeanstasche und tippte sie ein. Niemand nahm ab, und es schaltete sich weder ein Anrufbeantworter noch die Mailbox ein. Sie unterbrach die Verbindung und sah zu dem Polizisten hinüber, der sich vor dem Schwesternzimmer mit einer Krankenschwester unterhielt. Sie ging zu ihm. »Wo ist Detective Martin?«

Der Cop deutete auf eine Nische am Ende des Korridors. Lena ging hin und fand Martin – er saß auf einem Stuhl, hatte den Kopf zurückgelehnt und schlief mit offenem Mund. Sie weckte ihn nicht. Sie ging ein paar Mal auf und ab, dann setzte sie sich neben Martin. Fragen türmten sich auf. Wieso hatte sie nicht bemerkt, dass die Rostenkowskis etwas im Schilde führten? Warum hatte sie J.D. nicht durchschaut? Sie war auf all das hereingefallen wie ein naives Kind. Schuldgefühle begleiteten die Fragen. Sie rief sich ins Gedächtnis, dass Erwartungen blind machten, doch das half nicht viel.

Sie warf einen Blick auf Martin. Mit dem offenen Mund sah er aus wie ein Toter – für Lena ein Bild des Versagens. Die Klinik mit ihren Betten und Patienten, mit Leben und

Tod verhöhnte sie jetzt: Du bist nutzlos. Deine Tochter wird vermisst, und du kannst nichts tun, um sie zu finden. Wir hier helfen wenigstens den Patienten; wir wissen, was wir tun – und was weißt du?

Martin schnaubte, wachte aber nicht auf. Lena konnte den Ausdruck der Niederlage, der seine schlaffen Züge prägte, nicht mehr ertragen. Sie schüttelte ihn vehement, um ihn zu wecken, und bedauerte das sofort.

Er war durcheinander. »Was ist?«

Lena wusste nicht, was sie sagen sollte. Sie hörte einen Klingelton und dachte zuerst, dass es ihr Handy war, zum Glück hatte sie sich geirrt.

»Ihr Mobiltelefon klingelt.«

Als Martin nach dem Apparat tastete, blinzelte er, um richtig wach zu werden. Er warf einen Blick auf das Display, stand auf und ging ein Stück weg von Lena. Als wieder ein Handy klingelte, dachte sie, es wäre noch einmal Martins, dann begriff sie jedoch, dass es ihres war. Sie sah den Namen Williams auf dem Display.

»Lena, Sie sind in der Klinik«, stellte Mike ohne Vorrede fest. Seine Stimme enthielt einen Unterton, den Lena noch nie gehört hatte.

»Ja, ich …«

»John Walker hat uns gerade angerufen. Überprüft die Polizei die Rostenkowskis?«

»Ich denke schon. Lynn Witherspoon vernimmt Janet im Moment.«

»Glauben Sie … ich meine … lieber Himmel, könnten sie etwas damit zu tun haben?«

»Ich halte es für möglich.« Lena hoffte, er würde es dabei belassen.

»Was wissen Sie? Haben Sie mit ihr gesprochen?«

Diesen direkten Fragen konnte Lena nicht ausweichen. Sie erzählte alles, was sie wusste, von ihrem Besuch bei Janet und ihren Bemühungen, Phil zum Reden zu bringen. Als sie fertig war, herrschte Schweigen in der Leitung.

»Und Sie wussten die ganze Zeit nicht, dass die beiden etwas damit zu tun haben? Ihnen ist keine Veränderung an ihnen aufgefallen?« Dass ausgerechnet der liebenswürdige Mike diese Anschuldigungen aussprach, schmerzte sie.

Lena wartete mit der Antwort. »Nein«, sagte sie schließlich. »Ich kenne die beiden nicht so gut.«

Mike schnaubte. »Ihre Kinder haben miteinander gespielt. Wie verdorben kann diese Janet sein? Ihre eigene Tochter, und sie weiß nicht, wo sie ist?«

Lena wollte ihm sagen, wie leid ihr das alles tat, besann sich aber eines Besseren. Martin kam auf sie zu und wedelte mit der Hand, um ihre Aufmerksamkeit auf sich zu lenken.

»Mit wem sprechen Sie?«, flüsterte er.

»Mit Mike Williams«, antwortete sie laut.

»Sagen Sie ihm, dass eine Leiche entdeckt wurde. Die Leute da oben denken, dass es dieser Everett, der Vater des Verdächtigen, sein könnte.«

Lena gab diese Information weiter.

»Ich weiß«, entgegnete Mike. »Ich habe einen Freund in den Adirondacks; er hat gerade angerufen. Sie schicken jemanden mit dem Helikopter hin.« Er machte eine Pause. »Ich muss auflegen. Himmel, ich kann das alles nicht glauben.«

»Tut mir leid«, sagte Lena wider bessere Einsicht.

Mike stieß einen tiefen Seufzer aus. »Es ist nicht Ihre Schuld, Lena. Tut mir leid, dass ich … Ich bin mit meinem Latein am Ende. Sie haben keine Kinder in der Nähe des Toten gesehen. Das heißt wahrscheinlich, dass sie auf eigene Faust losgezogen sind. Ich kann mir nicht vorstellen, dass

Tommy in der Wildnis zurechtkommt. Ich habe höllische Angst.«

Sie redeten noch ein wenig, dann legten sie auf. Das Bekenntnis seiner Angst ließ Lena nicht los. Mike war wie ein Fels in der Brandung gewesen, und jetzt schienen ihn Zweifel in einen Strudel zu reißen. Martin telefonierte wieder, und Lena ging ziellos den Korridor hinunter. Sarah war in ihrer gewohnten Umgebung ein willensstarkes, selbständiges Mädchen, aber jetzt sollte sie sich in einem riesengroßen Wald für den richtigen Weg entscheiden. Die vier Kinder waren wie eine Stecknadel im Heuhaufen. Wie sollten David und die anderen sie jemals finden? Lena lief zu den Fahrstühlen, aber Martins Stimme hielt sie zurück.

»Lena, warten Sie.« Er kam auf sie zu und sah sie besorgt an. »Geht es Ihnen gut?«

»Ich muss nach Hause.«

»Ich kann Sie leider nicht fahren. Ich muss hierbleiben.«

»Ich bin selbst mit dem Wagen hier.«

»Haben Sie mitbekommen, was ich vorhin gesagt habe? Man hat eine Leiche an einem See gefunden; sie schicken einen Suchtrupp hin und setzen jemanden mit dem Helikopter ab.«

»Aber die Kinder waren nicht in der Nähe«, ergänzte Lena und hoffte, dass die Tränen, die sich in ihren Augen sammelten, nicht zu laufen begannen.

»Nun«, begann Martin, dann merkte er, dass Lena mit den Gedanken ganz woanders war. »Sie wissen, dass Mrs. Rostenkowski gerade verhört …«

»Ich weiß. Und ich weiß auch, was sie aussagen wird. Es wird uns unsere Kinder nicht zurückbringen. Ich muss weg hier. Ich halte das nicht mehr aus!«

»Warten Sie eine Minute. Sie wissen es? Woher? Hat sie mit Ihnen gesprochen?«

»Ja.«

»Wann?«

»Als ich bei ihr zu Hause war.«

»Was hat sie gesagt?«

»Dass sie und Phil die Drahtzieher der Entführung sind. Sie haben sich alles ausgedacht und durch Mittelsmänner in die Tat umgesetzt.«

»Warum haben Sie mir nichts davon erzählt?«

»Weil ich dachte, Janet könnte mir helfen, Sarah zu finden. Ich dachte, dass sie zu Phil durchdringen könnte. Zwingen Sie mich nicht, Ihnen alles zu erklären. Es hat mich nur noch weiter von meinem Ziel weggebracht. Ich kann Sarah nicht einmal mehr vor mir sehen. Bitte lassen Sie mich gehen.«

Martin tat ihr den Gefallen und stellte keine Fragen mehr. Ehe sie sich versah, war Lena auf dem Parkplatz der Klinik und hantierte mit dem Autoschlüssel herum. In ihrer Hast zog sie das Handy mit aus der Jeanstasche, es fiel scheppernd auf den Asphalt. Sie hob es schnell auf und öffnete es, um nachzusehen, ob es noch funktionierte. Sie tippte Davids Kurzwahl ein, und er meldete sich nach dem ersten Klingeln.

»David«, sagte sie, ohne zu wissen, warum sie ihn angerufen hatte. Sie hörte ein Motorengeräusch im Hintergrund. »Wo bist du?«

»Wir fahren hinauf … Sie haben eine Leiche gefunden …«

»Das weiß ich. Gehst du zu dem See?«

»Nein. Das machen andere.«

»David, ich habe Angst um Sarah, richtige Angst.«

»Wir werden sie finden. Sie haben einen Toten aus der Luft gesehen.«

»Ich weiß. Aber das macht keinen Unterschied.«

David schwieg. Als er das Wort erneut ergriff, wirkte er abgelenkt. »Lena, bald habe ich hier keinen Empfang mehr. Wolltest du mir das vorhin erzählen?«

»Nein. Ich wollte dir sagen, dass die Rostenkowskis die ganze Sache in Gang gebracht haben.«

»Welche Sache?«

»Die Entführung.«

David antwortete nicht darauf, aber Lena hörte, wie er mit jemand anderem sprach. Dann war die Leitung tot. Lena stand neben ihrem Wagen und wartete darauf, dass sich David noch einmal meldete – vergebens. Trotz der Nachmittagshitze fröstelte sie. »Trauma«, sagte sie sich und nahm damit zum ersten Mal zur Kenntnis, dass das, was sie in den letzten Tagen durchgemacht hatte, ein traumatisches Erlebnis mit all den körperlichen Folgen war. Dazu kam noch das Entsetzen darüber, dass Sarah ihren Erinnerungen entglitt.

Fast gelähmt vor Angst, zwang sich Lena, in ihr Auto zu steigen und nach Hause zu fahren. Ihre Welt, die schon in dem Moment, als der Camp-Rondo-Mitarbeiter von seinem Van zur vorderen Veranda gekommen war, in Trümmer zu gehen drohte, geriet jetzt richtig aus den Fugen. Sie hatte das Gefühl, dass sie im Rückspiegel sehen könnte, wie die Straße hinter ihr zerbröckelte. Lena musste sich zwingen, auf den Verkehr, die Straße und die Kreuzungen zu achten. Sie fragte sich, ob sie kurz vor einem Zusammenbruch stand, ob sie sich selbst in die Klinik einweisen sollte. Aber dann bog sie in ihre Straße ein und zwängte sich durch die Pressemeute.

David rief Lena nicht zurück, weil er, Malone und Popper eine Asphaltstraße in das Gebiet hinauffuhren, in dem der

Tote gesichtet worden war. Zwei Teenager auf Rädern stiegen ab und hielten sie an.

Die Jugendlichen stammten aus einem wenige Meilen entfernten Dorf und hatten sich der Suche angeschlossen, als sie von der Entdeckung der Helikopterbesatzung gehört hatten. Sie hatten eine Truppe von Rangern gesehen, die auf den Pfad eingebogen waren, der zum See führte, aber sie kannten einen anderen, einen kürzeren Weg weiter südlich, der nicht markiert war. Sie hatten beschlossen, diese Strecke abzusuchen.

»Dort haben wir den SUV gefunden«, berichtete der Größere der beiden, während sie David, Malone und Popper auf den grasbewachsenen Weg führten. Wenige Minuten später stießen sie auf Mr. Everetts SUV, der versteckt unter tiefhängenden Ästen stand.

»Nummernschilder von Jersey«, stellte David fest und spähte durch die Heckscheibe. Was er sah, raubte ihm den Atem. Da waren die Sachen der Kinder und zwei Matchsäcke – Sarahs fiel ihm sofort ins Auge. Er drehte sich zu Malone um, der hinter ihn getreten war. »Das ist er«, sagte er und hielt Ausschau nach dem Weg, den die Kinder genommen haben könnten. Doch rundherum war nur Dickicht. Der Kleinere der beiden Jungs schien zu erraten, was David dachte.

»Dort entlang«, sagte er und deutete in eine Richtung. David erkannte immer noch keinen Weg. Alle standen herum und wussten nicht, was sie tun sollten. Dann fiel David wieder ein, was Lena gesagt hatte – dass die Rostenkowskis für diese Entführung verantwortlich waren. Er schüttelte den Kopf – er musste Lena falsch verstanden haben. Es konnte keine Verbindung zwischen diesem SUV und dem biederen Lehrerpaar geben.

Malone zückte sein Handy und machte in der Einsatzzentrale Meldung über ihren Fund. Dann hörte er zu, sagte: »Verstanden« und beendete das Gespräch. »Der Officer, den der Helikopter abgesetzt hat, hat die Leiche aufgefunden. Der Tote ist der Mann, den wir suchen.« Sein Ton war so nüchtern, als würde er eine militärische Botschaft weitergeben.

»Und die Kinder?«, fragte David.

»Keine Spur von ihnen.«

Malones Information war nicht ganz korrekt. Der Officer hatte, nachdem er sich Mr. Everetts Leiche genauer angesehen hatte, viele Spuren von den Kindern in der Hütte auf der Lichtung gefunden. In einem Funkspruch meldete er, dass er Kinderkleidung, eine Kühltasche, einen Rucksack, einen Laptop und kürzlich benutzte Matratzen vorgefunden habe. Noch während der Helikopter über dem See schwebte, sah sich der Officer auf der Lichtung nach Hinweisen um, welchen Weg die Kinder genommen haben konnten. Seine Untersuchung wurde unterbrochen, als er Lärm im Wald hörte. Zuerst dachte er, er hätte die Kinder gefunden. Doch als die Geräusche näher kamen, merkte er, dass er nur auf den Rettungstrupp der Ranger gestoßen war. Auf dem Weg zur Lichtung hatten sie nichts Aufschlussreiches gesehen – weder Spuren von den Kindern noch von der Wanderin, die als vermisst gemeldet worden war.

KAPITEL 33

Nach etwa einer Meile endete der Weg, den die Kinder genommen hatten, und sie standen vor einem langen Hang mit verstreuten Felsblöcken.

»Ist das der Pfad?«, fragte Tommy, und Sarah meinte, er müsse es wohl sein.

»Ich erinnere mich nicht an solche Felsen«, gab Franklin zu bedenken.

»Wir müssen ja nicht denselben Weg zurückgehen, den wir hergekommen sind«, erklärte Sarah.

Linda quittierte das mit einem skeptischen Blick, aber sie war zu müde, zu hungrig und fühlte sich zu sehr von den Stechmücken, die sie seit einiger Zeit umschwirrten, belästigt, um zu streiten.

Sie hatten die Hälfte des Hangs hinter sich, als Franklin ausrutschte, sich den Knöchel verdrehte und sein Bein bis zum Knie zwischen zwei massiven Granitblöcken steckenblieb. Die anderen Kinder schafften es, das Bein aus dem Spalt zu ziehen, aber Franklin spürte, wie der Schmerz beim Laufen in seinem Knöchel pulsierte. Sie beschlossen, Rast zu machen, und setzten sich auf ein von der Sonne beschienenes Fleckchen.

»Wie lange müssen wir noch gehen?«, wollte Tommy wissen.

»Ich weiß es nicht«, antwortete Sarah. »Aber wir werden zur Straße kommen.« Sie strengte sich an, wie eine Erwachsene zu erscheinen. Instinktiv fragte sie sich bei jeder Gelegenheit: Was würde Mommy jetzt tun oder sagen? Sie zog Stärke aus ihrem Bemühen, ihre Mutter zu imitieren. Und die anderen Kinder gewannen Stärke durch sie.

Linda hörte das Geräusch als Erste und zuckte zusammen. Die anderen vernahmen es nur einen Augenblick später und drehten hastig die Köpfe in die Richtung, aus der der Lärm kam. Das laute Dröhnen von Rotoren störte die Stille des Waldes. Der Hubschrauber war über ihnen, bevor sie reagieren konnten. Durch die Baumwipfel sahen sie einen Schatten, der über ihre Köpfe hinweghuschte, und der ohrenbetäubende Krach brachte ihre Körper zum Vibrieren.

Dann war der Helikopter wieder weg. Sie unternahmen Versuche, durch heftiges Rufen auf sich aufmerksam zu machen – jedoch offenbar ohne Erfolg.

»Vielleicht suchen die nach uns«, sagte Franklin, »und wollen uns abholen.«

»Die Maschine ist zu groß«, befand Tommy. »Wo sollte sie landen?«

»Sie muss gar nicht landen.« Franklin war richtig aufgeregt. »Sie werfen ein Seil herunter und ziehen einen hoch.«

Sie lauschten, aber der Wald war wieder still. Erst nach einer Weile war erneut das schwache Rattern der Rotoren in der Ferne zu hören. Sarah sah sich nach offenem Gelände um. Sie entdeckte eine Lichtung etwa hundert Meter weiter oben am Hang.

»Kommt!«, schrie sie, und alle außer Franklin, dessen Knöchel noch schmerzte, folgten ihr. Einmal blieben sie stehen und horchten. Der Hubschrauber kam wieder näher. Sie hatten fast die sonnige Stelle erreicht, als er wieder über ihnen war und schnell vorüberzog. Sie warteten zehn, fünfzehn Minuten, aber dieses Mal kehrte der Helikopter nicht zurück.

Langsam trotteten sie zurück zu Franklin. Als sie die Lichtung verließen, sah Sarah, dass die Sonne schon ziemlich tief stand und die Strahlen schräg durch das Blätterdach drangen.

»Kannst du laufen?«, fragte sie Franklin. Er hatte es probiert, solange die anderen weg gewesen waren, und nickte.

»In welche Richtung?«, fragte Linda. »Es wird bald dunkel.«

Sarah wusste nicht, welche Richtung sie einschlagen sollten. Sie wusste nur, dass sie, wenn sie den Hügel hinaufkletterten, wieder zurückgehen würden. Sie sah keinen richtigen Weg, aber eine Stelle mit frischen Setzlingen sah vielversprechend aus, und sie fällte sofort ihre Entscheidung.

»Da entlang.«

»Da ist kein Weg«, sagte Tommy.

»Nein, aber es ist die richtige Richtung.« Sie wartete nicht auf Widerspruch und marschierte los. Die anderen folgten ihr zögernd.

Nachdem Malone erfahren hatte, dass ein Suchtrupp über den Weg, den der Entführer mit den Kindern gegangen sein musste, die Hütte erreicht hatte, bestand er zu Davids Verdruss darauf, dass sie zurück zu seinem Haus fuhren, um dort die Nacht zu verbringen. Malone versprach, dafür zu sorgen, dass sich David noch vor Tagesanbruch dem Suchtrupp anschließen konnte, meinte jedoch, dass er sich vorher ausruhen sollte. David hätte sich am liebsten nicht von der Stelle bewegt. Ihm war einerlei, ob er schlafen konnte, er wollte nur im Wald bleiben, falls Sarah und die anderen Kinder ihm über den Weg liefen.

Aber er hatte nicht das Kommando, und deshalb fuhren

sie, noch ehe die Sonne ganz untergegangen war, zurück nach Northville. Unterwegs tankten sie, und Popper ging auf die Toilette. David, der auf dem Beifahrersitz saß, sah sich um und entdeckte zusammengefaltete Computer-Ausdrucke, die in Poppers Notizbuch steckten. Er zog einen ein Stück heraus, sah, dass es um Suchaktionen in den Adirondacks ging, und nahm alle Papierbögen an sich. Sie enthielten Ergebnisse von Poppers Recherchen. Er hatte sich Berichte von früheren, bis ins späte neunzehnte Jahrhundert zurückreichenden Rettungsaktionen in dieser Gegend ausgedruckt. Es waren etliche Erfolgsstorys, viele davon erzählten von heroischen Taten. Eine hatte Popper mit einem Leuchtstift markiert – sie handelte von einem Zehnjährigen, der 1973 bei einem Familienausflug seine Eltern aus den Augen verloren und sich verirrt hatte. Die Behörden wurden beinahe sofort informiert, nachdem die Eltern festgestellt hatten, dass ihr Sohn nicht mehr bei ihnen war, und die Region, in der die Familie gewandert war, wurde tagelang durchsucht. Der Junge wurde nie gefunden. Erst vier Jahre später stießen Wanderer etwa eine Viertelmeile von der Stelle entfernt, an der er einen anderen Weg eingeschlagen hatte als seine Familie, auf seine sterblichen Überreste. Niemand konnte erklären, wie man den Jungen bei einer derart intensiven Suche hatte übersehen können.

Popper kehrte zurück, als David den Artikel zu Ende gelesen hatte. David wandte sich zu Popper herum. »Warum haben Sie diese Story angestrichen?«

Popper war so erstaunt, dass es ihm die Sprache verschlug.

»Sie denken, wir werden diese Kinder auch nicht finden?«, fuhr David fort. »Habe ich recht?«

Malone stieg ein. Popper war immer noch zu bestürzt, um

zu antworten. David warf ihm die Papiere zu, drehte sich nach vorn und zischte: »Wir werden die Kinder finden.«

Als sie das Brummen in der Ferne hörten, dachte Sarah zuerst an den Verkehr auf einem Highway. Eine ihrer Freundinnen wohnte in der Nähe des Hutch, und wenn sie bei ihr im Garten spielten, konnten sie die Motorengeräusche der Fahrzeuge hören. Jetzt war Sarah sicher, dass sie sich einer Straße näherten, und ihre einzige Sorge war, dass die Autos an ihnen vorbeirasten und nicht stehenbleiben würden.

Aber als die Geräusche lauter wurden, klangen sie gar nicht mehr wie Autos.

»Ein Fluss«, stellte Tommy fest.

Nach etwa fünfzig Metern sahen sie durch das Dickicht das weiß schäumende Wasser eines Flusses. Die vier Kinder blieben vor dieser natürlichen Barriere stehen. Sarah war niedergeschlagen, weil sie die anderen nicht zu der ersehnten Rettung geführt hatte. Sie befanden sich in einer kleinen Senke, die Sonne versank bereits hinter den Bäumen. Stechmücken umschwirrten die Kinder, und Linda, ihr Hauptopfer, war schon ganz zerstochen. Franklins Knöchel war so angeschwollen, dass er sich nur noch hinkend fortbewegen konnte.

Aber keines der Kinder weinte. Niemand spürte lähmende Verzweiflung in sich. Drei von ihnen glaubten immer noch an Sarah, obschon sie sie in diese Sackgasse geführt hatte. Sarah überdachte ihre Möglichkeiten. Sie waren seit einiger Zeit tatsächlich auf einer Art Weg gegangen. Jetzt gabelte sich der Weg – der eine Arm führte flussaufwärts, der andere flussabwärts, und ein dritter folgte einem Hang, der vom Fluss wegführte. Sarah war sich bewusst, dass sie einen dieser Wege auswählen musste, aber sie hatte das Gefühl, dass sie die Entscheidung nicht gleich jetzt treffen konnte.

»Machen wir eine Rast«, schlug sie vor.

Sie fanden Felsen und große Wurzeln, auf die sie sich setzen konnten. Sie hatten es sich erst seit ein paar Minuten bequem gemacht, als sie einen dumpfen Laut hinter sich hörten und sich umdrehten. Erst sahen sie nichts, aber das Geräusch wiederholte sich, diesmal in einer anderen Richtung. Dann hörten sie Rascheln im Laub und Unterholz, und plötzlich tauchte der majestätische Kopf eines Hirsches auf. Das Tier kaute auf Blättern, die es von den Sträuchern zupfte. Es war ein junger Bock mit tiefschwarzen Augen. Er hörte auf zu kauen und beäugte die Kinder, die sich nicht zu rühren wagten.

Dann sprang er mit einer Energie, die Linda aufschreckte, in Richtung Fluss. Im ersten Moment sah es so aus, als würde der Hirsch direkt auf die Kinder zulaufen, doch dann schlug er einen Haken und brach durchs Unterholz. Tommy schnappte nach Luft. Franklin, der aufgesprungen war, als er dachte, sie würden angegriffen, humpelte zurück.

Als sich Sarahs Herzschlag beruhigt hatte, übernahm sie wieder die Führung.

»Lasst uns dorthin gehen«, sagte sie und deutete auf einen natürlichen Unterstand, der von zwei halb umgestürzten Baumstämmen gebildet wurde. Es wurde rasch dunkel. Sarah wusste nicht, wie es weitergehen sollte, aber für welche Richtung sie sich auch immer entscheiden würde, der Weg in die Zivilisation war weiter, als sie gedacht hatte. Bei Einbruch der Nacht wollte sie nicht im Wald umherirren. Die anderen folgten ihr zu der geschützten Stelle, und bald kauerten sie unter den Stämmen, lauschten, ob sich noch mehr Wild in ihrer Nähe aufhielt. Sie sahen jedoch kein Tier mehr. Das Rauschen des Flusses sang die todmüden Kinder nach und nach in den Schlaf. Nur Tommy murmelte, ehe er einschlief, die Gebetsfetzen vom Rosenkranz, an die er sich erinnerte.

KAPITEL 34

Lena wusste nicht, wie lange sie an der Haustür gestanden hatte. In den eigenen vier Wänden zu sein dämpfte ihre Panik ein wenig. Sie versuchte, sich den Optimismus, den Martin und David wegen des Leichenfundes verbreitet hatten, zu eigen zu machen, aber es gelang ihr nicht. Welches physikalische, optische oder geometrische Gesetz sagte aus, dass man, je näher man einer Sache kam, um so weiter weg von ihr zu sein schien?

Wenig später rief David an. »Geht's dir gut?«

»Ja, ich komme zurecht«, erwiderte sie leise.

»Ich habe Sarahs Matchsack gesehen. Sie haben den Wagen gefunden, einen SUV – die Sachen der Kinder lagen im Kofferraum.«

Lena wünschte sich so sehr, dass sie das als Hoffnungsschimmer sehen könnte. »Dann hat Sarah also keine Kleider bei sich?«

»Ich weiß es nicht. Da lagen nur zwei Matchsäcke. Vielleicht haben sie …«

»Ich habe schreckliche Angst, David. Sie kann dieser Wildnis nicht auf eigene Faust entfliehen.«

»Wir werden sie finden. Inzwischen haben sich viele Leute der Suchaktion angeschlossen.«

»Was, wenn sie den falschen Weg einschlagen, die Kinder meine ich? Was, wenn sie einfach …«

»Liebes, wir werden sie finden. Dies ist … dies hier oben ist eine Hightech-Aktion.«

David glaubte das selbst nicht, aber er merkte, dass sich Lena darauf einließ.

»High-Tech? Müssten wir sie nicht eigentlich mit unseren Herzen finden?«

David antwortete nicht sofort. Das klingt gar nicht nach Frau Dr. Pyle, dachte er, doch er sagte: »Geh in ihr Zimmer, Liebes. Sieh dir ein Foto an.«

»Das hab ich bereits getan, und es hat nichts genützt.«

David dachte an den Jungen aus dem Artikel, den Popper angestrichen hatte. Die Suchtrupps hatten ihn sozusagen direkt vor der Nase gehabt, ihn aber trotzdem nicht gefunden.

»Wir lieben sie. Ist das nicht die beste Art, sie zu sehen?«

»Ich … ich weiß nicht«, gab Lena zurück. David erklärte, dass er vor Morgengrauen aufbrechen würde, und verlieh seinem unerschütterlichen Optimismus, dass sie die Kinder finden würden, noch einmal Ausdruck.

»Lena«, sagte er dann, »etwas wird definitiv anders sein, wenn Sarah wieder nach Hause kommt.«

»Was wird anders sein?«

»Wir werden anders sein. Ich weiß, dass Sarah die Spannungen gespürt hat. Aber das ist jetzt vorbei, oder?«

»Ja. Und da ist noch etwas.«

»Was?«

»Das neue Baby«, sagte Lena leise.

»Als ich heute Morgen wach wurde, wusste ich nicht, ob du mir in meinem Traum gesagt hast, dass du schwanger bist, oder ob es die Realität war.«

»Ich habe es wirklich gesagt.«

Eine Weile schwiegen beide. Schließlich wischte sich David die Tränen aus den Augen und sagte, dass er auflegen müsse, um noch ein paar Stunden Schlaf zu bekommen.

»Ich glaube nicht, dass ich schlafen kann«, entgegnete Lena. »Ich wünschte, ich wäre zusammen mit dir da oben.«

Als sie das Gespräch beendet hatte, ging Lena ins Schlafzimmer, legte sich aufs Bett und starrte an die Decke. Wann war dieser Alptraum endlich vorbei?

Das Telefon weckte sie eine Stunde später aus dem Dämmerschlaf. In ihrer Benommenheit erkannte sie zuerst die Stimme ihres Vaters nicht.

»Hey, Liebes, ich bin's. Dein Dad.«

»Wo bist du?«

»Das kann ich dir nicht sagen, aber ich werde morgen an der Suchaktion teilnehmen. Ist David schon dort?«

»Ja.«

»Gib mir seine Handynummer. Mal sehen, ob wir uns zusammentun können.«

Lena musste ihr eigenes Handy holen, um ihrem Vater die Nummer geben zu können. Danach wurde Richard ganz geschäftsmäßig. »Ich klinge doch noch wie ein Amerikaner, oder?«

»Ja, Dad.«

»Sobald wir die Kinder aufgespürt haben, muss ich mich wieder auf den Heimweg machen. Ich werde nicht bleiben oder zu dir kommen können. Tut mir leid, Liebes.«

»Danke, Dad.«

»Du brauchst mir nicht zu danken. Ich liebe dich. Tschüs.«

Plötzlich war Lena hellwach. Sie schaltete das Licht im Schlafzimmer aus, als sie in die Küche gehen wollte. Aber sie blieb stehen, sobald sie das verzerrte Rechteck sah, dass der Mondschein auf den Boden im Schlafzimmer zeichnete. In Gedanken rückte sie die Seiten zurecht, bis alle gleich lang waren und jeder Winkel neunzig Grad hatte. Das machte sie, seit sie ein Kind war. Nachdem sie den Lichtfleck in Gedanken gerade gerückt hatte, kehrte ein wenig Zuversicht zurück. Sie würde einen Weg finden.

Die Kinder schliefen unruhig, schmiegten sich aneinander und lehnten an den Baumstämmen, die sie umgaben. Ein lautes Geräusch weckte sie mitten in der Nacht. Tommy beruhigte sie mit seiner festen Überzeugung, dass ein weiterer Hirsch durch den Wald streifte.

Moskitos surrten in der Dunkelheit, aber als Sarah beim ersten schwachen Tageslicht wach wurde, waren die Plagegeister weg. Der feine Nieselregen hatte sie wahrscheinlich vertrieben. Unter den Baumstämmen bekamen die Kinder kaum etwas von dem Regen ab, doch als Sarah ihre Beine ausstreckte und Lindas Kopf von ihrer Schulter schob, spürte sie die feinen Wassertröpfchen.

Wieder schaute sie sich die drei Wege an, unter denen sie wählen konnten. Ein Hauch von Panik befiel sie. Sie war sich nicht sicher, welcher Weg der richtige war. Wie sollte sie dann die Führung übernehmen?

David hatte auf einer Couch in Malones Mansarde geschlafen und war im Haus als Erster auf den Beinen. Er hörte den leichten Regen in den Bäumen vor dem Fenster und fragte sich, ob das Wetter die Suchaktion behindern würde. Im Dunkeln ging er hinunter in die Küche und schaltete die Kaffeemaschine an, die Malones Frau schon am Abend zuvor befüllt hatte. Er trat hinaus auf die Veranda und sah, dass die Hauptstraße von Northville von Übertragungswagen und Autos gesäumt wurde. Bei manchen Fahrzeugen lief der Motor, und die Scheinwerfer waren eingeschaltet. Offenbar waren das Helfer, die sich an der Suchaktion beteiligen wollten.

Er ging zurück ins Haus und hantierte mit dem GPS-Gerät herum, das ihm ein Freund von Malone ausgeliehen hatte. Er war ziemlich nervös, aber die anderen hatten ihm versichert, dass er immer in Sichtweite der Mitglieder des Rettungsteams sein würde. Dennoch hatten sie ihm auch erklärt, was er tun musste, falls er den Anschluss verlor. Angst, dass er sich selbst verirren könnte, gesellte sich zu den Ängsten, die er um Sarah und die anderen Kinder ausstand. Die vier Zehnjährigen hatten kein Team um sich herum und weder Navigationsgeräte noch Landkarten; ihnen fehlte Führung und Erfahrung. Nur mit ungeheuerlichem Glück konnten sie allein aus dem Wald herausfinden. Nein, sie schafften das bestimmt nicht. Sie mussten gefunden werden.

Lena war überrascht zu sehen, dass es noch Nachrichten aus anderen Teilen der Welt gab. Sie war zum Fernseher zurückgegangen, hatte CNN eingeschaltet und erwartete einen Live-Bericht über die Suche nach den Kindern, obwohl es erst sechs Uhr morgens war und die Rettungsaktion frühestens in einer Stunde anlaufen würde. Eine lange Reportage beschäftigte sich mit den Bemühungen, einen Friedensgipfel im Mittleren Osten zu organisieren. Dann folgte ein Bericht über Schwierigkeiten beim Bau eines Staudammes in China. Lena hätte am liebsten ein Buch gegen den Fernseher geschleudert. Aber die Vorschau auf den nächsten Nachrichtenblock enthielt einen Clip von David und versprach ein Interview mit dem »Vater eines der Entführungsopfer«.

Lena starrte während der Werbung unverwandt auf den Bildschirm. Der David, den sie in dem kurzen Ausschnitt gesehen hatte, erschien ihr nicht wie ihr Ehemann. Die Kamera verzerrte ihn irgendwie – die Tatsache, dass er im Fernsehen zu sehen war, distanzierte ihn von dem Mann, mit dem sie vor ein paar Stunden telefoniert hatte.

Dann erschien wieder der Nachrichtensprecher und redete. Eine Reporterin kam auf den Schirm – sie stand fast im Dunklen auf der Hauptstraße von Northville und redete von den Ängsten der »tapferen kleinen Mädchen und Jungs«, die gezwungen gewesen waren, einen Alptraum zu durchleben, und jetzt in den »undurchdringlichen Adirondacks-Wäldern« umherirrten. Bei dieser finsteren Beschreibung schäumte Lena vor Wut. Dann erschien Davids Gesicht. Er war in einem Haus und sah seinen Gesprächspartner an, der nicht von der Kamera erfasst wurde. Seine Antworten waren sachlich und knapp.

»Wir werden sie finden. Daran zweifle ich nicht.« Er hörte sich die Frage an und antwortete. Doch die Stimme der Reporterin übertönte David, noch ehe sie wieder ins Bild kam. Diese raschen Wechsel brachten Lena so durcheinander, dass sie nichts mehr von der Reportage mitbekam. Es wurde ins Studio geschaltet, und der Nachrichtensprecher begann mit einem neuen Bericht. Lena schaltete den Fernseher aus.

Die Kinder kauerten sich, als alle wach waren, unter den Baumstamm, um sich vor dem Regen zu schützen. Lindas Gesicht war von den Mücken ganz zerstochen. Franklin starrte gedankenverloren ins Leere und rieb sich den Knöchel.

Tommy war noch am muntersten, trug jedoch nicht dazu bei, die anderen aufzuheitern, als er sagte: »Mr. Everett muss Freunde gehabt haben. Vielleicht kommen sie her und suchen nach ihm.«

Niemand gab eine Antwort, aber Sarah dachte darüber nach und seufzte. Noch ein Hindernis. Sie war ohnehin schon unsicher, wie es weitergehen sollte, auch ohne dass sie sich Gedanken um Mr. Everetts Freunde machen musste. Sie sprang auf. »Kommt, wir müssen weitergehen.«

»Jetzt?«, fragte Franklin.

»Wir können nicht einfach hierbleiben.«

Linda erhob sich ebenfalls. »Welche Richtung?«

»Wir nehmen diesen Weg.« Sarah deutete auf den Pfad, der den Hang hinaufführte. Sie hatte die Entscheidung ganz spontan und ohne Überlegungen getroffen.

»Bist du sicher?«, wollte Tommy wissen.

Sarah ging ohne ein weiteres Wort los. Der Weg war schlammig, und der leichte Regen behinderte die Sicht. Sarah war zum Heulen zumute, aber sie nahm sich zusammen. Sie schwenkte vehement die Arme, als wollte sie alles, was sich ihr in den Weg stellen könnte, von vornherein vertreiben. Ihr zielstrebiger Gang vermittelte den anderen das Gefühl, dass sie genau wusste, was sie tat. Sie folgten ihr, und Linda, die glaubte, Sarah würde aus einem bestimmten Grund die Arme so heftig schwenken, tat es ihr gleich.

Videokameras und Fotografen erwarteten David, als er in Malones Pick-up zu der ihm zugewiesenen Sektion des Suchgebietes fuhr. Einige Journalisten versuchten, ihn zum Reden zu bringen, aber er ging wortlos hinter Malone zu der Weggabelung. Polizisten drängten die Presseleute zurück, und bald war David mit fünfzehn anderen Männern – einige von ihnen mit Gewehr – im Wald. Das Blätterdach war so dicht, dass sie kaum etwas von dem Regen abbekamen, dennoch war der Weg ziemlich aufgeweicht und morastig. Davids Turnschuhe schienen absolut ungeeignet für diesen Marsch zu sein. Aber seine eigentliche Sorge galt den Gewehren. Er nahm Malone beiseite und fragte: »Warum haben sie Waffen dabei?«

»Wir sollten alle ein Gewehr haben.«

»Wieso? Everett ist tot.«

»Aber die Bären sind lebendig«, gab Malone zurück. Obwohl er das nicht weiter ausführte, stellte sich David vor, dass er die Kinder genau in dem Augenblick finden würde, in dem ein Bär über sie herfiel. Er versuchte sich ins Gedächtnis zu rufen, was die Männer am gestrigen Abend über den Umgang mit Bären gesagt hatten. Man durfte nicht vor ihnen weglaufen, daran erinnerte er sich. Musste man ihnen in die Augen sehen? Mit den Armen herumfuchteln?

Der verantwortliche Ranger ergriff das Wort: »Ich möchte, dass Sie sich den Nummern nach, die an Sie vergeben worden sind, in einer Reihe aufstellen. Dann gehen wir in nördliche und nordwestliche Richtung – etwa achtundfünfzig Grad. Wenn alle ihre Ausgangsposition erreicht haben, blase ich in dieses Nebelhorn. Sobald Sie dieses Signal hören, gehen Sie auf den Zielpunkt zu, den man Ihnen zugewiesen hat. Falls Sie etwas entdecken, schreien Sie, so laut Sie können. Verstanden?«

»Was hat die zweite Nummer, die man uns gegeben hat, zu bedeuten?«, fragte ein Mann.

»Das ist Ihr Zielpunkt. Dort treffen wir auf die Sektion der anderen Gruppe. Wenn Sie ihn erreicht haben, machen wir Schluss für heute.«

David zupfte den billigen Poncho zurecht, den er sich am Abend zuvor in Northville gekauft hatte. Er holte das GPS-Gerät und den Zettel mit den Instruktionen aus der Tasche. Andere taten es ihm gleich. Dann stellten sie sich auf und gingen in die vorgegebene Richtung. Die anderen unterhielten sich über die Präzision der Geräte, die sie benutzten.

David gab »58 Grad« ein, aber hätte er die Richtungsangabe befolgt, wäre er um 45 Grad von der Reihe abgewichen. Er begriff schnell, dass die Suche nach Sarah nicht auf Genauigkeit beruhte. All diese wohlmeinenden Menschen würden kreuz und quer durch das Gebiet laufen, das sie abdecken sollten. Bei diesem Zickzackkurs konnten sie die Kinder leicht übersehen. Er dachte an das Gespräch mit Lena. Er wünschte sich, dass sie ihn führte. Die Apparate würden ihnen nicht viel nützen.

Sein Handy klingelte; die Nummer auf dem Display sagte ihm nichts, trotzdem nahm er den Anruf entgegen.

»David – hier ist Richard.«

David brauchte eine Weile, bis ihm klar wurde, dass sein Schwiegervater am anderen Ende der Leitung war.

»Richard. Hallo. Wo bist du?«

»In den Adirondacks mit einer Suchmannschaft.«

»Was? Du?«

»Ja. Mehr möchte ich nicht dazu sagen. Weißt du, welche Sektion du abgehst?«

David überlegte, ob das ein Scherz sein könnte, aber dies war eindeutig Richards Stimme. Er warf einen Blick auf den Zettel. »49 Süden.«

»Ah, wir sind auf der anderen Seite des Bergkammes – 20 Norden. Das ist gut, nehme ich an.«

»Äh, ja. Warum?«

»Einer von uns wird Sarah finden. Aber jetzt muss ich los. Nimm sie fest in die Arme für mich, wenn du sie findest, okay?«

»Ja.«

»David, ist alles in Ordnung mit dir?«

»Ja, mir geht's gut. Ich bin nur überrascht.«

»Ich konnte euch nicht vorwarnen. Du hast meine Handynummer. Melde dich, wenn du irgendetwas erfährst. Ich sage dir auch Bescheid.«

David war eine Weile allein, als sich ihre Reihe auffächerte. Er hatte seine Nebenmänner nicht mehr im Blickfeld. Ein leichter Wind war aufgekommen und trieb den Nieselregen vor sich her. Das Papier mit den Anweisungen weichte langsam auf, deshalb las er alles noch einmal gründlich durch und steckte den Zettel in die Tasche seines Ponchos. Das Nebelhorn ertönte – weit weg, wie es schien –, und David ging in die Richtung los, die ihm sein GPS wies. Hier gab es keinen Weg, aber das Unterholz war nicht allzu dicht. Er befand sich mitten in einem Fichtenwald, und die braunen Nadeln auf dem Boden waren relativ trocken. Er hob den Kopf und sah nach rechts und links. In diesem Wald kann man vier Kinder gar nicht übersehen, dachte er. Er wandte sich nach rechts, weil er glaubte, dort eine Bewegung wahrgenommen zu haben. Wahrscheinlich war das ein Mann aus dem Suchtrupp. Oder nicht? Wieso trugen die Mitglieder des Trupps keine Leuchtfarben? Er war hin- und hergerissen zwischen Gewissheit und Zweifeln, während er eine kleine Böschung hinunter- und dann wieder bergauf ging. Er checkte die GPS-Angaben, die ihm verrieten, dass er etwas mehr nach links gehen musste. Doch das fühlte sich falsch an – sein Instinkt riet ihm, nicht geradeaus zu laufen. Aber letzten Endes richtete er sich doch nach seinem Navigationssystem – vorerst zumindest.

Nach etwa einer Stunde Fußmarsch bat Franklin, dass sie eine Rast einlegten. Sie waren gerade ein Geröllfeld hinaufgeklettert, und sein Knöchel schmerzte und war angeschwollen. Sie alle brauchten eine Verschnaufpause und setzten sich. Plötzlich hörten sie Geräusche in der Ferne – es klang, als würde ein Elefant durch den Wald stapfen. Und Tommy sprach das sogar laut aus. Keines der Kinder wusste, was die Quelle dieses Lärms sein könnte, dann wurde es auch wieder still.

Während sie herumrätselten, flog eine Krähe kreischend auf und scheuchte viele kleinere Vögel auf, die Warnrufe ausstießen. Die Krähe erinnerte die Kinder an Mr. Everett. Allen war sichtlich unbehaglich zumute. Franklin stand trotz seines schmerzenden Knöchels auf und schlug vor weiterzugehen.

Sarah erklomm einen Hang mit vielen Felsen, doch mit jedem Schritt wurde sie unsicherer. Sie konnte nicht sagen, ob die Richtung stimmte, und hoffte auf eine Eingebung, als sie den Anstieg hinter sich hatten, aber sie vertraute nicht mehr auf ihre innere Stimme. Sie war nie ein Mädchen gewesen, das beim ersten Anzeichen von Problemen zu den Eltern gelaufen war, sondern hatte sie nur im Notfall um Hilfe gebeten. Dies hier ist ein solcher Notfall, dachte sie. Aber wo sind Mom und Dad?

KAPITEL 35

Übertragungswagen von Nachrichtensendern standen vor den Häusern der Williams, Walkers und Pyles. In der Einfahrt der Rostenkowskis war alles still. Mittlerweile hatte sich herumgesprochen, dass Janet Rostenkowski festgenommen worden war.

Mike Williams war zur Arbeit aufgebrochen, doch als er aus der Garage fahren wollte, wurde ihm klar, dass er ohnehin an nichts anderes als an die Suchaktion denken konnte. Für einen Moment überlegte er, ob er nach Norden fahren sollte, entschied sich aber dann doch, zu Hause zu bleiben und die Verbindung zu seinen Freunden in den Adirondacks, die Kontakte zur Polizei hatten, aufrechtzuerhalten.

John Walker fuhr in sein Büro, aber nur, weil das absolut notwendig war. Er musste wichtige Dokumente für einen internationalen Geschäftsabschluss unterzeichnen. Ein Dienstwagen holte ihn um acht Uhr ab und hielt sich bereit, ihn sofort nach der Sitzung zurückzubringen. Sheila blieb daheim und verbrachte die Zeit mit fünf ihrer Gemeindemitglieder. Sie schlug eine Bibellesung vor, aber schon bald gingen die Gläubigen dazu über, mit der leidgeprüften Mutter zu beten. Eine der Frauen sagte, sie wünschte, sie könnte die Hand ausstrecken und Franklin nach Hause holen.

Für Lena war es die reinste Hölle, herumsitzen und auf Neuigkeiten von der Suchaktion warten zu müssen. Sie erhielt einen Anruf von einem Kollegen, der ihren Rat vor einer schwierigen Lungenoperation einholen wollte. Als sie auflegte, spürte sie wieder eine schreckliche Leere und zog in Erwägung, in der Praxis anzurufen oder vielleicht sogar ein paar Patienten zu übernehmen, nur um ihre Empfindungen in Schach zu halten. Aber sie wusste, dass sie eine gute Vertretung hatte und ihre Patienten für die zwei Wochen, die eigentlich ein Urlaub sein sollten, bestens versorgt waren.

Sie ging unter die Dusche, vorher checkte sie die Nachrichten im Internet und nahm das Handy mit ins Badezimmer. Die Wasserkaskade fühlte sich gut an, aber Lena wollte sie nicht lange genießen – sie fand es falsch, sich behaglich zu fühlen, solange Sarah vermisst wurde. Dennoch ließ sie die Tropfen eine Weile auf sich niederprasseln, und in dieser kurzen Zeit veränderte sich etwas. Sie konnte nicht sagen, was es war.

Dann blitzte eine Reihe von Erinnerungen auf: Sarah und ein paar Freundinnen tobten laut lachend herum und liefen durch die Wasserstrahlen. Die Kinder wurden gerufen, der Garten war für eine Geburtstagsparty dekoriert. Sarah in einem noch nassen Badeanzug mit verbundenen Augen; die anderen drehten sie im Kreis.

Lena schreckte zurück bei diesem letzten Bild. Sie öffnete den Badezimmerschrank und beobachtete, wie ihr Spiegelbild wegrutschte, nur um wiederzukehren, nachdem sie ihre Feuchtigkeitscreme in die Hand genommen und das Schränkchen wieder zugemacht hatte. Beim Anblick ihrer eigenen nassen Haare gab sie ihren Widerstand auf und dachte wieder an diesen Kindergeburtstag.

Sarah mit der Augenbinde wurde etliche Male um die eigene Achse gedreht, dann bat sie die Erwachsenen und Kinder, keinen Laut von sich zu geben. Die Erwachsenen bedachten Lena mit einem Blick, der ausdrückte: Typisch Sarah.

Dann beobachteten sie, wie Sarah ihre Suche begann. Den Kindern fiel es ungeheuer schwer, still zu bleiben.

Während Lena in den Spiegel starrte, fiel ihr wieder ein, dass damals ein kleines Wunder passiert war. Lena hatte ihrer Tochter stillschweigend und durch reine Willenskraft den Weg gewiesen. Diese Verbindung war stärker gewesen als bloße Gedankenübertragung oder Telekinese. Es war ein mächtiges Band zwischen Mutter und Tochter, das Lena bereits gespürt hatte, als sie gleich nach der Geburt das kleine, blutige Bündel in den Armen gehalten hatte. Sie waren eins, und Sarah reagierte, als hätte Lena ihr ins Ohr geschrien.

Lena dachte nicht länger über diese Erinnerung nach. Sie schloss die Augen und ließ das Handtuch fallen, das sie um sich gewickelt hatte. Sie stand splitternackt da, atmete schwer, schaltete jeden Gedanken aus, und das Gefühl, dass sie eine eigenständige Person und nicht Teil von Sarah war, schwand immer mehr. Dieses Mal war sie sich nicht bewusst, dass sie Sarah in irgendeine Richtung dirigierte, sie wusste nur im tiefsten Inneren, dass sie ihre Tochter leitete und ihr den Weg zeigte.

Das Telefon klingelte und riss Lena aus der Trance. Erst blieb sie, wo sie war, doch dann dachte sie, dass der Anruf etwas mit ihrem Zustand zu tun haben könnte. Sie nahm den Hörer in die Hand und sah auf dem Display Davids Nummer.

»Gibt's was Neues?«, fragte sie hastig.

Davids Stimme klang krächzend. »Nein. Ich habe die Hälfte meiner Route hinter mir. Es ist wirklich schwer, Lena. Die Kinder könnten zwischen mir und meinem Nebenmann im Wald umherlaufen, und ich würde nichts davon merken.«

Lena unterbrach ohne ein Wort die Verbindung. Wieder stand sie ganz still da und spürte, dass sie fror und überall Gänsehaut hatte. Sie wusste nicht, ob sie noch einmal dieses

Gefühl der Einheit empfinden konnte. Sie rief sich wieder die Gartenparty ins Gedächtnis, aber diese Annäherung war zu mechanisch. Panik keimte auf – sie musste zu diesem Zustand zurückkehren. Nur die Liebe konnte ihr diesen Segen bringen. Zuversicht, sie brauchte Zuversicht. Sie ließ ihre Gedanken treiben, bis sie ganz verschwunden waren. Komm, Sarah. Komm zu mir. Bleib bei mir.

Franklin war der Letzte, der den Gipfel des Geröllfeldes erreichte; er sank zu Boden und vergrub das Gesicht in den Händen. Hier gab es nichts – keinen Weg, keinen Pfad, nur Bäume und Gestrüpp. Sarah ließ den Blick schweifen, in dem Bewusstsein, dass die anderen sie beobachteten, und konnte ihre eigene Angst nicht mehr verbergen.

»Wohin jetzt?«, fragte Linda mit matter, brüchiger Stimme. Die anderen hatten Hunger und Schmerzen und warteten erschöpft auf ein Zeichen der Gewissheit.

Sarah spürte, wie ihr die Tränen in die Augen traten. Jetzt war es an der Zeit, sich an die Eltern zu wenden, die Arme ihres Vaters zu fühlen, wenn er sie hochhob, oder die zärtliche Berührung, wenn sie sich an ihre Mutter schmiegte. Aber die Eltern waren ferner als die Straße, auf der sie hergekommen waren; das Camp Rondo war weit weg, und noch weiter weg war ihr Kinderzimmer. Sie befanden sich mitten im Nichts.

Ihr wurde schwindelig, und beinahe wäre sie gefallen und das Geröllfeld hinuntergerollt. Aber sie durfte nicht fallen und durfte sich auch nicht setzen – nicht jetzt. Die anderen konnten das, sie nicht. Sie kämpfte gegen die Benommenheit an und blieb standhaft. Plötzlich fiel ihr wieder ein, was ihr auf der Lichtung Mut gemacht hatte – das Blinde-Kuh-Spiel. Damals hatte sie gewonnen. Sie hatte nicht *gewusst*, wie sie gehen musste, sie hatte es erahnt und richtig gemacht.

Sarah schloss die Augen. Die Dunkelheit war jetzt ein Trost und hüllte sie ein. Sie merkte, dass sie sich um fünfundvierzig Grad drehte, und öffnete die Augen. Noch immer sah sie denselben Wald, aber jetzt erschien er ihr ganz anders. Es war, als würde sich ein Asphaltband durch die Bäume schlängeln. Die Gewissheit war überwältigend. Sie schrie die Antwort auf die Frage hinaus, die Linda vor langer Zeit gestellt hatte: »Diese Richtung!«

David checkte sein GPS-Gerät, als ihn eine Bewegung zu seiner Rechten erschreckte.

»Hallo!«

Die Bewegung hielt inne, und eine Stimme antwortete: »Hallo!« Dann raschelte es im Unterholz, und der dünne, bärtige Mann in All-Wetter-Kleidung, der vor ihm in der Reihe gewesen war, brach durch die Büsche. (David wusste nur, dass er mit Vornamen Carl hieß.) Beide Männer waren enttäuscht, als sie sich sahen.

Nach ein paar Minuten realisierten sie, dass sie beide von der Linie, die sie hätten abschreiten müssen, abgewichen waren. Das bedeutete, dass einer von ihnen die Region, die ihm zugewiesen war, nicht abgesucht hatte und die Kinder übersehen haben könnte.

Wasser hatte sich in der gebogenen Krempe von Carls Hut gesammelt, und als er den Kopf neigte, schwappte es über. »Ich denke, wir sollten uns besser aufteilen und zum Zielpunkt gehen und vielleicht auf dem Rückweg die Stellen abgehen, die wir ausgelassen haben.« Damit kehrte er David den Rücken zu, ging wieder in die Richtung, aus der er gekommen war, und überließ es David, sich zu überlegen, wie er gehen sollte. Das kurze Telefongespräch mit Lena und das abrupte Ende hatten David schon zu schaffen gemacht. Und jetzt kam noch dies hinzu. Er warf einen Blick auf sein GPS – am liebsten hätte er das Ding so weit weggeworfen, wie er konnte. Er sah sich die Route an, die ihn bis zu diesem Punkt geführt hatte.

Plötzlich erfüllte ihn eine tiefe Überzeugung. Zur Hölle mit all den Koordinaten. Er wusste, woher er kam. Und Sarah war irgendwo in diesen Wäldern. Er würde einfach weitergehen und sich von seinen Instinkten leiten lassen. Er verirrte sich bestimmt nicht und konnte jederzeit auf Carl oder andere stoßen. Richard war auch irgendwo hier draußen. Hatte er nicht vorausgesagt, dass einer von ihnen Sarah finden würde? David nahm eine kleine Kurskorrektur vor, um den sumpfigen Fleck um eine Quelle herum zu umgehen, dann beschleunigte er die Schritte. Er hatte Lenas Stimme im Ohr – er hörte keine Worte, sondern nur die Melodie ihrer Sprache. Sie führte ihn nicht, aber sie war bei ihm. Das fühlte er ganz genau.

Nach der Dusche zog sich Lena an, ließ sich jedoch viel Zeit dabei. Sie streifte ein Kleidungsstück nach dem anderen über und blieb zwischendurch lange tatenlos sitzen und starrte ins Leere. Als sie vollständig bekleidet war, blieb sie im Schlafzimmer und richtete den Blick auf den blanken Bildschirm des Computers. Mit einem Mal empfand sie eine Präsenz, die sie nicht verlieren wollte. Das Telefon klingelte, aber sie ging nicht dran – wenn es gute Nachrichten waren, dann würde sie sie früher oder später erfahren; schlechte wollte sie gar nicht hören. Ihr war klar, dass »Nichtstun im Moment das Beste« war. Als ihr dieser Satz einfiel, kam sie sich erst dämlich vor, als wäre dies eine Variante des hippokratischen Eides – »erstens: keinen Schaden anrichten«. Doch das Nichts, das sie im Sinn hatte, war in Wirklichkeit alles, die Leere war mehr als ein Vakuum, dessen Natur ad absurdum geführt wurde, weil es bis zum Rand mit Sarah angefüllt war. Weg waren die Fragen danach, wer ihre Tochter war. Auch andere Fragen waren verschwunden, solange Lena ihre Gedanken abschalten konnte und nur Sarah Zugang zu ihrem Innersten gewährte.

Stunden verstrichen, und die Intensität wuchs. Lena hatte das Schlafzimmer verlassen und mindestens fünfundvierzig Minuten gebraucht, um sich einen Toast zu machen. Sie setzte sich an den Tisch und war selbst überrascht, als sie feststellte, dass mittlerweile bereits eine Stunde vergangen war, obwohl sie das Gefühl hatte, es wären nur fünf Minuten gewesen. Wäre sie sich ihrer Verbindung zu Sarah nicht so sicher gewesen, hätte Lena gedacht, dass sie den Kontakt zur Realität verloren hatte. Und vielleicht, überlegte sie kurz, ist dies die Erfahrung von Irrsinn und Schizophrenie, und die Milde sowie das Wohlbefinden, die sie im Inneren empfand, kamen Außenstehenden wie verschrobene Irrationalität vor. Wenn das der Fall sein sollte, wenn der Verlust ihrer Tochter sie in einen Bereich der Geisteskrankheit geschickt hatte, dann scherte sie sich nicht darum. Lena und Sarah waren zusammen. Und es spielte keine Rolle, wie hoch man sie in einer Skala von geistigen Krankheiten einstufte. Die Basis ihrer Realität war das Gefühl, das sie jetzt beseelte und von Stunde zu Stunde stärker wurde. Und während die Empfindung aufging wie ein Ballon, hatte sie immer weniger mit Ergebnissen und damit zu tun, dass sie ihre Tochter lenkte, wie man ein Modellflugzeug per Fernbedienung lenken konnte.

Tommy sah ihn als Erster. Er lief voraus, da Sarah stehengeblieben war, um Franklin zu helfen. Franklins Knöchel schmerzte, aber schlimmer noch war, dass er das Vertrauen in Sarahs Fähigkeit, sie aus der Wildnis zu führen, verloren hatte. Sarah, deren Gewissheit, die richtige Richtung eingeschlagen zu haben, in der letzten Stunde noch angewachsen war, hatte keine Lust, mit Franklin zu streiten. Sie wollte, dass sie alle weitergingen. Sie wirbelte herum, als Tommy einen Schrei ausstieß.

Tommy kauerte sich blitzschnell hin, und die anderen folgten seinem Beispiel. Sarah war überzeugt, dass ein Bär vor ihnen stand. Sie robbte weiter zu Tommy. Er deutete mit dem Finger. Ein gutes Stück entfernt stapfte ein Mann durch das niedrige Holz und schlug fluchend mit den Händen nach den Zweigen. Selbst auf diese Distanz erahnten Tommy und Sarah seine schlechte Laune, und sie erinnerten sich an Mr. Everett. Dieser Vergleich beeinflusste ihre Meinung über den Fremden.

»Sucht er nach uns?«, fragte Tommy. Sarah hatte keine Ahnung, was sie von dem Mann halten sollte. In ihren Tagträumen hatte sie keine anderen Retter gesehen als ihre Eltern. Ihre Mutter war in der letzten Stunde ungeheuer präsent gewesen, so dass sie felsenfest überzeugt war, die Eltern kämen ihr entgegen. Jeder andere, dem sie in diesem Wald begegneten, war demnach eine potentielle Gefahr. Tommys frühere Frage nach Mr. Everetts Freunden, die sie holen könnten, hatte sich in ihr Bewusstsein gebrannt.

»Was trägt er da?«, wollte Sarah wissen.

Tommy richtete sich ein wenig auf, um besser sehen zu können. »Ein Gewehr.«

Das genügte Sarah. Franklin und Linda hatten sich inzwischen zu ihnen gehockt. Franklin flüsterte: »Was ist los?«, und Sarah zog ihn zu sich.

»Still«, zischte sie. »Da ist einer von Mr. Everetts Freunden.«

Linda wimmerte. Alle vier blieben reglos hocken. Sie hörten, wie Äste knackten, und versuchten einzuschätzen, ob die Geräusche näher kamen. Nach einer Weile jedoch hörten sie gar nichts mehr, und Tommy reckte den Kopf, um sich umschauen zu können. Dann verkündete er, dass Mr. Everetts Freund weg sei.

Sarah entschied, ein wenig zu warten, denn der Weg, den sie, wie sie genau wusste, einschlagen mussten, kreuzte den Pfad, über den der Fremde hergekommen war. Während sie warteten, merkte Sarah, dass der Regen ein wenig nachgelassen hatte. Sie spürte die Tropfen kaum noch. Obschon sie es nicht laut aussprach, wertete sie dies als gutes Omen, als Bestätigung. Sie waren auf dem richtigen Weg, und es war gut gewesen, sich Mr. Everetts Freund nicht zu erkennen zu geben. Ihre Mutter war bei ihr, das spürte sie. Der Regen hatte aufgehört. Sie würden es schaffen.

David erreichte den Bergkamm – er vermutete, dass dies sein Zielpunkt war, an dem er kehrtmachen sollte. Widerstrebend holte er das GPS aus der Tasche, und die Angaben bestätigten, dass er die Grenzlinie seines Suchgebiets erreicht hatte. Aber er wollte nicht umkehren, er wollte weitergehen. Sarah war hier irgendwo. Er konnte nicht an ihr vorbeigegangen sein. Er ging fünf-, sechshundert Meter weiter, bis das Gelände vor ihm steil abfiel. Erst dann machte er kehrt. Als er den Kamm erneut erreichte, nahm er eine Bewegung rechts von ihm wahr. Das musste Malone sein, der in der Reihe gleich hinter ihm losgelaufen war und jetzt vermutlich den Rückweg antrat.

Wenn Malone so nahe war, dann musste entweder er oder vorher Carl von der vorgegebenen Route abgekommen sein. Jedenfalls war Davids Suchgebiet eingeschränkt. Er beschloss, den Hang hinunterzugehen und sich links zu halten, um das

Gelände abzudecken, das Carl wahrscheinlich ausgelassen hatte.

David hatte ein Sandwich als Wegzehrung dabei, aber er machte nicht halt, um zu essen. Da es nicht mehr regnete, entschied er, sein Sandwich im Gehen einzunehmen. Die Wolkendecke riss auf, und die Sonne stand schräg am Himmel; demnach war er schon länger unterwegs, als er gedacht hatte. Er schaute auf seine Uhr. Fünfzehn Uhr zwanzig. Er hatte fünf Stunden gebraucht, um seine Strecke abzugehen, und musste sich jetzt beeilen, wollte er nicht in die Dunkelheit geraten.

Etwa eine Viertelstunde später kam David zu einem Bach und versuchte ihn zu überqueren, indem er auf die glitschigen Steine trat; er rutschte aus und fiel ins Wasser. Nachdem er sich auf die Füße gekämpft hatte, gelangte er ohne weiteren Zwischenfall ans andere Ufer. Seine Klamotten und die Schuhe waren klatschnass. Doch daran konnte er jetzt nichts ändern. Nach einer Weile wurde ihm bewusst, dass er den Bach auf dem Hinweg nicht überquert hatte. Die Gegend, in der er sich jetzt befand, kam ihm auch nicht bekannt vor.

Er zog sein GPS-Gerät zu Rate, aber die Angaben sagten ihm nicht viel. Er gab die Start-Koordinaten ein, die Anzeige wies ihn jedoch in die Richtung zurück, aus der er kam – auf die andere Seite des Baches. Er stand lange da, schaute von der GPS-Anzeige zum Bach und auf die Umgebung.

Plötzlich musste er lachen – er hatte sich auf der Suche nach seiner Tochter in den Adirondacks verirrt. Eine absurde Situation! Welcher Weg führte ihn aus dem Wald und welcher zu Sarah? Der Gedanke, dass er Sarah fand, nur um zusammen mit ihr in der Wildnis umherzuirren, versetzte ihn in Panik. Er sah auf sein Handy – hier hatte er keinen Empfang.

Die lange vergessene Volksweisheit, dass man einem

Bach folgen solle, wenn man nicht mehr weiter weiß, fiel ihm ein. Und er beschloss, ein Stück dem Lauf des Baches zu folgen. So würde er weder dieselbe Strecke zurücklegen, die er gekommen war, noch tiefer in den Wald gelangen. Die nassen Kleider behinderten ihn, aber er hatte seine Entscheidung getroffen und fühlte sich besser. Die Geräusche, die er verursachte – das Rascheln des Laubes und das Knacken der Zweige, auf die er trat –, störten die Stille. Aber wieso war es hier so still? Hatten die Ranger vergessen, die Suchmannschaft zu bitten, immer wieder die Namen der Kinder zu rufen? Wenn man sie übersah, dann konnten sie ihre Retter wenigstens hören.

»Sarah!«, rief er. Es war ihm unangenehm, seine eigene Stimme in dieser Umgebung zu hören.

»Sarah!«, schrie er aus Leibeskräften, dann folgten die Namen der anderen Kinder. Er schwieg nur, als er eine Anhöhe hinaufstieg und außer Atem geriet. Wieso hatten sie ihm nicht gesagt, dass er die Namen der Kinder rufen sollte? Gab es dafür einen Grund? Schreckten seine Schreie irgendwelche Tiere auf? Das wäre ihm gleichgültig. Es fühlte sich richtig an, die Namen zu rufen, und es half ihm über seine eigene Orientierungslosigkeit hinweg.

»Sarah!«

Als Lena die Türglocke hörte, war sie tief in sich versunken und weit weg von dieser Welt. Auf dem Weg zur Haustür kam sie einigermaßen zurück in die Wirklichkeit.

»Störe ich?«, fragte Detective Martin und wich einen halben Schritt zurück.

»Nein, ich war nur …« Mit einem Mal wurde Lena hellwach und begriff, dass er Neuigkeiten bringen könnte. »Kommen Sie rein. Was gibt's?«

Martin blieb jedoch stehen. »Ich habe Neuigkeiten von den Rostenkowskis.«

»Welche?«

»Phil Rostenkowski ist vor einer Viertelstunde gestorben. Die Presse erfährt erst in einer Stunde davon.«

Lena sah Phils Gesicht vor sich, als sie ihm im Krankenhausbett eine Ohrfeige versetzt hatte. Sie versuchte, dieses Bild zu verdrängen. »Ich … das tut mir leid. Ich kann nicht …«

»Und ich weiß nicht, ob Anklage gegen seine Frau erhoben wird. Lynn Witherspoon sagt, dass sie ihr nicht glaubt. Sie meint, Janet sei verrückt und erfinde das alles aus Kummer.«

»Nein. Sie hat es mir erzählt. Sie hat nichts davon erfunden.«

Martin seufzte. »Ich weiß. Sie werden eine Aussage machen müssen, Lena.«

»Okay, aber nicht jetzt. Ich muss allein sein.«

»Ich fürchte, ich muss Sie gleich mitnehmen.«

»Nein. Ich muss Kontakt zu Sarah herstellen und zu ihr durchdringen.«

Martin blieb beharrlich, und Lena wurde sich bewusst, dass sie ihm ein wenig verrückt vorkommen musste.

»Bitte«, sagte sie. »Später. Was macht das schon für einen Unterschied? Janet weiß nicht, wo die Kinder sind.«

»Ich weiß. Aber ich habe meine Anweisungen.« Seine Augen wirkten immer noch sanftmütig, doch der Blick blieb fest.

»Zum Teufel mit Ihren Anweisungen. Es geht um Sarahs Leben!«

Lena schlug die Tür zu und blieb dahinter stehen. Eigentlich rechnete sie damit, dass Martin die Tür wieder aufstoßen würde, als er es jedoch nicht tat, verbrachte sie quälende Minuten damit, zu dem Ort zurückzukehren, an dem sie gewesen war – zu dem Nichts, das zu Allem führte. Sie schloss die Augen.

Die Vision von Sarah beim Blinde-Kuh-Spiel kehrte zurück. Sarah war noch da, lauschte noch oder bewegte sich mit ihrer Mutter. Lena wagte nicht, auch nur einen Muskel zu rühren.

Sie waren in einer kleinen Senke, und das Tageslicht schwand. Franklin weinte schon eine halbe Stunde – der Schmerz in seinem Knöchel und die Verzweiflung ließen alle Dämme brechen. Linda hatte Sarah stark zugesetzt wegen der Richtung, die sie eingeschlagen hatten.

Plötzlich herrschte Tommy Franklin an, den Mund zu halten. Franklin gehorchte, und Tommy forderte alle auf zu lauschen. Sie hörten nur die Stille des Waldes und das leise Rauschen des Windes.

»Was ist?«, wollte Sarah wissen.

Tommy blieb keine Zeit für die Antwort, denn im nächsten Moment hörten sie eine Stimme in weiter Ferne »Linda!« rufen. Linda schnappte nach Luft.

Franklin schrie lauthals: »Hey!«

Sarah stürzte sich auf ihn. »Ruhig. Was, wenn das Mr. Everetts Freund ist?«

Wieder ertönte die Stimme. »Sarah!« Sarahs Herz schlug heftig. Der heiße Wunsch, dass diese Stimme ihrem Vater gehörte, konkurrierte mit ihrem Instinkt, der sie ermahnte, Vorsicht walten zu lassen.

»Wir können nachsehen«, schlug Tommy hoffnungsvoll vor. Wieder gellte der Schrei »Sarah!« durch die Luft, aber dieses Mal schien die Quelle noch weiter weg zu sein.

»Das ist nicht die richtige Richtung«, gab Sarah zu bedenken. »Er ist da drüben, und wir müssen dorthin.«

»Nein«, jammerte Franklin. »Wir müssen nachsehen.« Er humpelte los, aber niemand folgte ihm. Er blieb stehen. Sarah biss sich auf die Lippe und schloss die Augen. Plötzlich schien es, als hätte eine andere Macht die Entscheidung gefällt. Sie öffnete die Augen und ging in die Richtung, für die sie sich schon vorher ausgesprochen hatte. Linda und Tommy standen jetzt zwischen ihr und Franklin, der mittlerweile stehengeblieben war. Erst lief Tommy Sarah nach, dann Linda. Als die drei so weit weg waren, dass Franklin sie kaum noch sehen konnte, gab er auf und hinkte ihnen tränenüberströmt hinterher.

»Wartet! Wartet auf mich!«

Der Bach endete in einer sumpfigen Vertiefung. David musste die morastige Stelle weiträumig umgehen. Er wurde allmählich heiser, aber er schrie unermüdlich die Namen der Kinder. Als er höher gelegenes und trockenes Gelände erreichte, erkannte er plötzlich ein paar markante Stellen wieder. Auf diesem Hügel war er schon einmal gewesen. Plötzlich stand ihm der Weg zurück zum Ausgangspunkt vor Augen, als wäre er mit Wegweisern ausgeschildert; er kannte die Richtungswechsel an bestimmten Felsen oder umgestürzten Bäumen. Er rief nicht mehr nach den Kindern, weil er wusste, dass er hier bereits gesucht hatte. Nach fünfzehn oder zwanzig Minuten hörte er Stimmen und sah eine Gruppe von Helfern, die sich in der Nähe des Ausgangspunktes versammelt hatten. Dieser Anblick war David keineswegs willkommen. Hätten sie vier Kinder bei sich gehabt, hätte er die Beine in die Hand genommen, um so schnell wie möglich zu ihnen zu gelangen. Aber so hatte er keine große Lust, sich zu der Gruppe zu gesellen. Malone entdeckte ihn und rief: »Hey, wir haben uns schon Sorgen um Sie gemacht.« Die fünf oder sechs Helfer und der Ranger drehten sich zu ihm um. »Haben Sie sich verlaufen?«

David hätte Malone am liebsten einen Schwinger wegen dieser Frage versetzt. »Ein bisschen.« Er wandte sich an den Ranger und ließ seine Wut an ihm aus. »Warum haben Sie den Helfern nicht gesagt, dass sie die Namen der Kinder rufen sollen?«

»Gute Frage«, begann der Ranger lächelnd. Er war sehr jung, rothaarig mit Sommersprossen. »Tut mir leid, dass wir das nicht extra angesprochen haben. Suchmannschaften tun das immer, und man sieht es auch in Filmen, aber bei vermissten Kindern ist es nicht ratsam. Bei Erwachsenen – ja. Kinder verlieren eher noch mehr die Orientierung, wenn sie ihren Namen hören; manche haben auch Angst, dass sie ausgescholten werden oder dass sie auf Unverständnis stoßen. Es ist besser, nichts zu rufen.«

Unsinn, dachte David, aber er hielt den Mund. Der Ranger und die anderen drehten sich wieder um, als David auf die Gruppe zuging. Der Ranger hatte eine Landkarte und versuchte die Routen aufzuzeigen, die die einzelnen Helfer abgegangen waren. David klappte sein Handy auf, er sah, dass er hier Funkempfang hatte, und entfernte sich von der Gruppe, um zu Hause anzurufen.

Lena war erschöpft. Sie schlug die Augen auf und merkte, dass sie lange Zeit in ein und derselben Position ausgeharrt hatte. Im Wohnzimmer war nur noch wenig Licht. Die intensive Konzentration hatte sie viel Energie gekostet, dennoch empfand sie weder die körperliche Müdigkeit, die sie nach einem Marathonlauf gespürt hätte, noch die Last ihrer Gedanken. Sie war wie ausgehöhlt, und der Raum um sie herum schien zu schweben. Sarah war jetzt überall – in allem, was sie sah und was sie fühlte. Ihre Präsenz war stärker geworden, und Lena wusste mit absoluter Gewissheit, dass ihre Tochter nahe war und immer näher kam.

Beim ersten Klingeln des Telefons zuckte sie zusammen, aber sie wollte nicht gestört werden und ließ es klingeln. Als sich der Anrufbeantworter einschaltete, hörte sie Davids Stimme. Was er sagte, konnte sie nicht ignorieren.

»Lena, ich bin's. Wir hören auf für heute. Ich …«

Lena rannte in die Küche, um den Hörer abzunehmen.

Sarah blieb stehen, die drei anderen hinter ihr taten es ihr gleich. Der Wald vor ihnen hatte in dem schwindenden Licht eine bläuliche Färbung angenommen hatte. Sarah machte die Augen zu und hoffte, ihren inneren Kompass, der sie bis hierhin geleitet hatte, wiederzufinden, aber sie sah nur Dunkelheit und riss voller Angst die Augen auf.

»Wir können heute nicht weitergehen«, sagte sie mehr zu sich selbst als zu den anderen.

Linda wimmerte. Tommy starrte in die Ferne, als könnte er dort etwas erkennen. Franklin ballte die Hand zur Faust.

»Wir können nicht noch eine Nacht hier draußen verbringen«, jammerte er. »Das geht nicht.«

Die anderen wussten, dass sie keine andere Wahl hatten. Bald würde es stockdunkel sein. Sarah sah sich nach einem geschützten Platz für die Nacht um. Aber hier gab es keine umgestürzten Bäume, an die sie sich lehnen konnten.

Ein dumpfer Laut und knackende Äste brachten Linda zum Kreischen, und die anderen wirbelten erschrocken herum. Die Geräusche wurden lauter, aber sie konnten nichts sehen. So plötzlich, wie sie gekommen waren, verklangen die Laute wieder und überließen die Kinder ihren Phantasien. Sie hatten eine lange, finstere Nacht vor sich, und plötzlich war Sarah zum Weinen zumute. Das alles war zu viel für sie. Sie war am Ende und sehnte ihre Mutter und ihren Vater herbei.

Sofort.

Lena nahm den Hörer vom Küchentisch und drückte auf die Taste zum Sprechen.

»David, ich bin hier.«

»Hi.«

»Was hast du gesagt?«

»Sie machen für heute Schluss. Sie gehen nach Hause.«

»Nein, das dürft ihr nicht. Es ist noch nicht richtig dunkel.«

»Hier schon. Wir alle sind unsere Strecken abgegangen. Niemand …«

»David, tu das nicht. Ich weiß, dass Sarah ganz in deiner Nähe ist.«

»Woher willst du das wissen?«

»Ich fühle es. Macht noch nicht Schluss.«

»Ich wüsste nicht, wohin ich noch gehen sollte. Wir haben hier in der Nähe alles abgesucht.«

»Sie kann nicht noch eine Nacht im Freien bleiben.«

»Wir gehen früh am Morgen wieder los.«

»Nein, David. Bitte. Mach das nicht!«

David begriff, dass die Anspannung der letzten Tage zu viel für Lena gewesen waren und dass sie allmählich durchdrehte. Er dachte, dass eine kleine Lüge besser war, als sie zur Vernunft zu bringen.

»Okay«, sagte er. »Ich suche weiter.«

»Ja. Danke. Sie ist dir ganz nah. Ich fühle das. Sie ist hier, bei mir, bei uns beiden. Du brauchst nur die Hand nach ihr auszustrecken. Geh los!«

Selbst bei dem blechernen Ton des Mobiltelefons spürte David die Verzweiflung seiner Frau. »Okay. Ich melde mich später wieder.«

»Ich danke dir.«

David unterbrach die Verbindung und war drauf und dran, das Telefon wegzustecken, als es klingelte. Die Nummer auf dem Display sagte ihm nichts.

»Hallo?«

»Ich bin's, Richard. Soviel ich gehört habe, hattet ihr kein Glück«, sagte sein Schwiegervater.

»Stimmt.«

»Ich komme in eure Richtung. Ich möchte dich sehen und hoffe, dass wir vielleicht auch ein Plätzchen finden, wo wir uns in Ruhe unterhalten können.« Sein Schwiegervater klang deutlich niedergeschlagener als am Morgen.

»Ich habe gerade mit Lena telefoniert. Sie ist … Sie ist …«

»Was?«

»Ich weiß nicht. Vielleicht würde es helfen, wenn du mit ihr sprichst. Sie war beinahe hysterisch.«

»Lena?«

»Ich weiß, das sieht ihr gar nicht ähnlich.«

»Ich muss los. Wir sehen uns hoffentlich.«

Richard legte auf, und David klappte sein Handy zusammen. Der Suchtrupp machte sich auf den Weg zur Straße, und David folgte ihm. Obschon die Männer keinen Erfolg verbuchen konnten, kicherten zwei von ihnen leise. Der Wald bedrängte David regelrecht, lachte ihn aus und verspottete ihn, weil er nicht in der Lage gewesen war, seine Tochter zwischen all den Bäumen und dem Gestrüpp zu finden. Lenas Beharrlichkeit wehrte diesen Hohn ab, und es erschien David, als wäre er in einen irrsinnigen Kampf zwischen einer besorgten Mutter und einer unnachgiebigen Naturgewalt geraten. Mit jedem Schritt, den er der Straße näher kam, bedrückte ihn sein Versagen mehr.

War all das seine Schuld? Hatte er mit seiner dämlichen Affäre mit Tricia, die ihn den Job gekostet und davon abgehalten hatte, Sarah zu verabschieden, all das heraufbeschworen? Er kochte vor Wut auf sich selbst. Klar, da waren die Kidnapper und die Rostenkowskis und wer sonst noch, aber war es nicht sein Fehler, dass Sarah in diese Falle getappt war? Er durfte hier im Wald nicht noch einmal versagen.

Plötzlich fuhr er herum. Ohne weiter nachzudenken, fing er an zu rennen.

»Sarah!«, schrie er. Die Helfer drehten sich nach ihm um, sahen einen durchgedrehten Vater, der in den Wald lief, und folgten ihm, um ihn zur Vernunft zu bringen.

David stolperte über eine Wurzel, rollte sich ab, sprang auf und lief schreiend weiter: »Sarah! Ich bin's!«

Ohne stehenzubleiben, lauschte er. Er brach blindlings durchs Unterholz und kämpfte sich seinen Weg frei. Mittlerweile hatte er Kratzwunden im Gesicht und an den Armen; sein Poncho war zerfetzt.

Ein Anstieg nahm ihm die Luft, und seine Stimme trug nicht weit. Als er oben ankam, war er völlig außer Atem. Plötzlich glaubte er, ein leises Geräusch zu hören. Bildete er sich das nur ein? Er blieb stehen und horchte, aber er hörte nur sein eigenes Keuchen. Er holte Luft und rief: »Sarah!«

Sie war schwach, aber es war eine menschliche Stimme. Sarahs Stimme.

»Daddy!«

David hörte die Rufe der Männer hinter ihm, die die Kinderstimme übertönten. Er rannte weiter. Als er erneut stehen blieb, klang Sarahs Stimme schon lauter – sie kam von links.

Er rief noch einmal, hörte ihre Antwort und lief in die Richtung, aus der die Stimme drang.

Jetzt konnte er seine Tochter sogar hören, während er rannte. Er kam ihr näher, andere Kinderstimmen fielen mit ein. Sie waren alle da.

Sarah sah ihn, bevor er sie entdeckte. Sein gelber Poncho leuchtete im dunklen Wald. Sarah rannte auf ihn zu, die anderen liefen ihr nach.

»Daddy!«

Sie stürzte sich in seine Arme und schmiegte sich in die Falten des Ponchos, bis David sie hochhob und so fest umarmte, wie er konnte. Linda klammerte sich auch an ihn. Tommy und Franklin hielten sich zurück, aber sie wurden mutiger, als sie begriffen, dass Sarah und ihr Vater vor Freude weinten. Die Helfer blieben stehen, als sie Sarah und David im Freudentaumel sahen. »Ich habe meinen Augen nicht getraut«, sagte einer von ihnen später zu einem Reporter. »Dieser Vater hat sein kleines Mädchen gefunden. Keine Ahnung, wie er das gemacht hat, aber, verdammt, er hat es geschafft.«

Nach dem Telefonat mit David sank Lena auf die Couch. Er hatte nicht ehrlich geklungen, als er sagte, er würde die Suche fortsetzen, aber sie musste ihm glauben. Den ganzen Tag hatte sie Sarah gefühlt, aber jetzt empfand sie nichts mehr. Ihre Gedanken, ihr Geist waren wieder ganz bei ihr, und sie drückte das Gesicht in die weichen Kissen. Sie weinte nicht. Sie sah Sheila wieder vor sich, die ihrer Kirchengemeinde von der Macht des Glaubens, des wahren Glaubens erzählte. Lena grub in ihrer Seele nach ihrem Glauben und fand Vertrauen – Vertrauen zu David und zu Sarah.

Kurz bevor sie das Klopfen an der Tür hörte und sich die

Journalisten drängelnd dem Haus näherten, wusste sie es. Sie wusste, dass David die Wahrheit gesagt, dass er gesucht und Sarah gefunden hatte. Niemand brauchte ihr die Neuigkeit zu übermitteln, als sie die Haustür öffnete und im grellen Licht der Scheinwerfer vor den vielen Mikrofonen stand.

Aber sie fragte dennoch: »Was ist?«

»Sie haben die Kinder gefunden«, brüllte ein Reporter.

Fragen prasselten auf sie ein. Lena schlug die Hände vors Gesicht. Zeit und Raum existierten nicht mehr für sie. Sie stand an der Stelle, an der sie gestanden hatte, als der echte Mitarbeiter des Ferienlagers auf das Haus zugegangen war. Dieses Bild war verschwunden. Der Alptraum war zu Ende. Die Welt war wieder in Ordnung. Die Tage, die ihr wie Ewigkeiten erschienen waren, waren vorbei, und plötzlich waren David und Sarah so nahe bei ihr wie nie zuvor. Das neue Leben in ihrem Leib wartete darauf, sich zu ihnen zu gesellen. Es blieb kein Wunsch mehr offen.

Sie waren zusammen.

EPILOG

Sarah sollte die anderen um halb elf vor dem Club treffen, aber es war niemand da, als sie ankam. Sie beschloss zu warten. Nach der letzten Vorlesung hatte sie ein Bier getrunken. Der Abend war lau, und sie beobachtete das Leben auf der Straße.

Das Mädchen war ungefähr in Sarahs Alter, aber sie war so sehr geschminkt, dass man sie nur schwer einschätzen konnte. Sie war mit einer Gruppe Retro-Goths gekommen – alle in Schwarz gekleidet, gepierct und grauenvoll zurechtgemacht, wie Sarah fand. Aber das Mädchen kam ihr bekannt vor. Sarah musterte sie. Als das Mädchen an ihr vorbeiging, spürte sie offenbar den Blick und drehte sich kurz zu Sarah um. Dann blieb sie stehen, verließ ihre Gruppe und ging zu Sarah.

»Sarah?«

»Ja.« Sarah schaute genauer hin. »Linda?«

Sie sahen sich lange, unbehagliche Sekunden schweigend an. Es war fast auf den Tag genau zehn Jahre her, seit sie sich tränenreich voneinander verabschiedet hatten, bevor Sarahs Vater Linda zu ihrer Tante in der Bronx gebracht hatte. Damals wussten sie beide nicht so genau, warum Linda nicht in das Haus ihrer Familie in Pelham zurückkehren konnte. Ein paar Stunden später erfuhr Sarah von ihrer Mutter, welche Rolle Mr. und Mrs. Rostenkowski bei der Entführung gespielt hatten, und Sarahs kindlicher Verstand wollte keine Unterschiede zwischen Linda und ihren Eltern machen. Sie beteuerte lautstark, dass sie Linda nie wiedersehen wollte.

»Du bist in der Stadt?«, fragte Linda nervös und sah ihren Freunden nach. Sie war nicht imstande, Sarah in die Augen zu schauen.

»Ich bin an der Columbia. Und du?«

Linda setzte zu einer Antwort an, brachte aber kein Wort heraus. Tränen traten ihr in die Augen und hinterließen schwarze Mascaraspuren auf ihren Wangen. Sie blinzelte und schüttelte den Kopf.

»Ich bin noch eine Weile in die Schule gegangen. Ich hatte ... Ich hatte Schwierigkeiten, mit allem zurechtzukommen.«

Lindas Freunde riefen nach ihr. Sie drehte sich zu ihnen um, wandte sich ab und sah Sarah wieder an. Die Tränen liefen immer noch. »Es tut mir leid«, sagte sie aufrichtig mit flehendem Blick. »Das wollte ich dir schon so lange sagen: Es tut mir leid.«

»Du konntest nichts dafür«, erwiderte Sarah.

Linda schüttelte heftig den Kopf, kehrte ihr den Rücken zu und lief mit raumgreifenden Schritten ihren Freunden nach, hakte sich bei einem Jungen unter und drängte sie die Straße hinunter. Der Junge drehte den Kopf und bedachte Sarah mit einem ratlosen Blick.

Als Linda außer Sicht war, fragte sich Sarah, ob sie der Freundin aus früheren Tagen tatsächlich begegnet war oder ob ein Gespenst sie heimgesucht hatte. Im Laufe der Jahre waren die Ereignisse von damals immer mehr verblasst, bis sie ihr wie ein Traum erschienen waren. Die Erinnerung an die Tage in den Wäldern verschwamm; zurück blieben Bilder von der Sonne, Bäumen, einem Bären und verwesten Leichen. Ihr Vater hatte sie danach einige Male zu Campingausflügen mitgenommen, aber diese Tage im Freien waren ganz anders gewesen als die mit Mr. Everett und den anderen Kindern.

Auch die Rettung lief vor Sarahs geistigem Auge ab wie ein Traum. Nach der Freude, ihrem Vater in die Arme fallen zu können, wurde sie von Reportern umringt, die ihr Mikrofone vor die Nase hielten. Und mitten in dem Gedränge kam ein vermummter Mann zu ihr. Statt ihn wegzustoßen, ließ ihr Vater zu, dass sie der Mann in die Arme schloss. Er nannte sie Sarahbell und sagte, dass er sie liebte. Er klang wie ihr Großvater in Schweden. Selbst als sie erfuhr, dass der Mann tatsächlich ihr Großvater gewesen war, kam ihr dieser Moment unwirklich vor.

Als sie nach Hause zu ihrer Mutter ihrem Zimmer und ihren Sachen zurückkehrte, verlief ihr Leben rasch wieder in normalen Bahnen. Tagelang ließ sie ihre Mutter nicht aus den Augen, und Lena nahm sie so oft in die Arme, wie sie wollte. Eines Abends kam ihr Großvater ins Haus – ohne Verkleidung –, und seine starken Arme, mit denen er sie an sich drückte, verrieten ihr, dass die Welt nicht aus den Fugen geraten war.

Sarahs ursprünglicher Zorn auf Linda ließ nach, als ihre Mutter erzählte, dass man Mrs. Rostenkowski für unfähig erklärt hatte, eine Gerichtsverhandlung durchzustehen, und dass sie in eine psychiatrische Klinik eingewiesen worden war. Linda wurde zu ihrer Tante, die in der Bronx lebte, geschickt. Sarah ging zu der Zeit schon wieder in die Schule und verteidigte Linda vor ihren gemeinsamen Freunden, aber es drängte sie nie danach, Verbindung zu ihr aufzunehmen.

Auch mit Tommy oder Franklin wollte sie nichts mehr zu tun haben. Ihre Mutter und ihr Vater hatten jedoch noch Kontakt mit den anderen Eltern, deshalb wusste sie, dass Franklin ein Jahr vor ihr ins College kam und Tommy in der

Football-Liga spielte, jedoch jedes College-Stipendium ausgeschlagen hatte, um durch Lateinamerika reisen zu können. Sarah versuchte sich zwar vorzustellen, dass sie alle wieder zusammenkämen, und malte sich aus, was sie zueinander sagen würden, aber zu einem solchen Treffen würde es wohl nie kommen.

Erst im letzten Schuljahr hatte Sarah – auf Drängen eines feinfühligen Lehrers – Nachforschungen über das angestellt, was als »Camp-Kidnapping« bekannt geworden war. Ihr war, als wäre in den Zeitungsartikeln nicht von ihr, sondern von einer Fremden die Rede. Der Mann, der sich J.D. genannt hatte, hatte einige Zeit hinter Schloss und Riegel gesessen. In einem Zeitungsausschnitt war ein Foto von ihm – er sah wesentlich älter aus, hatte einen Bart und ließ den Kopf hängen; Sarah hätte ihn nicht wiedererkannt. Das Lösegeld wurde an die Eltern zurückgezahlt, nachdem sich das Außenministerium der Sache angenommen hatte. Fünf Jahre nach der Entführung wurde ein bulgarischer Pornoring zerschlagen, und bei der Untersuchung ihrer Computer kamen Beweise für ihre Mittäterschaft an der Entführung ans Licht. Sarah schrieb einen Aufsatz über diese Tatsachen, aber sie hatte nicht das Gefühl, dass sie etwas mit ihr zu tun hatten. Sie schrieb auch über die Geburt ihres kleinen Bruders.

Sie hatte die Geschichte so oft aus Lenas Mund gehört, dass es leicht war, sie zu Papier zu bringen. Michael war während eines Schneesturms auf die Welt gekommen. Lena und David hatten Schwierigkeiten, in die Klinik zu gelangen, weil die Straßen verstopft waren. Sarah saß bei ihnen im Auto. Als sie es endlich bis zur Tür der Notaufnahme geschafft hatte, drehte sich Lena nach einer Wehe mit Tränen in den Augen zu ihrer Tochter um, lächelte tapfer und sagte:

»Ich sehe dich später.« Sarah nickte, aber sie winkte nicht zum Abschied. Sie wusste es besser.

Sobald Sarah nicht mehr in Sicht war, verweigerte sich Lena vor den Türen zum Kreißsaal. Sie schrie beinahe hysterisch und erklärte, dass sie dieses Baby nicht auf die Welt bringen wollte, dass es viel sicherer in ihrem Bauch war. David sprach leise mit ihr, und die Entbindung verlief reibungslos und schnell. Sarah wurde Minuten nach der Geburt in Lenas Zimmer geführt. Michael war nur ein winziges Bündel, aber er öffnete die Augen, als Sarah näher kam und sich über ihn beugte. »Hi, Michael. Wir werden auf dich aufpassen«, sagte sie, und als sie aufschaute, sah sie Tränen in den Augen ihrer Eltern.

Nachdem sie den Aufsatz verfasst hatte, verbot sich Sarah jeden Gedanken an die Entführung.

Lindas Erscheinen vor dem Club hatte die Empfindungen dieses längst vergangenen traumatischen Ereignisses abermals wachgerufen. Die Hilflosigkeit, die Angst, das Gefühl, abgeschnitten von der Welt und den Eltern zu sein – das alles kehrte wieder. Sarah war drauf und dran, ihre Mutter anzurufen, um ihre beruhigende Stimme zu hören, doch dann fiel ihr ein, dass Lena auf einem Kongress an der Westküste war. Sarah fragte sich wie so oft, wie ihre Mutter nach der Entführung weitermachen konnte. In den Monaten danach war sie nicht in ihre Praxis gegangen, um möglichst viel Zeit mit Sarah zu verbringen. Die Kraft ihrer Mutter und die klare Einstellung zu der Tragödie hatten Sarah enorm geholfen. Lena lebte nach dem Prinzip: Wenn wir schon nichts tun können, um die Dinge zu verändern, dann dürfen wir zumindest nicht zulassen, dass die Dinge für immer unser Leben verändern.

David fand einen Job bei einem Internet-Unternehmen in

White Plains. Es war nicht zu übersehen, dass sich David und Lena von Herzen liebten. Der Schrecken der Entführung war einem Kokon aus Wärme und Sicherheit gewichen.

Aber heute wusste Sarah, dass das Trauma ihr Leben noch immer beeinflusste. Ihr fehlte Vertrauen. Das ist noch eine Hürde, dachte Sarah, als sie ihre Freunde sah, die lachend auf sie zukamen. Sie hatte überlebt, sie hatte von der Kraft ihrer Mutter gezehrt, aber die Welt, zumindest ihre Welt, war voll mit J.D.s. Sie konnte sich nie ganz hingeben. Würde sie eines Tages den Menschen, die sich jetzt zu ihr gesellten, ihren guten Freunden, Einblicke in ihr Innerstes gewähren, ihnen erzählen können, was ihr widerfahren war? Konnte sie jemals so sehr lieben, wie sich ihre Eltern liebten?

Sie wusste es nicht. Die Zukunft war wie ein dunkler Wald. Sie schloss die Augen. Sie würde ihren Weg finden.